U0526975

信箱

识了 著

图书在版编目（CIP）数据

拿乔/识了著.—青岛:青岛出版社,2024.5
ISBN 978-7-5736-2052-1

Ⅰ.①拿… Ⅱ.①识… Ⅲ.①长篇小说－中国－当代 Ⅳ.①I247.5

中国国家版本馆CIP数据核字（2024）第050238号

书　　名		NAQIAO 拿　乔
作　　者		识　了
出版发行		青岛出版社（青岛市崂山区海尔路182号）
本社网址		http://www.qdpub.com
邮购电话		18613853563
责任编辑		郭红霞
特约编辑		杨婉莹
校　　对		李玮然
装帧设计		千　千
照　　排		梁　霞
印　　刷		三河市良远印务有限公司
出版日期		2024年5月第1版　2024年5月第1次印刷
开　　本		32开（880mm×1230mm）
印　　张		11
字　　数		338千
书　　号		ISBN 978-7-5736-2052-1
定　　价		45.00元

编校印装质量、盗版监督服务电话 4006532017　0532-68068050

第一章　Hello, world.　　　1

第二章　触　电　　　39

第三章　看见月亮了吗？　　　68

第四章　这是一首煎蛋的小情歌　　　117

第五章　普通朋友　　　178

第六章　First love　　　236

第七章　抵达一颗星星　　　267

番外一　少年游　　　318

番外二　唯　一　　　327

番外三　少爷成长史　　　332

出版番外　情人节快乐　　　343

第一章
Hello,world.

  北方的春季回暖慢，四月末，白天的温度忽高忽低，但一到傍晚，夕阳晕染开的时刻，温度便跟着天色一起毫不留情地落了下来，昼夜的温差大得让人一天可以换四个季节的衣服。

  乔乐谭觉得棉服实在是看起来不酷，所以这几天只在白天出来活动，晚上就待在寝室里剪片子，以免着凉。以至边加凌找到乔乐谭，让她帮忙用手机录一段他打球的视频给他剪辑用的时候，她是拒绝的。

  她臭美又怕冷这件事，边加凌不是不知道。

  边加凌耍酷，放着好好的室内球场不去，一定要去室外的灯光球场上打球。那儿四面八方都是拦网，风直往里吹。

  现在这个温度，乔乐谭知道，如果在室外掌镜，她要么裹着棉服看他们一群男大学生穿着短袖、短裤的篮球服生龙活虎地打球，要么就是穿得单薄，看起来年轻靓丽，但为了美丽受冷风吹。

  但是边加凌跟乔乐谭说，这个视频他要剪辑出来做 vlog（全称为 video blog 或 video log，意为视频日志），他爸的公司里会有专人帮忙投稿、参赛、运营，他要是拿奖了，填写制作团队的信息时就写两个人的名字，一个是他的，另一个是乔乐谭的，而且他会把乔乐谭的名字放在第一位。

见乔乐谭有些心动,边加凌又优哉游哉地补了一句:"其他人的技术我看不上,就相信你。"

傍晚六点的时候,乔乐谭穿了一条碎花裙子,外面披了一件有点儿厚度的亮色外套,踩着马丁靴来到了球场上。

边加凌站在球场的入口处等乔乐谭有一段时间了,远远地看见她过来,当下勾了勾唇,向她跑去,直接打趣道:"这会儿你不冷了?"

乔乐谭乜了他一眼,懒得理他,直接伸手:"手机。"

边加凌之前已经拍过几个视频了,乔乐谭为了保持所有素材的像素一致,要用他的手机拍。

"在里边。"边加凌笑了一下,然后问,"你吃晚饭了吗?"

"不然呢?"乔乐谭反问,收回手后径直往球场走去,"我要是还不吃晚饭,今晚真就是饥寒交迫了。"

边加凌:"那你也陪我吃烧烤——我的晚饭、你的夜宵。"

有风吹来,乔乐谭觉得冷,不想和他扯皮,随口敷衍了一句:"再说吧,作业我还没做完。"

两个人走进球场里,边加凌把乔乐谭带到了他打球的那片场地上,随后从地上捡起自己的羽绒服,从兜里掏出手机递给乔乐谭。

边加凌的手机没有设置锁屏密码,乔乐谭直接就打开了,然后点开相机,切换到视频模式。

"待会儿你看着录,手酸了就休息一下,看到我要投球了再把手举起来……"说到这里,边加凌一顿,扬了扬嘴角,"算了,我收回刚刚那句话,毕竟按照小爷我的进球概率,你这手怕是要一直举着了。"

乔乐谭没客气,一脚踹了过去。

踹完,乔乐谭收回注意力,站在球场的角落里,仰着头对准球场中心的灯光,调试手机相机的参数。

此时,场边有人叫边加凌的名字。边加凌应了一声,然后回头对乔乐谭说:"我过去了,你要是冷就把我的那件衣服套上。"

"我要是真这么冷,早就自己裹棉服过来了。你去打球吧。"说话的时候,乔乐谭都没给边加凌递眼神,自顾自地扶着手机的侧面,试拍了一段场内的景象。

见乔乐谭已经进入了工作模式,边加凌便没再说什么,把衣服随手往地上一扔就小跑着去球场了。

乔乐谭一只手举着手机,另一只手扶着自己的胳膊以保持画面稳定。

摄影课上老师强调过,除静态与动态之差,照片和录影的差别还在于连续的影片记录的是生命的细微之处和脉搏的跳动,让人们期待画面在变化时是否会有一抹斜阳闯入,或出现一次意料之外的鲸跃。

所以虽然乔乐谭是在拍边加凌打球的 vlog 的素材,但镜头并非只跟着边加凌走,她将大半部分场地收入镜头,谨小慎微地移动着手机,让边加凌成为照入手机画面里的那抹"斜阳"。

边加凌这个人寸头、断眉,平时总戴半边耳钉,脖子上挂着各种款式的项链。他在打球前把这些配饰都摘了,此时打球的动作干脆、劲猛,不像平时那么花哨了,整个人看起来桀骜不驯又邪气十足,在镜头里显得很有冲击力。

录像的帧率数字在跳跃,光影依旧在变化着。"鲸鱼"无意中跃起,遮住了灿烂的余晖。

春分早已过去,天黑得越来越晚。虽然此时的天空已不见昼夜交替时的橙白色调,但天幕不是彻底的黑色,而是浓郁的深蓝色,让人不禁想到在云层之上浮动的银河。

球场中心有几盏明亮的大灯,灯光无法直接照射到乔乐谭所在的这个角落里,此处只有几缕幽微的月光。在没有飞虫作怪的季节里,暗淡的光线只照出了空中的微尘的形状,将其阴影落在偶然入镜的男生身上。

男生穿着篮球服,露出两截手臂,此时手臂向后撑着地,刚好露出漂亮有力的线条与精瘦的肌肉,整个人带着运动后的余热闯入了她的镜头。不过须臾,他后仰着身子坐到了场外,呈现出很松弛的状态,还微微喘着气,带着好像能冒出热气的汗。

他始终注视着球场,没注意到周围的动静,对着镜头的半张脸隐匿在阴影之中,从鼻梁到下巴都是完美的弧度,深浅错落的光影勾勒出分明却又不会过分锋利的下颌线。再往下是男生突出的喉结,正随着喘息的频率上下滑动,胸膛也随之起伏。他的气质明明是散漫的,但他那头银灰色的头发过于张扬,在万物将息的薄暮时刻显得格外嚣张。

这氛围蛮离奇的,乔乐谭看着他,下意识地想着。

她怔了片刻，而后立即回过神来，重新通过手机镜头去看仍在十几米外运球的边加凌。她接受意外的惊艳之物，但没有忘记创作的初衷，这是记录者的原则。

那头银灰色的头发再怎么耀眼，乔乐谭也不会忘记自己今天是来拍边加凌的。

边加凌进了一个三分球，投完球后有些嘚瑟地倒着往回跑，两根手指夹拢，朝乔乐谭的方向比画了一下。

乔乐谭跟着这个球场上两拨人移动的节奏往旁边走了一些，蓦然看见镜头的角落里那个银灰色头发的男生有所察觉般地抬起头，对上她的视线，又在看见镜头的那一刻骤然变了情绪。

他用手肘撑地，直起身子，而后站起来了。他的个子很高，挡在镜头前的身体像一堵墙，他朝乔乐谭步步进逼，遮住了本就稀缺的光线。和这片阴影一同落下来的，还有他那让人不容忽视的压迫感。

"不好意思，打断一下，"他凝视着乔乐谭，睫毛的阴影覆盖住眼中的一片漆黑，语气不算友善地说道，"你是在拍我吗？"

被这么冷不防地一问，乔乐谭"啊"了一声，而后才反应过来，解释道："我在帮我的朋友拍 vlog，就是那个 6 号。"

说着，她指了指不远处的边加凌，边加凌的球衣背面赫然地印着数字"6"。

男生顺着她的目光望去，见她所言属实，面部表情才稍微缓和下来。

隐约猜到男生可能是不想入镜，乔乐谭又补了一句："不过你意外入镜了。"

果然，男生的诉求回应了她的猜测："麻烦你把我入镜的镜头剪掉，谢了。"

他没刻意斟酌用词，语气礼貌又随意，不似刚才那般让人觉得危险，声音却很低沉，带着点儿哑意，给人一种疏离感。

乔乐谭回答得很干脆："好。"

"麻烦了。"他又重复了一遍，而后转身往自己打球的球场走去，背影挺拔、潇洒。他在场边的拦网旁停下，微微俯身，捞起一件浅色的羽绒服，径直离开了。

几场比赛过后，边加凌下了场，从包里拿出一条毛巾，坐在长凳上低头擦汗。

乔乐谭趁这个时候指导他拍球，想一会儿拍儿个篮球落地后又弹起的画面。

"怎么样？小爷我帅不帅？"把毛巾放好后，边加凌就凑了过来，从乔乐谭的手里抢过手机，开始看她录的视频。

乔乐谭推开他湿漉漉的脑袋："你把视频的原件发给我一份，我好剪。"

"我记得的。"边加凌随口应了一句，一副"这还用你说"的样子，手指在视频的进度条上随意地滑了几下，直到——

"这是怎么回事？"

乔乐谭闻言，心里一惊，赶忙凑过去看。

看到画面被定格在那些"放肆"的银灰色的头发上，她松了一口气——她还以为视频出了什么技术上的问题呢。

"我不小心拍到的，之后把这部分剪掉就是了。"

谁承想边加凌还是一直盯着画面上的男生，并反复拉进度条，仔细地研究着手机屏幕上那张半明半暗的面孔。

见他看了这么久，乔乐谭心里生疑，随口问："怎么了？你认识这个男生？"

话音刚落，边加凌就"咯咯"地笑起来，像是看见了什么奇景一样："他还真去染头发了啊！"

乔乐谭有些意外："你真认识他？"

不过乔乐谭想了想，以边加凌的好友圈以及社交能力，他认识一个从相貌上一看就该是风云人物的人倒也不奇怪。

"我的学弟。"边加凌回答，然后算了算，说，"他和你同级。"

听到这话，乔乐谭不屑地扯了扯嘴角："别是你叫人家学弟，人家管你叫弟弟。"

乔乐谭是在七月份出生的，在同届的学生里算生日比较小的了。结果，在叫了边加凌两个月"学长"之后，她得知要是按照出生日期来算，边加凌比她还小四天。边加凌说他早慧，聪明过人，被小学破格录取，所以上学早，大了她一届。

"我是弟弟还是哥哥又怎么了?在学校里,大家最看重的是辈分,懂吗?"边加凌的"前辈理论"张口就来,他说话时还"噼里啪啦"地敲着手机屏幕,好像在和谁聊微信。

几秒后,乔乐谭听到了从边加凌的手机里传出来的语音:"我上次和你说了啊,星渠不想去拍那个招生宣传片,江平——就是我们那个指导老师——死活不松口,硬是要他去。他没办法呗,看招生宣传片的演员招募要求说演员的头发必须是深色的,就直接去染了个银灰色的头发。我老早就和你说过了,他酷得要死!怎么?你以为我之前在骗你啊?"

乔乐谭听到那句"他酷得要死",脑子里闪过和那个银灰色头发的男生短暂地交谈的场景,心想:这个评价还真是贴切。

边加凌边听边笑,也给对方发语音:"这……不是亲眼所见的话我真不信啊!谁想得到啊?"说完,他收起了手机,拎起书包和羽绒服,看着乔乐谭言简意赅地问:"吃烧烤去?"

"行。"乔乐谭也觉得有点儿饿了,便答应了,顺便伸手向边加凌要羽绒服,"冷。"

她那理直气壮的语气仿佛最开始回绝这件羽绒服的人不是她。

"现在知道冷了?"边加凌把衣服递给了乔乐谭,揶揄她,"我这件羽绒服就是特地为乔大小姐带的,不然谁在四月份打球还带一件羽绒服?"

乔乐谭套上了那件黑色羽绒服——她认得衣服上的商标,这是个奢侈品的品牌。

她一边在心中暗讽边加凌真是把"富贵"体现到了极致,一边又在心里回答他:你那个银灰色头发的酷学弟就在四月份带了一件羽绒服来打球。

侯奕站在冷藏柜前看了半天,想吃这个,也想吃那个,最后愣是一串烧烤也没拿。他扭头叫季星渠,没人应。他转移了视线,果然看到了季星渠耳朵上的耳机。

侯奕走了过去,摘下季星渠的耳机,捏着嗓子拖长腔调问:"我们季少爷要吃什么?我来帮你拿。"

季星渠没转身，手往后一伸就摸到了侯奕手上的耳机，没费劲就抢了回来。他一边把耳机收好，一边不甚在意地回答："随便拿点儿就得了。"

烧烤店的面积不大，桌子又矮，空间太局促。季星渠支着两条长腿，身子舒展不开，哪儿哪儿都不舒服。

听到这话，侯奕看了他一眼："羊肉串？"

季星渠："膻。"

"羊肚？"

"懒得嚼。"

"羊肉丸子？"

季星渠懒得说话了，垂着眼看见顾骋回了他的微信。他用手指在屏幕上点了两下，就回了个"好"字，然后切换了聊天界面。

毕竟他和顾骋不熟，就是帮侯奕发个消息而已。

这边侯奕一副"我就知道"的样子，阴阳怪气地说道："我最讨厌你这种说着随便，其实一点儿也不随便的人了。"

季星渠半靠着烧烤店的塑料椅子，抬起眼皮看着侯奕："你想吃就点，点烤全羊我也不会拦着。"

侯奕这才捋顺思路：烧烤又不是大锅饭，他就算吃烤大蒜、烤韭菜，只要不在季星渠的旁边嘚瑟，这哥也不会说他一个字。

他不觉得尴尬，很自然地跳到了下一个话题："你问阿骋了吗？他来不来？"

季星渠："他打 DOTA（游戏名）。"

赶上换季，之前打球吹了风，又在实验室里连着熬了三个星期的夜，季星渠有点儿感冒。他懒得吃药，就一直没好，此时脑子有点儿昏沉，声音带着点儿沙哑感，鼻音挺明显的，听起来病恹恹的。

其实今天是侯奕想吃烧烤，结果球队的那批人全赶在这一天有事。季星渠原本想回去睡觉的，头晕了一天。他觉着累，但最后还是留下来陪侯奕了，说要是让侯奕的前女友撞见侯奕一个人吃烧烤多不好啊，侯奕多可怜，多惨啊。

季少爷有时候有些奇怪的良心。

侯奕有点儿心虚，又有点儿"男妈妈"般的心理在作祟，所以给季

星渠加上了半死不活的滤镜，倒了杯热水给他，问：“你真不吃点儿？”

季星渠想了想，说：“你还是帮我拿几串素的吧。”

他觉得如果自己什么都不吃，侯奕会愧疚——虽然侯奕对他的愧疚向来维持不了多久。

侯奕去拿串，季星渠端起面前的水杯喝了两口水。热水入肚，他又被裹在羽绒服里，故而在这个烟熏火燎的烧烤店里隐隐地感到有点儿闷，但最后还是没脱羽绒服，只伸手把拉链拉开了。

两个人吃烧烤热不起场子，就是过个嘴瘾，所以没多久便散了场。侯奕为季星渠选的几串小白菜最后还是进了他自己的肚子里。

二人吃完往外走，出了门，夜风吹来，钻进了他们的衣领里。侯奕哆嗦了一下，嘴里爆出一句粗口，然后赶紧裹紧了自己的外套。

听见骂声，季星渠双手插着兜，睨了侯奕一眼，眼中浮现出一层笑意，故意说道：“好——冷——啊——”

他的语调悠长，每个字都被拖得很长，最后那个"啊"字也没带什么感情，没有一点儿他受冻的意思——这话显然是他用来嘲讽侯奕的。

下午看见季星渠带了件羽绒服出来打球，侯奕笑季星渠娇气，感个冒就直接变成"林黛玉"了，却全然忘记了四月的气温——夜晚的温度常常降至个位数。侯奕现在外套里边就只有一件球衣，比短袖还短。

侯奕看着手机，"喊"了一声。突然，他侧过脸，对着季星渠喊了一句：“边学长问我，你是不是染头了！”

在烧烤店门口等位的人纷纷转过头来看他们，然后目光都在季星渠的头发上停留了几秒。

季星渠觉得很无语：“你可以喊得再大声一点儿。”

侯奕这才反应过来自己有点儿过于激动了，低声说了一句“对不起”，然后开始给对方发语音。

季星渠听着侯奕发语音，听见那句“我老早就和你说过了，他酷得要死”的时候，微微挑了一下眉。他没想到侯奕是这样跟别人宣传他的。

不过，季星渠承认，这话他听着有点儿爽。老熟人怕他嘚瑟，只在背后说他酷，但这件事最后还是被他知道了。

他心里这么想，但面上仍分毫不显。他走在侯奕前边，看都没看侯奕一下。

半晌，季星渠的手机屏幕上就弹出了边加凌的微信。

边加凌：弟弟够酷的，没看出来啊。

侯奕猜到这是边加凌的消息，挤过来看。他看热闹不嫌事大，眉飞色舞地问道："你怎么回？"

季星渠不动声色地侧过身子，拉开和侯奕的距离，勾了勾唇，似笑非笑地看着侯奕："你不是我的经纪人吗？你不帮我想想怎么回复？"

"啥经纪人？"侯奕脱口而出，这才后知后觉地反应过来，自己刚才给边加凌发的语音暴露了他曾添油加醋地宣传季星渠的事。他不觉得尴尬，"呵呵"地笑了一下，转移话题："边加凌怎么突然问我这个？"

季星渠没回边加凌的微信，直接收起了手机："刚才我在球场上碰见他了。"

侯奕："你在球场上碰见他了？那你不叫他过来一起吃烧烤？"

"他打球，半场都没打完。"季星渠回答。

闻言，侯奕"哇"了一声，投来一个暧昧的眼神："就球场那种乌漆墨黑的地方，你一个病号，他打球你一眼就认出来了？"

季星渠对侯奕口中的"病号"两个字回以鄙夷的眼神，淡淡地说："你玩儿呢？一个女生给我指的。"

"女生？"这回侯奕是真的诧异了，"他的女朋友啊？她长什么样？"

女朋友？

听到这个词，季星渠没说话，在脑子里捋了一遍人物关系，把在球场上看见的那个女生和边加凌连上了线。

那个女生说是给边加凌拍 vlog，但季星渠看出来了，她手上拿的手机是边加凌的——毕竟那个气质独特的手机壳没几个人能用。依照边加凌的性格，他能这么信赖地把手机交给她，就算她不是他的女朋友，他们之间的关系也不会差。

但季星渠没把想法说出口，因为懒得去传播别人的事。

他没有正面回答侯奕的问话："这么好奇的话，你自己去问边加凌。"

点的烧烤刚上来，放在桌上的手机的屏幕就闪了闪，乔乐谭拿起手

机看了一眼就把手机重新搁在桌上了。

注意到她的动作,手里拿着一根肉串的边加凌问:"谁?"

"还有谁?"乔乐谭睨了他一眼,"顾骋。"

"酷。"闻言,边加凌挑了挑眉,笑起来,调侃乔乐谭,"他真够坚持不懈的。"

乔乐谭在心里翻了个白眼,然后拿了一串年糕。

边加凌又问:"你不是都不回他了吗?"

"是啊。"乔乐谭不紧不慢地咽下口中的年糕才回答,"他以为我在欲擒故纵呢。"

说罢,她自己也觉得好笑,又补了一句:"他是电视剧看多了还是小说看多了啊?怎么这么会想象?我学戏文的朋友都没他会想象。"

乔乐谭和边加凌是在学生媒体中心里认识的,那里最多的就是他们这些广播电视编导专业的学生,其次是新闻传播专业的学生。他们天天像赶场子一样出任务,学校说哪儿需要他们,他们就得往哪儿跑。

之前乔乐谭跑任务,帮物理系的团委拍个短片,短片的男主人公就是顾骋。顾骋这个人长得不赖,虽说是物理系的,但文科的细胞挺发达,他挺有想法地给那次拍摄提了一些建设性意见。

前几天拍摄结束后,组长让乔乐谭用剩余的经费给顾骋买一杯奶茶,算是谢礼,向他对他们在工作上的支持表示谢意。结果他的脑子自动编出了万字长篇故事,连那杯十四元的奶茶他都觉得是乔乐谭给他的暗示——他们要一生一世。于是,他开始三天两头地找乔乐谭聊天。

最开始,乔乐谭还保持着礼貌的态度回复顾骋,后来干脆不回了,就这么晾着他,想着他可能有一天就懂了。

结果顾骋好像怎么也懂不了。

边加凌听完笑了,笑完觉得乔乐谭是真的困扰,于是问:"如果他就是不懂呢?"

乔乐谭早就想好了,说:"那我就等顾骋表白,之后再把他拒绝了。"

她早就想把话摊开讲了,只是顾骋除了过分地献殷勤,并没有明确地表白过。她总不能自己开口吧?那显得她自作多情似的。所以她就一直等,却一直找不到把话说清楚的契机。

两个人吃完烧烤就回了学校,在寝室楼下把那件羽绒服中的"贵族"还给边加凌后,乔乐谭几乎是小跑着回了寝室。

屋里温暖的空气扑面而来的那个瞬间,她感觉自己每根神经都自由了。

"谭谭,"看见乔乐谭回来,正对着电脑写推文的蔡萱奇抬头看她,问道,"甜姐问你,你那个先导片有想法了没?"

"我有点儿想法,但又感觉不够,气氛不到位。"乔乐谭说道,然后打开电脑,接收了边加凌传过来的视频原件。

蔡萱奇怕她着急,解释道:"没事,你慢慢想,反正正式开始做先导片之前还有几次会要开,我看甜姐只是随口问问,不着急。"

说完,她就继续埋头写推文了。

广播电视编导专业的学生的日常就是各种各样的小组作业,自编自导、拍摄、剪片子,他们什么都要学一点儿。他们最近一门课的小组作业是组员合作设计一档综艺节目,最后得分最高的小组的作品会被上传至学校的官方视频号上,并且真的会被做成一档长期的校园综艺节目。

霖江大学是一所综合性大学,而非影视专业性大学,这就意味着官方平台的流量会比专业性大学的大许多,同时,像这样制作综艺节目的机会也会比在专业性大学里少很多。所以学生们都很看重这个作业,或者说是很看重这个机会。

乔乐谭他们组想做个新形式的校园恋爱综艺节目,只是综艺节目的具体形式、风格还没有被敲定,所以他们打算先制作先导片,再由先导片联想立意。

乔乐谭负责先导片,她的脑海里有几个构思,但又觉得都差点儿新意,毕竟现在各个平台都在做综艺节目,翻来覆去的,每个都是新瓶装旧酒罢了。

她偶尔会有朦朦胧胧的灵感,却像与这些灵感隔了一层白纸——明明阻碍不大,她却怎么也抓不着。

她戴上头戴式耳机,打开今晚拍的视频,把进度条移到中后段的位置,打算先把那位酷哥入镜的画面剪掉。

可当画面映入眼帘的那一瞬,乔乐谭握着鼠标的手迟迟未动。

那时她在球场上,周围聒噪,她的注意力都在拍摄上。而现在,耳机隔绝了她身边的一切杂音,她的目光完完全全地落在镜头里那一头银灰色的头发上,一切感知都在不知不觉中被放大,大脑被莫名其妙的情绪侵袭了。

她能清楚地看见季星渠因喘息而起伏的胸膛、隐匿在漂亮的线条下恰到好处的肌肉、闪亮的汗和突出的喉结。甚至,将声音调到最大之后,她能听清男生低微却放肆的喘息声。

被球场上的风声掩盖的一切此时都借助电子设备完完整整地暴露在她面前,每一个细节都被放大了。

乔乐谭无意识地抿了抿唇。在某个瞬间,始终阻碍在她大脑中的那层白纸被穿透了。

乔乐谭盯着那张误入画面却又惊艳的侧脸,如文人墨客般酸溜溜地想道:爱情不就是生活中的奇遇吗?她如果围绕着这个主题做先导片,那么就可以完全打破现有的恋爱综艺节目的形式。毕竟现在市面上流行的恋爱综艺节目都是让特定的人在屋子里相处,谈不上真正的"奇遇"。

想到这里,乔乐谭像是打开了充满灵感的盲盒一般,脑海里有着不可抑制的欣喜与冲动。她打开微信,点开与边加凌的聊天框,发消息:你能不能把你那个学弟的微信推给我?

她发完后又立刻补了一句:银灰色头发的那个人,星qú?

边加凌发语音的时候,乔乐谭听见他是这样称呼那个男生的,于是猜测着打了一个"星"字,但是实在猜不到是哪个"qú"字,就直接打拼音发了过去。

边加凌回得很快,第一句话就给乔乐谭指明了称呼:季星渠。

边加凌:怎么?你看上人家了?

乔乐谭有求于边加凌,便顺着他说了一句:一见钟情。

乔乐谭:我想问问他,能不能用他闯入镜头的那个画面做先导片。

聊天界面安静了半分钟后,边加凌直接打了个语音电话过来,于是乔乐谭拿着手机去阳台上接电话了。

边加凌问:"什么先导片?"

"电视节目策划课的作业。"因为边加凌也上过这个课,所以乔乐谭随便提了一嘴,只详细地跟他讲了自己对于先导片的构思。

边加凌听完,慢悠悠地"哦"了一声:"你的想法挺好的,不过季星渠应该不同意。"

"我们不一定要用他的真人形象，可以用他的漫画形象。"乔乐谭补充道。

毕竟她当时跟人家保证过会剪掉有他的片段，现在突然变卦，蛮不好意思的，便主动退让了一步。

边加凌沉默了一下，而后说："我那时候不是和你说，他高三时拿了奥林匹克金牌后就被保送了吗？"

乔乐谭"嗯"了一声。

去吃烧烤的路上，边加凌和她提了几句关于这位酷哥的事，说他在升上高三的那个暑假里拿到了国际信息学奥林匹克竞赛的金牌，然后被"打包"到国家队里，之后就被保送到霖大，高三整个下学期闲着没事干，于是又打了大半年羽毛球。

刚听到这些的时候，乔乐谭还微微震惊了一下，后来又想：这位哥确实是一看就很聪明的长相，只是那一头银灰色的头发给人的迷惑性太大，让人第一眼看上去就容易误会他是不爱读书的类型。

"他获奖的事总归会被媒体报道的，结果因为……嗯……你知道的，他帅得太出众了。"边加凌把重音落在了最后几个字上，一副与有荣焉的口吻，"这个成绩加上这张脸，现在又是流量时代，他就在网上爆火了，然后就被各种各样的媒体找上门了。不过他的家门口一般人进不去，所以他们就专门在他上学的路上堵他。"

然后边加凌又说，这些人在季星渠上大学后也没消停，各种各样的网红找上门想和他合作，甚至有人开始扒他的隐私，连他小升初的成绩都被翻出来了。季星渠不胜其烦，告了其中一个人后，这些人总算消停了。

最后，边加凌慢悠悠地补充道："反正我那个弟弟从此就是……嗯……什么状态呢？就是谁都甭想让他参与这些东西，除非他必须配合。"

乔乐谭听完，停了几秒，试探地问："什么算必须配合？"

边加凌说："我不知道他的标准。不过你也听到了，老师叫他去拍官方的招生宣传片他都拒绝了。"

乔乐谭觉得她的心瞬间凉了。

虽然就算没有季星渠的镜头，先导片的主题也可以被表达出来，但她觉得，有季星渠的形象以及这个镜头表现出来的"意外"感的加持，先导片呈现出来的效果会更好，可以把"奇遇"的主题拔高到"宿命"上……所以，她还是想试一下："要不你把他的微信推给我，我和他聊？"

"我问问。"边加凌说。

挂了语音电话后，乔乐谭等了快半个小时，边加凌才转来几条聊天记录。

Lv0：有人向我要你的微信，我能不能给［疑问］？

这是第一条聊天记录。

过了二十多分钟，这条消息才收到回复。

X：谁？

Lv0：今天帮我拍视频的美女。

季星渠回答得干脆：不加。

乔乐谭看着这段聊天记录，无语了。

虽然求人无果，但乔乐谭向来是看清形势便放弃幻想的那类人，也不再强求，安慰自己总归想出了一个新颖的主题。

她赶在劳动节放假前准备了三个主题的策划案，大家讨论后都更倾向于选择"奇遇"这个主题。大家敲定了综艺节目的主题和题目后，乔乐谭联系了微信列表里的几位学动画的朋友，给了他们脚本，让他们画了几个场景并制作了一个短动画，用作宣传海报和先导片。

同时，乔乐谭收到了一个好消息——她几个月前参与的一部短片在几番送审后拿了省级一等奖。这虽然不是什么大赛事的奖，但是在业内还是有一定认可度的。

劳动节期间，乔松朗间歇性地想起乔乐谭这个女儿，给她转了一笔钱，祝她劳动节快乐。

乔乐谭回了个"爸爸劳动节快乐！生活费我够用的［亲亲］［亲亲］！"，又随手发了个表情包，然后把钱退了回去。

他们聊了几句，都是些无关痛痒的话题，然后对话框里的对话便就此停住了。

假期结束之后，霖江大学的校历翻了一页，乔乐谭进入了大二的夏学期。夏学期与春学期相比，唯一的区别就是多了一门通识选修课：天文学导论。

这是热门课，老师给分高、事少，学期快要结束的时候还会挑个晴朗的夜晚带大家到天台上看星星。

不过乔乐谭选它的原因很纯粹，仅仅觉得天文的元素可以被用在影视制作里。

第一节课上，老师照例在讲台上介绍课堂要求和课程考核形式，并提到整个学期只有一份小组作业和一份个人作业，这两份作业各占期末考核的百分之四十。

"我知道有的同学是和好朋友一起选这门课的，有的同学则是一个人来上课的，但是我们大学开设通识课的一大目的就是为了让大家看到更广阔的世界，认识更多的人，碰撞出不同的思维火花。小组我已经分配好了，我尽量协调了男女比例，并且把同专业的同学都分开了。"

说罢，老师就打开了电脑里的分组名单。

乔乐谭抬头看向大屏幕，在名单的第九组里看见了自己的名字，以及……季星渠。

嗯？这么巧？该不会是同名的人吧？

毕竟乔乐谭长这么大，第一次见到用这个"渠"字作为名字的。

"问渠那得清如许""奈何明月照沟渠"……

老师在台上指挥："以后每节课，大家依照分组名单和黑板上划分的区域按小组就座，我也以小组为单位点名，这节课也是。现在我给大家五分钟的时间找位置，大家顺便熟悉下小组内的同学。"

乔乐谭看了一眼黑板上划分的区域，往第九组所在的位置走去。

找到位置后，乔乐谭发现季星渠已经在靠墙的位子上坐了下来。他穿了件黑色连帽卫衣，此时有些漫不经心地垂着头，眼角微微耷拉着，神态疏懒。察觉到乔乐谭的视线，他抬起眼皮看过来，眼神较那日他们见面时更清澈，不过没几秒，便又不甚在意地收回了视线。

乔乐谭也错开了目光，而后挑了后排的位子坐下了。

第九组的成员们度过了所有小组必经的沉默的几秒后，一个男生先开口了："那我们先用微信面对面建个群？"

大家都没有异议。

"行，那进群的号码就是……"男生想了想，说了四个数字，"7456。"

乔乐谭依次输入这四个数字，成功地进群后，发现自己竟然是群里的第一个人。

几秒后，聊天界面上才出现了第二个人入群的通知——

"X加入了群聊。"

乔乐谭认出来了，这是季星渠的微信名。

她小心翼翼地点开群成员列表，看见季星渠的头像的背景是一片黑色，中心有一个白色光点，镀着蓝、红两色的光影的边，有点儿赛博朋克的感觉。

"还有两个同学没有进群，是不是输错数字了？"那位最先开口破冰的男同学举着手机说，"进群的号码是7450。"

乔乐谭在心里重复了一遍这串数字才意识到自己听差了，立刻说道："不好意思，我听错了。"

在她说完的下一秒，前排便响起一道她有些熟悉的好听的声音："输错了。"

乔乐谭抬头，视线落到季星渠那张半低着头的侧脸上，而后立马收了回来。

"没事，没事，"男同学和气地说道，"大家加进来了就好。"

老师说是让组员彼此熟悉，但其实大家都知道，一个学期下来，叫不出小组成员的名字是正常现象，只要保证做小组作业时没人推卸责任就行。他们要是真遇上浑水摸鱼的组员，可以直接在群里通知那个人，总之犯不着一定要相互认识。

于是，大家都很默契地没有提自我介绍的事，只花了一分钟来敲定让那位最先说话的男生当组长。

这堂课的一大半时间都被用来讲上课的规则了，老师真正讲授的内容很少，下课后也没有人问老师问题——毕竟这是晚上最后一堂课了。一下课，大家都赶着回寝室去了。

乔乐谭整理好书包后准备离开，走之前往前面那头银灰色的头发上看了一眼，发现季星渠身子微侧，左手的虎口撑开，轻抵着额头，视线微垂,右手点着手机屏幕上的微信气泡,有些百无聊赖。

在季星渠确认了江平发到群里的参赛信息无误后,教室里已没多少人了。他站起来,单肩背着书包往外走。

"季星渠。"

他刚跨出后门,就被人叫住了。

季星渠循声望去,便看见那个他见过一面的、或许是边加凌的女朋友的女生站在墙壁前。

她暴露在走廊的灯光下,皮肤雪白,不是那种冷冽的白,而是透着淡粉色的白;大眼,眼尾上扬的弧度很明显;那对眉毛却生得英气,使得这张脸有了别样的色彩;那双眸中映着灯光,亮晶晶的,此时正毫不回避地望着他。

季星渠垂眼看她:"嗯?"

乔乐谭需要抬头才能正对上季星渠的眼睛:"我叫乔乐谭。"

说罢,她便噤了声。

等了几秒都没有听到面前的人继续说话,季星渠凝视着那双晶莹又大胆的漂亮眼睛,思忖片刻,微微挑眉,说道:"你好?"

他这句话里带着点儿疑问的语气。

他看见面前的女生闻言冲他眨了眨眼,算是回应。两个人的目光就这样撞在了一起。

不过下一秒季星渠就听见她再次开了口:"我刚刚加了你的微信,你回去记得通过一下。"语毕,乔乐谭还笑盈盈地补了一句,"麻烦了。"

乔乐谭回到寝室里,发现只有厉云云一个人在,就随口问了一句:"她们都没回来吗?"

"贺菁应该在图书馆里;萱奇回来过,又出去了。"厉云云边说边拿开了压在泡面盖子上的书本,泡面的气味立刻飘了出来。

乔乐谭"哦"了一声,便没再说话了。

她和厉云云话不投机半句多,在同一个寝室里待了两年了,依旧保持着社交距离。当寝室里只有她们两个人的时候,连空气都可以保持静止。

放下书包后,乔乐谭准备去洗澡。她站在厕所门口的时候就听见厉云云像是突然想起什么一般,在她的背后说了一句:"哦,乔乔,我的沐浴露用光了，我刚刚借用了一下你的沐浴露，之后买来还给你。"

厉云云嘴里还有未被咽下去的泡面，说话时含混不清的。

闻言，乔乐谭抿了抿唇，沉默了片刻。

厉云云一个月前就把沐浴露用光了，这段时间洗澡都是蹭寝室里其他人的沐浴露。

但乔乐谭没有揭穿厉云云，只是说："没事，你下次用之前和我说一下就好了。"

洗完澡出来，乔乐谭看了一眼手机，季星渠还是没有通过她的好友申请。

至于她为什么要加季星渠为好友，其根本原因是乔乐谭一直以来的观念：广交好友，有备无患。

他们这个专业的学生需要接触形形色色的人，也会碰到各种状况，需要咨询各行各业的专业人士，所以乔乐谭便养成了为自己的好友圈扩充各行业的人员的习惯。

而直接原因则是乔乐谭上课玩手机时又无意间点进了那个只有他们二人的小群里，然后又鬼使神差地点开了那个极具科技感的头像，觉得自己缺少一个用这种头像的好友。

于是，她便发送了好友申请。

从季星渠的个人主页界面退出时，乔乐谭又瞥见了他的微信签名——"Hello,world. （你好，世界。）"

乔乐谭把手机放在一边，打开了电脑。劳动节假期里，她把许多工作提前收尾了，如今稍微闲下来，打算看一部"爆米花电影"放松一下。

乔乐谭把整部影片看完，在内心肯定这确实是一部还算成功的商业片，之后便没了其他感想，甚至都懒得在豆瓣上找到这部电影然后标记"看过"。

她合上电脑，打开手机，发现密密麻麻的未读消息之下压着一条安静却让人无法忽视的消息——"你已添加 X 了，现在可以开始聊天了。"

时间显示是四十分钟之前。

乔乐谭想起来自己对季星渠说的是让他回去记得通过一下好友申请，不由得冷哼一声，心中暗讽：他白长那么长的腿了，怎么现在才走回寝室？

她直到爬上床后才慢悠悠地点开聊天框，没有急着回复，而是先点开了季星渠的朋友圈，发现他的朋友圈没有设置权限，内容全部可见。

乔乐谭蓦地想起来，好像谁说过，这样的人大多是在意识层面接受、认同自己的所有物与过往。

不过季星渠发朋友圈的频率不高，乔乐谭浏览下来，发现大部分内容是他拼的乐高，偶尔有几篇她都懒得点进去的推文，根本没有她想象中的酷哥骑摩托之类的朋友圈。

最新的一条朋友圈是他在一个月前发的，没有文案，只有一张图，图是半个电脑屏幕，屏幕的上半部分是一排密密麻麻的代码，下半部分显示的是字号较大的"100%"和"Finished（已完成）"，意思是程序运行完毕。

这条朋友圈带了个地点，定位在美国丹佛。

乔乐谭正思忖着季星渠是不是计算机专业的，意外地发现自己和他的共同好友还挺多，她的微信界面里就能看见这条朋友圈的七十多个赞和三十几条评论——

"学弟太强了！"

"恭喜恭喜！为国争光！"

"牛啊，渠哥！"

乔乐谭没怎么看懂。

"江平的脸都要笑烂了。"

这条是俞微言发的。俞微言是乔乐谭认识的一个同系研究生，在学生媒体中心里负责韩枫桥老师手里的工作。平日里，乔乐谭和他联系得较为频繁，加上二人的艺术品位很相似，所以他们的关系可以说比普通朋友更近一些。

乔乐谭没想到他也和季星渠认识。

季星渠像是挑着回复一样，只回复了这条：早烂了。

俞微言回：也就你们五个人敢这么说他。

乔乐谭露出了一脸迷惑的表情，仔仔细细地把那张图翻来覆去地看了半天，也没看懂这张图和为国争光有什么关系。

她从季星渠的朋友圈里退了出来，回到聊天界面上，斟酌了一下用

词，发消息过去。

Cookie：乔乐谭，广播电视编导专业的。

发完，乔乐谭去回其他消息。再次返回和季星渠的聊天界面时，她发现季星渠这次居然已经回复了，与她发的那条不过隔了两分钟。

X：季星渠，计算机系。

乔乐谭心想：他的专业还真被自己猜中了。

她顺手给他改了备注，然后继续打字。

Cookie：哇，程序员［星星眼］［星星眼］。

她觉得自己在很含蓄地赞扬季星渠的脑子好使。

结果这次，季星渠又像消失了一样，乔乐谭发出的消息石沉大海。她撇了撇嘴，又忽然想到什么，当即把季星渠抛到了脑后，点开和俞微言的聊天框：俞导，你知道我们那个省级一等奖的证书什么时候发吗？

从 SC（国际大学生超级计算机竞赛）的决赛回来之后，Re 战队便一直在更新数据库，建立适用领域更广泛的耦合模型，顺便给校网提供更为稳定的托管服务。因此，队员大部分时间在本校的研究中心里活动。

所以当校方第三次联系 Re 战队的指导老师江平，说要给霖大的超算（超级计算机）团队拍摄一部纪录片的时候，江平同意了，并且在定下时间后就回实验室里和团队成员们沟通，同时让他们把实验室收拾收拾。

"这次的纪录片虽然说是拍我们学校所有的超算团队，但实际重点还是在我们 Re 战队上的。"说到这里，江平死死地盯着季星渠，意有所指地说道，"所以，大家都要入镜，没有理由拒绝，听——到——了——吗——？"

季星渠轻轻地靠在转椅上，对上江平的视线，微微挑眉，有些敷衍地举起双手做投降状，表示听见了。

"什么叫躲得过初一躲不过十五，我今儿个算是明白了。"从实验室里出来后，侯奕从季星渠的背后伸出手，揽住了季星渠的肩，朝季星渠挤眉弄眼地戏谑道。

季星渠不费力气地把侯奕的手挪开，而后轻描淡写地说道："看来你的业务能力在全队里排名靠后这件事瞒不到十五了。"

侯奕佯装气愤："嘿，兄弟，你可以说我的颜值排名靠后，但不能说我的能力排名靠后！"

"哦，"闻言，季星渠懒洋洋地抬起眼皮，"我把你的颜值排名也靠后这件事忘了。"

侯奕沉默了。

二人并肩往前走去，还没从实验室的氛围中抽离出来，一路上的话题都围绕着算法。直到某个瞬间，侯奕不知看到了什么，突然顿住脚步，轻呼了一声"救命"，随即整个人脚下生风，往反方向跑去。

季星渠抬眼，看见侯奕的前女友走在前边，手还挽着一个男生的胳膊。

研究中心的占地面积大，所以在校园里的位置很偏，校友戏称它坐落于荒郊野岭里。来这儿的人要么是来实验室里工作的学生，要么是散步的小情侣，要么是跑到这里来偷偷地哭一场的伤心人。

那么侯奕的前女友和她旁边那个男生的关系就显而易见了。

季星渠拿出手机给侯奕发消息：你跑得够快啊。

季星渠：原来你是被"绿"的。

季星渠：嗯？

他原本以为侯奕只是单纯地被踹了。

过了半分钟，不知道躲在哪个犄角旮旯里的侯奕给他回复："绿"个头。

又过了半分钟，侯奕又发来一句：我顶多是被"无缝衔接"。

季星渠无语，觉得侯奕这语气听起来还挺骄傲的。但他转念一想，侯奕这才失恋四天就看见前女友和别的男生在一起了……于是他又觉得侯奕可怜了，最后还是决定做个人，只发了一个句号过去。

在实验室里快四个小时没喝水，此时季星渠在路边看见一台自动售货机，便过去买了一瓶水。他刚旋开盖子灌了两口水，突然听见从旁边传来了一道幽幽的女声："季星渠。"

他但凡是个心脏不好的人就直接被吓昏过去了。

季星渠循声望去，就看见乔乐谭坐在路边的道牙上——她的一双眼睛水汪汪的，像昨天她在教室门口拦住他时那般，一眨不眨地盯着他。

不远处悬着的半白半黄的路灯好似柏油路上的月亮，绿化带间亮着几盏草坪灯，光线暗淡。乔乐谭的手里握着一罐啤酒，脚边还摆着两个易拉罐，整个人被笼罩在一种悲伤又诡异到好笑的气氛中。

乔乐谭全然不觉得自己刚刚的那声呼唤有多瘆人，只是望着他，打量他一番后自顾自地说："你的头发真亮，我一眼就认出来了。"

季星渠无语，站在自动售货机前，没往乔乐谭那边走。

他敛着眸，眼中无波，不带情绪地打量着乔乐谭。她小小的，一个人窝在路边，眼里雾蒙蒙的，嗓音里带着些未退去的哽咽声——她显然哭过了。

而此时他的第一个反应是：这是什么情况？

他的第二个反应是：这种情况我是不是应该给边加凌打个电话？

然后，他又对自己说：算了吧，她都一个人跑到这儿来哭了，看样子是不想让别人知道。

"我都叫你了，你为什么还不过来？"

他脑子里的各种想法还在打架，乔乐谭就蛮横地出声打断了他的思考。

行吧。思忖了两秒，季星渠还是走了过去。

他和乔乐谭对视的那一刻，大脑莫名其妙地卡了一下，忽然变成了一片空白。仰着脖头看他的乔乐谭突然蹙起了眉，用一副不太满意的语气说道："你太高了，蹲下来点儿。"

说完，她抬起手又灌了一口酒，那理直气壮的模样让季星渠觉得他刚刚脑子有病才会走过来。

最后他还是半蹲了下来，毕竟和他说话的是个不讲道理的伤心的酒鬼。

可哪怕半蹲下来，季星渠还是比坐在道牙上的乔乐谭稍高一些。他微微垂眸，对上乔乐谭毫不躲闪的眼神，沉默了片刻，最后开口："乔乐……"

"谭"字他只发出了两个音节便被堵在喉咙里，因为乔乐谭突然靠到他的耳边，贴得很近。

她再一次喊他的名字，声音很轻："季星渠。"

季星渠觉得这个情况蛮微妙的。

他和乔乐谭之前统共也就见过两次,一次是他单方面地向她"讨伐",另一次是她单方面地将他拦截了。每一次见面,他们两个人都是其中一方锋芒毕露,并没有你来我往的互动,就连乔乐谭的名字都是她在天文学导论的课后自行灌输给他的——这三个字具体是哪三个字、怎么写的,也是她用微信发给他的。

刚刚那句"乔乐谭"是季星渠第一次叫她的名字。念出口时,他还隐隐地觉得有些别扭,觉得这个名字生疏至极。

但是,现在就是这么个情况。在只有他们两个人的世界里,乔乐谭附在他的耳边,与他的脸颊之间只有一道风的距离。季星渠可以闻到乔乐谭身上淡淡的酒气,并且可以清晰地感受到她呼出的热气,就连自己的心跳都几欲与她的同频。

她明明不是第一次喊自己的名字,可季星渠觉得这像是他第一次听见她叫自己。

季星渠不动声色地别开脸,拉开了二人的距离。

乔乐谭的脸颊浮现出醉酒后的绯红色。她偏过头,试图将唇瓣对准季星渠的耳朵,二人的距离又瞬间被拉近了。

乔乐谭有些醉,但吐字很清晰,语速也很正常:"我知道你为什么不喜欢上镜,边加凌都和我说了。"说到这里,她骤然降下音量,像在说什么秘密,"他还告诉我,你把骚扰你的其中一个人告了。"

季星渠闻言,脑子里的一根弦被重新续上、绷紧——哦,说到底他们是因为边加凌才认识的。

所以呢?她和边加凌是什么关系?情侣?暧昧对象?还是说他们只是好朋友?

季星渠看着乔乐谭此时的行径,推测她像是要把他拉下水,让他做这三种身份里那可能性为三分之二的坏人。

想到这里,季星渠在心里默默地跟她划清了界限,二人之间的距离也无声无息地被再度拉开。他没出声,想听听乔乐谭接下来要说什么。

但他没想到,乔乐谭说的那句话的重点不在于"他",而在于"告"。

"那如果你花了很长时间,成功地完成了一项任务,结果却被偷走了,会怎么做?"乔乐谭坐直了身子,用严肃又纠结的表情说,"你说,

我要不要告呢？"

乔乐谭的话让这个忧伤的夜晚、她眼中未流尽的泪、手上摇摇晃晃的酒……让今晚的一切谜团都被揭开了。

她说得隐晦，但季星渠听懂了，于是问："那它是被偷走了，还是被抢走了？"

乔乐谭似乎没想到他会这么问，托着下巴想了一会儿才说："它被抢走了，因为对方偷到一半被我发现了。"

所以偷就变成了抢。

昨天晚上，她给俞微言发消息，问省级一等奖的证书什么时候发下来，结果俞微言回她："你不是把名额让给别人了吗？"

乔乐谭愣了，说没这回事。

然后俞微言告诉乔乐谭，这张证书上只能写五个人的名字，乔乐谭他们制作团队里刚好有五个人，但是院里有个大三的国家奖学金待定生，他需要一张有含金量的证书，所以院系老师联系上负责申报的俞微言，说自己和乔乐谭说过了，她同意把她的名字改成那位待定生的名字。

俞微言没想过老师会谎报，直接将名单改了。

得知这一切后，乔乐谭今早起来便找到了那位院系老师，问他凭什么改掉她的名字。

老师心平气和地对她说："乐谭啊，你才大二，而且你有那么多奖状了，不差这一张。况且这张证书就算你拿到手了，也会被你的其他履历掩盖。而那个学长呢，已经大三了，成绩好，绩点在院里排第二呢！但他就吃亏在履历上，要是今年拿不了国家奖学金，他保研的机会也渺茫了。

"再说了，你以后应该是走影视路线的吧？你不需要证书，只要拿得出作品就可以了。但是他不一样啊！他不打算去从事这些工作，想继续深造，然后去哪所大学里教书。从职业生涯的规划来看，他比你更需要这张证书。

"这次没经过你的同意就改了名单，是院里不对。下次有什么机会，院里会优先考虑你。"

老师浅笑着和乔乐谭道完歉，又轻飘飘地以一句话收尾，暗示她：

"毕竟如果这件事被捅出去了，对大家都不好，是吧？"

隐隐地猜到了事情的前因后果，季星渠眼中晦暗不明，垂眸看着乔乐谭微微低垂的脑袋。

他想了想，回答了乔乐谭刚刚的问话："这个情况的话，你得把那个人揍一顿再告吧？不然你亏了。"

"真的吗？"乔乐谭眸光闪动，一副信以为真的模样。

这她也能信？

季星渠觉得好笑，蓦地生出了逗弄眼前人的心思，面不改色地唬她，慢条斯理地说道："这得看你道上有没有人。"

"哦。"闻言，乔乐谭若有所思，几秒后遗憾地摇了摇头，叹了一口气，"可惜我的背景太清白了。"

"啊，"季星渠配合着她，"可惜了。"

听见季星渠赞同了自己的话，乔乐谭又闷闷不乐起来，开始喃喃地说："那看来我只能自己上场揍人了。"

季星渠轻笑一声："我跟你闹着玩儿呢。"

他蹲累了，又嫌地上脏，懒得坐下，便站了起来，挡住了大片灯光。他的影子落了下来，覆盖在乔乐谭身上。

见面前落下了阴影，乔乐谭抬起头，然后惊奇地问道："你怎么突然变高了？！"

季星渠没回答她，而是居高临下地吐出两个字："起来。"

乔乐谭慢腾腾地"哦"了一声，然后动作迟缓地站了起来。

季星渠双手插着兜，等乔乐谭站好后不紧不慢地启唇："不管东西是被偷了还是被抢了，"说到这里，他顿了顿，确认乔乐谭在看着他才接着说，"你都要反抗到底，并且要做得更好。你要告诉那些人，他们费尽心思从你手中拿走的，是你不要的、看不上的东西。"

季星渠的声音如这夜色一般沉静。他敛容，只静静地注视着乔乐谭，不再言语。

乔乐谭微张着嘴，像是在思考他的话，一副似懂非懂的模样。

万籁俱寂，流云暗涌，此时早过了枯木逢春的时节，但还未到蝉鸣泛滥的夏天。他们的呼吸都很平静，这是一个静默的瞬间，有风吹过，带走了乔乐谭未酝酿好的醉意。

她有些恍惚地点了点头,然后说道:"我还是看得上的。"季星渠看了乔乐谭一眼,发现她说得很认真,"那可是我熬了一个月剪出来的片子呢。"

空气又静了几秒。

季星渠忽然笑了,不知道自己在这儿和她说个什么劲:"你住在哪儿?我送你回去。"

乔乐谭完全没想到话题会变得这么快,条件反射地报上了寝室号:"紫苑2幢306。"

她倒是在这个问题上格外清醒,答得不能再具体了。

"行。"季星渠说道,又让乔乐谭把啤酒罐收好,别大半夜给清洁人员增添负担。

乔乐谭用购物袋把啤酒罐装起来,然后手上的动作突然顿住了,指了指季星渠手里的矿泉水,问道:"你能不能给我喝一口?"说完,她补了一句,"我嗓子干。"

季星渠淡淡地睨了她一眼:"一口两百块钱。"

乔乐谭"啊"了一声,然后又一副迷迷糊糊的样子,说:"应该的。"

说完,她伸手去摸自己的头发。

季星渠这才发现她的耳边别了个小花形状的发卡。他看着乔乐谭把那个发卡取了下来,然后递到他面前:"给你。"

季星渠不解。

"这个发卡刚好两百块。"乔乐谭说。

她喝醉了就会变得这么较真吗?

季星渠觉得好笑,话里带着些没辙的意味:"我逗你呢。"他只是因为那瓶水已经被他喝过了,所以才没给她,"我给你买瓶新的。"

乔乐谭又"哦"了一声,随后问:"多少钱?"

"两块。"季星渠回答她,特意说得慢了一些。

乔乐谭没反应过来:怎么一口水要两百块钱,一瓶水只要两块钱呢?

但她没去纠结这件事,只是忽然"嘿嘿"一笑,一副奸计得逞的得意模样。她把手里的发卡又往前递了递,说道:"其实这个发卡只要两块钱,我在拼多多上买的。"

闻言,季星渠看着乔乐谭,拖长音调,似笑非笑地说:"厉害啊,你喝醉了还记得骗人呢?"

小算盘被拆穿了,乔乐谭纵使醉着酒,也觉得尴尬。

季星渠看着她这副模样,唇角带着一抹极淡的笑意。他倒着向后退了一步,重新站在了自动售货机前,买了瓶矿泉水,然后拧开瓶盖,把水递给乔乐谭:"拿着。"

他没想到乔乐谭却摇头了。

季星渠略一挑眉,有些意外地问:"你不要了?"

乔乐谭还是摇头。

她再次把手心摊开,将那个小花形状的发卡递到季星渠眼前,义正词严地说道:"拿人手短,我们必须得等价交换。"

"随你。"季星渠这回没再说什么,拿过发卡随手揣在兜里,然后把手中的矿泉水瓶塞到了乔乐谭的手里。

乔乐谭这才接过矿泉水瓶,"咕咚咕咚"就是几口。

在往回走的路上,乔乐谭意外地很安静,只是会偶尔停下来,说要呼吸一下。

季星渠懒得和一个喝醉的人讲道理,便任由乔乐谭犯傻。她停住脚步呼吸的时候,他就站在一旁,看她怎么进行呼吸表演。

他们从研究中心往生活区走的过程中,路上的人渐渐多了起来,尤其是紫苑大门前,许多情侣在那里难舍难分、你侬我侬的。

把乔乐谭送到了紫苑2幢楼的楼下,季星渠才松了一口气,后知后觉地反应过来自己这一整个晚上的虚浮感从何而来——嗯,他们一路上没遇到边加凌。

这个念头冒出来的瞬间,季星渠觉得自己像个傻子。

他怎么搞得跟做贼一样?

乔乐谭在楼下找到垃圾桶后,把拎了一路的啤酒罐丢掉,然后对季星渠说:"谢谢,我上楼了。"她还很认真地向他解释,"我就不请你上去坐了,男生不能进女寝。"

乔乐谭这话说得不轻不重的,几个路过的人听见了,纷纷转过头,以一种好笑的眼神打量着她以及她身边的季星渠。

刚刚还在烦躁的季星渠觉得自己的额角抽了抽。

说完，乔乐谭就要往宿舍楼里跑。季星渠见状，下意识地抓住乔乐谭的手臂，在她停下脚步后又改成了虚握的姿势，然后松开她，垂下了自己的手臂。

他抓过乔乐谭空着的右手，掰开她的手指，把揣了一路的发卡重新放到她的手里。

看清了手里的东西后，乔乐谭下意识地回绝："你不需要还的，这是等价……"

"这不是还你的，"季星渠打断了她的话，"是我送你的。"

乔乐谭在小剧场的门口等了近二十分钟，蔡萱奇才姗姗来迟。蔡萱奇对乔乐谭说："不好意思啊，谭谭，我一直在后台，才知道你来了。"

"没事。"乔乐谭冲她一笑，然后晃了晃手中的观影会入场券，自带音效地说，"噔噔！我准备好啦！"

蔡萱奇配合地鼓掌："感谢捧场！"

乔乐谭的寝室里有四个人，包括乔乐谭在内的三个人是艺考生，读的是广播电视编导专业，只有蔡萱奇是靠文化分考进霖江大学的，读广播电视学专业。所以，很多编导生在高考前的备考阶段就经历的事情——比如第一次排戏、第一次剪片子，蔡萱奇都是在上大学后才真正接触到的。也正因为这样，她非常珍惜每个机会，也主动给自己创造机会。

半年前，她通过社团向学校申请了每周六举办观影会的活动，最近终于得到了许可。

乔乐谭今天本来有个户外采风的安排，但是寝室里的其他两个人都有事，不能来参加观影会。乔乐谭知道蔡萱奇为这个活动付出了许多精力，因此特地请了假过来。

小剧场的二楼是学校借给蔡萱奇办观影会的地方。乔乐谭从门口进去，发现光线骤然暗了下来，只有舞台上的灯光在变幻。白日被隔绝在门外，让人深陷于昏暗、暧昧的光影之中。

观影会的入口处摆了两张桌子，上面放了几个漂亮的透明玻璃罐子，里面盛着鸡尾酒和果汁，来观影的同学可以凭入场券倒一高脚杯的饮品。

乔乐谭往里走，迎面而来的是一面正对着舞台的墙，上面错落有致地贴着电影女演员苏菲·玛索的海报，还有一些电影的海报，海报微微卷起的边角泛黄，透着年代感。

这次观影会的主题是"初恋"，今天要放映的第一部电影便是1980年在法国上映的 *La Boum*，中文译名是《初吻》。此时，室内的音响正在不停息地播放着这部电影的插曲合集。

蔡萱奇把乔乐谭领到安排好的位子旁。乔乐谭要坐下时，蔡萱奇看见了什么，朝一个方向挥了挥手，小声喊了一句："这里！"

乔乐谭顺着蔡萱奇的目光望过去，在看见那一头银灰色的头发的瞬间，心跳漏了一拍。她下意识地抓住自己的包，而后又缓缓地松开了。

乔乐谭酒量小，喝几口就醉，但也正因为这样，醉酒状态下发生的一切她都能记得很清楚。

乔乐谭不是个脸皮薄的人。如果只是在熟人面前耍酒疯，她根本不会在意，还会在第二天酒醒后跑到对方面前，笑嘻嘻地问对方喝醉的自己是不是很可爱。

但这次的问题就在于她和季星渠不熟。那个夜晚就像是个隐秘的故事，在无人知晓的角落里暗自发芽，长出了软刺，扎进乔乐谭的血肉里，不疼，但痒。

尽管如此，乔乐谭面上一定要做逞威风的纸老虎。

她将自己的尴尬之色很好地隐藏起来，此时看见季星渠，就像看见一个陌生人一样，只扫了一眼便把目光投向了她在场的唯一熟人——蔡萱奇，像是用眼神在问：他们是谁？

蔡萱奇自然当他们是陌生人，此时接收到乔乐谭的视线，便拉住乔乐谭的胳膊，把乔乐谭往前面推了推，介绍道："这是我的室友，乔乐谭。"然后蔡萱奇又分别指了指对面的二人："我的高中同学，季星渠、侯奕。"

乔乐谭很上道地露出了一个得体的笑，落落大方地打招呼："初次见面，你们好。"

在撞上季星渠的目光的那一刻，眉眼弯弯的乔乐谭看到季星渠敛着眸，没说话，似乎有些玩味地打量着她。乔乐谭有点儿心虚，但还是强

装镇定地移开了视线。

那个皮肤偏黑的叫侯奕的男生先开口了:"乔乐谭?"

"对。"乔乐谭点了点头。

侯奕又问:"广播电视编导专业的?"

乔乐谭感到有些意外:"你怎么知道?"

"啊哈哈。"侯奕干笑两声,挠了挠脖子,"我看气质随口猜的,没想到真猜对了。"

蔡萱奇:"可以啊,侯奕,几天不见你改行算命了。"

乔乐谭也配合着他们淡淡地笑着,但余光不时地落在站在侯奕旁边的那个人身上。

季星渠姿态慵懒地站在那儿,一言未发。有的人就是这样,自带气场,明明什么也没干,却不容忽视,光是站在那儿就能吸引所有人的目光。

乔乐谭很自恋地觉得,季星渠正在看她。

此时,后台的工作人员来找蔡萱奇了。蔡萱奇让他们按照入场券上的座位号就座,随后便离开了。

乔乐谭率先坐下了,发现她和季星渠中间隔着侯奕后,蓦地松了一口气。

离电影放映还有二十分钟左右时,乔乐谭感受到自己口袋里的手机在振动。她拿出手机,看了一眼来电人的姓名便立即起身往外走去。

"小乔,你和我说的情况我去了解了。"

乔乐谭找了个有楼梯的通道,很窄,但胜在安静、无人,适合听韩枫桥讲话。

韩枫桥是院里的荣誉教授——除了这个身份,他还是个颇负盛名的导演,虽然已经好几年没有新作品了,但是年轻时的荣誉足以让其光荣一世了。因此,韩枫桥在院里的话语权甚至比院主任的还大。

更重要的是,韩枫桥还是学生媒体中心的指导老师,平时和乔乐谭所在的学生团队有较多的来往。乔乐谭自信地认为,韩枫桥还是很喜欢她这个学生的。

所以在那天之后,乔乐谭思来想去,实在没有其他更好的方法,便直接越级找到了韩枫桥,跟他说明了一切。

韩枫桥在电话那头说,他找到老师核实情况,发现确有此事,但是获奖名单已经被呈报上去了，如果这个时候有人去反馈问题，那最坏的结果可能是他们学校的获奖名额直接被取消。

"我向院里反映了，给你想了个补偿方案。最近有部校级纪录片在拍摄，是关于我们学校的超算团队的，校方挺重视这部纪录片，纪录片被做出来之后应该会全平台投放。所以我想着，要不然让你加入纪录片制作的学生团队，后期有署名的那种，你看可以吗？"

乔乐谭沉默了，轻轻地咬住唇，几秒后才对着电话轻声说道："可以的，谢谢韩老师。"

挂了电话，乔乐谭蹲在地上，在脑子里静静地回顾这件事。

乔乐谭虽然对那位一声不吭地偷走她的获奖名额的老师深恶痛绝，但是不得不承认，那位老师有句话说得对——于她而言，经验要比一些不痛不痒的荣誉更为重要。

用一张省级一等奖的证书换名校全平台投放的纪录片的制作经历，虽然这看起来仍是不划算的买卖，但当下她已经没有更好的选择了。毕竟她从韩老师的态度可以看出来，固执的对峙是不会有结果的。

就这样想了半分钟，乔乐谭尽量收拾好自己的情绪，扶着膝盖缓慢地直起身子。

转过身的一刹那，她忽然看见季星渠倚在不远处的一面白墙上。他穿着一件黑色外套，微微低着头，好像没看见她。

楼道的光线被窗户切割开，在他的脚边暗淡下来。他一副贵公子般的疏懒模样，又有着与之不符的痞劲。

乔乐谭想了想，走过去打招呼："你好。"

闻言，季星渠抬眸，看了她一眼，却没说话。

他好没礼貌，乔乐谭在心里吐槽道，但脸上依旧带着友好的笑容。她语气轻快地问："你怎么也在这儿？"

季星渠仍一言不发，只静静地看着她，但是那深沉的眼眸不再有淡漠之意，而是浮上了别样的意味。

被忽视了两次，饶是乔乐谭也觉得有些尴尬，一时不知道该继续打招呼还是生气地走人。突然，她后知后觉地想到什么，当即蹙起眉，严肃地问道："你不会是在偷听我打电话吧？"

话音刚落，她看见方才沉默的季星渠微微扯了扯嘴角。

瞧，他要开始狡辩了！乔乐谭在心里想着，却在下一秒听见季星渠说："我有事，先挂了。"

嗯？

乔乐谭看过去，这才发现季星渠的右耳上戴了个蓝牙耳机。

季星渠说完，没什么留恋地收回落在乔乐谭身上的目光，摘了耳机，很随意地将它握在掌心里，转身要往回走。

乔乐谭只犹豫了半秒，便出声把他叫住了："季星渠！"

喊出声后，乔乐谭凝视着季星渠的背影，看见他仍往前迈了几步，步子很小，但因为腿长，所以他很轻易地就拉开了他们之间的距离。而后，他才不紧不慢地转过身，垂眼望着乔乐谭，神情散漫。

见他停下，乔乐谭踮着脚往前走了几步，姿态很是做作。她在季星渠面前站直，用那双明眸直勾勾地盯着他："那天晚上谢谢你。"

乔乐谭很清楚自己的脾性。别人觉得她骄纵，但其实和她深交后就会知道，她是典型的外厉内荏的性格——别人看长相会觉得她事多，看言行举止更会觉得她不好惹，然而她只会和自己怄气，对别人则是多一事不如少一事的态度。

如果不是那晚季星渠说的那番话，她可能不会去找韩枫桥。

那晚的记忆虽然让她很尴尬，但是真实存在过。

乔乐谭是个有恩必谢的人，所以对着面前的恩人露出了一个温柔、恬静的笑脸。她看见季星渠的眼睛一眨不眨地望着自己，脑子里立刻开始上演了剧情丰富的戏码。

她正思考着是不是自己迷人的微笑已经把季星渠击中了，却没想到他的脸上露出了有些疑惑的表情。片刻后，他问她："哪天晚上？"

他像真的不记得了一样。

乔乐谭怔了一瞬，但依旧微笑着说道："就是我们在研究中心那边，我喝醉了，你送我回寝室的那天。"说罢，她把脑袋往季星渠那边凑了凑，眼里写满了期待的神色，"你想起来了吗？"

季星渠淡淡地睨了她一眼，语气仍然很平淡："有吗？"

闻言，乔乐谭不知道如何接话了，觉得这个人就是在跟她装傻充愣。

当她还在心里吐槽时，又听见季星渠缓缓地开了口。他眉宇间透着似笑非笑的神情,说:"如果我没记错,今天应该是我们的初次见面吧?"

  他们回到小剧场后没多久,本就暗淡的灯光像是约好了一样,在同一瞬间熄灭了。随后大银幕亮起来了,在一片蓝色的星海背景中,高蒙电影公司的图标浮现出来了,小剧场静了下来。

  乔乐谭把饮品放到座位上扶手的凹槽里,调整好坐姿,开始观影。

  她第一次看这部电影是在上初二的时候,看完深陷于苏菲·玛索那双极富神秘感的眼眸之中,只恨自己没长成人家那样。后来,时光冲淡了乔乐谭对这部电影的印象,此时再看一遍,她的全身心依旧很投入。

  与她相反,一旁的侯奕此时窝在座位里已经要睡着了,眼皮打着架,脑袋直往后仰,整个人无知觉地往季星渠那边靠去。

  季星渠用两根手指推开侯奕凑过来的脑袋,也觉得有些无聊。

  季星渠从小就有一根筋的理工科思维,六岁那年就拆了自家的冰箱,最后被他爸揍了一顿。他作为标准的理科生,思维里少了点儿感性,但又认为自己不算过分死板,闲时会看点儿关于天文、地理的书,青春期刚开始的时候迷恋过NBA(美国职业篮球联赛),甚至玩过音乐,可偏偏就是少了点儿对爱情电影的鉴赏能力。

  像《教父》《肖申克的救赎》这些电影,他倒是看得有滋有味的,可面对《初吻》这种有点儿像淡淡的白开水一样的青春题材的电影,只觉得食之无味。

  但是像侯奕一样仰头睡去不是他的作风,这显得多不尊重主办方啊。

  心里这样想着,季星渠放松双肩,身子靠着椅背,余光却在不经意间瞥见了端坐着的乔乐谭。

  银幕上,苏菲·玛索扮演的女主人公站在生日派对上的舞池的角落里,亚历山大·斯特林扮演的男主人公穿过人群,走到她的背后,为她戴上了耳机。

  瞬间,"Dreams are my reality"("梦境是我的现实")的音乐在女主人公的耳畔响起,耳机隔绝了周遭喧哗的声音。舞池中躁动的音乐属于另外一个世界,而在女主人公的世界里,只有她和男主人公两个人。

她转过身，拥住男主人公，二人在舞池中踩着缤纷的光点，轻轻地摇曳。

这一幕就此被铸成永恒，插曲 Reality（《真实》）亦成为经典。

而此时，乔乐谭的视线尽数聚焦在了银幕上。电影里的男、女主人公仍在舞蹈，大银幕投射出来的蓝色光线照亮了她的半张脸，沉在她的眼中，像晶莹的碎钻。

此时的乔乐谭沉浸在电影中，不见平时明媚、张扬的样子，好像周围的一切都与她无关。她仿佛水族馆里沉默的游人，又像玻璃箱内安静的小鱼，侧脸柔和得不像话。

只看了一眼，季星渠便别开目光，突然觉得小剧场里那半明半暗的蓝色光线有些晃眼。

电影结束后，放映机的灯光骤然熄灭，小剧场天花板上的白光再度亮起，站在台下控场的蔡萱奇立即安排主持人上场。

刚刚还身陷于昏暗的环境之中，下一秒就被直接扔进了耀眼的灯光里，乔乐谭被这光亮刺激得眯起了眼。

同时，上一秒还在酣睡的侯奕直接打了一个激灵，喊了一声，然后睁开眼，迷迷糊糊地问："几点了？"

闻言，乔乐谭看了一眼手机，刚想告诉侯奕现在是下午四点，就听见季星渠嘲讽道："八点了。"

乔乐谭不解，疑惑地瞥了季星渠一眼，但马上就知道季星渠为什么这么说了。

听见回答的侯奕赶紧睁开了眼，大喊："我今天的软件工程课是早上八点的第一节课！"

说到这里，侯奕后知后觉地反应过来自己现在是在观影会上，而不是早上刚睡醒。他气愤地望向季星渠，见季星渠一副事不关己的模样，骂道："老子的胆都差点儿被吓破了！我以为要翘课了。"

季星渠悠悠地回道："我第一次知道你这么爱上软件工程课。"

侯奕还想回嘴，就听见了从女主持人的话筒里传来的声音："咦？那边两位正在互动的帅哥是不是对我的这个问题跃跃欲试了呢？"

侯奕像是有预感般抬头——在这种情况下，人的预感总是出奇地准——就见女主持人拿着话筒从舞台上走下来，往他和季星渠这边走来。

坐在前排的同学们都扭过头来看戏。

侯奕一惊:"完了!"

目睹了全过程的乔乐谭咬着唇才强忍着没笑出声。

侯奕有些慌张地问:"她问的是什么问题?"

季星渠冷声反问道:"你问我?"

闻言,侯奕立刻把求助的目光投向了乔乐谭。乔乐谭刚想好心告诉他,女主持人就已经走到了他们身边。

所幸,女主持人先重复了一遍问题才把话筒递到侯奕的嘴边:"来,这位帅哥,你想和我们分享你与初恋的什么故事呢?"

"哦,初恋的故事啊!"侯奕"哈哈"一笑,脱口而出道,"故事就是她把我踹了后'无缝衔接'了。"

他说完,场内沉默了,所有人又都在下一刻爆发出掌声。

良好的专业素养让女主持人仅呆滞了半秒就继续自如地控场了:"虽然这是个悲伤的故事,但是看这位同学这么轻松的语气,这件事过去了,是吧?"

"啊,对,对。"侯奕忙不迭地点头,表示他赞同女主持人的观点,以此挽尊。

女主持人对他的配合表示满意,点了点头,然后继续升华主题:"这也印证了我们的那句话——时间会冲淡一切。一些现在看起来仿佛天崩地裂的大事,我们以后也都能将其当成笑谈。"

乔乐谭此刻很放松,思维发散地想:也不是所有的过往都能被当笑谈的。

采访完侯奕,女主持人又往前移了一步:"那这位帅哥呢?"

季星渠坐得有些随意,长腿没讲究地支着,几乎占了半条过道,有点儿生人勿近的感觉。周围的人偷偷地打量他,可都有些遮遮掩掩的,不敢将其中的探究意味表达得太明显。偏偏乔乐谭无法无天,情不自禁地扬起了嘴角,看热闹不嫌事大,身子光明正大地往季星渠的方向倾斜了些,用那双明亮的眼睛直直地看着他。

还没等他说话,一旁的侯奕就自然地拿过话筒,替他说:"哦,他还没有初恋。"

乔乐谭乐了,觉得有些意外。

不是吧?他这种长着"早恋脸"的大帅哥,走得居然是纯情路线?!

听到这话后,就连女主持人都没做好表情管理,微微错愕地瞪圆了眼,随后干笑了两声:"看来这位帅哥之前应该是太专注于学习了,不然颜值这么高,怎么会没有初恋呢?"说完,她还开了个玩笑热场,"要不这样吧,我们当场帮这位帅哥宣传宣传,征个友,万一真的在'初恋'观影会上促成了一对初恋情侣,那我们这个观影会也算实至名归了。"

说罢,她还像寻求季星渠的意见一样,把话筒往他那边递了递。

乔乐谭一面替季星渠尴尬,另一面又看得乐和,想看看季星渠能说什么。

爱看热闹是大学生的天性,剧场内响起了"窸窸窣窣"的交头接耳的声音,场内的观众也都不约而同地看向季星渠。

唯有季星渠自己一副气定神闲的模样,也没推托,很大方地伸手接过话筒:"不用帮。"季星渠的语气很淡,但配上他说的话,就自然使人觉得他确实够跩,"遇上喜欢的人,我自己会追。"

"兄弟们,你们是不知道,他说完话,全场掌声雷动!"一回到寝室,侯奕就坐在寝室中间,给室友们绘声绘色地演绎今天的场面。

齐洛铠给季星渠鼓掌:"少爷太牛了!"

就连平时一向沉稳、不怎么参与这些话题的商豫铭都短暂地放下了书本,听侯奕描述得如此夸大其词,最后也被逗笑了。

季星渠刚洗完脸就听见侯奕在这儿唱戏,没客气,直接踢了一脚侯奕的椅子腿:"你说话不能靠谱点儿?"

说着,他在自己的书桌前坐下,打开了电脑。

"这个是C++(一种计算机高级程序设计语言)的作业吗?"

季星渠在寝室里装了一台显示器,大屏、高清,商豫铭瞅了一眼,见满屏幕都是自己没见过的代码和框架,就问了一句。

季星渠:"对。"

商豫铭:"你们班的老师讲这个?我们班的老师讲的好像和你们的

不一样。"

他的 C++ 老师和季星渠的不同，而他完全没看懂季星渠的显示屏上的程序。

"没。"季星渠回他，半晌又补了一句，"老师讲的都一样。"

商豫铭又问他跑的是什么程序。季星渠仍手指按着鼠标滚轮，一直看着显示器，没把目光分给商豫铭，但回答得不敷衍。

他知道商豫铭想学，便干脆把学习的途径都告诉了商豫铭："我在校网上找到了大三下学期的 C++ 的课程，看到要做 Buffer Pool（缓冲池）管理的实验，就想试着跑一下。不过我们现在把 C++ 学好就可以了，跑这个程序的意义不大，我纯属没事找事做。"

"没事，我就想多学点儿。"商豫铭说，然后扶了扶自己的眼镜。

随后，他在待办日程上写下：下载大三下学期的 C++ 课程。

商豫铭很佩服季星渠。在来寝室的第一天，他第一次看见季星渠的时候就震惊了——在他有限的认知里，长得这么帅的人成绩不可能好。而在霖大读书的日子里，商豫铭越来越明白，人外有人，山外有山，世界上优秀的人真的太多了，永远不要拿自己的认知去框定别人的生活。

也是季星渠让他知道，有的人就是比他更聪明，也比他更努力。

超算不是人有天赋就可以掌握的事情，还需要无数次试错和超强的抗压能力。刚进 Re 战队的那几天，季星渠在实验室里连续熬了两个月，出了无数次漏洞，但是从来没吐过一句苦水。

最开始，商豫铭会在心中忌妒季星渠，直到有一天，季星渠毫不在意地在寝室里自嘲，说自己以前写的代码被指导老师说很烂。而第二天，和季星渠来自同一所高中的侯奕告诉他们，那时候季星渠才读高三，看他代码的却是霖大的一个嘴很毒的老师。

季星渠自己讲这件事时绝口不提这个背景，为的是什么，商豫铭很清楚。

从那以后，商豫铭就开始学着转变思想了：自己遇见优秀的人时，不要去证明对方的身上有什么污点，把他拉下神坛，而是要学习他的闪光点，比如大方地承认失败、接纳自己的不足。

也是从那天起，商豫铭把季星渠看作了自己的学习对象。季星渠学什么，他也想跟着学一点儿，至少不要落后太多。

季星渠不是爱处理人际关系的人，但他的情商天生就高，他总是一眼就能判断出别人的想法，至于乐不乐意顺着对方的心思做事，就得看他的心情了。

季星渠知道商豫铭拿他当目标，但因为商豫铭没藏着心思，所以他也就更坦荡了。只要商豫铭来问，他就愿意答。

入门 Buffer Pool 管理实验的难度不小，做了一个多小时后，季星渠觉得自己的基础不扎实，写的代码不漂亮，就没逼自己继续做下去，而是保存文件后直接关了电脑。

人要先打基础再建楼，今天状态不好就改明天做，路总是活的，他不是那种逞强的人。

刚准备睡觉的侯奕见季星渠起了身，突然想到什么，叫住他："哎，今天那个乔乐谭，就是蔡萱奇的那个室友……"

怕季星渠对不上人脸和名字，侯奕还特意解释了一句。

季星渠抬眸，乜了侯奕一眼，用眼神问：怎么了？

"你说巧不巧？"侯奕压低了声音，"她就是顾骋的那个女神。"

季星渠闻言，表情没什么变化，看起来对这个话题没兴趣。

侯奕："之前我一直听顾骋说起他的女神，只知道她的名字，今天算是第一次见到脸了。"

所以侯奕才在听到蔡萱奇介绍乔乐谭的名字时问乔乐谭是不是广播电视编导专业的，以此来确认她是不是顾骋经常挂在嘴边的那个"乔乐谭"。

"她确实长得漂亮，感觉性格也不错。"侯奕自顾自地说道。

季星渠觉得好笑："你今天和她说上话了吗，就说人家性格不错？"

"我看人很准的，好吧？"侯奕回击。

季星渠没理他，拿着手机回了几条微信，然后看见朋友圈的图标上有个小红点，点进去发现上面显示着一个小熊抱着郁金香的头像。

他点了一下这个头像。

一分钟前，顾骋的女神分享了一首歌——*Reality*。

第二章
触 电

　　观影会上的采访好像在季星渠和侯奕这里"翻车"了，但正是这个小插曲给观影会制造了话题，让人印象深刻。观众的反响很好，观影会后的总结性推文也获得了极高的阅读量。

　　在新媒体日益发展的今天，各高校开始看重媒体渠道的数据。因此，社团中心同意将这个观影会办成长期活动。

　　蔡萱奇很开心，乔乐谭也替她高兴。

　　周日，乔乐谭终于把恋爱综艺节目的先导片剪了出来。拖着疲惫的身子回到寝室后，她倒头就睡，还特地把早起的闹铃关了。

　　但翌日清晨六点半，她又被厉云云敲键盘的声音吵醒了。

　　晚上，乔乐谭很早就吃好了晚饭，然后直接来到天文学导论课的教室里，按照老师要求的那样坐到了他们小组的位置上，而后就趴在桌上休息了。

　　等老师进了教室里，说要上课，乔乐谭才从昏沉的睡意中挣扎出来，有些迟钝地抬起了头。

　　迷迷糊糊间睁开眼，她发现这次季星渠依旧坐在她斜前方的位子上。从她的角度看去，她刚好可以看见季星渠那轮廓流畅而分明的下颌线，以及过分好看的鼻梁。

季星渠懒散地靠着椅背，手自然地垂着，浑身透着气定神闲的劲，坐姿不像好学生那样端正。

他的桌面上很干净，只有一个水杯，但是他没像其他糊弄的同学一样玩手机，而是望向了讲台。

乔乐谭觉得他应该在听课。

乔乐谭有些无聊地想：如果季星渠高中时和她同班，那按照他这个坐姿和桌面的状态，是会被她那时的班主任狠狠地骂一顿的——"坐成这样，你是上课还是看戏啊？哟，你还知道在桌上放杯水？要不要我再给你放一碟花生？"

她又莫名其妙地想：季星渠如果被这么阴阳怪气地批评一番，大概会语气淡淡地回一句"也行"。

课间休息的时候，坐在前排的组长转过身和大家说，因为他是医学生，考试周会忙得要命，所以想早点儿把这门课的小组作业完成了。他还问大家愿不愿意下课后留下来，开个短会。

说完，他有些不好意思地补充："因为这是我基于个人的情况提出的提前完成作业的要求，所以大家要是不同意的话可以说。"

其实乔乐谭是想早点儿回去睡觉的，但是组长的态度很诚恳，故而她没有反对。

下课后，周围的同学都纷纷起身离开，只有他们组的同学很配合地待在座位上。

组长："小组作业的要求大家应该都清楚吧？就是以'我身边的天文'为主题做课堂展示。大家对这个主题有什么想法吗？无论是内容上的还是形式上的，都可以。"

话音刚落，大家就陷入了大学生特有的沉默之中。

其实在老师说出这个作业要求后，乔乐谭的脑子里就有了灵感。于是，见此时没人说话，她想了想，率先开口："我有一个想法。"

"你说。"

"因为这门课留给小组展示的时间还挺充足的，所以我们如果念幻灯片的话会太无聊，不过单纯地给大家展示视频又会导致时间不够用。"乔乐谭说道，"所以我觉得，我们可以把幻灯片、视频和另一个不常用的形式结合在一起。

"我刚刚简单地想了一下,我们可以分成三组,分别负责'日''月''星'这三个最常见的天文要素。对于'月'这个主题的呈现,我们可以用纪录月相的方式,这样在展示形式上就有了创新。"

乔乐谭觉得自己的这个想法很好,但最后还是故作谦虚地说:"当然啦,这只是我的一个很不成熟的想法。"

"没有啊,"组长夸她,"我觉得这个想法很好。"

"好是好,"组里的一个女生插嘴,"但这就是个通识课的作业,这样做我们的工作量会不会太大了?尤其是那个拍月相。我们平时还有那么多专业课的作业要做。"

乔乐谭:"拍月相我可以负责——我之前拍过。"

那个女生接着说:"但是把三个主题整合起来也很麻烦。我们现在单纯地构想,会觉得你的想法不错,但操作起来可能就是另一回事了。"

说罢,她还提了一下自己的想法,是很常规但很省力的做法。

这位女同学说完,组员们再次陷入了沉默中。

组长看了看乔乐谭,又看了看那位女生。他个人觉得乔乐谭的想法要好许多,形式新颖,内容充实,而且她刚刚已经主动揽下了任务最重的部分。但是作为组长,他不能直接地表达自己的喜好,所以在心里盘算着要不然让大家投票好了。

正犹豫不决时,他听见那位在上课前他就知道其姓名但看起来就不是很好相处的跩哥冷不防地开口了:"第一个比较好。"

季星渠说得很直接,语气也是冷淡的。他没有刻意偏袒谁,只是在实事求是地点评这两个方案。

季星渠这么一说,刚刚一言不发的其他同学也纷纷表了态,都认为乔乐谭的提议更好,所以小组作业的方案就这么被确定下来了。

怕耽误大家太多时间,组长没再拖延,说细节和分工大家可以在线上讨论,然后便结束了会议。

因为天文学导论是晚上最后一节课,他们开会又耽误了几分钟,所以当乔乐谭整理好东西下楼时,楼梯间里已经没什么人了。

一天下来,乔乐谭感觉身体已经超负荷了。背着书包下楼的时候,她只觉得双肩酸疼,恨不得把里面的笔记本电脑和平板电脑都扔了。再想到从教学楼到寝室还有那么一大段路,乔乐谭觉得自己的双腿也像灌

了铅似的，抬都抬不起来。

她正绝望地盘算着自己最快要什么时候才能到寝室，走出教学楼就看到了路灯下那道熟悉的颀长身影。

季星渠站在不远处，那一头银灰色的头发在黑暗里辨识度极高，配合着自身出众的身高，很打眼。昏黄的灯光洒下，打出了他的影子，也照亮了他身边那辆机身锃亮的摩托。

乔乐谭眸光微动，在心里权衡了两秒，而后喊："季星渠！"

听见声音的季星渠顿了顿，放下手中的头盔望过去，就见乔乐谭小跑到他跟前，仰起头看他。

她整张脸沐浴着灯光，眼眸里盛着光影，波光流转，像是会说话。

季星渠没说话，只盯着乔乐谭，想听她说什么。

见他不吭声，乔乐谭心虚了一瞬。

乔乐谭一直觉得她和季星渠之间的氛围很微妙，带着一点儿尴尬，也藏着丝丝缕缕的隐秘感。

人们总说人与人之间的气氛是在他们第一次单独相处的时候决定的。她和季星渠第一次见面是在球场上——他将对镜头的抵触心理表现为冷脸相对，而她在答应剪掉他无意入镜的片段后又反悔了，试图加他的微信说服他，就连第一次加微信的请求都被他拒绝了。

他们一开始便有点儿针尖儿对麦芒儿的感觉。

若说这些都只能算接触，那么他们真正的相处应该是乔乐谭在研究中心附近喝醉的那晚。

那个瞬间，她突然凑到他的耳边，呼出的热气尽数扑在他的脸上。

夜晚、酒精、"送你回去"的话语，明明每一个元素都是暧昧的，却因为她不清醒的状态和二人之间过于浅薄的交情而变成了尴尬的回忆。

几次和季星渠相处下来，乔乐谭发现，面对季星渠时，自己总会下意识地局促起来。因此她一直想找个机会给他们俩的关系下个定义，打破这个僵局，却总是没有合适的时机。

此刻，她站在季星渠的面前沉思了片刻，终于试探地开口："季星渠。"

季星渠发现，她很喜欢叫两遍他的名字。

正走神，他又听见面前的乔乐谭问他："我们现在算认识了吧？"

他没想到她会问这个。他要怎么答？

季星渠低着头，眼神深沉。他伫立在那里，身形未动，似乎与这夜色融为一体。

他神情平静地反问："认识吗？"

他只说了这三个字，说话时那不紧不慢的口吻像在嘲讽她。可乔乐谭知道，他没这个意思，而是把定义他们的关系的主动权重新递到她的手上了。

他们认不认识，她说了算。

乔乐谭属于给点儿阳光就灿烂的那种人，见主动权又回到了她的手上，便习惯性地拿乔，故意装出不确定的样子："认识吧？"然后，她又画蛇添足地补了一句，"我们现在至少是同学关系。"

季星渠向来干脆，既然是自己把主动权扔回给她的，既然她说了认识，便说："那就认识。"

得到了认证后，乔乐谭心底的那点儿局促感逐渐消散了。

她冲季星渠眨了眨眼，直奔主题："那你愿不愿意送认识的同学回寝室？"

乔乐谭从小就懂得怎么利用自己的优势，知道在她的五官中，眼睛生得最好看——大眼，配上浓而长的睫毛，被衬得很水灵。故而每当她有求于人时，总会习惯性地眨眼，而后便直勾勾地盯着对方，试图用眼神来突破对方的心理防线。

季星渠闻言，微微挑眉。

得，原来她在这儿等着他呢！

他当然知道乔乐谭这么突然地跑过来找他扯这些，肯定不单单是为了证明他们认识。她那双大眼睛扑闪着——季星渠在看见她第一眼的时候就知道，她是会耍赖的性格。

但他没理由拒绝这个请求。

虽然不是一定要送乔乐谭回寝，但这大晚上的，路上也没个人影，哪怕不危险，在她主动提出让他送她回去的请求之后，他让她一个人走回去也挺不绅士的。

这种事他做不出来。

他转过身插上钥匙，给摩托打着火，把唯一的头盔往乔乐谭的怀里一扔："上来。"

乔乐谭条件反射地接住了头盔，但没反应过来，"啊？"了一声。

季星渠跨上车，用长腿撑地，侧过脸看她："你会戴头盔吗？"

乔乐谭这才反应过来，心里当即放了一场烟花，语气也一起被染上了笑意："会。"

听乔乐谭那美滋滋的语气，季星渠觉着好笑，勾了勾嘴角，不明显的弧度被夜色遮掩住了。

"行。"他语气散漫，有点儿上扬的感觉，"你的同学人好，送你回寝。"

说真的，这话在乔乐谭听来挺幼稚的，像她的小学男同桌才会说的话，可是从他的嘴巴里蹦出来，就让人感觉确实是这么一回事。

乔乐谭在必要的时候或者心情好的时候嘴甜，一想到不用走回寝室，便顺着季星渠的话夸他："当然啦，我的同学人最好了。"

说罢，她没客气，抱着头盔踮脚坐上了后座。

季星渠侧过头看了乔乐谭一眼，言简意赅地提醒她："头盔。"

"我知道。我要坐在车上戴。"乔乐谭一边回答，一边拿着头盔往自己的头上套。

人生第一次坐摩托，乔乐谭想来点儿仪式感——电视剧里的人不都是坐上车后才戴头盔的吗？

她虽然认识很多会骑摩托的朋友，但这是她实打实地第一次坐摩托，所以有点儿兴奋。

季星渠的车很漂亮，每个棱角都很锐利，轮胎大小适中，车身黑得锃亮，唯有车轮之上的部件被勾了几道质感很好的细细的银白色线条。刚刚他转动车钥匙给车打火的时候，车的前灯亮起来，白得耀眼又拉风。

乔乐谭的整颗脑袋都被头盔包裹住了，这种密不透风的紧实感让她更加兴奋，几分钟前的疲惫感被一扫而空。

她有些得意忘形地问："你可以飙车吗？"

话说出口的那个瞬间，乔乐谭反应过来自己的声音被头盔挡住了，听起来闷闷的。她立刻伸手把头盔前的隔板往上拉，又重复了一遍刚才的话。

季星渠的声音从前面传来:"你想?"

乔乐谭应得很快:"想。"

"那你就想吧。"

乔乐谭无语了。

隔了几秒,季星渠的声音又悠悠地传来:"骑摩托的人不飙车的。"

隔着头盔,乔乐谭听不太切他的声音。

闻言,乔乐谭说:"但是我之前老是看到一些人在街上骑摩托,骑得很快。"

"那是机车。"季少爷难得有耐心地跟她解释,"玩机车的人一般会改车,不然车跑不了那么快。"

乔乐谭似懂非懂地"哦"了一声,又问:"那你为什么不买机车?"

季星渠淡淡地说道:"我不玩。"

话尽于此,二人都没再多说什么。

季星渠握着把手转了两下,乔乐谭的耳边立刻响起车子发动时沉闷的"嗡嗡"声。

这一下,乔乐谭就听出来摩托和被改装过的机车的差别了。这辆车的声音不扰民,不是那种机车深夜炸街般的轰鸣声,而是一种更为文明的声响,像森林深处的野兽的咆哮,又有一种平静的感觉。

季星渠问:"坐稳了?"

"等下!"乔乐谭赶紧扣上头盔的隔板,用手扶着身子两侧的车身,然后说,"好了!"

怕头盔会削弱她的声音,她还特意回答得大声了些。

然后季星渠没再说话——或者他说了什么,但她没听见。此时此刻,乔乐谭只能感受到她跟着车子一起往前方驶去了。

其实季星渠开得不快,只是车子本身的速度就摆在那儿,再慢也要快过大部分自行车。

校园的道路上人影寥寥,他们路过图书馆时,乔乐谭能看见从建筑物里发出来的灯光。夜风本是寂静的,却被车的速度搅出了旋涡,掀起乔乐谭的衣角,抚过她的每一寸肌肤。

乔乐谭觉得她要化在这风里了。

随着车子前行，乔乐谭的身子亦无意识地前倾，越发靠近坐在前面的季星渠。

季星渠微伏着身子，肩胛骨抵着衣服，隐隐地现出轮廓。他后背偏薄，但肩膀宽阔，给人一种安心、有力的感觉。

察觉到自己的身子几乎要贴上季星渠的背时，乔乐谭又调整了一下坐姿，拉开了二人间的距离，不然怕季星渠把她丢在半路上。

不过几分钟，季星渠就将车驶到了女寝楼下。踢开摩托一侧的支撑架后，他懒得下去，只用脚撑着地，稳住整个车身。

乔乐谭摘了头盔递给季星渠，等他接过头盔后才跨下车。

乔乐谭在女生里面算个子高的，但这车座太高，她迈下车的时候有些费力，还因为重心不稳而趔趄了一下。

站稳后，乔乐谭刚想和季星渠道个谢，却看见他已经将头盔盖在车身前面，没看她，像是已经准备好要离开了。

她在原地站了几秒，看见季星渠收回蹬着地面的腿，把腿重新架在摩托的一侧，全程没有回头看她一眼。她这才收回目光，转身进了宿舍楼里。

回到寝室里，乔乐谭没看见蔡萱奇，便顺口问了一句："萱奇呢？"

下一秒，她就听见蔡萱奇的声音从床帘内传来："我在床上！"

乔乐谭走到书桌前，发现自己的桌上多了一沓纸，拿起来翻了几页后，看见第二页上赫然写着"超算"二字，便了然了。贺菁坐在她的旁边，对她说："这是俞学长让我给你的。"

乔乐谭说了一声"谢谢"。

一旁的厉云云探出头来问："乔乔，那是什么呀？你研究超级计算机做什么？"

俞微言是院里的老前辈，在本科毕业的时候拿到了"优秀毕业生"的称号，现在当了几门课的助教，所以大家对他很关注。

俞微言给乔乐谭的这沓资料的第一页上只有校徽的图标，所以，厉云云知道这沓资料的内容是关于超算的，应该是动手翻过了。

一想到此，乔乐谭便只模棱两可地回答："我最近跑了个任务，和超算有点儿关系。"

乔乐谭洗完澡后，退去没几分钟的困意又像潮水一样涌了上来。她爬上床，打算睡前再看会儿手机，然后就看到了蔡萱奇给她发的微信：你要拍 Re 战队的纪录片吗？

蔡萱奇发消息的时间正好是乔乐谭和厉云云说话的时候。乔乐谭没有隐瞒，回了个"是的"的表情包，又问：你怎么知道的呀？

蔡萱奇：我的朋友在 Re 战队里，他们和我说过学校要拍超算团队的纪录片。你们刚刚一提超算，我就想起来了。

乔乐谭还没想好回什么，蔡萱奇就又发了一条消息过来：要不要我把他们的微信推给你？方便你们沟通。"

乔乐谭没拒绝。

一眨眼的工夫，蔡萱奇就推了两张微信好友的名片过来，其中一张名片乔乐谭已经打上了"季星渠计算机系"的备注。

怕乔乐谭对不上人名，蔡萱奇还帮乔乐谭回忆了一下他们的个人特征：这两个人就是那天来我的观影会的高中同学。上面那个名片是侯奕的，就是黑一点儿的那个男生；下面的是季星渠的，帅一点儿的那个男生。

在超市门前熄了火，季星渠跨下车，站在车旁，目光瞥过车后座。

因为材质较硬，乔乐谭坐在上面的时间也不久，皮质的车座上没有一点儿凹陷的痕迹，像什么也没发生过一样。

季星渠没什么情绪地收回视线，把车停好后走进教育超市里买水，在货架旁边看见了顾骋。

顾骋也同时看见了他，主动走过来，伸手揽了一下他的胳膊，一副热络的模样："来买水啊？"

季星渠微微颔首，算是回答，然后谁都没有再说话，一个人往收银台走，另一个人往货架走。

顾骋拿了一瓶水，出来时已经不见季星渠的身影了。他们之间连道别都省去了。

顾骋走回寝室的时候，在楼下看见了季星渠的车。

之前大家出去玩的时候，季星渠骑过一次这辆车，顾骋也不知道出于什么原因，就这么把这辆车记住了。或许是因为它和它的主人一样，耀眼、嚣张，让人看一眼便难以忘记。

其实顾骋和季星渠并不熟。

托侯奕的福，顾骋和季星渠聚过几次，但几次聚会下来，他们俩的关系就是那样——他们彼此知道对方的名字，在路上见面时，要是心情好就主动打个招呼，要是心情不好就干脆把对方当成陌生人。

直到有一次，顾骋的室友问他是不是和季星渠认识，因为看见他们在一起打球了。

顾骋问："怎么了？"

"没什么，就是觉得你的人脉还挺广的。"室友笑着说道。

就是那一瞬间，室友眼里的笑意刺激到了顾骋。他张口捏造了自己和季星渠的关系："他是我的哥们儿。你要是想，下次我把他叫出来，带你一起玩。"

室友还是笑着，说出的话却是回绝的意思："算了吧，我跟他不是一个世界的人。"

从那天起，顾骋对外都称他和季星渠是好哥们儿。

但其实无论他怎么示好，季星渠都是不冷不热的，对他的态度清清楚楚地摆在明面上。对季星渠来说，他就是一个认识的人，没有再多的情分。

顾骋也知道，他和季星渠注定玩不到一块儿去，用他室友的话说就是：他们不是一个世界的人。

但他还是积极地在别人面前营造他和季星渠关系很好的假象——仿佛这样他能借到点儿光，证明他也是那个他满心渴望进入的世界里的人。

但事实是怎样的，他很清楚。

他借着季星渠的光，却因为季星渠不愿意与自己为伍而憎恨季星渠，所以总想在什么地方找补回来。比如他会在别人面前以一副了解内幕的样子说，其实季星渠没有你们想得那么好；又比如这几天他要过生日，邀请了侯奕来参加聚会，却特意独独没通知季星渠。

似乎将季星渠踩下去，他就能变得伟大。可他也知道，有的人生来便站在光里，站在连黑暗都蚕食不了的绝对领域里。

寝室熄灯后，被放在桌上的手机亮了起来，在黑夜里格外明显。

季星渠拿起手机,看见是侯奕发来的微信。

侯奕先发了一张截图,然后甩了一句:乔乐谭居然来加我的微信。

截图上是乔乐谭发来的好友申请,还有简简单单的验证消息:我是乔乐谭。

侯奕问:她加你了吗?

看着这句话,季星渠沉默了。

她加了吗?

他总不能说她早就加了,于是干脆没回。

一分钟后,毫无眼力见的侯奕又发来了消息:我听顾骋说,他打算在过生日那天和乔乐谭表白,你觉得他们俩能成不?

没等季星渠读完,侯奕的消息又蹦出来了:算了,我问你干啥,你和他们俩都不熟。

季星渠打字嘲讽道:手速挺快。

侯奕一分钟竟然能发过来这么多消息。

侯奕假装听不出来这是嘲讽:谢谢赞美[亲亲][亲亲]。

接着,他又回到上个话题,自顾自地说道:反正我是觉得他们不能成。

季星渠读着这句话,觉得侯奕的想法挺莫名其妙的,想问一句"为什么",毕竟顾骋也算是侯奕的朋友,但他最终还是什么都没问。

这句话哪怕不是侯奕说的,他也有同样的感觉。

他对顾骋的印象很淡,时间冲一冲就完全退去的那种。顾骋的一些言论给他一种投机取巧的感觉,为人也很狂妄,这个人明明什么成绩都没做出来,还眼高手低。

而乔乐谭那个人吧……说真的,他最开始见到她的时候,只当她是个被宠坏的女生。再后来,他又觉得她有点儿蠢,缺根筋,有点儿浑然天成地"作",但不算让人反感。

今天晚上小组成员讨论作业的时候,她的提议很有想法,她还会在被旁人质疑的时候捍卫自己喜欢的事物。

季星渠忽然觉得,她和自己想的不太一样,是褒义的那种"不一样"。

说句难听的,季星渠觉得这样的乔乐谭看不上顾骋。

季星渠从他和侯奕的聊天界面里退出来，下意识地刷新了一下消息列表，仍没看见那个小熊抱着郁金香的头像跳出来。

他坐在椅子上沉默了几秒，最后摁灭手机屏幕，把手机反扣在桌上。

乔乐谭加入这个纪录片制作团队后才知道，这个队伍里多是大四以上的学生，俞微言也在里面。

俞微言知道乔乐谭要加入团队后，立刻把她拉进了拍摄小群里，群名叫"奥斯卡最佳纪录片"。

同时，乔乐谭也得知，在她入队前，这个纪录片制作团队已经开过几轮会议了，而正式的拍摄在几天后就要开始了，时间很紧。于是乔乐谭向俞微言要了相关资料以及有关工作安排的文件，在第二天花了一个上午把这沓资料看了一遍，赶在开拍前参与了"奥斯卡最佳纪录片"小队的最后一次备案讨论。因为大家都很友好，所以乔乐谭很快就融入了这个团队。

开完会后，她发现天文学导论课的小组长给她发来了好友申请，点了通过后，组长很快就发来了一条消息：同学，你好，昨天确定好主题后，我拟了一个大致的分工表，你觉得可以吗？

乔乐谭点开组长发来的分工表，浏览了一遍，然后回了一句"可以的"，同时发了一些自己的修改意见。

想了想，她又多发了一句，提醒组长：去群里问一下大家的意见吧，看看他们有没有什么想法。

组长很听劝，立刻把初步的分工表发到群里，并询问大家喜欢怎样分工。

有个同学提议用微信自带的随机动态表情"石头剪刀布"分工，出的手势一样的人一组。其他组员也赞同这个想法，然后组长就在群里吆喝着要分工了。

乔乐谭想了想，在微信的搜索框里输入了季星渠的名字，找到他，双击他的头像，随后"我拍了拍季星渠计算机系"一行字赫然入目。

几分钟后。

季星渠计算机系：嗯？

见季星渠回复了，乔乐谭又开始打字。

Cookie：你愿意和我一组吗？

这句话的后面还跟了两个"可怜"的微信表情。

季星渠计算机系：什么组？

乔乐谭把分工表转发给季星渠，说：小组作业要分工了，我负责拍月相，还差一个人。

季星渠回得很直接：我不会拍照。

Cookie：我会拍就可以了。

季星渠计算机系：那我做什么？

Cookie：你就看看天气预报，哪天天晴，适合观月，告诉我就好啦！

另一边，季星渠盯着那行字，心说：这不是让我"吃软饭"吗？

突然，季星渠的肩膀被压下，侯奕从后面冒了出来，眼睛往季星渠的手机屏幕上凑："做什么呢？"

"你的CESM（通用地球模式系统）测试完了？"季星渠反问他，很自然地摁灭了手机屏幕。

侯奕的思路立刻被带走了，他收回手，骂了一声，然后说："之前SC对容错性的要求还好啊，这几年怎么突然被拉大了？"

季星渠抬起手腕，揉了揉脖颈，悠闲地说道："时代在召唤。"

距离ISC（国际超级计算机竞赛）开赛只有一个月了，Re战队下周又要重新开始集训式训练，队员们已经开始重刷过往年份的三大赛的题目了。

如今整个世界都意识到科技尤其是高精尖领域的重要性，故而对这方面的投入大幅增加，SC竞赛的题目难度也明显向上跨了一个阶梯。

二人就2007年SC竞赛的决赛题目又聊了几句，侯奕想到什么，便随口说："我们那个纪录片，乔乐谭要来拍。"

季星渠抬起眼皮看了侯奕一眼。

侯奕："她在微信上跟我说的。"

几秒后，季星渠语气平静地"哦"了一声。

见发完那条消息后，季星渠又没回，于是乔乐谭开始思考。

刚刚她怕季星渠不愿意和她同组,特意把任务量说少了,现在看来,季星渠好像不买账。她想:他是不是想干点儿有技术含量的活?

但这件事不急,她马上就把它抛在脑后,先去做别的课程作业了。

她再拿起手机的那个瞬间,来自季星渠的新消息同时蹦出来了。

季星渠计算机系:不能给我找点儿事做?

乔乐谭这次没卖关子,实话实说:你有车,我觉得我们去拍照会方便很多[害羞]。

Cookie:然后很多拍摄器材可能会有点儿沉,所以我要找男生帮忙搬。但是在我们组里的男生中,我就认识你和组长。组长看着有点儿虚弱,我不好意思找他。

过了几分钟,季少爷才悠悠地发过来一句:我看大家在群里玩石头剪刀布。

他的意思是:那我们怎么才能分到一组呢?

言外之意就是他同意和乔乐谭去拍月相了。

乔乐谭听懂了他的意思,回:我和微信的老总很熟,容我暗箱操作一下。

季星渠在输入框里打了一个"好",又删除了。

他倒想看看乔乐谭怎么暗箱操作。

半分钟后,他看见在天文学导论小组的群聊里,在满屏石头剪刀布的大表情下面,出现了一条文字消息——

Cookie:我和@X出石头。

季星渠无语了。

到了研究中心的门口,乔乐谭感到口袋里的手机振动了一下,以为是"奥斯卡最佳纪录片"小队里队友的消息,拿出手机一看,没想到是顾骋的消息。

顾骋:下周我过生日,想邀请你来参加聚会。

顾骋:可以吗?

乔乐谭伸手打了一句"不可以",然后逐字删除,干脆没回复他。

之前她一直没搭理顾骋,所以他在微信上已经消停了一段时间了。她以为他放弃了,没想到他又死灰复燃了。

她干脆忽视这几条消息，放下手机时，面前的大门突然被打开了，俞微言从研究中心里走出来了。他看见乔乐谭后，蹙紧的眉头骤然一松。他对乔乐谭说道："小乔，你去学生媒体中心借个三脚架过来，我们拿来的三脚架里有一个底座不太稳。"

乔乐谭当即往学生媒体中心的办公室跑去。

团队里只有她一个低于大四的本科生——她是年纪最小的队员。在同年级的人里面，乔乐谭的业务能力还算比较好，但是一旦被扔到高年级学生的群体之中，她就清楚地意识到了自己在经验和技术方面还远远比不上前辈们，尤其是在传媒这个讲资质与经验的领域里。所以，她在开拍前就做好了跑腿、打杂的准备。

她一个人扛着三脚架从学校的另一头跑回研究中心的时候，尽管身体很累，中途还因为乏力而不得不多次停下来休息，但毫无怨言。

他们这个专业使用到的设备大多很重，一般男生会主动帮忙搬东西，但无奈这个专业里的男生太少了，所以女生们早早就习惯自己扛东西了。

扛三脚架已经是乔乐谭司空见惯的事情了。有时候她会扛一天摄影机，肩膀都被磨出水泡了，还得咬咬牙挺下来，同时要保持手不能抖，不然会影响拍摄效果。

乔乐谭好不容易将三脚架扛到了研究中心楼下，爬上最后的缓坡时，觉得自己整个人都要往后仰去，仿佛下一秒就要摔倒。于是她先把三脚架置于平地上，推开大门，再用小腿抵住门，腾出手去重新扛三脚架。

就在这时，一只手从她的身后伸了过来，五指微张，将门往前推开，空出宽敞的通道。

那只手修长，骨节分明，指甲修得干净，皮肤是冷白色的，乔乐谭隐隐可以看见上面蓝色的血管。

乔乐谭抬头看去，刚好看见季星渠那线条分明的下颌线，以及在抑制着滚动的喉结。

因为蔡萱奇和她提前说过，所以她知道季星渠是 Re 战队的成员，只是没想到这么巧，会在参与拍摄记录片的第一天就在门口遇上他。

季星渠见到她，没有露出分毫惊讶的表情，像是早就知道她会出现

在这里一样。

二人没有问对方"你怎么在这里？"，也没有刻意地打招呼，仿佛就是在一个再平常不过的早晨遇上了。他们就像相识已久的老友，早已默契到不需要用言语表达自己的意思。

季星渠垂眸，和乔乐谭的视线对上，说："抵着。"

在乔乐谭听来，季星渠的话里有些不耐烦的意思。她花了几秒才反应过来他是什么意思，而后慢腾腾地收回了腿，换成用自己的手撑着研究中心的门。

她的手撑在季星渠的手下方，两只手一大一小，对比鲜明。

见乔乐谭抵住门了，季星渠便收回手臂，往旁边走几步，然后俯身，单手拾起三脚架就往自己的肩上带，要从门口走进去，一副不费力的模样。

见状，乔乐谭"哎"了一声。

季星渠睨了她一眼："嗯？"

"你别把它磕着了，它很贵的。"乔乐谭说，"我们就这一个了。"

季星渠没搭理乔乐谭，但进门时的动作如她所言放轻了些。

乔乐谭跟在季星渠身后进了门，见他轻轻松松地单手扛着三脚架要继续往里面走，赶紧把他叫住了："三脚架我拿进去就可以了。"见季星渠淡淡地看过来，有些不解，乔乐谭解释道，"我刚刚费了很大的劲才把它搬过来的，如果你现在把它带进去了，那大家就以为这个三脚架是你搬的了。"

乔乐谭不是爱强调自己的贡献的人，只是生活的经验告诉她，在看重贡献的地方，自己做了什么一定要让别人知道。

闻言，季星渠沉默了两秒，忽然勾了勾唇，语气缓慢地说："我们一起进去，然后我让你一个人搬这个东西？"

乔乐谭听着，觉得季星渠的质疑不无道理，那样的话大家或许会觉得他不绅士。

于是，她想了想，给出了折中的方法："那我先进去，你过几分钟再进来。"

季星渠无语了。

最后，乔乐谭也没管季星渠乐不乐意，扛着三脚架就先一步溜进了研究中心内。

俞微言第一时间看见了她，赶紧接过三脚架，一边说"辛苦小乔了"，一边找架三脚架的地方。

昨天开会的时候，乔乐谭知道 Re 战队六月份要去法国比赛，下个星期起要正式进入赛前的备赛阶段，所以关键性的赛前采访他们必须在这几天内录完，所有的备采都得等他们在赛后补录。在这期间，拍摄团队只能拍成员们的日常训练，不能拍个人采访。所以，他们预计今、明两天拍完 Re 战队六个人以及指导老师江平的赛前采访，顺便拍一点儿研究中心内部环境的素材，下周就专注于拍 Re 战队的训练日常。

江平提前安排了两个空房间，一个给拍摄团队盯后期用，另一个用作访谈室。

负责赛前采访提问的人是一位研二的学姐，叫陈蕴藻。她长相出挑，一头挑染的短发，打扮中性，行事雷厉风行，动作很干脆。乔乐谭听说她在大台正式实习过，也跟随专业的纪录片制作团队做过片子。

第一个进来接受采访的 Re 战队的成员是一个女生，叫路晨，圆眼睛，蘑菇头，看起来很乖巧、文静。她刚进访谈室的时候还有点儿紧张，手指揪着衣角，眼睛盯着镜头的时候抑制不住地眨动。

但陈蕴藻有经验，没特意提醒路晨放松，而是从基础的问题入手，在一些脚本上没写到但是路晨能够应对得比较轻松的话题上适时地表现出兴趣，循循善诱，让路晨敞开了讲。

乔乐谭在一旁打光，顺便学习陈蕴藻的访谈技巧与姿态。

采访开始六七分钟后，路晨明显放松了下来，背不再紧绷了，看向镜头的眼神也更自然了。

"好，就像你刚刚说的一样，你走上超算这条道路是未曾设想过的巧合，在自己成为这个行业的一员后，也发现在其中的困难是超越想象的。"陈蕴藻手里拿着脚本，跷着二郎腿，身子微微前倾——她的姿态不像在主持，倒像在闲谈——看着路晨的眼睛问，"那么，是什么力量支撑你走下来的呢？"

路晨没有犹豫地答道："为了证明。"

"证明什么？"

"第一是向曾经劝我在高中不要学理科、在大学不要学计算机专业

的人证明，证明女孩子能把理工科学得很好，甚至比男生更有优势。我们不要再把多年的偏见当作过来人的经验了。"路晨说话时目光灼灼，"第二是向世界证明，证明启动得慢不代表发展得慢，我们已经不再是以前那个要打着算盘造原子弹的中国了。"

……………

他们采访完第二位同学后，下一段采访还得隔很久才开始，大家便趁着这个间隙聊天。

采访室内，几个人围在一起。尤甜压低声音，八卦地说道："我看见他们这个队里有一个大帅哥。"

乔乐谭闻言，几乎不用想，脑海里就浮现出了一个人。

陈蕴藻也淡淡地说了一句："他确实帅，头发也挺酷。"

谁都没有指名道姓，但都知道大家说的是同一个人。

这时，敲门声响起来了，大家都默契地噤了声，回到原位，然后陈蕴藻说了一声"请进"。

今天最后一位接受采访的人是侯奕。

侯奕进来的时候看见了在打光的乔乐谭，自来熟地冲她笑了一下。于是乔乐谭冲他挥了挥手，打了个招呼。

一旁的尤甜注意到二人的动作，侧过头，用口型问乔乐谭："你认识他啊？"

乔乐谭点了点头。

和前面进来的两位同学不同，侯奕在采访时很自如，涎皮赖脸的，甚至有点儿反客为主的感觉，所以这段赛前采访的进度走得很快。

陈蕴藻想了想，又临时加了几个问题："在超算的路上，你们有没有被误解的时刻？"

"误解？"侯奕拧眉思索了一番，而后又舒展开眉头，笑嘻嘻地回答，"如果真的要说，那最大的误解可能就是我们被人叫作程序员。"

陈蕴藻问："这为什么是误解呢？"

"简单来说，我们是制造算力的人，而程序员是运用算力的人，彼此的方向不一样。"解释了一句后，侯奕打了个比方，"管研究超算的人叫程序员，就等于管运动员叫体育生吧。"

侯奕的语气很幽默，这个比方又很形象，他说话时还佯装一副苦恼的模样，房间内的工作人员都轻声笑了起来。

唯有乔乐谭，举着打光灯，动作僵住了。

她想起她刚加上季星渠的微信那会儿给季星渠发的那句"哇，程序员"。

季星渠是怎么回复她的？

乔乐谭想了想。

哦，季星渠没有回复她。

走出采访室，尤甜拿出了自己的水杯，却发现杯内的水见了底。

她嘟囔了一句："可恶，没水了。"接着她叹了一口气，"我好想喝水啊，可是又懒得去接水。"

乔乐谭刚拧开自己的矿泉水，想说给尤甜倒点儿。话将要说出口时，她猛然想到了什么，直接把整瓶水往尤甜的怀里塞去："学姐，我这瓶水是新开的，给你。我去帮你倒水吧！"

"啊？"尤甜有些不知所措，推辞了一下，"不用麻烦，你给我几口就可以了……"

乔乐谭浅笑着，语气轻柔，仿佛自己是个实打实的乖巧学妹："没事，我就是想运动运动，反正也不渴。"

听到她们说话，一旁的陈蕴藻蜻蜓点水般地往乔乐谭那边瞟了一眼。

尤甜有点儿不知道要说什么，但还是把自己的水杯递给了乔乐谭。

如愿以偿地拿到了水杯，乔乐谭走出大厅后就掏出手机发微信。

Cookie：我的水喝完了，你们这儿哪里能接水呀？

对方没立刻回复，乔乐谭也不急，就贴着墙壁站在原地等。她知道，他们现在是休息时间。

果然，过了几分钟，对方回复了，回复得言简意赅：二楼，在楼梯口处往右走，再左拐。

乔乐谭回复：好的，那我去找找。

说完，她还精挑细选了一个可爱的表情发过去。

说着要去找，乔乐谭却站在原地没动，而是掐着时间，站着等了五分钟后，又在聊天框里打字：我找了好久了，还是没找到[大哭]

[大哭]。

Cookie：要不你带我去一下？你带我走一次，我以后就认得路了[可怜][可怜]。

乔乐谭以为她等下还得拉锯式地迂回着找点儿借口，却没想到季星渠答应得很干脆。

季星渠计算机系：你在哪儿？

Cookie：我现在回到大厅门口了。

十几秒后。

季星渠计算机系：等着。

乔乐谭满意地收起手机，随手拨乱了自己的头发，伪装出自己刚刚爬过楼梯的假象。

半分钟后，大厅的门敞开了，乔乐谭先是被那一头银灰色的头发晃到眼睛，而后才看清了季星渠。

季星渠也看见了她，一步步向她走来。

乔乐谭迎上去，欲盖弥彰地扬了扬手里的水杯，故作焦急的样子："你们这个研究中心好大，我刚刚找了好久。"

哪承想，她说完后，季星渠只是似笑非笑地看着她，只字不语。

乔乐谭回望过去："嗯？"

"乔乐谭。"季星渠叫她的名字。

乔乐谭对上他的眼睛："啊？"

她看见季星渠眉梢微扬，眼中有似笑非笑的意味。

季星渠薄唇轻启，语气里带了点儿意味不明的笑意："你根本没去找吧？"

说罢，他就直勾勾地盯着乔乐谭，目光毫不遮掩。

见诡计被戳穿，乔乐谭也不恼，仅愣了一瞬，而后就立刻换了个表情，露出一个坦荡的笑，也扬起了眉，直接对上季星渠的视线："这都被你发现了？"

她的语气甚至有点儿惊喜，而非惊讶，仿佛这是她特意布下的局，等着季星渠来发现。

季星渠发现她撒的谎，那她的目的便真正达成了。

听了乔乐谭的话，季星渠对上她那双毫不露怯的眼睛，一瞬间脑海里蹦出一个想法：挺牛的，乔乐谭。

从刚才收到她的微信的那一刻起，季星渠就知道她是故意骗他出来的。

他该怎么说呢？打他们认识起，乔乐谭这个人接近他似乎就抱有目的，可偏偏她的目的又能很轻易地被人看出来——她没有花心思去刻意隐藏，所以让人不反感。

只是季星渠没想到她这会儿倒承认得这么爽快，明明之前费尽心思地兜圈子的人也是她。

在开口质问乔乐谭的那一刻，占上风的一方是季星渠，可她的回答一出口，主动权像在温和的攻势中被她拉回到手里了。

二人就这么对峙着，谁也没先开口说话。

季星渠有点儿分神，莫名其妙地想起在认识乔乐谭之前，侯奕知道顾骋被一个认识没多久的女生迷得五迷三道后，对事不对人地点评了一句："那个女生绝对很牛，有点儿手段。"

现在看来，侯奕说得没错，她确实挺牛的。

瞧瞧，她那眼神多坦荡，多直白。

乔乐谭仿佛未察觉到季星渠眼中渐浓的笑意，没有避开这个话题，反而顺着他的话故作温柔地往下问道："你是怎么发现的呀？"

她说话时依旧是笑眼弯弯的。

闻言，季星渠收了自己心底的其他想法，轻笑一声："你往前走两步看看。"

说罢，他自己径直往前走去，与乔乐谭擦肩而过，背影看起来疏懒又悠闲，而后他在拐角处停住了。

乔乐谭跟着季星渠往前走去，停在那个拐角处，恍然大悟——她只要从刚刚那个位置往前走几步就能看见摆在拐角处的自动售货机，根本不需要再找什么饮水机。

见乔乐谭想明白了，季星渠垂眸望着她，暗暗地勾了一下嘴角："想喝水？"说的是问话，他却没等乔乐谭回答就又懒洋洋地接了一句，"你不用去接水了，我请你喝。"

他把腔调拖得很长，嘲讽的意味格外明显。

乔乐谭本来有些诡计被看穿的尴尬，可听出了季星渠的语气里刻意

使坏的意思,心底的那些尴尬感反而消散了,化成了想要跟他对着干的较劲之意。

她不甘示弱,自然地接上季星渠的话,指了指售货机里的可乐,嗓音清脆地说:"那你不如请我喝一罐可乐。"

季星渠淡淡地睨了乔乐谭一眼,见她用一脸挑衅的表情看着自己,就没回她,只是不着痕迹地收回视线,拿出手机扫码,真的给她买了一罐可乐。

可乐从货架滚到出货口,"哐当"一声,在二人缄默的气氛下显得格外清脆。

季星渠取出可乐,单手拉可乐罐的拉环,没费力气就打开了可乐。"刺"的一声,罐内的二氧化碳争先恐后地向外冒,而后他将可乐递给乔乐谭,一套动作行云流水,没有卡顿。

他却没想到,乔乐谭忽然笑了,然后故作一副天真的模样问:"你刚才是在耍帅吗?"

季星渠没理她,抬了抬眼皮,就这样用淡漠的眼神平静地望着她,眼中没什么其他的情绪。

"在电视剧里,一般男主人公要在女主人公面前耍帅才会单手开易拉罐。"乔乐谭说着,意味深长地盯着季星渠,眼里的光忽明忽暗,像在暗示什么。

季星渠听懂了她话里的暗示意味,不屑地轻轻"喊"了一声,最后淡淡地说道:"我没那个意思。"他口中这么说着,拿着可乐的手却又往乔乐谭那边递了一寸,故意问她,"所以呢?你喝吗?"

"为什么不喝?"乔乐谭很大方地接话,没有一丝慌乱的神色,"你不就是给我买的吗?"

说罢,乔乐谭伸手去接季星渠手中的可乐。二人的指尖接触了一瞬,又迅速分开了。可乐罐上细密的水珠带着季星渠的手的温度,落在了乔乐谭的掌心中。

其实她并没有多想喝可乐,只是季星渠都直白地问她了,她总得意思意思。

乔乐谭象征性地抿了一口,碳酸汽水刺激着她的喉咙,耳畔突然响起了季星渠清朗的声音:"你找我出来做什么?"

乔乐谭循着声看过去，恰好看见季星渠的眼睛一眨不眨地望着自己，眼神深沉。

季星渠的眼睛生得漂亮，眼皮薄，双眼皮开得窄，弧度恰好，睫毛长却不浓，衬得下方的那双眼珠更黑。但因为他的眼神总是那样漫不经心的，带着点儿冷意，所以这双眼睛没有显得秀气，而是透着一种淡淡的疏离感。

可这种眼睛，乔乐谭倘若一直盯着，看久了也会有一种它很深情的错觉。

"我之前说你是程序员，你是不是生气了？"乔乐谭问。

季星渠没理解："嗯？"

乔乐谭以为他不知道自己怎么突然提起这茬儿，便和他说了侯奕在赛前采访中说的话。

结果，季星渠听完后反问："你什么时候说我是程序员了？"

闻言，乔乐谭怔了一瞬，当即翻出手机。她和季星渠的聊天记录不多，她一下子就把聊天记录翻到了头，把手机摆在了季星渠的眼前。

季星渠看着那行字，总算想起来了——这条信息他当时根本没看就随手标记了已读。毕竟那时候他对乔乐谭没什么印象，或者说，没什么好印象，便懒得浪费时间去应付这些没什么意义的话术。

注意到季星渠的表情变化，乔乐谭明白过来了——敢情就只有自己一个人记着这件事，显得她格外上心了一样。

这样一想，乔乐谭便觉得自己在气势上莫名其妙地低了季星渠一等，一时郁闷起来，不知道该再说些什么。

忽然，从乔乐谭的头顶落下一道声音——

"就这件事？"

乔乐谭的唇瓣微动，还没吐出什么音节，她就听见季星渠又轻飘飘地补了一句："我没怪你呢。"

睡前，乔乐谭正躺在床上，突然看见尤甜在"奥斯卡最佳纪录片"这个群里发了个链接：家人们，快看我发现了什么！四十七分二十秒的地方！

乔乐谭原本没想点进去，但紧接着尤甜又发来一句：怪不得我觉得

那个帅哥有点儿眼熟,原来以前录过他!

信息指向的人物一下子就很明确了。

乔乐谭原本靠着枕头,整个人很放松地躺在床上,看到这句话后却莫名其妙地正了正身子,而后便抱着好奇的心态点开了那个链接,意外地发现这是她那届入学典礼的全程记录视频。

她将视频的进度条拉到四十七分二十秒的位置。

那年的开学典礼是在霖江大学的体育馆内举行的,各个院系的同学穿着自己学院的院服,坐在体育馆四面的看台上,构成分区明显的色块。

他们的手中拿着色彩各异的荧光棒,在那一刻,场内的灯光熄灭了,荧光棒在一片漆黑中发出点点亮光,形成了璀璨的星海。又在一个心跳的间隙,从天花板上洒下了大片灯光,然后全都汇聚在体育馆中心的某处了。

镜头给了坐在体育馆中心的季星渠一个特写。

那时的季星渠还是黑发,穿着一身白西装,坐在钢琴前。夺目的白色灯光尽数落下,引起自四周而起的尖叫声与掌声。

这段视频是从季星渠的侧面拍的,乔乐谭觉得这个画面和他误入自己的镜头的画面重合在一起了。

季星渠唇线紧绷,修长的手指在黑白琴键上跳跃着,细腻而流畅的音符从他的指尖泻出。他的身体随着弹奏的动作而律动,笔挺的西服勾勒出他直角型的肩,让他看起来沉静又高贵。季星渠一会儿垂着眸,一会儿又闭着眼,沉浸在自己的演奏里,仿佛世上的一切都与他无关,就连对架在钢琴上的曲谱都不曾投去一个眼神。

曲调激昂而高亢,却在他的演奏下被添上了个人色彩。

季星渠一曲弹毕,掌声如雷鸣般响起。他依旧是那副宠辱不惊的模样,站起来,走流程一般地谢幕,台下的欢呼声与掌声却愈加热烈了。

和平时那样踹而傲的姿态不同,他在开学典礼上展现出来的那一面是优雅的,但是这几种气质在他的身上融合得很好,仿佛他天生就是这样的。哪怕才认识不久,乔乐谭也不会对季星渠还有这样的一面而感到意外。

她听出来了,季星渠弹奏的曲子是《克罗地亚狂想曲》。

第二天拍摄的开始时间是九点，乔乐谭特意提前半个小时到了，却发现包括 Re 战队在内的大部分人已经到了。只是超算的指导老师江平没到，所以大家没敢提前开拍。

说到江平，乔乐谭也是最近才知道，他和俞微言居然之前就认识，而且关系还很不错。江平当年上学时连跳两级，高一时又去中科大上少年班了，所以现在俞微言还在念研究生，而他已经念完博士来 Re 战队带队了。

虽然大家才认识不到一天，但因为他们这个专业的人多半是人精，所以拍摄团队的人和 Re 战队的人都已经可以聊上几句了，比如尤甜早就和 Re 战队的人混熟了。

当然，她也是看人下菜碟，专挑好说话的人下手，譬如侯奕。

这两个自来熟的人一拍即合，招呼大家趁这个时间玩一局《狼人杀》。

大家都是好相处的人，虽然现在彼此还有点儿距离，但是离聚在一起只差一个时机了。所以，被侯奕这么一吆喝，原先泾渭分明的两拨人此刻便聚在一起了。

乔乐谭看见了季星渠。他原本靠在椅子上休息，像在补觉，结果被侯奕生拉硬拽地扯起来了，一副睡眼惺忪的模样，看起来有些疲倦，但依旧是帅的。

等大家陆续找好位置，在一旁主持的侯奕突然大声叫起来："哎，这不行！"

他指着季星渠和坐在季星渠旁边的另一个 Re 战队的男生说："你们俩不能坐在一起！"

闻言，季星渠微微抬眼，冷冷地扫了侯奕一眼。

侯奕皮厚胆肥，对季星渠这个眼神恍若未觉，只心说：季星渠这个人玩这类桌游很厉害，要是让他旁边再坐个熟悉的人，这游戏大家还怎么玩？

如此想着，侯奕环视一圈，在看见乔乐谭的那一瞬，眸光亮起。他当即扯着嗓子喊："乔乐谭，你能不能坐到季星渠旁边去？你们两个不熟，不然我怕他太能赢了！"

听到侯奕的最后一句话，大家都"咯咯"地笑起来，看了看乔乐

谭，又看了看季星渠。

乔乐谭侧过脸，恰好撞见了季星渠投过来的视线。

周围是窃笑的声音，他们两个人的眼神却是寂静无声的。

有人注意到他们这貌似寻常的对视，只觉得二人因为一起被侯奕提到，所以才象征性地看彼此一眼。

没有人知道那一眼里包含的其他情绪，或许连他们自己也不清楚。

就像薄荷糖被扔进碳酸饮料里一样，二人之间的气泡已经在昨日便散入空气中了，但他们现在的感觉依旧是刺激的。

乔乐谭收回目光，而后垂着头等了三秒，像是思考了一番后才看向侯奕，说："好吧。"

那个"吧"字让别人听起来感觉她有些不情不愿的。

一旁的尤甜听见乔乐谭的话，拍了拍她的手，夸张地"呜呜"叫了两声："你快回来！"

乔乐谭也假装依依不舍地抱住了尤甜。

二人这生离死别般的"戏精"行为逗笑了旁人。笑声中，季星渠漫不经心地瞟了乔乐谭一眼，半晌从喉间滚出一声轻笑，眼里也噙上了一道不可言说的笑意。

乔乐谭站了起来，和季星渠旁边的那个男生换了位置。坐下的那一刻她没看季星渠，季星渠也没瞧她。季星渠仍然是那副半死不活的模样，周身都笼罩着"老子很困"的气息。

天气渐热，但此时算不上夏天，季星渠已经早早地穿上了短袖。那是一件简单的黑色T恤，衣服的领口处松松垮垮的，他的脖子上还戴了一条银色的项链。

这位哥今天走的是浪荡颓废痞帅风，乔乐谭在心里点评道。

一切就绪，侯奕就开始主持了，给大家发了角色卡后说："天黑请闭眼。"

说完，他还很会搞气氛地关上了大厅的灯。

感知到周遭陷入了黑暗中，乔乐谭便配合着侯奕的主持节奏，合上了眼。

"狼人请睁眼。"

乔乐谭睁开眼，和坐在对面的一位女生互相确认了彼此的身份。

"狼人请'杀'人。"

乔乐谭原本想在第一局就"杀掉"季星渠,但是猜想女巫大概率会在第一局里用解药,而《狼人杀》的规则是狼人不能连续"杀"同一个人,于是她的手指指向了尤甜。

乔乐谭向侯奕确认了她要"杀害"的对象后,侯奕挤眉弄眼地笑了一下,然后才接着说:"狼人请闭眼。

"女巫请睁眼。

"今日'死亡'的人是……?

"你有一瓶解药,要用吗?

"你有一瓶毒药,要用吗?

"女巫请闭眼。

"天亮请睁眼。"

等所有人都睁眼后,侯奕用一副神秘莫测的样子说道:"昨晚是平安的一夜。"

接着,从一号玩家开始发言。

这个游戏第一轮的节奏一般是平淡的,大部分人没有线索,有线索的人也不会在这个时候冒头,所以在最后投票的时候大家都弃权了。

第二轮,乔乐谭选择"杀害"季星渠。由于女巫的解药已经在上一局被用完了,所以她成功地将季星渠淘汰出局了。

侯奕看热闹看得开心,对季星渠说:"请发表你的'遗言'。"

乔乐谭跟其他人一样,把目光投向了季星渠。

季星渠坐在那里,淡淡地说道:"我是预言家,在第一局里查验的人是路晨,她是好人。在第二局里,我查验的人是我旁边的这位,"顿了顿,季星渠接着说,"她是狼人。"

他语速适中,声音也不算大,但话从他的口中说出来就很能让人信服。

见大家探究的视线转而落到了自己身上,乔乐谭也不慌,仍旧是一副镇定的模样。

直到轮到自己发言,她才不紧不慢地开口辩解:"我是预言家。"

《狼人杀》中常见的对峙出现了。

大家的目光开始在乔乐谭和季星渠两个人的身上打转,却发现这两个人都淡定自若,谁都不像在说谎。

乔乐谭继续她的发言:"因为侯奕说他很会玩,"说话时,她指了指季星渠,"所以我在第一局里查验的人就是他,他才是狼人。然后在第二局里,我查验的人是尤甜,她是好人。"

诬蔑完季星渠,乔乐谭又随便发了一张"好人卡"(网络流行语,指说别人是好人)。毕竟除了她和她的狼人战友,全场的人都是好人,所以她不怕指认错。况且,既然季星渠的身份不是狼人,他出局的时候又坦言自己是预言家,那应该就真的是预言家了——平民身份的人没必要在这种关头撒谎。所以,乔乐谭很放心地说自己是预言家,不怕有人再跳出来指控自己撒谎。

最后她还有模有样地总结道:"所以季星渠这一招是在'自刀'(游戏术语,指狼人'杀'自己)。如果路晨是狼人的话,季星渠的这个做法不仅能拉我这个好人下水,还能保住队友。不过路晨也不一定是狼人,可能是季星渠怕'自刀'行为被我们发现,所以准备反向诱导我们把路晨投出局,带一个人走。"

乔乐谭这一番话说得有理,从那句"因为侯奕说他很会玩"开始直接"带节奏",让其他人有种被她点醒的感觉——噢,季星渠很会玩,所以大家别被他先发制人地带偏了。

所以这轮哪怕季星渠指认了她,她还是安全过关了。

季星渠坐在一旁,不予评价,只静静地听着乔乐谭胡扯。

第三轮,狼人阵营依旧安全。

乔乐谭觉得胜利在望了,在天黑环节还得意忘形地对自己的狼人战友比了个"耶"的手势。

嘴角还挂着笑,她收回手,微微一偏头,发现季星渠正眉目深沉地看着自己,那目光带了点儿嘲讽的意味。

乔乐谭挑衅地冲他挑了挑眉。

她却没想到,第四轮的时候,就在她以为狼人要大获全胜的关头,之前一直没多说话的陈蕴藻突然亮明身份:"我是预言家。"

闻言,乔乐谭惊了一瞬,下意识地往季星渠那边看去。

只见这位少爷依旧是那副轻描淡写的模样,只是眼里带着莺儿坏的笑意,有点儿讽刺,像在笑她蠢。

陈蕴藻给两位好人阵营的人发了"金水"（游戏术语，指预言家确认某人为好人），而后指了指乔乐谭和她的狼人队友："这两位是狼人，我们今晚投票淘汰一个，女巫用毒药'毒死'另一个，我们的阵营就赢了。"

乔乐谭辩解了一番，巧舌如簧，但可惜她的队友不擅长撒谎，有点儿露了马脚。一轮发言下来，大家将信将疑，但还是有超过一半的人投了乔乐谭的票。

乔乐谭出局了，她的队友也被女巫的毒药"毒死"了。

"天亮了……"侯奕说完，刻意卖了个关子，才在众人殷殷的眼神下宣布，"好人阵营获胜！"

好人阵营的玩家立刻发出欢呼声。

侯奕开始复盘这一轮，在说到乔乐谭毫不犹豫地"杀"季星渠的时候，没忍住笑出了声，对季星渠挤眉弄眼地笑了一下。

乔乐谭在心底干笑两声，却没敢再看季星渠，脸上依旧保持着得体的笑容。

这下，她对季星渠的游戏能力算是有了判断。

季星渠的这一招不仅需要他对游戏的判断力，还需要他对人的判断力。假如他遇上个不上道的预言家，对方就猜不透他这个计谋背后的逻辑了。

时间还有一些，大家又开始了第二轮游戏。这回，乔乐谭拿到的是平民的身份。

她坐得有点儿僵了，稍稍调整了一下自己的坐姿，往旁边歪了一下身子。在她调整的过程中，放在地上的手随着身体往旁边挪了一下。

手掌落下的时候，她碰到的不是地面，而是另一只手。

她的掌心是热的，而覆盖住的那只手的手背是凉的。这样的温差同她触碰到的肌肤的细腻触感交织在一起，密密麻麻地冲上乔乐谭的神经，令她的心跳骤然漏了一拍。

她眼中晃过了项链银白色的光，而被她的手压在下面的那只手一动未动。

就这样，说不清她是有意还是无意，她的手在那个手背上停了几秒，而后她才如同恍然大悟般察觉到了什么，收回了手。

第三章
看见月亮了吗？

乔乐谭回到寝室后，厉云云看见她，一反常态地主动问候她："回来啦？"

"嗯。"乔乐谭被厉云云这突然的关心搞得有些蒙，但又立刻把这件小事抛在了脑后。

她翻出电脑，开始下载今天赛前采访的文件，然后看见大家在小群里聊天——

"我之前还以为 Re 战队的人会很严肃、很死板，没想到没有几个人是这样的，哈哈哈。"

"他们一个比一个贱［赞］［赞］。"

"而且他们好奇怪，给人一种又贱又谦虚的神奇感觉……"

"尤其是那个帅哥……他叫季星渠吧？"

"对。我听说他们之前出去比赛，这位哥去一次，就被要一万次联系方式，没有例外。"

看到这串聊天记录，乔乐谭立刻就想起了季星渠被采访时的场面。

她又想笑了，于是点开了下午录的赛前采访视频。

这段视频还没有被剪辑过，是从季星渠进入镜头的那一刻开始录的。

乔乐谭想起她昨天看见的季星渠弹钢琴的视频，觉得他黑发的时候显得干净、青春，但现在的银灰色头发确实显得他桀骜、嚣张，非常惹眼。

那一头银灰色的头发一出现在镜头里，乔乐谭的视线就聚在上面了。随着她的目光往下便是一张帅气的脸，季星渠落了座，视线对着镜头。

乔乐谭原以为他会露出排斥的神情，没想到这位哥却意外地很配合。虽然都是陈蕴藻问，他答，两个人没什么多余的表情和对话，但他的态度倒也算得上是有问必答。

"当初你是怎么走上超算这条路的？"

"我那时候在国家集训队里，姚老师（霖江大学的计算机系教授）来选人，也不知道怎么回事，我就被选上了。"季星渠说道，那散漫的语气让人觉得他仿佛在说"今天天气真好"。

他说到这儿时，拍摄团队的人都无言地对视了一番。

这个问题陈蕴藻也问过其他人，其他人要么说是从小就喜欢超算，要么阐述了一遍自己是怎么从迷茫到发现梦想的道路的。

说得这样潦草的人，季星渠是独一个。

他们正在心里吐槽着，又听见季星渠淡淡地说道："接触了超算之后，我发现自己还挺喜欢的，就一直做下去了。"

他的眼神有些慵懒，说话时状态也是漫不经心的，但他像有一种能力，让人觉得他说得很认真。

"既然是这么偶然的机遇才接触到了超算，那你有过怀疑自我的时候吗？"

季星渠："偶尔。"

"这种时候你是怎么调节自己的？"

"不用调节。"他说，然后把手指搭在座位的扶手上，随意地叩了几下，"待在超算中心里跑程序，我就懒得去想这些了。"

问题的脚本是固定的，陈蕴藻不能问太出格的问题，而且江平提前要求了，采访者不能问过于私人的信息，所以这些问题都中规中矩的。

陈蕴藻又抛出了那个压轴问题："你觉得超算的意义在于什么？"

闻言，季星渠没立刻回答，只轻笑了一声，而后缓缓地开口："就

像这个问题一样,超算的意义在于人们不知道它的意义,却又离不开它。"

他坐姿疏懒,但眉目张扬,话语里都是对自己所在的领域的自豪感与无限的底气。

算力是科技的基础。大到天文地理,小到再寻常不过的天气预报,其背后都需要大量的算力。面对推陈出新的新技术、新产品,人们往往只能看到产品的新颖与独到之处,却忽视了其背后的算力基础。而季星渠他们就是在光亮背后点灯的人,在寂静无声中照亮了黑暗的前路。

乔乐谭还在看季星渠的赛前采访视频,打算待会儿把这个视频原件导入到剪辑软件中,先把杂音去掉再做其他的处理,这时突然被人戳了戳后背。

她回头望去,就听见厉云云支支吾吾地说:"乔乔,我跟你说个事……"

"然后你昨天就去酒店里住了一晚?"听完乔乐谭一口气讲完昨晚发生的事情,边加凌终于插空问了一句。

乔乐谭没吭声,随后有些疲惫地点了一下头。

刚才,她越说越生气,昨天晚上的情绪又重新涌上了心头。

昨晚,厉云云对她说,自己做的一个小组展示的视频被老师表扬了,老师想把这个视频投放到学校广场的屏幕上。

闻言,乔乐谭第一反应是恭喜:"那很好呀,大家都可以看见你的作品。"

她的第二个反应是不理解这件事和她有什么关系,又疑惑厉云云怎么是一副吞吞吐吐的模样。

结果,厉云云给乔乐谭看了那个小组展示的视频——视频的核心要素是由乔乐谭原创且曾经在寝室里提过但后来没用上的想法。

见乔乐谭脸上的笑容瞬间消失了,厉云云赶忙开口解释:"我当初不知道视频会被投放到广场的屏幕上,所以才用了你的想法……"

"它不被投在广场的屏幕上,你就可以一声不吭地拿走我的想法吗?"乔乐谭打断了厉云云的话。

厉云云心虚地看着乔乐谭,没回话。

二人静默了半分钟后，乔乐谭又缓缓地开口："而且，老师要把它投放在广场的屏幕上，你也是可以拒绝的。"

她已经尽量心平气和了，但还是觉得怒火中烧。

说到底，厉云云就是占了她的便宜，还舍不得放弃任何一个好处。

见乔乐谭的表情这么冷峻，厉云云感到有些震惊。

和乔乐谭同寝室住了快两年，厉云云知道乔乐谭挺好说话的，所以才敢先斩后奏，不然只会偷偷地拿了乔乐谭的想法，然后对这件事闭口不谈，永远不让乔乐谭知道。

如今尘埃落定，厉云云再和乔乐谭说这件事，无非是想让乔乐谭原谅她，以减轻自己的愧疚感，却没想到这次乔乐谭并不买账。

厉云云尝试着开口："反正那个想法你也不用……"

这句话精准地踩到了乔乐谭的雷区——仿佛厉云云拿走她的想法还是她的问题。

她冷声说道："我用不用，和你拿不拿，是两码事。"

若是厉云云提前和乔乐谭说，她一定乐意把自己的想法送给厉云云。毕竟她能想到更好的想法，既然这个想法自己用不上，那不如分享给有需求的人。

但厉云云在她不知道的情况下拿走了她的想法，这就是剽窃了。

乔乐谭虽然还未正式进入行业里工作，但已经有了文艺工作者共同的、对剽窃的反感和厌恶。

感受到自己的愤怒情绪已经到达了顶峰，加上厉云云那副泫然欲泣的模样，乔乐谭觉得自己仿佛才是恶人。

心中的情绪如湍流涌动，乔乐谭丝毫不想再和厉云云共处在一个屋檐下了，哪怕一秒钟也不可以。她怕再待下去事情会闹得难看，所以昨晚干脆搬出了寝室，去学校旁的酒店里开了间房。

边加凌是自己在学校外面租房住的，所以乔乐谭第二天就把他叫出来了，让他帮忙介绍房产中介。

现在，二人坐在教学楼的走廊里，周围的人来来往往，乔乐谭待会儿还有晚课要上，边加凌便不再插嘴，耐心地听她讲完。

和乔乐谭认识那么久，边加凌清楚得很，当她有情绪时，自己只要听她讲就可以了——她需要的只是一个情绪的宣泄口。

听完这一切,边加凌在心中默默地感叹了一番,也很能理解乔乐谭的心情,只不过,这时谁劝她也没用,得让她自己慢慢想通。有时候,双方都沉默许久了,乔乐谭还会像突然想到一样,把没吐槽完的点再吐槽一遍;也有时候,她说着说着就会说到另一件让她气愤的事上。

譬如此刻——

"那个顾骋也烦得很!"乔乐谭生气极了。

那天,她没回顾骋的微信,哪承想这个人直接在校园的各个角落里堵她,让她一定要来参加他的生日聚会。

有个既认识顾骋又认识乔乐谭的朋友找到她,对她说:"顾骋决定在他的生日聚会上向你表白。如果你不去,他就要实施B计划了,也就是在那天晚上到你的寝室楼下堵你。"

乔乐谭听完,只觉得顾骋这个人有病。和边加凌吐槽完,她最后破罐子破摔地开玩笑道:"要不我直接和顾骋说你是我的男朋友算了。"

"打住,你别给我发疯啊。"边加凌白了乔乐谭一眼,"相看两生厌,唯有你和我。"

说完,他想起乔乐谭还在生气,便打算逗逗她,转移一下她的注意力,于是故意补了一句:"小爷我喜欢'御姐',你又不是不知道。"

"怎么?"乔乐谭对这招很受用,立刻开始故意地较真,捏着嗓子用娇滴滴的声音恶心边加凌,"我还不够'御'吗?"

边加凌刚想做呕吐状,在抬头的瞬间恰好看见了一个熟悉的身影迎面走来。

季星渠个儿高,步子迈得大,走路时目视前方,却给人一种睥睨众生的感觉。

边加凌立刻从座位上跳起来,伸手拦住季星渠,挑着眉说:"哟!弟弟,这么巧?"

听到这句话,乔乐谭抬头看去。

她坐在走廊里的座椅上,仰着头才能看见季星渠。季星渠的目光只聚在眼前的方寸处,他没给她一个眼神,整个人挡住了走廊里的光线,落下的阴影恰好盖在了她的身上。

边加凌问:"你来这儿干吗?"

"上课。"

"这么巧？"边加凌将眼神往乔乐谭那边递，"她也上课。"

但季星渠岿然不动，视线都没偏一寸，像是对边加凌口中的"她"毫无兴趣。

乔乐谭觉得脖子仰得酸了，恢复了最开始的坐姿。

边加凌完全没注意到二人间异样的气氛，接着问季星渠："你在哪个教室啊？"

季星渠依旧惜字如金："207。"

闻言，边加凌"啊"了一声："那还真挺巧的，你的教室就在她的隔壁。"然后他看向乔乐谭："乔乐谭，你在205，对吧？"

刚开学的时候，边加凌看过乔乐谭的课表，依稀记得她的教室是205还是207来着。只是他下意识地觉得，这两个人应该不会出现在同一节课上，故而把207这个选项排除掉了。

不然，他们俩现在的气氛不应该这样尴尬又陌生啊！

边加凌甚至敏锐地觉得，季星渠有点儿不待见乔乐谭。

一旁的乔乐谭想起了在蔡萱奇的观影会的楼梯间里，季星渠说的那句"如果我没记错，今天应该是我们的初次见面"，觉得这个人很记仇，所以突然被边加凌提及，在心里嫌他多事。

但她又想到最近因为自己太忙，完全忘记和边加凌说她去拍超算团队的纪录片的事了。边加凌要是知道她和季星渠上一节课，肯定会一直追问她；要是知道她瞒着他和季星渠有了这么多交集，肯定得闹一番。

想到边加凌的难缠程度，乔乐谭便没纠正他。

她想提前给季星渠使个眼色，却没想到人家从头到尾都没往她这里看一眼。

行吧，她跟季星渠的招呼算是打不成了，他别到时候又来向她"讨伐"就成。

乔乐谭收回目光，没张口，只对边加凌颔了颔首，算是回应他的话。

边加凌走后，乔乐谭才踩着点进了教室。早一步进教室的季星渠已经坐到了他的老位子上，桌面上还摆着电脑。见他像是在忙，乔乐谭便直接省去了和他打招呼的动作。

坐到自己的座位上后，她想起了组长的委托，于是给季星渠发了一

条微信:"明天拍月相,你有空吗?"

发完,她盖上手机,伸手戳了戳季星渠的背,提醒他看微信。哪承想这个人像无知无觉一样,毫无反应。

乔乐谭很干脆地收回了手。

他不理就不理,她也很忙的好吧?

除了让边加凌帮忙,乔乐谭也开始自行搜索周边合适的房源。

一直等到快下课的时候,乔乐谭终于等来了季星渠的回复,就两个字:没空。

他没空就没空。

乔乐谭今天本就心情糟糕,如今见到季星渠这副模样,更是气不打一处来。

这个人……

他们俩明明不算陌生人了吧?他怎么还一副跟自己半生不熟的模样?

她原本还想和季星渠说一下自己的拍摄安排,而现在什么也不想和他说了。下课铃一响,她就拿上收拾好的书包,头也不回地走了。

男生似乎总是怕热一些,现在不过五月中旬,侯奕便嚷嚷着要开空调。

季星渠从浴室出来,仅围了一条浴巾,裸着上身,也不觉得冷。他用毛巾随意地擦了几下头发,便没再管。他的发梢仍是湿漉漉的,偶尔有水珠坠下,顺着滴落的轨迹淌到他赤裸的肌肤之上,滑过匀称漂亮的腹肌,最后隐入人鱼线之中。

他随手拿起手机,见边加凌在几分钟前给他发了一条微信:弟弟,你爸给你买的那套房子是不是空着?

季星渠是本地人,上大学后他爸就给他在学校旁买了一套房子。只是季星渠嫌麻烦,没怎么去住过,也懒得打理,便没把房子租出去,偶尔心血来潮才去住一次。这套房子几乎就是被闲置了,唯一的用处就是被用作储物间。

他对边加凌的话没什么兴趣,只回了一句:放乐高了。

边加凌倒是秒回了:你愿不愿意出租?

X：嗯？

边加凌这次没有立刻回复。

季星渠的手在聊天框旁边顿了顿，他最终什么也没回就退了出来。

这是怎么回事？

放下手机，季星渠在心里骂了一声。

季星渠从小到大对男女之间的情感没过多地研究过，也没为这个问题烦恼过，总觉得他遇见了就会懂了，哪里有这么多弯弯绕绕？

这就是挺顺其自然的一件事——他喜欢就上，不喜欢就撤，有感觉就趁着有热情挨到感情升温或变质，没感觉了就放手。只是他没想到，感觉这玩意儿真落到身上的时候，谁都清醒不了。

比如季星渠昨天想了半节课，在正常的男女关系里，女生会不会对男生说"我还不够'欲'吗？"这句话。

季少爷自己思考出来的答案是不会。

"欲"这个字单独看挺正常的，只是他耳濡目染久了，知道这个字在网络环境的渲染下，沾上了点儿暧昧的气息。

她见到一个普通朋友就逮着人家问自己"欲"不"欲"，挺不像话的吧？

可在季星渠看来，摸手不比动嘴皮子更暧昧？

那天，乔乐谭的手压在了他的手上，或许最开始她只是无意碰到的，但她的手滞留的时间过久。季星渠不愚钝，自然知道在这多出来的几秒里，她多少带着点儿隐秘的情愫。

他知道自己对乔乐谭的想法也不那么单纯，但还没到他们非得在一起的地步……只是他不排斥乔乐谭。

这几天在研究中心里，他总是能碰上乔乐谭，渐渐发现她这个人在工作时和平时完全是两副面孔。她平时有多不正经，工作的时候就有多认真。

季星渠承认，自己还挺容易被这种莫名其妙的反差感吸引的，不然就应该在乔乐谭的手覆盖上来的那一刻立即挣开，而不是把手放在那里任乔乐谭胡来。

那局游戏结束后，灯光亮起的一瞬，二人都借着睁眼的刹那在别人都还沉浸在游戏的氛围中时互相看了一眼。相视无言，他们都有点儿欲

盖弥彰的意味。

无人知晓，乔乐谭冲他笑了一下，那双眼像狐狸的眼睛，眸里闪着光，有点儿狡黠，十分漂亮。

总归是成年人了，季星渠知道那个眼神里带着什么意思。

只是她不说，他也不戳破，毕竟他们的感情还没到那个火候。

两个人之间隔着一层雾的时候，带着点儿朦胧的意味，他们透过水汽去感受对方，心里才能下起潮湿的雨。

结果，他上课前在走廊里听见了乔乐谭和边加凌的对话。

季星渠总是能在短时间内想出事情的多个解决方案，也能在短时间内还原事情的真相——乔乐谭和边加凌是情侣。不过季星渠觉得，他们之间的氛围不像情侣间的氛围，还差了点儿意思，但如果说他们是普通朋友，那他们的对话未免有点儿太过火了。

季星渠就这么琢磨了近半分钟，脑子里蹦出一个想法——他和边加凌别都被乔乐谭玩弄了！

有些念头一旦出现，就像野火，只需要风吹，便能借着杂草肆意地燃烧。

他开始复盘乔乐谭之前的表现。

季星渠想：两个人趁着黑摸了手的那天，乔乐谭脸红了吗？她没有吧？

哪个女生突然碰到了异性的手能脸不红、心不跳？

乔乐谭甚至还能在他撞破她和边加凌在一起的事情后，镇定地给他发微信，像无事发生一般，问他要不要一起去看月亮。

这心理素质、这暧昧程度拉满的技巧，她没点儿经验和手段应该都做不成吧？

"看月亮……"季星渠重复了一遍这几个字，在心里嗤笑了一声——他是在笑自己。

这都是什么破事？

瞧瞧，季星渠，你才是纯情的那个人。

季星渠甚至想直接问边加凌：你和乔乐谭到底是什么关系？

他又想：算了吧，自己是她的谁啊？干吗管人家的事？

思及此，季星渠只觉得身子躁动了起来。他有些郁闷，不知道怎么宣泄，还有些自己也道不明的情绪。这是他之前从没体会过的。

边加凌那头又发过来一条语音，季星渠懒得听，直接把语音转成文字。看完，他按下心底的那团火，淡淡地扯了一下嘴角，有点儿讽刺地暗自冷笑了一下。

边加凌认识的房产中介出了点儿问题，于是乔乐谭就自己找学校附近有没有合适的房源。

她不想回寝室。她现在虽然已经不至于一看见厉云云就发怒，但搬都搬出来了，再住回去不就是打自己的脸吗？

而且她和厉云云的矛盾也不是一天两天的事了。在这件事之前，厉云云就经常偷偷地翻她的东西，生活习惯极差，她趁这个机会下定决心搬出寝室也挺好的。

所以，除了回去拿过换洗的衣服，乔乐谭再没回过寝室。

她在酒店里住了三天，生活费一下子就损失了一大半，都要没钱吃饭了。俗话说："人是铁，饭是钢。"她打开了沉寂许久的聊天框，向乔松朗要钱。

乔松朗没问理由，二话不说就给乔乐谭转了一笔钱，只是在她发了"谢谢爸爸"后又开始问：你最近和你妈妈聊过天吗？

提到平娜的事，乔乐谭就不想回了。

只是刚收了乔松朗的钱，拿人手短，她还是打了一个字意思意思：没。

乔松朗：她不找你，你也多找找她。

乔乐谭在心里问了一句"凭什么？"，但还是老老实实地打字，发了一个"嗯"。

乔松朗：她毕竟是你的妈妈，你平时要多关心她一下。你妈这个人就是嘴犟，说话不好听，但刀子嘴豆腐心，其实很想你的。

看着这条消息，乔乐谭没什么意味地笑了一下。

平娜对她又岂止是说话不好听？

但她没反驳乔松朗，依旧回了一个"嗯"字。父女俩久违的对话又这样冷淡地结束了。

关了微信，乔乐谭调整着自己的情绪，但依旧打不起精神来。

去研究中心里取景的时候，她也一反常态地没说什么话，只是举着摄影机拍摄，很安静。

俞微言和尤甜都注意到了乔乐谭情绪不对，先后来问乔乐谭："怎么了？"对此，乔乐谭都只说自己身体不适。

二人看出来乔乐谭不想说，便只让她好好休息，还说实在不行的话，她请假一天也是可以的。

"没事。"乔乐谭笑了一下，表明自己没有问题。

中场休息时，一个纪录片制作团队的人刚好从外面回来，对乔乐谭说有人在研究中心外等她。

乔乐谭不知道对方是谁。这个人不仅来找她，还来了这里，于是她走了出去。

没想到来的人竟是厉云云。

厉云云一见到乔乐谭，脸上迟疑不决的表情立即变了，一副"果然如此"的模样。她迎上来，说："乔乔，你真的在这里啊！"

她的语气热络，仿佛她们之间的龃龉不复存在。

乔乐谭觉得怪异，刻意冷淡地看着她："有什么事吗？"

"没……"厉云云没想到这么多天过去了，乔乐谭依旧是这副态度，语气一时弱了下来，但马上恢复了正常的音量，问乔乐谭，"你是在拍超算团队的纪录片吗？"

乔乐谭没说话，只是静默地看着厉云云，想知道厉云云到底想说什么。

厉云云："我听说这个纪录片只有大四的学生和研究生才能拍……"

她的言外之意是，那乔乐谭是通过什么途径加入到这个纪录片制作团队里的？

厉云云那天翻了俞微言给乔乐谭的资料，知道乔乐谭要拍超算团队的纪录片后打听了一下，发现按年级算，乔乐谭的条件是达不到加入纪录片制作团队的人员标准的。

毫无疑问，乔乐谭自然是走了后门，是被塞进去的。

知道这件事后，厉云云原本还存在的些许愧疚情绪全部散去了——自己用乔乐谭的想法怎么了？乔乐谭自己不是也走后门？大家都不道德，谁又比谁高尚？

乔乐谭听出了厉云云的话外音,没接茬儿,而是反问:"谁说只有大四的学生和研究生才能拍的?"

"啊?"被这么冷不防地一问,厉云云一时没反应过来,下意识地说,"不是除了你,大家都是大四及以上的学生吗?"

"对。"乔乐谭点头,赞同了厉云云的话,却在下一刻反问道,"难道这就代表大二的学生不能来?"

乔乐谭的语气没有丝毫改变。

她知道自己是在开拍前被韩老师塞进来的,但这是学院给她的补偿。她没有占别人的名额,况且觉得这几天里自己的表现也算可以。

所以,面对厉云云意有所指的质问,乔乐谭并不觉得心虚。

看见乔乐谭镇定又坦荡的眼神,厉云云有一瞬慌了神,开始思考自己是不是猜错了,但嘴上仍不依不饶的:"这没有代表大二的学生不能来,只不过……"

"乔乐谭。"

厉云云说到一半就被打断了。

二人双双转身,朝声源望去。

季星渠神情懒散,长身鹤立,迈步走来,在与乔乐谭有一段距离的地方站定。

这几天乔乐谭都没和季星渠说上话,他们的微信聊天记录也从季星渠的那句"没空"断了。

不知道是巧合还是什么原因,两个人最近在研究中心里也没怎么碰上面,明明这个地方不算大得过分。他们即使偶尔在拐角处遇见,也只相望一眼,谁都不打招呼,像是在较劲一样。

乔乐谭不知道这场博弈是怎么开始的,但这几天没闲心去管季星渠。她偶尔回忆起季星渠这几天冷漠的态度,就会想起来她听见侯奕他们管季星渠叫"少爷"。

季星渠脾气那么臭,多半是被惯的,被晾一晾就好了,乔乐谭如是想。

如今看见季星渠,乔乐谭才恍然发觉二人已经很久没说过话了。

此时,季星渠微微颔首,没带表情地俯视着她,薄唇轻启:"里面的人找你呢,"季少爷依旧用着惯有的语调,语气挺正常的,但偏偏话

里的指向性和讽刺性都没带分毫遮掩之意,然后他端着不紧不慢的姿态说完了剩下半句话,"在外面和无关人员聊多久了?"

等季星渠慢条斯理地把话说完,厉云云一下子就愣在了原地,有些局促地抿了抿唇,一时感到很尴尬。

虽然季星渠说话的时候没有看自己,而是目不转睛地望着乔乐谭,可厉云云觉得他把"无关人员"这四个字咬得很重,语气里的讽刺意味尽数指向了她。

事实也正是如此。

听见季星渠的话,乔乐谭"哦"了一声。

她本就不想和厉云云在这里干站着耗下去了。看到厉云云时,她以为厉云云是来道歉的,却实在没想到对方是来想方设法地诋毁她的。

借了季星渠的话茬儿,乔乐谭刚好可以脱身,于是和厉云云说:"你也听见了,我有事,就先走了。"离开前,她又加了一句,"厉云云,你如果不是来和我道歉的话,就不用来找我了。"

说罢,乔乐谭瞟了季星渠一眼:"那走吧。"

季星渠很敷衍地抬了抬他那金贵的下巴,算是回应。

二人一齐走进了研究中心。

原本两个人只有半步之遥,但拐了弯,完全进入厉云云的视野死角后,乔乐谭就用余光瞥见身旁的季星渠明显放慢了脚步,在无声中拉开了和她的距离。

乔乐谭放缓脚步,又在下一秒加快了步子,没管被落在身后的季星渠,自己先行往里走了。

她管这位少爷在想什么呢!里面不是还有人找她吗?

重新进入到室内,乔乐谭收拾好情绪,回到那个专门供他们监视拍摄后期的房间里,挤到尤甜的身边问:"找我干吗?"

"啊?"尤甜一脸疑惑的样子,看着乔乐谭,"找你干什么?"

乔乐谭:"不是说有人找我吗?"

"谁说的?我们在聊天呢。"尤甜说道。

闻言,乔乐谭微顿,后知后觉地想到了什么,然后说:"没事,我搞错了。"

尤甜没察觉到乔乐谭的异样,只当她是真的搞错了,点了点头,又问:"你最近心情确实不太好吧?"

虽然这句话早就被乔乐谭否定了,但乔乐谭是真开心还是假快乐,尤甜其实一眼就能看透。

既然尤甜锲而不舍地追问这个问题,乔乐谭便也不再伪装,直接承认了。但她不想让尤甜担心,便稍微美化了一下事实:"前几天我的心情有点儿差,最近还好,我就是有点儿提不起劲。"

没想到尤甜听到她的话后问:"和季星渠有关?"

乔乐谭略感惊诧,看了尤甜一眼,困惑地问道:"怎么扯上他了?"

虽然季星渠最近刻意冷淡的态度让乔乐谭有点儿不爽,但这是建立在乔乐谭的情绪本就不高的基础上的。平时乔乐谭要是知道季星渠近日看她不顺眼,指不定还会特意在他面前多蹦跶几下,招惹他。

"就……我感觉你们俩……"尤甜说话一顿一顿的,有点儿语焉不详,然后斟酌了一下用词,委婉地说道,"最近关系不太好?"

认识乔乐谭不过几天,尤甜就发现乔乐谭的社交模式有点儿反常。

别人大多是慢热型的,开始很冷淡,而后渐入佳境;乔乐谭是"慢冷"型的——一上来先破冰、主动交际,但在互相熟识后,她对这段关系的态度又会变得很平和,需要对方主动、热情,这样两个人的关系才有可能进入下一个阶段。

但也正是因为乔乐谭总是主动开启一段人际关系的那个人,所以不管能不能叫得上名字,但凡是觉得眼熟的人,她看见对方后都会主动打招呼。

可是尤甜有一天看见乔乐谭和季星渠在研究中心的门口碰见了,二人像是没看见彼此一样,擦肩而过了。

那位银灰色头发的帅哥看着就有点儿冷淡,他们来拍纪录片这么久,尤甜也就和他说过几句话,所以这种事情发生在他的身上很正常,但是放在乔乐谭的身上就不大对劲了。

或许是专业的原因,尤甜对于情绪的感知总是很敏锐。那天后,她又留意观察了几天,发现二人还真是次次都不打招呼,而且不像完全不熟,反而有一种避嫌的感觉。

如此一来,尤甜就立刻想通了。

如果帅哥和美女私下发生了点儿什么,天雷勾地火,没让别人知道

也挺正常的。尤甜现在只怕这两个人之间发生过什么事，但闹掰了，毕竟这部纪录片还有一个多月才能拍完，他们俩要是一直别扭着，大家指不定都会受影响。

乔乐谭这几天俨然是一副无精打采的模样，而季星渠呢？倘若说以前尤甜还能跟他说上几句话，那他最近真的是实打实地把"别烦"这两个字挂在脑门上了。

尤甜觉得，要是让这段尴尬的关系就这么延续下去，这两个人怕是都不好过。所以她试探着问了问乔乐谭，甚至连宽慰乔乐谭的话都想好了。

她却没想到，事情好像不是这样的。

乔乐谭听见尤甜的话，反应了一下，知道尤甜指的是什么了。

但乔乐谭和季星渠最近关系不太好这件事没什么缘由，更多的是情绪上的对峙，所以她不好和尤甜开口。再者，刚才季星渠还随手帮她解围了，所以她在心里已经单方面和季星渠和解了。

于是她摇了摇头，不动声色地诱导尤甜往另一个方向想："我们的关系就没好过吧？"

这是能消除尤甜的疑惑的最快方法。

尤甜半信半疑地问："是这样吗？"

"嗯。"乔乐谭淡淡地应了一声，然后反问，"你觉得我和他很熟吗？"

闻言，尤甜想了想，那确实倒也没有。那天大家玩《狼人杀》，季星渠的好哥们儿侯奕不就亲自说他们不熟了吗？

话虽如此，可尤甜还是觉得乔乐谭和季星渠之间有点儿什么，或好或坏，但一定实实在在地发生过一些事情，不然二人之间的氛围不会这么奇怪。

人与人之间是有磁场的，他们没碰撞过，又怎么可能会彼此干扰？

只是乔乐谭不想提，她也就不问了。

乔乐谭最近确实心情不太好，不单单是因为厉云云那件事。

情绪多是积攒起来的。

这一段时间里接二连三地发生了太多事情，先是她获得奖状的名额被抢,再是她的想法被偷,这些虽然都是可大可小的事,却像千堆雪落下。

可最后引发雪崩的只是一片小雪花罢了。

乔乐谭从寝室里搬出来的那天,一位乔乐谭高中时期的艺考朋友发了一条朋友圈,文案是"有幸遇见,收获满满",配图是三行三列的九张照片,都是她在剧组的片场里实习的照片,还有她和几位小有名气的演员的合照。

看着那条朋友圈,乔乐谭沉默良久,把朋友发的图放大、缩小,来来回回地把细节看了无数遍,最后默默地点了个赞。

上大学后,乔乐谭从不主动提起她的过往。尤其在大一的时候,大家总是喜欢谈高中的事情,谈自己省考考了第几名,谈自己在艺考中认识的朋友现在在哪里读书,谈过去,谈未来。

唯有乔乐谭缄默不语。

她没主动提过,自然也没人知道——她当年是编导专业的艺考省状元,由于校考成绩也很好,所以顺利地拿到了北电和中传双证。而且她是在高三前的假期里才正式开始准备艺考的,所以不用担心文化课的成绩。

那时候,所有人都以为乔乐谭会去这两所学校中的一所,连她自己都这样认为。

可最后的结果谁也没想到,乔乐谭自己也只是比其他人提前了几天才知道。原来她尽了人事,终是难违天命。

霖江大学是国内的顶级高校,是无数学子梦寐以求的学府。它这么好,可偏偏乔乐谭的心里有其他的念头。

她如果打定主意以后从事电影、影视相关的工作,无须犹豫就能在综合性大学和艺术类大学中做出抉择。因为后者的平台、专业、资源,乃至影响人脉的"学校血统"都是前者不可比拟的。

她风光无限时,谁又能想到,当年人人羡慕的艺考状元在一所这么多人都触不可及的大学里处处碰壁?

她能接触到的平台像是雨后的水洼那般小而浅,她连半米高的水花都激不起来;而当年处处被乔乐谭压了一头的同学在北电里过得顺风顺水,认识了一群志同道合的朋友,踏着平台的台阶,已经早一步进入了

专业的圈子里,将她远远地甩开了。

现在距离那段艺考的岁月已经很遥远了,乔乐谭不再因为当年的录取结果而沉默、悲伤了,可又怎么能轻易释怀?

她觉得自己被困在这个情绪的牢笼里太久了,不能埋怨谁,也无法向谁诉说。她白天是快乐的,夜晚是破碎的。

她需要一个情感的出口,需要快刀斩乱麻,开堤泄洪,斩断困扰的思绪,将近日的郁结都排出去,扫清心里杂乱的落叶。

乔乐谭从顾骋生日聚会的场所出来时,群里刚好有人问:谁有空?我把 SD 卡(储存卡)忘在研究中心里了,哭,需要有人帮忙拿一下。

其他人都回复"没有时间",乔乐谭想着自己反正也没事,就回了一句:我去拿吧。

到了研究中心,乔乐谭发现除了轮流值班的人,Re 战队的很多成员也在。

她进门的时候看见了那个叫路晨的圆脸女生。经过这几天的接触,她们也算熟悉了,她便和对方打了个招呼:"你们还没回去吗?"

"这才九点呢。"路晨说话时露出尖尖的小虎牙,一副很可爱的模样,"除非有早上八点的第一节课,不然我们一般凌晨才回去。"

他们有时候干脆直接在研究中心里睡。

因为这段时间纪录片的拍摄工作都是每天下午就结束了,所以乔乐谭理所当然地以为 Re 战队的成员和他们一起收工。不过她想了想,他们能获得那样优秀的成绩,背后定然藏着无数个黑夜的努力。

乔乐谭回到那个看后期的房间,找到了 SD 卡,拿上后往外走。

推开门的那一刻,她看见不远处有一道熟悉的身影。

季星渠不知道是什么时候来的,此时侧对着她,身旁搁着凳子却没坐,只站着,微微俯身,手指按着鼠标。他全神贯注地盯着面前的屏幕,对周遭发生的事毫不在意。

乔乐谭迈着小步,无声地走了过去。

她观察了许久,见季星渠面前的屏幕上出现了"100%"的字样,才伸手戳了戳他的背,唤道:"季星渠。"

季星渠按在鼠标滚轮上的手指顿了一瞬,而后他缓缓地直起背,转过身，朝乔乐谭投来目光。

白炽灯的灯光之下，他静默地凝视着乔乐谭，眉目漆黑，肌肤是透着冷意的白。

乔乐谭清晰地说："那天谢谢你。"

她指的是厉云云在研究中心的门口找她的那天。

季星渠闻言，眸色依旧深沉，让人不知他在想什么。他看着她，面上分毫未动。

乔乐谭不知道他有没有听明白她道谢的原因，但至少她的感谢送到了。

见他迟迟不应，乔乐谭说完这句话就没再停留。

她转过身，刚想走就听见季星渠的声音从背后传来。他语气很淡，没掺什么情绪："你没去顾骋的生日聚会？"

乔乐谭回过头，有些错愕地看着季星渠："你认识顾骋？"

季星渠顿了一下，然后说道："他是侯奕的朋友。"

闻言，乔乐谭若有所思地望着季星渠，迟迟没说话。她那双明眸蒙上了点儿无法被人参透的色彩，灯光聚成小小的光圈，落在她的眼睛里，连带着将她的蝴蝶形状的耳环一齐染上了光亮。

银色的耳环在灯光下半明半暗，像蝴蝶在振翅。季星渠稍微移开视线，有些分神地想：她的首饰倒还挺多。

他正想着，耳畔便响起了乔乐谭的声音："你这么闲？"

季星渠回过神，看着她。

乔乐谭的语气里暗藏着笑意，她意有所指地说："侯奕的朋友的生日你都记得？"

季星渠难得沉默了一瞬，没说话，但在下一秒听见了乔乐谭的回答："我去了，刚从他生日聚会的地方回来。"

季星渠闻言，眉心微动。

乔乐谭注视着季星渠，看他面上难得露出迟疑的神情，蓦地猜到了什么，问："侯奕是不是和你说，顾骋要和我表白？"

最后两个字她说得坦率，没有丝毫遮掩的意思。

见乔乐谭把话题引到了自己的想法上，季星渠下意识地动了动唇瓣。话到了嘴边，他却迟迟发不出声音。

乔乐谭也一反常态地不出声，只是明目张胆地看着他。那双眼睛逐渐弯起，盛满了笑意，像是在引诱他把想法说出口。

季星渠梳理了一下自己的想法，淡淡地"嗯"了一声。

乔乐谭装模作样地"啊"了一声，又刻意停了几秒，卖了个关子，最后才慢慢地揭晓答案："我没答应他。"

季星渠抬眸，往乔乐谭那边瞟了一眼，没什么多余的情绪，只慢慢地吐出两个字："是吗？"

"我不喜欢他那样的。"乔乐谭反倒很主动地回答了他的问话。

季星渠刚刚有些散漫地靠着身后的桌沿，此时下意识地直起身子，微挑眉峰，觉得她有些好笑地看向她，貌似无意地问："那你喜欢哪样的？"

"我喜欢帅的。"乔乐谭笑着，回答得很快，不知道是敷衍他还是认真的。

季星渠望着乔乐谭，心中微动，呼吸沉了一分。可下一秒，他又想到什么，目光重新黯了下来。他似笑非笑地看着乔乐谭，问："边加凌那样的？"

话音刚落，他就听见面前的乔乐谭稍稍抬高了音量，说："喂，你在说什么啊？"

季星渠抬了抬眼皮，对上了乔乐谭的视线。

乔乐谭刚刚的那句话说得有些娇嗔的意味。她此刻皱着眉，像有多大的不满似的，表演的痕迹很重，他一看就知道她在装模作样。

但是她有点儿可爱，眼尾上扬，此时染上装模作样的愠色，耳环上的小小蝴蝶也鲜活起来了，好像要飞出来。

乔乐谭："你这么说，就是在诋毁我未来的男朋友了。"

她脸上的神情很生动，眉目间带着点儿笑意，整个人灵气十足。

季星渠的手无意识地轻叩了一下桌沿，他不动声色地勾了勾唇角，甚至连自己都没有意识到这个动作。唇瓣张合，他像是闲得没事一样和乔乐谭开玩笑："边加凌不帅吗？"

虽然这话是反问的语气，但季星渠也只是客气客气，毕竟从小就有点儿目中无人的狂傲。

季星渠知道，无论是顾骋还是边加凌，都是够得上"帅"这个标准的——尤其是那个边加凌，虽然看起来花里胡哨的，但季星渠承认，哪怕是从男性的视角来看，边加凌的长相也还行。

不过，季星渠对自己的长相虽然说不上骄傲，但绝对是自信的，而且他的审美被自己的意志控制了二十年，他自然觉得其他男生比起自己还是稍差了点儿。

季星渠说罢，目光又落到了乔乐谭身上，带着点儿戏谑的意思。

乔乐谭在脑子里回忆了一下边加凌的模样，然后撇了撇嘴，有些嫌弃地点评道："一般吧，他不是我喜欢的类型。"

季星渠轻笑了一声，接上她的话，又绕回了那个话题："你喜欢什么类型？"

话题挺暧昧的，但是他的语气很平静，好像他只是随口问问，至于答案，并不怎么在意。

乔乐谭思忖了一番，最后眼神久久地停留在季星渠的脸上，说不清她是有意的还是无意的。

季星渠的眼睫微不可察地动了动。他觉得乔乐谭的目光像羽毛，轻飘飘地落下，拂过他的心底，留下绵长的痒意。

下一瞬，他听见乔乐谭说："我喜欢你这样的。"

他的目光深沉了一分，他望着乔乐谭，没言语。

又来了，她那样的笑容——她带着点儿"恃靓行凶"的骄纵感，装作无辜单纯的模样，用漂亮的眼眸盯着他，像在钩子上放上了饵，只等鱼儿自己上钩。

季星渠的喉结不自觉地上下滚动了一下。

他但愿这是一场梦，春风吹不尽，夏暑渡不走。刹那间，他仿佛置身于只有他们两个人的逼仄空间里，他的眼神落下，她的睫毛轻颤。

气温在缓缓上升，化成淡粉色，不知爬上了谁的脸庞。

倘若这是夜的花房，玫瑰应在这个瞬间绽放。

乔乐谭说完，眼神愈加清明，毫不避讳地对上季星渠的目光，好像这氛围并不是自己煽风点火导致的一般。

她就这样盯着季星渠，看见季星渠脸上的表情终于有变化了。他忽然轻笑了一声，漫不经心地往前走了一步，自然而然地拉近了二人间的距离。

乔乐谭的心脏骤然一缩,她下意识地咬了一下嘴上的软肉,缓过神来就见到季星渠居高临下地看着自己。

他眼神深沉,情绪不明。他像在刻意戏弄似的,拖着腔调懒散地说道:"你的眼光挺高啊。"

昨晚,侯奕先陪着顾骋吃了一顿不痛快的晚饭,然后又陪着这位寿星去KTV,从《安静》到《阴天快乐》,听顾骋连着唱了几十首苦情歌。把醉醺醺的顾骋送回寝室后,侯奕躺到自己的床上时,已经是凌晨三点多了。

但因为睡得不踏实,第二天七点,侯奕还是顶着昏昏沉沉的脑袋起床了,准备上个厕所——昨晚陪顾骋喝得太多,在光影交错的歌厅里待得太久,此时他感到头痛欲裂。

翻下床,落地,侯奕意外地看见季星渠竟然已经起床了,对方坐在书桌前,眉目舒朗,手搭在鼠标上,时不时地移动几下。

季星渠的桌上立着显示器,显示器把笔记本电脑的屏幕上的内容暴露得一清二楚。侯奕乍一瞧,以为自己没睡醒,然后定睛一看,发现屏幕上确实是一个个灰色的小格子和像素风的数字——他也不知道这位少爷抽什么风,大清早不睡觉,起床在这儿玩《扫雷》。

季星渠好像没注意到侯奕起床,依旧专注于自己的《扫雷》"事业"。侯奕此刻困得要死,就没去打扰季星渠的《扫雷》时光,上了个厕所后又翻身上床,再醒来已经是十一点多了,寝室里只剩他一个人了。

季星渠的座位是空的,但是电脑屏幕依旧亮着,屏幕上显示,他玩的游戏已经从扫雷切换成《蜘蛛纸牌》了。

侯奕一边洗漱一边给季星渠发消息:兄弟,你在哪儿?

出乎意料的是,季星渠回复得很快。

X:食堂。

侯奕打字,问季星渠能不能帮他带个饭。

X:行。

虽然没见到人,但是侯奕莫名其妙地觉得季星渠今天的心情还不赖。

以前他也找过季星渠帮忙带饭,虽然季星渠有几次大发慈悲地帮他带了，但回复他的无一例外都是一个句号。哪里能像今天一样，季星渠还在句号前面加了个"行"字？

二者虽然只有一字之差，含义却有天壤之别——季星渠以前帮他带饭，是看他难缠才帮忙带的；今天帮他带饭，就像是看他吃不上饭，觉得他有些可怜，决定尽一点儿朋友的职责。

过了十几分钟，寝室的门被推开了，季星渠从门外走进来，直接把带回来的盒饭放在了侯奕的桌上。

"谢谢少爷，今天最爱你。"侯奕一边撕筷子的包装，一边不走心地恶心季星渠。

季星渠没理他，重新坐回自己的位子上，很连贯地接上游戏进度，用手指轻叩鼠标，继续拖动电脑屏幕上的纸牌。

侯奕拆开盒饭，往季星渠那里瞟了几眼，问："你怎么在这儿玩《蜘蛛纸牌》？"

季星渠依旧没看他，懒懒地说道："开发智力。"

毕竟《蜘蛛纸牌》是益智游戏。

"哟。"侯奕阴阳怪气地揶揄了一声，然后又像想到些什么似的，突然将身子凑过去，一副神经兮兮的模样，问，"你是不是有什么好事没和我讲？"

他保证，这不是他的错觉。

今天的季星渠虽然也没给他什么好脸色，但和平时冷峻的神情不同——季星渠今天的神情很柔和，有点儿说不清道不明的神清气爽的感觉。

季星渠刚消除屏幕上的一组牌，画面就散发出绿光，映在了季星渠的眼里。

季星渠终于停下手中的动作，睨了侯奕一眼，讥讽道："我有什么事和你讲过？"

侯奕无语了。行吧，他能确定少爷今天心情确实是不错了——季星渠浑身上下透露着一种悠闲舒适的松弛气息，眉目间带着不动声色的笑意。

侯奕饿得不行，便没再贫嘴，开始吃饭了。

他吃到一半时，身侧轻飘飘地传来一道声音："昨天怎么样？"

"嗯？"侯奕转头看过去，就见季星渠仍盯着电脑屏幕，没给自己眼神，好像刚刚的那句话是自己的幻听。

侯奕："你问啥？"

气定神闲地接完一组纸牌，季星渠终于向他看过来，淡淡地问道："顾骋没表白吗？"

听见这话，侯奕问："你怎么突然关心这个？"

毕竟作为夹在季星渠和顾骋之间的一号当事人，侯奕自然知道，季星渠对顾骋的态度素来冷淡，更别提有闲心关心人家的情感状况了。

季星渠言简意赅地回答："我看到他的朋友圈了。"

侯奕点开朋友圈，发现顾骋早上在朋友圈里分享了单曲——《绿色》。昨天喝的酒，顾骋好像还没醒。

侯奕虽然觉得这个行为非常像小孩子，但还是给顾骋点了个赞，聊表安慰。

谁叫他们是兄弟呢？

然后，他回到了和季星渠的对话上，"哦"了一声，先摇头，而后又点头："他没表白，但是差不多吧。"

闻言，季星渠抬了抬眼皮，看向他。

侯奕见自己有八卦消息可以分享，觉得这也算季少爷在生活中难得有求于他的时刻，一时有些嘚瑟，不紧不慢地咽下口中的饭菜后才悠悠地开口，铺垫一番后才开始说昨天发生的事情。

昨天晚饭前，乔乐谭都没有来顾骋的生日聚会。

饭吃到一半时，一直有些心不在焉的顾骋突然捧着手机兴奋地站了起来。大家一问才知道，原来是乔乐谭和他说，她到门口了。

餐桌边的人都开始起哄，顾骋把筷子一搁，把嘴一擦，一副春风得意的模样就跑出去了。

没几分钟，他又回来了。和大家预想的不一样，他是一个人回来的，身边没有乔乐谭的身影。他的情绪明显降到了低谷，面庞染着阴郁之色，他一回来就开始闷头喝酒。

他没说话，大家便都噤了声，没敢问。但发生了什么事，大家心中都隐隐有了结论。

直到顾骋在KTV里咆哮着唱完一首苦情歌后痛诉感情，大家才知道,刚刚乔乐谭过来后,没等他开口就主动问他是不是喜欢她,还说如果是的话,她不喜欢他。

"顾骋原本想得挺好的。如果乔乐谭来了,他就在切蛋糕的时候和她表白;如果乔乐谭没来,他就去她的寝室楼下找她……"

侯奕没说完就被季星渠打断了:"这叫挺好?"

被这么冷不防地插嘴,侯奕一时没敢说话,莫名其妙地觉得季星渠的语气比刚才要冷几分。

等了几秒,侯奕才弱弱地回话:"这不就是挺好的吗?顾骋准备得万无一失。"

反正不管怎么样,表白的话顾骋总是能说出口的,唯一的变数就是乔乐谭了。

他们没想到乔乐谭竟然那么直接。

"合着你们打算去女寝楼下扰民呢?"季星渠把手再度覆上鼠标,随意地挪了几下,片刻后,显示器上出现了《国际象棋》的画面。

季星渠这话说的,侯奕想不出什么反驳的话,一时无语,最后才死鸭子嘴硬地说:"这是建立在二人彼此有好感的基础上的。"

季星渠冷淡地回了二字:"是吗?"

侯奕从这两个字里听出了一点儿不屑的意思。

侯奕接着说:"顾骋说,乔乐谭之前给他买了十四块钱的奶茶,我觉得女生主动给男生买奶茶就挺难得了吧?她还买十四块钱的。不是说女生都容易想很多吗?那乔乐谭应该也知道这个数字很敏感吧?"

季星渠:"人家女生知道你们想这么多吗?"

侯奕又说:"而且乔乐谭有时候会找顾骋聊天……"

"哦,"季星渠把自己的象棋往前移了一步才慢条斯理地开口,重复了侯奕话里的字眼,"有时候。"

顾骋找乔乐谭十次,乔乐谭回复他一次,这也叫"有时候会找他聊天"?

侯奕还想开口,但绞尽脑汁也想不出什么话来了。

这些事都是顾骋之前零零散散地和他们说的,作为证据确实站不住脚。但是顾骋每每说起这些事,那叫一个情真意切,而且他的朋友大多不认识乔乐谭,所以大家很自然地以为他和乔乐谭二人确实是彼此有好

感的。

不过侯奕在认识乔乐谭后,这种感觉消散了不少。哪怕和乔乐谭认识得不久,他也觉得乔乐谭喜欢的人应该不是顾骋那款的。只不过比起乔乐谭,他和顾骋关系更近,所以此时不自觉地偏向了顾骋那一方。

侯奕的脑子才堪堪转过弯来,他就听见面前这位少爷那嘲讽意味十足的声音再度响起了:"这种单方面的话你听听也就得了,还真信?乔乐谭对顾骋爱得这么深沉,她自己知道吗?"

说着,季星渠又移着自己的兵,在棋盘上往前跳了一格。

收到季星渠的微信的时候,边加凌都觉得自己眼花了。

几天前,他问季星渠能不能把那套房子往外租,季星渠只发过来一个问号。然后,边加凌又"噼里啪啦"地发了一段语音,说自己有个朋友——说到这儿的时候,边加凌才后知后觉地想起来,季星渠和乔乐谭是认识的。

于是他改了口,说:我那个朋友——乔乐谭,你知道吧?她很惨很惨,现在流落街头,需要一间房子。

等了几分钟,他才等来季星渠的回复——还是同一个标点符号。

边加凌知道,这件事应该是没戏了。

他怎么偏偏就忘了这二人似乎有点儿不对付?

他却没想到,今天早上点开微信,发现季星渠昨晚在将近凌晨的时候莫名其妙地给他发了两个字:可以。

边加凌的第一反应是:什么可以?

他的第二反应才是把他们微信聊天的上下文衔接起来,知道了季星渠的意思是可以把房子租给乔乐谭。

Lv0:这次我总得把你的微信推给人家了吧?

他依旧记得上次季星渠拒绝加乔乐谭的微信的事。

他等了一会儿,收到了季星渠的回复——

X:没事。

这个回答有点儿驴唇不对马嘴。可以就是可以,不可以就是不可以,什么叫"没事"?

但边加凌还是自动把这两个字"翻译"成"可以"了,然后把季星渠的微信推给了乔乐谭：房子我找到了，这是你的房东，就是季星渠。

Cookie：嗯？

Lv0：嗯？

Cookie：你让我和他睡在一起？

边加凌看着这行字，沉默了，突然有些后悔让季星渠把房子租给乔乐谭了。

Lv0：你发疯还是我发疯呢？

Lv0：他爸给他买的房子，但是他不住在那里，不和你睡在一起。

乔乐谭回了一个"哦"字。

想了想，边加凌打字提醒道：你消停点儿，别去招惹人家。

他知道乔乐谭是个什么性格的人，要是让她知道季星渠对她不冷不热的，甚至还可能有点儿讨厌她，她指不定三天两头地跑到人家跟前去刷一刷存在感。然后，按照季星渠的脾气，边加凌觉得季星渠会直接把乔乐谭赶出来。

半响，乔乐谭才回复：［哭］。

看到边加凌推荐过来的那张微信联系人的名片上面已经赫然被打上了备注，乔乐谭一时觉得有些好笑。

她琢磨了一会儿，然后模仿微信添加好友时备注的格式，给那位联系人发了一句话：我是乔乐谭。

季星渠计算机系：嗯？

乔乐谭演上瘾了，继续打字：是边加凌让我来加你的，说你是我的房东。

就像他们刚加上微信时那样，季星渠在发完一个问号后就消失了。

乔乐谭撇了撇嘴，心说没意思，然后也放下手机去干自己的事了。

等做完一个展示用的幻灯片，她再拿起手机时，发现有一条来自季星渠的未读消息。

季星渠计算机系：今天天气晴。

乔乐谭立刻就反应过来他话里的意思了，却没急着回复。季星渠的这条消息距离她的上一条消息有两个小时，那她至少也要再等两个小时才能回复季星渠，不然显得自己多么上赶着似的。

于是乔乐谭开始忙其他事情，却忍不住时不时地看一眼时间。等了

两个小时零几分钟,她才捧起手机打字。

Cookie:适合观月。

季星渠这回倒没有消失,反而出现得很快。

季星渠计算机系:1。

乔乐谭看着那个数字,慢慢地,嘴角不自觉地勾起一个弧度。

她从凳子上站起身,蹦回酒店的大床上,双脚不自觉地抬起来,交叉着一下一下地晃荡着。

她用手肘抵着被子给季星渠发消息,让他先去向天文协会借个望远镜。

季星渠计算机系:有了。

他真是个行动派,乔乐谭在心里暗暗地赞叹一声。

Cookie:那你晚上把望远镜带到北教学楼的楼顶上,那里角度好一点儿。

季星渠反问:你呢?

这两个字有点儿突然,但乔乐谭看懂了。她原本打算让季星渠来接她的,但是想了想,他又是借望远镜又是搬望远镜的,做的事已经够多了。于是她回复道:你在北教学楼等我,我自己过去就可以了。

片刻后,聊天界面弹出了一条新消息——

季星渠计算机系:七点,我去接你。

他们约定的是晚上七点半去拍月相。

虽然只有一行字,可乔乐谭从里面读出了对方有些不容分说的语气。

乔乐谭将这句话反复看了几遍,抿了抿唇,回了个"好"。

想了想,她又说:谢谢咯。

前几天有空的时候,乔乐谭就已经回过寝室,把自己的东西都收拾得差不多了,还顺便把自己喜欢的衣服都打包带到了酒店里。

她五点多就吃完了晚饭,然后回到酒店,开始挑衣服。

把衣服一件一件地摊在床上,点评一番后,乔乐谭才后知后觉地想起来,今晚自己还要扛设备、拍月相,晚上的温度也没有像下午那样接近夏天。

所以，她最后挑了一件微微露脐的长袖，又配了一条喇叭裤，搭了一双厚底鞋。她这样穿不会冷，行动也不会受到限制，还好看。

换好了衣服，她便坐到镜子前开始化妆。等忙完了这些，她又从头到尾地把身上的细节处理好。

乔乐谭看了一眼手机，发现此时已经将近七点了，季星渠刚好在五分钟前给她留了言：到了。

乔乐谭敲着手机屏幕上的键盘：我刚刚在写作业，没看见［可怜］［可怜］。

她总不能说自己刚才在化妆吧？那显得她准备得多隆重一样。所以她就要说自己在做作业，学习学得太忘我了，连男人的微信都没有看见。

但是她脸上这新鲜出炉的妆……对方只要不眼瞎，应该能看出来她是打扮过的。

所以，乔乐谭又说：能不能给我十分钟收拾一下？

这样，一来让她对"全副武装"的妆容有了解释；二来则暗示她为了见他也是有准备的，不至于太冷落对方；三来——

你瞧，我只收拾了十分钟就来见你，你在我的心里还没有那么重要，所以不要想太多哟。

季星渠计算机系：好。

于是乔乐谭就在酒店房间里背了十分钟单词，出门前对着镜子补了口红，然后发了一句"我出来了！"，就关上房门，乘着电梯下楼了。

从酒店的大厅走出去，乔乐谭远远地就看见了季星渠。

他像是已经完全进入夏天一样，上身是一件简简单单的短袖，下面是一条运动短裤，脚踩一双红白色的运动鞋。

这套穿搭挺休闲的，套在他身上却显得很不一般。他明明是慵懒的，但此时半倚着身后那辆嚣张又高调的摩托，便透着点儿狂狷的气息。

这几天，季星渠的银灰色头发淡了些，但在夜色的背景之下，比白天时更为耀眼了。

季星渠原本在看手机，此时却像有所感应一般，往乔乐谭这边投来了目光。

二人的视线就这样在半空中正面交锋了。

乔乐谭装出一副才看见季星渠的样子,佯装惊喜地朝他挥了挥手,然后加快了脚步,有些轻快地小跑过去。

等她到了季星渠面前,招呼还没说出口,头顶就落下一道微不可察的笑声。

乔乐谭仰起脖子,对上季星渠的眼眸,问:"你笑什么?"

季星渠说:"其实你不用跑。"

他的声音淡淡的,此刻带着点儿沙哑的感觉,很有磁性。

闻言,乔乐谭只觉得自己的心跳骤然加速了。

什么意思?

"其实你不用跑。"

不管多久,他都会等,是吗?

还未等乔乐谭琢磨明白,说完话的季星渠就坦然地侧过身,从车把手上摘下一个头盔,递给乔乐谭:"拿着。"

乔乐谭还没从刚才的思绪中缓过来,有点儿机械地接过头盔,蓦地发现和上次不同——季星渠这次带了两个头盔。

她有点儿想问这个新头盔是不是他为她准备的,但最后还是把这话咽了下去。

有些事情是也好,不是也罢,她不知道才是最好的。

季星渠转动钥匙,车子发出一声"嗡嗡"的轰鸣声。他无须多言,乔乐谭便会意了,跨上了车的后座。

坐上车后,她将身子往前俯了几寸,说:"我要先去学生媒体中心拿设备。"

"什么?"

季星渠没听清,偏过脸来,而同时,乔乐谭准备把刚刚那句话重复一遍,又将脑袋往前凑了一些。

她只需要再往前一点儿,唇瓣就可以擦过他的右脸。

乔乐谭的呼吸停了一瞬,她压下心底的情绪,冷静地把刚才的话重复了一遍。

季星渠简单地说了个"行",然后二人又很默契地错开身子,重新拉开了距离。

到了学生媒体中心后,乔乐谭搬出来一台相机和一个三脚架。季星渠见状,下了车,帮她抬三脚架。

乔乐谭问:"要不我们走过去?"

三脚架太长,他们靠摩托很难运过去。

"可以。"

季星渠把三脚架放在原地,先找了个地方停车,回来后又自然地将三脚架拎起来,将空出来的左手递到乔乐谭面前,示意她把相机也给他。

乔乐谭有些犹豫,虽然当初找季星渠组队确实是为了让他帮忙搬东西,但是看他这么一个少爷一反平常高高在上的金贵模样,真让他一个人拎这么多东西,倒还有点儿不好意思。

她正踌躇着,耳畔就传来了季星渠的声音:"我不会磕到它们的。"

见季星渠理解错了,乔乐谭便没再多想,一边把相机递过去一边解释:"我不是怕你磕到它们,是怕你太累了。"

季星渠淡淡地说道:"这样啊。"乔乐谭刚想点头,就听见他悠悠地补了下一句,"上次怎么不见你这么说?"

学生媒体中心离北教学楼不算远,他们沿着唯一的那条路直走,七八分钟就到了。

路上,乔乐谭和季星渠说着待会儿拍摄的步骤。全程主要由她讲,季星渠只是听着,很少说话,但会在需要的时候发表自己的看法,说明他是在认真倾听的。

突然,在一个话题的末尾,乔乐谭刚说完就见到身边的人停下了脚步,便也跟着停了下来:"怎么了?"

季星渠微微抬着头,在这几秒间,他的目光缓慢地落下,然后坠到了乔乐谭的眼里。他疏懒地站在那里,缓缓地开口,用很平常的语气说:"这花开得还挺好看的。"

季星渠吐字很清晰,气息平稳,就像这无垠夜色里的那抹月光,很淡,却带着点儿蛊惑人心的魅力。

闻言,乔乐谭抬头,顺着季星渠的视线向上看去。

这条道路的两旁开满了玉兰花,此时正是开花的季节,枝头上挤挤

挨挨地挂满了花。花瓣纯白，夜风习习吹过，将花香吹散，空气中充满了无孔不入的清香。

透过那饱满又美丽的花苞，透过交错的枝丫的缝隙，乔乐谭可以看见天上皎洁的月亮。

他们就这样站在原地，谁也没有贸然开口，不知道是在赏花还是在赏月。

不知道过了多久，乔乐谭才说："是很好看。"

她纠正了季星渠话里的那个"挺"字。

"好。"她听见身旁的人暗暗地笑一声，应了她的话，"很好看。"

到了北教学楼的天台，乔乐谭看见一台望远镜已经被摆在天台的中央了。

天气晴朗，微风吹拂，空旷的天台上只有他们二人。夜色与其说是黑的，倒不如说是近乎黑色的深蓝色，比浓重的黑色显得更为迷人。

今天是农历十三，每月的农历十五前后是适合拍满月的日子，不过乔乐谭并不只是想拍满月。

"今天的月亮我们就四舍五入算成满月，"她凑到望远镜前，一边用手指调节螺母，一边盘算着说，"到时候我们再来拍弦月和新月，凑一个周期。"

等到望远镜里显示的月球的图像清晰了，乔乐谭才停下手中的动作。

季星渠没有异议。反正他很清楚自己的定位——他就是一个劳动力，关于具体的拍摄事宜听乔乐谭安排就可以了。

听乔乐谭说完话，季星渠把三脚架支在地上，把相机递给了乔乐谭。乔乐谭没用三脚架，而是用锁骨的力量抵着相机，换上长焦镜头，然后站在那里专注地调节具体参数，最后才把相机架在望远镜前。

她对着镜头聚焦，整个人安静且平和，呈现出了一种谁也无法打扰的专注的状态。

季星渠站在一旁，静静地注视着乔乐谭。

夜风拂过她的几缕头发，柔和了她的轮廓。乔乐谭的上衣本就偏短，此时她身子微倾，哪怕是这样一个小幅度的动作，腰线便若隐若现，细腰盈盈一握，那截雪白的肌肤极为晃眼，而下身的喇叭裤又将其漂亮的腿形勾勒出来，唇瓣的红色透着水亮的光泽，融在一种清纯又诱惑的矛盾的氛围之中。

季星渠错开目光，垂下眼眸，藏住了眼中的深沉之色。

再一次按下快门后，乔乐谭开始检查自己拍的照片，觉得满意了才终于起身。

她直起身子，往季星渠那边看过去，发现他站在不远处，垂眸看着地面，不知道他在想什么。他孤身而立，月光将他的影子拖得纤长，不显孤寂，只让人觉得他从容、冷静。

"季星渠。"

季星渠闻言，像从悠长的梦境中醒来一般，抬眼望过来。

乔乐谭的相机被挂在她的脖颈上，她将两只手举起，张开食指和拇指，搭成一个方块的形状，像一个隐形的相机。

见季星渠看过来，乔乐谭眯起左眼，自行配音，嘴里念了一句"咔嚓"，模拟着拍摄的过程给季星渠定格了一张照片。

季星渠微怔，而后迈步走了过来，垂眸盯着乔乐谭，似笑非笑地问："偷拍我？"

"乔乐谭牌相机，记录美好时刻。"乔乐谭笑嘻嘻地说道，开过玩笑后伸手指了指那台望远镜，"你快看看月亮，十五的月亮今天圆。"

季星渠没出声，却如她所言走到望远镜前，俯下身子将眼睛对准望远镜。

平时那么遥远的月亮此刻仿佛触手可及，在镜头里呈现出立体的形状，环形山、陨石坑凹凸不平，一清二楚，半是光亮半是阴影，明明暗暗的，给人一种缥缈的感觉，却是真实存在的。

季星渠望着那似近又远的月亮，许久后才将目光撤离，缓缓直起身子。

在他的眼睛离开望远镜的那个瞬间，乔乐谭忽然把脑袋凑过来，歪着头轻眨睫毛，问："看见月亮了吗？"

季星渠把眸光微微错开了。

他好像每天都能看见月亮，可也不是每天都看到了月亮。

半秒后，他"嗯"了一声，声音低沉地回答："看见了。"

从北教学楼往回走的时候,季星渠依旧拿着三脚架,不过相机却被挂在乔乐谭的脖子上了。

北教学楼本就居于校园偏僻的一隅,此时虽然不算晚,但道路上已经没多少人了,乔乐谭便安心地边走边选照片,走得颇慢。

季星渠略垂眸,从他的角度只能看见乔乐谭毛茸茸的脑袋、长长的睫毛和挺翘的鼻尖。

他不动声色地放慢了步子,配合身边人走路的速度。

乔乐谭反复对比两张图,纠结后无果,最后叫了一声季星渠的名字。

下一瞬,一道目光落至她的侧脸上。

乔乐谭偏过脑袋,问:"你觉得这两张哪张好看?"

说着,她把手中的相机举起来,往季星渠那边递。

乔乐谭的个子在女生里算高的,可无奈她旁边这位哥的身高在人群中更是鹤立鸡群的。此时相机挂在她的脖子上,她怎么努力往上递也只能递到季星渠的鼻子前。

她一只手抬着机身,另一只手往脖颈后的带子上摸去,想把相机从脖子上取下来。可她的手还未触碰到带子,身旁的季星渠便一声不吭地俯下身,同时伸出手,接住了相机。

季星渠的手指恰好摁在乔乐谭的手指旁几寸的地方,刚好可以承受住相机的重量。

乔乐谭要取下相机的动作一滞,抬起的右手从后侧无声地垂落,最后归于腰际。

季星渠好像没有察觉到她的这些小动作,只专心地看着相机里的两张照片,最后淡淡地说道:"第二张。"

他没说原因,乔乐谭也没问——选照片这件事看技巧,更看感觉。

其实最开始她也隐隐地觉得第二张优于第一张,但这只是一种模糊的感觉。她无法拿准是否真的是第二张更好看,所以才向季星渠求助。

选定照片后,乔乐谭把相机关机了。

二人就这样在这条开满玉兰花的小道上寂静无声地走了一段路。月色共花色洁白无瑕,仿佛世界都同他们的呼吸一样轻而和谐。可乔乐谭觉得这份沉默没有让她感到尴尬,而是意外地觉得两个人不说话也很舒适。

直至他们走到路的尽头,乔乐谭忽然想到了什么,张了张嘴,说道:"季星渠……"

她却没想到,几乎同时,一旁的季星渠也开了口:"乔乐谭。"

话音落下,二人对视。

季星渠站在背光处,浅淡的光线衬得他的轮廓烁烁。乔乐谭看不清他的神情,只听见了他低低的却好听的声音:"你说。"

乔乐谭问:"你的生日在几月?"

这个话题跳跃得有些快,但季星渠没问为什么,只答:"十二月。"

"一九九六年的还是一九九七年的?"

"一九九六年的。"

乔乐谭闻言,眸光闪了闪,问:"那你知不知道边加凌其实比你年纪小?"

她的语气里有诡异的惊喜之意。

季星渠没说话。

二人往前走了几步,走到光亮的地方,乔乐谭才看清季星渠,他俨然是一副早就知道此事的神态。

"那他老叫你'弟弟',你还不揍他?"乔乐谭好奇地问道。

就边加凌那副自以为很成熟的臭嘴脸,乔乐谭见一次就想怼他一次。她并不觉得季星渠的脾气好到完全不在意这些——对于男人奇奇怪怪的自尊心,乔乐谭觉得自己还是有点儿了解的,比如他们讨厌被叫"弟弟"。

季星渠睨了乔乐谭一眼,看着她那有些兴奋的目光,露出一个不太明显的笑:"你知不知道他为什么比我们大一级?"

乔乐谭想起边加凌之前和她说,因为他从小聪明过人,所以接连跳级。

闻言,季星渠微不可察地笑了一声:"这你也信?"说完,他慢条斯理地开口,语气里带了些漫不经心的慵懒感,"他小时候太烦人,他妈嫌他吵,找关系让他提早上学了。"

乔乐谭听见这个理由,第一个反应是笑出了声,第二个反应才是明白过来季星渠在回答她的问题。

为什么他不制止边加凌叫他"弟弟"？因为边加凌太烦了，他懒得和边加凌拗。

她没想到是这个理由，莫名其妙地觉得季星渠的这个想法有点儿可爱。

问完问题，乔乐谭看向季星渠："你刚刚想说什么？"

季星渠这才像突然想起一般，慢悠悠地"啊"了一声，然后问："你什么时候搬过来？"

乔乐谭想了想，说："后天吧，毕竟我不住校的话还得去办点儿手续。"

听见回答，季星渠淡淡地回了一个字："行。"

他又在下一秒听见了乔乐谭的问话："你要来接我吗？"

季星渠转过头，就看见乔乐谭正抿着唇在看他，但她眼里促狭的笑意过于明显了。

他一下子便知道了这是她的玩笑话，微扬眉峰："你想让我接你？"

乔乐谭郑重其事地点了点头，用夸张的语气说道："非常想。"

"可以。"

闻言，乔乐谭微愣。她就是随口开一句玩笑，毕竟她的东西也不多，她在学校里找个三轮车师傅就可以一次性运完所有行李。如果让季星渠来帮她，反而麻烦了。

她没想到季星渠答应得这么干脆，刚想说不用，就听见从头顶处慢悠悠地落下一道声音："我帮你联系搬家公司。"

两个人走到了学生媒体中心，乔乐谭一个人进去还设备，季星渠先把之前停在这儿的车开出来，然后站在楼外等她。

他翻着手机，看见大家在 Re 战队的微信群里接龙点夜宵。

虽然这不是硬性要求，但在赛前大部分人会在研究中心里"刷夜"。江平怕他们过分透支身体，规定在工作日的凌晨一点之前和休息日的凌晨三点之前所有人必须关电脑。

因为 SC 比赛对于超算系统的设计效率要求得很严，需要参赛者在比赛时保持百分之百的专注度，所以 Re 战队的成员在平日自行练习时会刻意训练专注度。不过，这对队员的精力损耗极大，于是他们形成了一个队内传统——队员在自行"刷夜"时会提前在群里接龙点夜宵。

明天是周五,季星渠没课。他出来拍月相前就想好今晚要去研究中心,这个安排侯奕也知道,所以侯奕在给自己点夜宵的时候还不忘加上了季星渠的名字。

看着侯奕在群里发的消息,季星渠没有异议。

季星渠用余光瞄见了那道熟悉的身影从大楼里跑出来,微微抬眉,顺手锁了手机屏幕,将手机重新揣回了兜里。

那道身影原先只是一个模糊的小圆点儿,随着两个人的距离缩近,乔乐谭的模样逐渐暴露在灯光下,愈加清晰。

季星渠发现,乔乐谭这个人大部分时间是笑着的,无论这是真情实感还是她只把这个表情当作一种保护色,她的唇角似乎总是习惯性地扬起,譬如此刻。

乔乐谭是踏着小碎步过来的,双手背在身后,显然是藏了什么东西。

跑到季星渠的面前,乔乐谭便没再继续藏,口中念着"噔噔",然后把手上拿着的米汉堡拿到季星渠面前晃了晃:"今天我请客,请你吃米汉堡。"

其实是乔乐谭自己饿了。

在学生媒体中心的大楼里路过自动售货机的时候,她原本只想拿一个米汉堡,但转念一想,不给季星渠拿一个说不过去,便给他也买了一个。

见那只拿着米汉堡的手摊开在自己面前,季星渠没假装客气,让乔乐谭先帮他拿着,下车的时候再给他。

乔乐谭说"好",正要上车,就看见季星渠站在原地没动,微低着头,对着手机屏幕打字。她偷偷地瞄了一眼,看到了微信的界面。

乔乐谭无声地撇了撇嘴,在心中吐槽道:和我这样的美女在一起还不忘回别人的微信,他还真是"日理万机"。

不过季星渠只让她多等了几秒就很干脆地收了手机。

坐摩托这件事,乔乐谭一回生、二回熟,第三回则肆无忌惮了。乔乐谭第一次坐的时候还有些害怕、拘谨,如今第三次坐上季星渠的摩托后座,精神已然放松,直着上身去感受风的触碰,甚至悠闲地透过头盔去打量两侧飞驰而过的风景。

不久,车子在酒店的门口停下了。

乔乐谭已经学会了如何下摩车——她扶住车身的边缘才能在下车时稳住自己的身子,不往前倾。

她下了车,将头盔摘下,递给了季星渠。

季星渠接过头盔,下一秒,那个米汉堡再度出现在他的视野内。

乔乐谭说:"给你。"等掌心上的米汉堡被季星渠拿走,她才抬头,对季星渠说了一句,"拜拜,下次见。"

鉴于上次的经验,她没指望这位少爷和她道别,毕竟他还戴着头盔呢。

然而季星渠将按在车把上的手举起,打开了头盔前的透明挡板。这下,二人之间的视线、声音都不再有阻隔了。他回应了她的话,哪怕只是几个字。

季星渠轻轻地说:"嗯,下次见。"

季星渠推开门,看到研究中心内 Re 战队的成员都坐在自己的工位上,即使意识到有人进入大厅,也没分心去看。

季星渠走到自己的那台机器前,准备开一个新的应用程序。

侯奕在队内负责监控机器的运行功率,此时一看功率数据提高,便知道季星渠回来了,当即鬼鬼祟祟地走过去,凑到季星渠身边:"你怎么突然不吃夜宵了?"

十几分钟前,侯奕在群里接龙的时候如平常一般,在填上自己的名字的同时带上了季星渠的名字。谁知隔了几分钟,季星渠在群里发言,说"不用"。

侯奕用一副想抓到什么猫腻的模样靠近季星渠,在他身上嗅了嗅,以审讯的语气问道:"你不会是在外面偷吃了吧?"

季星渠微拧眉头,侧着身子拉开和侯奕的距离,冷声说道:"你离我远点儿。"

"你不仅在外面偷吃,还冷暴力我。"侯奕收回脑袋,故作委屈地说道。

目光垂落,他才发现季星渠的桌面上放着一个米汉堡。他敏锐地察觉到了什么，立刻问："谁给你的？"

季星渠的目光终于从显示器上挪开了，淡淡地落在了那个米汉堡上。不过须臾，他又不动声色地收回视线："这个不能是我自己买的？"

"骗谁呢？"侯奕"啧"了一声，"我还不知道你？"

侯奕从初中开始就和季星渠是同学，非常清楚这绝对不可能是季星渠自己买的。因为这款米汉堡里有青豆，而季星渠讨厌吃青豆。

那这是谁给他买的？

侯奕的脑子转了转，脑海里突然冒出一个想法。他当即将头往季星渠那边探了探，一副惊喜的模样："女生给你买的？"

闻言，季星渠抬起眼皮，懒懒地扫了侯奕一眼："怎么？你羡慕我？"

季星渠没承认，也没否认。

不是吧？

侯奕愈加兴奋，仿佛发现了什么了不得的事情，压低声音，用气声与季星渠交流："这个真是女生给你买的？"

让他吃惊的倒不是女生给季星渠买东西这件事，毕竟从小到大，给这位少爷送东西的女同学没有一百个也有五十个了，只是季星渠收下礼物倒是头一回。

他心里正揣测着，又听见季星渠的声音响起。

"我开玩笑呢。"季星渠的声音很轻，有点儿欲盖弥彰的意味，他有些敷衍地解释，"店员拿错了。"

乔乐谭洗完澡出来时，墙上钟表的指针恰好指向十点二十分。

平娜于半个小时前给她发了一条微信：我下周去霖江出差，过去见你一面。

这不是商量，也不是预告，而是通知，是乔乐谭最习惯的、平娜一如既往的语气。

乔乐谭回了个"好"，此外别无他言。

其实她并不是很想和平娜见面。

她们虽说是母女，但正因为必须承认这无法割舍的血缘关系，所以每每相见，相处得甚至比陌生人还不自然。

她们的关系明明并不亲近，可平娜怎么也不愿意承认她们俩的感情不深，仿佛承认了这件事就显得自己是一个失败的母亲、失败的女人。她们二人就像初出茅庐的演员，当罕有的舞台来临时就要生涩地出演，还得自行编排符合人设的剧情——一个在努力地扮演着母亲的角色，另一个则是在模仿怎么做母亲面前乖巧的女儿。但是倘若平时没有积累亲密度，她们再怎么扮演也只会显得生硬、滑稽。

这是她们相处时最真实的写照。

可乔乐谭知道，平娜是从来不容许别人拒绝她的。哪怕乔乐谭和平娜说有事，平娜也只会说自己这么忙，和乔乐谭见一面不容易，然后让乔乐谭请假。

此刻，乔乐谭前脚刚回复，后脚平娜的消息又蹦出来了：这么迟你还不睡？

乔乐谭不想和她强调现在才十点多，便回了一句"现在睡了"，然后就关闭了聊天界面。

翌日，乔乐谭特意早起去学生宿舍服务中心申请办理了寝室床位退订的手续。

乔乐谭填申请表的时候发现要写自己的校外住址，这才后知后觉地想起来，自己甚至连季星渠的房子具体在哪里都不知道。

乔乐谭没问，边加凌没说，季星渠也没提。三个搞不清的人凑到一起，稀里糊涂地凑成了一桩租房买卖。

乔乐谭给季星渠发微信，问房子的地址在哪里。等了两三分钟季星渠也没回，她便又去问边加凌，但这位可能还没睡醒，也迟迟不回消息。

乔乐谭看着死气沉沉的聊天框，绝望地闭上了眼，然后有些尴尬地问工作人员："这个可以先空着吗？"

工作人员先是诧异地看了她一眼，然后向她确认："你找到住的地方了吗？如果没有的话，我建议你还是不要现在申请，不然你连寝室也回不去了。"

"找到了，就是我不知道那条路叫什么。"乔乐谭斟酌着用词，暗示工作人员她已经搬过去了，只是说不出具体的地址。

虽然事实是她连房子长什么样都不知道。

闻言，工作人员理解了乔乐谭的言外之意，"哦"了一声，又看乔乐谭一副没什么生活经验的模样，问："同学，你第一次租房吧？"

乔乐谭如实点头。

工作人员见状，好心地提醒道："你这房东不太靠谱啊，地址都没告诉你。"

乔乐谭在内心干笑，随口应和："是吧……"

"租房合同你签了吗？"

租房合同，乔乐谭在心里默念了一遍这个词，觉得这四个字太正式了，他们这笔稀里糊涂的买卖高攀不上。

于是她摇了摇头，说："还没。"

"你在签合同之前要和房东确认每月几号付房租、公摊的费用有哪些……"服务中心的工作太清闲，工作人员没事干，所以干脆开始向乔乐谭传授生活经验，手把手地教乔乐谭怎么租房。她说了几点后，发现乔乐谭听得一脸蒙，显然没跟上她教导的节奏，便停止了："这样吧，你用手机记一下，不然我看你记不清。你们这些学生没什么生活经验，那些房东就喜欢宰你们这样的。"

乔乐谭乖乖地翻出手机备忘录，把工作人员说的注意事项一点儿一点儿地记下来。

她倒不是为了应付工作人员，而是确实想要了解这些事情。她知道季星渠这种性格的人大概不会计较房租，如果自己不显得专业一点儿，提前把这些条款梳理清楚，那么到最后季星渠还是会这样不明不白地把房子给她住——这会让她有一种亏欠季星渠的感觉。

她向来不喜欢欠别人的。他人不计回报的好意会让她感到负担，哪怕对方根本不在意这些。

记完这些，乔乐谭又在一旁的座位上干坐了一会儿，总算收到了回复——是季星渠的。

他说他刚才在训练，没看见消息，后面跟了一条地址。

乔乐谭拿着手机，立刻把表格里空着的那栏填上，然后把申请表交了上去。

走出服务大楼，乔乐谭才想起来自己还没回复季星渠，于是又点开微信，发现她和季星渠的聊天界面中又多了一条消息。

季星渠计算机系：什么时候搬？
Cookie：明天吧。
Cookie：你什么时候有空呀？我来找你拿钥匙［愉快］。
季星渠计算机系：指纹锁。
季星渠计算机系：明天我帮你录指纹。

看着这行话，乔乐谭眉心微动，在内心延迟反驳那位工作人员刚刚说的一句话：这个房东其实挺靠谱的。

她回了一句"好的"。

她回完季星渠，边加凌那边才慢悠悠地发来一条消息：我刚起，帮你问问。

乔乐谭早就不需要他了，根本不想理他，但生怕他再去问季星渠，还是打了一句：不用了，我知道了。

第二天，等申请被批准下来后乔乐谭才回了寝室，准备最后去一趟，把剩下的东西都收拾好带走。

早上起来，乔乐谭先是穿了一件比较休闲的衣服，但是转念一想，如果穿得太朴素了，怕自己见到厉云云的时候会少了点儿气场。于是她又在脑子里给自己加戏，最后认认真真地化了个全妆，穿了一条挺酷的高腰裙子，蹬了一双马丁靴，甚至难得地扎了高马尾。

一推开寝室的门，乔乐谭发现寝室里其他三个人居然都在。

加上她一共四个人，她们难得在非睡觉时间共处一室，但这可能是最后一次了。

贺菁的床位在最靠近大门的位置，她是第一个看见乔乐谭的人，那张脸依旧毫无情绪，语气也一如往常地平静："你回来了？"

乔乐谭点了点头，又说："不过我马上就要走了。"

贺菁会意，没再多言。

听见声响，厉云云也往这边投来目光，触碰到乔乐谭的视线后，便匆匆忙忙地收回了。

乔乐谭眨了眨眼睛，移开了视线。

她在来之前给蔡萱奇发过微信，所以此时她剩下的那些零零碎碎的东西已经被蔡萱奇打包好，堆在了她的床位上，其中还有她买了但没喝完的半箱牛奶。

这东西难带,她也可以搬家后再买,便打算把它分了。

她匀着个数给每个人都分了三瓶。

乔乐谭把牛奶放到厉云云的桌面上时,厉云云的背明显僵了一瞬,然后她干巴巴地开口:"谢谢。"

乔乐谭联系了校内搬家的叔叔,他的小三轮车已经在楼下等着了。

蔡萱奇帮乔乐谭一起把东西搬上三轮车,和乔乐谭道别后自己回了寝室。

见蔡萱奇回来了,一向话少的贺菁破天荒地开口询问:"你知道乔乐谭为什么要搬出去吗?"

"她和我说寝室的床太小了,睡得不舒服。"蔡萱奇回答。

贺菁点头,没再问。

一直沉默的厉云云在听见这话后转过头问:"她没说其他的吗?"

蔡萱奇摇摇头:"没了。"

虽然蔡萱奇能猜到乔乐谭肯定不是简单地出于这个原因搬出去——不然乔乐谭早就搬了,怎么会拖到这个时候?但是她尊重乔乐谭的意愿,就没多问。

不知为何,蔡萱奇总觉得,自己说完这话,厉云云明显松了一口气。

于是,她的脑海中有个想法一闪而过。她抿了抿唇,默默地坐回到了自己的座位上。

坐在三轮车的后座上时,乔乐谭给季星渠发了微信,问他到了没——不然她没录指纹,进不了房门,到时候还得站在门口傻乎乎地干等。

路并不崎岖,但三轮车开得很颠簸。乔乐谭紧紧地抓着三轮车的边缘,一边担心自己掉下去,一边战战兢兢地看着微信。

季星渠计算机系:到了。

Cookie:我快了。

季星渠计算机系:我到楼下等你。

乔乐谭料想季星渠要帮她搬东西,便打字婉拒他:这个叔叔会帮我搬的。

过了大概半分钟,季星渠回复:好。

可进了小区里乔乐谭才知道,之前她给这位叔叔的钱居然只包含把她送到楼下的费用,如果让他把行李搬上去她还得加钱,大包裹一个二十块钱,小包裹一个十块钱。

要是在平时,乔乐谭根本不会在意这点儿钱,可是前段时间在酒店里连住了几天,之后还要向季星渠交房租,她的原则已经变成能省则省了。

她毫不犹豫地返回聊天界面,引用自己发出的那句"这个叔叔会帮我搬的",补充道:呜呜,这个叔叔居然要钱,还是你来帮我搬吧[大哭][大哭]。

季星渠计算机系:两分钟。

Cookie:好,谢谢哥,麻烦您了。

为了表示谢意,她还对季星渠用上了尊称。

就这样,乔乐谭手里拎着行李箱,脚边堆着行李,站在原地,边聊微信边等季星渠。

就因为季星渠的那条消息,乔乐谭还特别关注了手机屏幕顶端显示的时间。

当季星渠出现在她的视野里的那一刹那,她在心中暗暗感叹:理科生不愧是理科生,他对时间的把握可以如此精准,说两分钟就是两分钟。

乔乐谭对于穿搭的感知非常敏锐。经过这段时间的相处,她观察并得出:这位少爷的衣品很不错。

季星渠不喜欢乱七八糟的新潮花色与单品,但从不限于用黑、白、灰的基础色,并且在细节上总是可以遥相呼应,显得简单、大方却不单调。

譬如此刻,他上衣穿了一件深绿色的宽松的短袖,下面配了同色系的鞋。

乔乐谭冲朝她走来的季星渠招了招手,而后指了指手上的行李箱:"这个和我身上的包,我自己带上去。"她又指了指堆在她脚边的其他行李,"这些要你帮我搬了。"

其实说这话时,乔乐谭有点儿心虚,毕竟她自己搬的东西实在太少了,但是这身衣服着实让她不方便行动。

好在季星渠没有异议,干脆地拾起乔乐谭的行李,丢下一句:"跟着我。"

然后,他转身往回走。

"得令!"乔乐谭故作乖巧地回答,跟在季星渠身后。

二人一前一后地走进了单元楼。

季星渠的房子在七楼,所幸楼里有电梯,真正需要他们搬东西的路程也就是从小区门口到电梯前的那段路。

红色的数字不断跳跃、变化,电梯从高楼层缓缓下降,最后在他们面前开了门。

进了电梯里,季星渠摁下了"7"。

电梯门合上,乔乐谭感受到了向上的加速度。她转过头看了看季星渠,礼貌地开口:"谢谢你帮我搬东西。"

季星渠回道:"嗯,你是该谢我。"

乔乐谭睨了他一眼,目光所及之处是季星渠微微抬起的下巴。

他直视着紧闭的电梯门,语气让人听不出个所以然:"毕竟我不要钱。"

乔乐谭沉默了。

他这话说得……太奇怪、太有歧义了。

电梯门再次打开,二人带着行李出去了。

季星渠在房门前停下,把拇指放在门锁上验证指纹,打开门后侧身站到一旁,用目光示意乔乐谭先进去。

这间屋子并不大,简单的一室一厅,但一个人住绰绰有余。

不过这里和乔乐谭想的不太一样。她原以为这位哥住的屋子会被装修成牛哄哄的工业风,用黑、白、灰的配色,冷酷到底。但是,季星渠的房子风格简约,大多使用较柔和的浅色,偶有三两个小绿植做点缀,不会给人毫无生气的感觉;屋里的家具并不多,但一应俱全,某些地方还放着几个大小不一的流体熊;电视旁是一个"V"形的架子,上面整齐地摆着 Switch(游戏机)的卡带,数量刚好将其填满,乔乐谭哪怕没有强迫症,也看得很舒服。

目光忽然落至某处，乔乐谭情不自禁地"哇"了一声，放下自己手中的行李箱，跑过去看。

不大的客厅被单独开辟出一个角落，角落里堆满了各式各样的乐高，直接就夺走了入门者的目光。

乔乐谭一开始只是为乐高的面积与色彩而惊叹，而在看清它们的构造后更是咋舌——这些乐高并非单独陈列的，亦非毫无章法地被堆砌在一起，而是一个井然有序的积木小镇。在小镇上，有乐高拼成的道路、树木，有林立的高楼、雕塑，建筑里有各种行业的小人儿，街道上是色彩斑斓的车辆。每个无法割舍的细节构成了恰到好处的有机整体。这一切明明是静态的，却让人感受到扑面而来的生活气息，仿佛是真实的小镇。

"这些都是你拼的吗？"

听到问话，季星渠往乔乐谭那边看了一眼。

虽然她在问他，可她的目光没有给他半分，而是在乐高上流连。

他没想到她会对这个感兴趣，感到有些意外，但没说话，默认了。

乔乐谭对面前的这个小世界表现出了极大的好奇心，指了指在路旁的一个男性小人儿，问："他叫什么？"

季星渠看了一眼，随口扯了一个名字："Jack。"

乔乐谭又指着一个长头发的女性小人儿："那她呢？"

季星渠继续胡诌："Rose。"

半蹲在地上的乔乐谭忽然抬起了眼。

季星渠懒懒地垂落目光，只见乔乐谭看向他的眼神里满是意外之色。

"你居然看过《泰坦尼克号》！"乔乐谭全然是难以置信的语气。

季星渠无语。她把他想成什么人了？

他看乔乐谭那状态，觉得她还要欣赏许久，就没打断她，只在沙发上坐下了，就这样任她看乐高小镇。

乔乐谭将这个乐高小镇从头到尾仔细观察了一遍，觉得季星渠在她心中的形象生动了几分——这小世界都是季星渠创造出来的，哪怕可能只是他的消遣，他却乐得在闲时一砖一瓦地搭建起这个小世界。

不知过了多久，手机的闹铃响起，乔乐谭才回过神来。

这是她昨天特地设的备忘录闹铃，提醒自己要和季星渠谈房租的事情。

乔乐谭站起来，瞥见季星渠靠着沙发，双目微合，左手懒洋洋地搭在扶手上，一副要睡过去的样子。

她轻轻地唤了一声："季星渠。"

半秒后，季星渠漫不经心地抬起眼皮看向了她，眉目间带着倦意，不过眼神依旧清明。

乔乐谭走到他面前的桌子旁，从包里翻出笔记本电脑："我们来拟个合同。"

闻言，季星渠蒙了一瞬，反应了一下：什么玩意儿？

他甚至怀疑自己听错了，但一看乔乐谭显然有备而来，连笔记本电脑都掏出来了，一副很专业的架势。

于是季星渠眯了眯眼，然后撑起上身，往前坐了些："行。"

乔乐谭翻出自己的手机备忘录，上面密密麻麻地记录着昨天那位工作人员和她说的租房的注意事项。

她对照着上面的字念："我们先要确定房租多少，每月几号付，多久付一次。"

季星渠："随你。"

钱不钱的他无所谓，毕竟哪怕乔乐谭不住，这房子也是空着。但是她愿意付，他就收。他知道，他不收点儿钱，别人住着不安心。

乔乐谭早就猜到他会这么说，所以提前做好功课，了解过市场价了。

她说了一个数字，季星渠没有异议："可以。"

乔乐谭又连着问了几个问题，季星渠的回答都一模一样——"随你""可以"。

他眉眼微耷，一副兴致缺缺的模样，浑身上下写着"别来问我，我也不懂。你要是问我，我还烦得很"的败家子态度。

乔乐谭在心里庆幸遇到了那位好心的工作人员，对着笔记本电脑打字，一一记下他们交涉的结果。

一番沟通下来，乔乐谭觉得自己已经筋疲力尽了。

季星渠没想到乔乐谭能想出这么多问题，同样歇了一口气。

接着，乔乐谭总算想起去卧室看一眼了。她隐隐感觉这间屋子像是刚被打扫过一样，便问："这里之前是不是有人住过？"

季星渠轻轻地"嗯"了一声，声音懒散地说道："Rose 和 Jack 住过，被你赶出去了。"

乔乐谭又扫视了一圈，看见床下有一个篮子。她蹲下，把篮子拉了出来，意外地发现里面居然有一个家用投影仪，还有一个蓝牙音箱。

乔乐谭的眼睛登时亮了，她问："这可以用吗？"

季星渠微微颔首，意思是可以。

说真的，他都忘了自己什么时候买的这些东西，买回来后一次没用过，专门放篮子里积灰了。

见乔乐谭把房子参观得差不多并且没什么疑问了，一旁的季星渠才出声提醒道："过来录指纹。"

"哦，好。"乔乐谭应着，和季星渠一起去了门口。

季星渠先用自己的指纹激活了权限，然后让乔乐谭把指头放上去，跟着智能门锁的提示音操作，很快便完成了。

录完了指纹，乔乐谭说："好了。"她想往里走，却见季星渠站在原地不动，便问，"怎么了？"

"你先进去，"季星渠说，"我把我的指纹删了。"

乔乐谭"啊"了一声，然后说："不用，反正这房子我要还你。"

他现在删掉指纹，之后还要再录一遍，多麻烦。

乔乐谭知道，季星渠肯定不是那种心思不纯的危险房东。

但季星渠只回了两个字："没事。"

他的想法很简单。再怎么说也是乔乐谭一个女生住在这儿，他总得让她安心点儿。

季星渠删完自己的指纹，走回卧室就发现乔乐谭坐在地板上，摆弄着那个蓝牙音箱。

她饱满的后脑勺上马尾辫高扬，发梢还有点儿之前卷过头发的弧度，搭在白皙又好看的后颈上。

感受到身后落下一道人影，乔乐谭转过脑袋，真诚地邀请："快来听！"

她的手机已经连上了蓝牙音箱，歌声外放，在室内流淌。音符跳跃,曲调甜蜜,这是一首欢快的歌。

乔乐谭的播放列表里只有这首歌,因此尾声刚结束,这首歌又从头响起,周而复始。

季星渠跟着乔乐谭听了两遍后,问:"什么歌?"他听得出这是一首粤语歌。

"*My Cookie Can*(我的饼干罐)。"乔乐谭答道。

季星渠闻言,蓦地想起了什么,恍然大悟般地说道:"哦,你的微信名——小饼干。"

说者无意,听者有心。乔乐谭只觉得"小饼干"这个词听起来格外地亲昵。

当她若有所思地回眸去看季星渠时,他却是一副坦然的模样,甚至在对上她的视线的刹那还有些嘚瑟地挑了挑眉,好像在说:怎么样?我说对了吧?

乔乐谭眸光微闪,下意识地用手撑着地,将自己的身子转过来一些,然后拍了拍自己身边的空地,示意季星渠坐下来。

"广东地区的小朋友喜欢把珍贵的宝贝藏在饼干罐里,所以 my cookie can 有'我的宝贝'的意思。"说罢,乔乐谭停顿了一下,然后把声音放轻、放慢,有些小心翼翼地问,"很浪漫吧?"

乔乐谭之所以取"Cookie"这个微信名,是因为之前老是看《海绵宝宝》。在这个动画片里,海绵宝宝的奶奶喜欢给海绵宝宝做曲奇饼干,并亲昵地称呼他为 cookie。乔乐谭觉得这名字很可爱,就拿来作为微信名了。

再后来,她意外地发现了卫兰的这首歌,愈加觉得自己这个微信名取得好,它顿时显得意义非凡了起来。

有些事情本身是没有意义的,是你的喜爱给它冠上了意义。可若有一天,你得知它有其他巧妙的深层含义,就会有一种宿命般的馈赠感,并因此而惊喜。

闻言,季星渠深深地看了乔乐谭一眼,半晌,开玩笑似的开口:"所以你的微信名是哪个意思?"

它是小饼干,还是宝贝?

听到这话的乔乐谭抬起了头,不答反问:"你觉得呢?"

季星渠注视着她，对上那道视线的瞬间觉得喉咙有些干，被火燎一般。

时间像停止了，依然在播放的音箱是时间在流逝的唯一证明。

讲一声冻冻/你会和我抱拥/话一声痛痛/你会张开我的笑容……

My cookie can/Hey you say love me till the end/My cookie can/You are my man（我的饼干罐/嘿，你说爱我直到最后/我的饼干罐/你是我的男人）……

在歌声里，乔乐谭率先笑了，弯着眉眼，像无事发生般说道："饼干吧？"

"我喜欢吃饼干。"季星渠听见她这样说。

第四章

这是一首煎蛋的小情歌

乔乐谭有些认床。

刚搬到新的房子里,哪怕床宽得能够让她的四肢自由自在地舒展,但由于潜意识对陌生的环境很抗拒,她仍睡得不太踏实。

有些晕乎乎地起了床,乔乐谭往床头伸手摸手机,点开微信后,看见边加凌在凌晨给她转发了一篇推文。

乔乐谭点开一看,发现推文的内容是那个她短暂地参与了一下的边加凌的 vlog 获得了"最佳媒体奖"。

Lv0:托乔导的福。

Cookie:边导客气了。

二人先按照行内的传统进行了一番合作伙伴之间的吹捧,然后约定今晚吃烧烤。

其实乔乐谭最近对于吃烧烤的兴趣并不大,但是,就如边加凌最初答应乔乐谭的那样,乔乐谭的名字被放在了第一位——这就意味着他默认乔乐谭是项目的第一负责人。

虽然这件事是他们当初商量好的,但乔乐谭有点儿不好意思,毕竟只负责了剪片子和一小段素材的拍摄任务,而选材、vlog 投放等工作都是边加凌在负责。所以她难得给了边加凌一个面子,没拒绝他的邀约。

最重要的是,这个"最佳媒体奖"有五千块钱的奖金,二人平分,她能拿到两千五百块钱——这对于当下的她来说简直是雪中送炭。乔乐谭不禁庆幸自己当初没有拒绝边加凌的请求。

那个昏暗的傍晚又蓦地闯入她的脑中,像在夕阳的余晖下跳跃的鲸,跃出水面后,无意中溅起的水花折射着最后的阳光,映照出男生愈加清晰的轮廓。

乔乐谭也不知道自己为什么会冒出这个想法。

当初她如果没去帮边加凌拍摄,那么就不会遇见季星渠。

晚上上天文学导论课,乔乐谭到得早。她看了一眼斜前方的空位,手指在手机屏幕上滑动,翻出一个聊天界面后打字:你怎么每次上晚课都来得这么迟?

其实季星渠来得不能说是迟,只是每次都踩点到罢了。更何况现在离上课还有一段时间,大多数人还没来。

乔乐谭只是突然想找点儿话和季星渠聊。

发完这条消息后,乔乐谭等了一会儿,却一直没收到回复。在这个等待的间隙,她无意识地向上翻动聊天记录,将自己和季星渠的聊天记录浏览了一遍。

他们俩聊得并不多,而且每次聊天都很短暂。有时候对话的时间间隔甚至很长,他们也几乎不聊琐碎的事情。

乔乐谭和学生社团里的人对接工作时就是这样聊天的——不熟,但不得不聊;有事再说,平日勿扰。

可这个想法一冒出来,乔乐谭的脑海里便立即跳出一道反驳的声音,说她和季星渠的关系应该比聊天记录呈现的要稍微近一点点。最直接的原因就是,他们线下的沟通要多于线上的交流,而这些聊天记录远远无法记录他们在网络之外聊天的部分。

组长到教室了,看见乔乐谭便问她:"你们组开始拍月相了吗?"

"开始了。"乔乐谭回答道。

组长点了点头,表示知道了。

乔乐谭又低下头,再看一眼聊天界面,季星渠还是没回复。

他们 Re 战队最近好像很忙。

她撇了撇嘴，百无聊赖地点开"奥斯卡最佳纪录片"的群聊。

群里，尤甜正热火朝天地吐槽近期的一部影视作品：我受不了了，比"你们不要再打了"更经典的名场面或许就是它了。

乔乐谭点开了尤甜发出来的影视作品片段打发时间。

其实剧情本身并没有他们吐槽的那么好笑，但是一旦结合起他们那语气夸张的议论，乔乐谭便忍俊不禁。

视频播放完，乔乐谭刚想退出，网页居然自动跳转了。下一瞬，一个黄色小广告猝不及防地跳了出来——屏幕上是语言和画面都令人难以描述的内容。

乔乐谭心里一惊，赶紧试图退出界面。

但是这些黄色小广告像顽固的病毒，不管她怎么点击返回键，手机屏幕上的页面还是纹丝不动，依旧是极富冲击力的动图以及一看就很有小广告风格的字体。

最后，乔乐谭干脆退出了这个浏览器。

总算摆脱了令人尴尬的小广告，乔乐谭下意识地呼出一口气，还没从刚才低俗的界面中缓过来，身侧便突然落下了一道阴影。

乔乐谭心中隐隐有不好的预感，抬头后，视线对上了一双意料之中的漆黑的眼眸——季星渠正似笑非笑地看着她。

乔乐谭无语。她不是。她没有。

她百分之百确定季星渠看见她的手机屏幕了，但是他一言不发，只用那种暧昧不清、看破不说破的眼神望着她。

她明明没有看不良内容，这只是个意外。但被这种眼神盯着，她很难不心虚。

乔乐谭沉默了一会儿，而后干巴巴地开口："你来了。"

季星渠微微颔首，算作回应，却依旧不说话。眼里的笑意渐浓，他深深地看了乔乐谭一眼，最后又收回目光，像无事发生一般，径直坐到了自己的座位上。

流年不利，乔乐谭在心里默念。

她看了一眼手机，发现就在她看影视剧的吐槽小视频时，季星渠回了她微信：来了。

乔乐谭想了想，斟酌着在聊天框里打了一句话，发过去：刚刚那个

是蹦出来的小广告。

说罢,她往坐在前面的季星渠那边看了一眼,确认季星渠点开了微信。

季星渠的坐姿依旧散漫,肩背很放松,整个人靠在椅背上,懒洋洋地打字,而后收回手。

乔乐谭收回窥探的目光,将注意力重新放回自己的手机上。

果然,她收到了季星渠的回复。

季星渠计算机系:我知道。

乔乐谭仔细地读着这三个字,开始做阅读理解。

他知道?他知道什么?他知道那是小广告,还是说可以理解乔乐谭看完不良内容后欲盖弥彰的解释?

乔乐谭沉默了。

她想开了,心说:他误会就误会吧,大家都是成年人了,别说这个小广告是自己误点的,就算自己真的看又怎么了?反正自己没外放。

但是乔乐谭还是觉得心里别扭,毕竟刚才那个广告的审美真是太差了。乔乐谭怕季星渠怀疑自己的审美,决定说点儿其他的来证明自己并没有这种恶俗的趣味。

Cookie:那真的是广告。

Cookie:就算要看,我也不会看这种侮辱我审美的东西。

半分钟后,乔乐谭收到了季星渠发来的问号。

常年写剧本的经历提升了她的打字速度,她捧着手机飞快地打字。

Cookie:广告刚出来的时候,我乍一看,就乍一看,那个男的又老又丑,好猥琐,我不喜欢。

Cookie:毕竟我喜欢帅的。

Cookie:如果是这种内容的影片,我还得要求一下男主人公的身材,比如说他至少得有几块腹肌吧?

乔乐谭不依不饶地打着字,到最后都有些兴奋了。

她的脑海里像放映电影一般,闪过自己从艺考开始到现在鉴赏过的相关影片。她甚至想举例子告诉季星渠,从电影工作人的审美来看,她最喜欢哪类影片以及哪种男性的躯体。

她还在聊天框里打字,便收到了对面的消息。

季星渠很冷漠地发过来三个字：乔乐谭。

乔乐谭的心一惊，她把自己打的一大堆电影名删了，立刻回：在。

季星渠计算机系：你是不是没把我当成男的？

看见这句话，乔乐谭蒙了一瞬，又忽然反应过来，立即反思自己太口无遮拦了，于是赶紧放弃写自己的影片鉴赏小作文，重新回复季星渠的微信。

Cookie：我没有不把你当成男的。

Cookie：如果您都不算男的，那整个霖大都找不出第二个男的了。

她发出消息之后，季星渠没声了。

乔乐谭抬眼，看见斜前方的人已经打开了电脑，开始敲代码。

她收回目光，又默默地打了两行字。

Cookie：对不起，我不说了。

Cookie：呜呜。

接下来的时间里，乔乐谭认认真真地听完了一节课。平心而论，这个老师讲得很不错，课上会穿插许多有趣的天文知识。

她听得太入迷，以至都忘记要和边加凌去吃烧烤这件事了。直到下课后，她拿起手机，看见边加凌发的消息才想起来。

她收拾着书包，余光瞥见前排的人影在她面前停下了。

"回去？"季星渠问她。

乔乐谭摇了摇头："去南街吃烧烤。"

语毕，她就听见季星渠拉长声音，玩味地说道："你跟踪我呢？"

乔乐谭："你也去那里？"

季星渠微挑眉梢，一副默认的模样。

"那你把我带过去吧？"乔乐谭试探地问了一下。

边加凌说要来接她，但是如果季星渠这儿有顺风车可搭，她就更方便了。

说完，乔乐谭一脸期待地望着季星渠。季星渠沉默了几秒，像是在思考，而后才淡淡地开口："也行。"

到了教学楼的车库前，季星渠去车库里面取车，乔乐谭站在不远处等季星渠，顺便给边加凌发微信，和他说他不用过来了。

她放好手机后，抬头就看见一个巨大的光圈打过来，随着距离缩

近,光圈慢慢散去,季星渠的身形显露了出来。

摩托在乔乐谭身旁停下了。

这次,乔乐谭从季星渠的手中接过头盔的时候,动作已经很熟练了。

她把头盔往头上戴,随口问:"你和谁约的烧烤啊?"

"高中同学。"季星渠言简意赅地回答。

一秒后,乔乐谭听见从前面传来声音:"你呢?"

这就是一个象征性的反问句,就好像季星渠问这话并不是真的想知道答案,只是因为乔乐谭问他了,所以他也有来有往地问回来。

"边加凌。"

季星渠没再说话。

乔乐谭没注意到他的沉默,只专注地扣着头盔,最后说:"我好啦,我们出发吧。"

南街是霖江大学校门外的美食一条街,每到晚上都有许多霖大的学生涌入。其中,南街的烧烤店则是最受大学生欢迎的地方。

因为店门口没有停车的位置了,所以乔乐谭先进了店,季星渠则绕了个远,找其他的位置停车。

季星渠踏进烧烤店里时,一眼便看见了坐在远处的乔乐谭。

人声鼎沸,烟熏火燎,她的对面坐着边加凌。

乔乐谭恰好背对着季星渠,此时正和边加凌说着话。两个人不知道说到什么,边加凌突然笑起来,乔乐谭伸手捶他。

只看了一眼,季星渠便冷淡地收回目光,迈步往自己的桌位走去。

他一出现在众人的视野里,饭桌上就有人开始起哄:"哟,我们的季大少爷来了,好久不见啊!"

"很久吗?"季星渠敷衍地应了一句,拉开凳子在侯奕旁边坐下。

侯奕睨了他一眼:"你不是说不来吗?怎么突然又来了?"

他们高中的学生考上霖大的有很多,老是在校友群里策划着聚餐。侯奕爱热闹,也爱吃,只要没事,顿顿聚餐都不落。但是他怎么也叫不动季星渠,季星渠只有刚上大学那会儿会来,后面就再没来过了。

季星渠神色平静地说:"饿了。"

说话的同时,他不动声色地往某个方向瞟了一眼,但因为坐着时视线被桌子的隔板遮挡住了,便看不见那道背影了。

听见季星渠的话,侯奕把菜单往季星渠面前一递,让季星渠点菜,又低着头和季星渠说:"你说巧不巧?我刚刚还看见边学长和乔乐谭了。"说到这里,侯奕还怕自己表意不明确,补充道,"我的意思是,他们俩坐在一起。我都震惊了,他们居然认识!"

季星渠听着,没说话,视线平稳地落在菜单上,好像他对侯奕的话毫无兴趣。

侯奕向来习惯一个人说相声,没有得到回应也不妨碍他自言自语。他继续叨叨,想到什么说什么:"我看他们俩关系还挺好的,是不是男女朋友啊?"

说罢,侯奕看了季星渠一眼。

这次,这位少爷总算赏脸了,抬了抬眼皮,目光落在侯奕的脸上。他慢条斯理地吐出几个字:"你这样说,我和你关系也挺好。"

旁边有人听见他们的对话,凑过来问了一句:"乔乐谭?就是顾骋说的那个女生吗?"

"啊,你知道?"侯奕下意识地回道。

说完,他立刻反应过来对方这个问题问得不太对——这个人怎么把乔乐谭和顾骋捆绑在一起了?都怪顾骋之前天天不断地念叨。

可话刚说出口,他就感觉身旁的气氛立刻变了,带着点儿危险的气息。

季星渠垂着眸,依旧神色淡淡,侧脸英俊,但让人看不清情绪。

"我听他们说过。"这个人继续解释道。

他因声音过大,顿时吸引来了半桌人的注意力。因为顾骋曾经是他们这个高中的学生,所以在场的大部分人认识顾骋,不过都不认识乔乐谭。可不妨碍他们对别人的八卦消息产生探究欲,都齐齐地看向了挑起话头的那个人,纷纷语气兴奋地询问是什么事。

这个人说道:"哦,我不太清楚具体情况,只知道那个乔乐谭是传媒学院的学生,好像长得挺漂亮的。"他意有所指地把重音落在了最后几个字上,"她好像当初和顾骋搞暧昧。顾骋原本不喜欢她,但传媒学院的漂亮女生……你们懂的,她用点儿手段把顾骋搞得动心了。结果你

们猜怎么样？她居然特意挑顾骋的生日那天对他说她不喜欢他。"

此话一出，千层浪起。

"牛啊！"

"她这么狠？她专挑人家的生日那天说拜拜！"

"我听说传媒学院的女生大多是'海王'，我们这种段位的人还是别轻易招惹她们了。"

……

大家开始议论起来。

他们平日里和顾骋交往，只从男性的角度看事情，忽视了顾骋身上的许多毛病。同时，在这个故事涉及的人物里，他们只认识顾骋，故而下意识地偏袒他，转而攻击素未谋面的女生。

侯奕试图插嘴，想说大家倒也不用这样评价乔乐谭，毕竟都不是当事人，谁知道事情的真相是怎么样的？

他张了张嘴，正准备说话时，落座后就没说过话的季星渠忽然轻轻地笑了一声，音量不大，却极具威慑力，整个场子的空气骤然被冻结了。

大家默契地收敛声音，转移视线，或惊诧或谨慎地看向了季星渠。

他的嘴角勾着一个意味不明的弧度，他明明是笑着的，但眼中的情绪深沉，冷淡到了极点。

"看来大家确实是好久没见了，"季星渠靠着椅背，眼皮微抬，冷冷地将视线扫向那些人，然后缓缓地开口，一字一顿地说，"我以前还真不知道，你们的嘴这么碎。"

大家听着，都缄默了。

侯奕心里一惊，正打算给这位少爷打圆场，谁承想，几秒后，季星渠又仿佛后知后觉般想起什么："哦，不过你们有句话倒是说得挺对，"他毫不掩饰话里的嘲讽之意，"你们这种段位的人，人家确实看不上。"

走进宿舍楼里后，侯奕便迫不及待地跑回寝室，推开门急匆匆地扫视一圈后，看见商豫铭正拿着电脑坐在季星渠旁边，显然是在向季星渠请教问题。

侯奕不好意思打扰他们，只能在一旁等待。他时不时地往他们那边瞥一眼，就看到他要采访的新闻当事人季星渠一副气定神闲的模样，耐心地跟商豫铭讨论着题目。

刚才这位少爷在烧烤店里抛下那几句话，然后一秒都没再多待，捞起桌上的手机和车钥匙就径直离开了。

侯奕只能留下来打圆场，和其他人一起尴尬地度过了剩下的时间。席间大家话语寥寥，最后饭局草草地散了场。

走出烧烤店，侯奕便骑着他的电动车飞驰回来，想问个究竟。

商豫铭请教完，刚起身，侯奕就立即像弹簧一样蹿过去，坐上了商豫铭刚才坐的凳子。

"季星渠。"侯奕正色道，自认为很严厉地叫着季星渠的名字。

大大小小的问题在他的脑中持续地盘旋着。

自从季星渠走后，侯奕就一直在思考：这位少爷刚才怎么突然变成那样了？

要是季星渠只说前面的话，侯奕倒可以理解。毕竟和季星渠做同学这么久，侯奕清楚得很，季星渠虽然看起来有些浑，又有点儿与生俱来的高情商，和谁都能谈几句，但其实骨子里有点儿少爷般的清高，离开了很多玩过的圈子，也向来不屑男生间那些油腔滑调又低俗的玩笑。

高中男生在寝室里夜聊的时候，有人试图"指点江山"，谈论女生的身材和相貌，一直只听不语的季星渠会以一副平静的态度打断他们，淡淡地说一声"你们过头了啊，可以闭嘴了"。

但是，今天的季星渠还留下了那样的话——"你们这种段位的人，人家确实看不上。"

这是什么意思？

侯奕绞尽脑汁，最后只能锁定一种可能性。

他正准备开口，就听见季星渠清朗的声音悠悠地响起，音量不大，但字句被咬得清晰——

"我对乔乐谭有意思。"

季星渠当然猜到侯奕要说什么，干脆先发制人，没打算遮掩，大方地道出。

侯奕呼吸一滞，如炬的目光紧紧地停留在季星渠的面庞上。

季星渠仿佛不觉得刚刚那句话有什么威力，手指在键盘上敲打着，视线未从屏幕上移开半分。

准备说出口的话就这么被堵在了喉咙里,侯奕一时语塞,有些机械地张了张口,又合上双唇。

两秒后,他才成功地消化季星渠话中的信息,下意识地说了一句脏话。除此之外,他只觉得脑子里一团糨糊,语言系统直接宕机,再说不出一句话。

他的第一反应是:这都是什么事啊?

他的第二反应是:这个乔乐谭到底有什么本事啊?

一个顾骋栽在她身上也就算了,如今连这位少爷都……

趁着沉默的间隙,侯奕开始回忆,试图从中找出季星渠对乔乐谭有意思的蛛丝马迹,可是无论怎么在记忆里深挖,也找不到任何细节来佐证季星渠说的话。

他能想到的二人唯一的交集就是在研究中心拍摄纪录片,但是在研究中心的时候,季星渠和乔乐谭没有任何亲昵的表现,甚至连眉来眼去都没有。

忽然,季星渠某天早起玩《扫雷》的画面闯入了侯奕的脑海——当时季星渠那副春风得意的模样很难不让人怀疑。

侯奕问:"你们在一起了?"

"还没。"季星渠回应的语气依旧散漫,分毫不急,又带着点儿势在必得的从容感。

季星渠的回答不是"没有",而是"还没"。

侯奕又沉默了——他想知道的太多了,居然一时不知该从何问起。

沉思许久,侯奕最后问了自己最关心的问题:"她对你有意思吗?"

他们的少爷别是单相思吧……

虽说顾骋和他的关系不赖,但总归季星渠在他心里的分量更重一些。

顾骋单相思,侯奕无法共情,但倘若是季星渠单相思,那这事可真是闻者落泪。

侯奕说罢,纠结地看向季星渠,但季星渠没有立刻回答他,仍不紧不慢地敲了一下回车键,把手指从键盘上挪开,下意识地一下一下地轻点着桌面,然后抬起眼皮,像是在思考。

下一秒,侯奕就看到季星渠绷紧的唇角放松了几分,似有似无的笑意被季星渠藏在了话语间:"总得有吧?"

侯奕沉默了。他怎么感觉从这话里听出了点儿炫耀的意思?

合着季星渠对众人说的话是留着他自夸的——乔乐谭能看上的人是他这种段位的。

想到这里,侯奕深深地看了季星渠一眼。

明明仍是那张看起来有些冷峻的帅脸,明明季星渠的脸上没什么额外的表情,但此时,侯奕只觉得他的眉目都生动了许多,并把这联想成他坠入爱河后的模样。

心中还有千万个疑问,但侯奕终是没问出口,只在心里长叹了一口气。

而后,他又想起什么,说道:"刚刚聚餐结束,我出来的时候还碰见乔乐谭了。"

侯奕吃完烧烤去取车的时候在停车场里碰见了也准备离开的边加凌和乔乐谭。

侯奕知道把什么话说给什么人听,直接省去了边加凌的名字,话里带着点儿惋惜的意思,像是在替季星渠遗憾他就这样错过了一个和乔乐谭见面的机会。

语毕,他听见面前的人淡淡地"嗯"了一声,然后说道:"我带她来的。"

侯奕:"嗯?"

季星渠保存了写好的代码,点开另一份源文件。他一心二用,在写作业之余抽空告知侯奕:"我和她有同一节晚课。"

侯奕:"嗯?"

自己到底漏掉了多少环节?

吃完烧烤的第二天,乔乐谭如常去研究中心参与拍摄纪录片。纪录片制作团队的成员知道乔乐谭获了一个奖,都在恭喜她,并且开玩笑让她请客。

其实这个奖在研究生们看来根本就不算什么,大家只是真心地替乔乐谭高兴,所谓让乔乐谭请客的话他们不过嘴上说说罢了。

乔乐谭都知道,便接下了所有的祝贺,笑嘻嘻地画着大饼:"下次一定。"

六月将至,比赛临近,Re 战队的成员马上就要到校外的正式超算中心里备战了。因此,拍摄团队抓紧拍摄进度,边剪边拍,一边录制新内容,一边及时查清缺什么素材,赶紧补拍。

乔乐谭和另一位朋友一起负责给 Re 战队的成员录工作特写镜头。乔乐谭负责拍工位在左边的三位成员——其中没有季星渠。

她的肩膀扛着摄影机,机器的重量直直地压下,但她依旧保持重心,让画面平稳,从最后一位成员开始,往那三位成员的面孔上运镜。

为了保持赛前的最佳状态,队员们被强令赛前一周禁止熬夜。故而对于 Re 战队的成员们来说,现在这个距离决赛还有两三周的时间点才是生理上最疲惫的阶段。在镜头下,队员们五官的细节被放大,眼下的青色一览无余。

乔乐谭率先完成了拍摄。见其他人还在外面各司其职地推进着工作,她便先回到了无人的工作室中,将录好的视频导到了电脑里。

乔乐谭刚检查完视频的完整度,她的头顶便落下了一道略被压低的、带着点儿磁性的声音:"拍好了?"

乔乐谭不用回头也知道来者是谁,便直接省去了这个动作,盯着面前的屏幕,边看视频边答:"快了。"

季星渠垂眸,目光落在那颗毛茸茸的脑袋上。

他略勾嘴角,而后又很快隐去嘴角的弧度,语气平平地问道:"你怎么要请客?"

说话时,他不动声色地往前迈了半步,贴近了乔乐谭坐着的椅子。

她今天明明没怎么看见季星渠,没想到他竟然听到了大家的玩笑话。乔乐谭心中微微惊讶,先是回了一句"他们开玩笑呢",然后说了自己获奖的事情。

话音刚落,她便听见似乎从身后紧贴着自己的地方传来一道略带玩味的声音:"不算我一个?"

乔乐谭终于抬了头,看到季星渠正垂眸凝视着她,表情淡漠,仿佛刚才那番话是认真的。

乔乐谭倏地弯起唇角:"可以啊。"她顿了一下后,笑意愈加明显,声音里仿佛带着清甜的味道,说,"我请你看月亮。"

季星渠接收到了她的言外之意,将自己眼里的笑意隐藏起来,问:"今天?"

乔乐谭点了点头,又想到 Re 战队的成员最近的作息,向他确认道:"你有空吗?"

季星渠:"迟点儿可以。"

"那九点半?"乔乐谭提议。

季星渠低头,对上她明亮的目光,说道:"行。"

季星渠说他会带天文望远镜来,乔乐谭便直接到北教学楼的楼顶等他。

差几分钟到九点半的时候,季星渠带着天文望远镜上来了。二人对视一眼后,季星渠把天文望远镜放到地上,开始组装。

他低头旋开主镜筒,同时问:"等多久了?"

"刚到。"乔乐谭说。

季星渠轻轻地"嗯"了一声:"好。"

乔乐谭往季星渠那边靠近一些,专注地看他安装天文望远镜,见他手里拿着两片镜片便下意识地开口问:"这个要怎么安呀?"

季星渠停止了手上的动作。

他扭过头,手里的镜片映出他向乔乐谭投去目光的动作。

"想不想试试?"他问。

乔乐谭踌躇了一下,犹犹豫豫地开口:"我怕我把它磕坏了……还得赔呢……"

季星渠读懂了她渴望又犹豫的眼神,轻笑一声,说道:"它没这么脆弱,磕一下也不至于坏。"说着,他便将手上的两片镜片往乔乐谭那边递去,先举起其中一片,看着乔乐谭问,"看见这儿的三个黑点了吗?"

乔乐谭跟着他的动作朝那面镜片看去,然后点了点头。

"你把这儿的凸面……"季星渠又举起另外一片镜片,将凸起的那面展示到乔乐谭面前——这是个凸面镜,一面平坦,另一面突出,月光随着镜面倾斜角度的变化在二人间流转。

"对上黑点,安上去。"季星渠继续说,模拟着安装的动作,给乔乐谭演示。

他降慢语速，凝视着乔乐谭说："你试试。"

说着，他把两片镜片往上方举起一些，示意乔乐谭接着。

乔乐谭想了想，伸手接过镜片，小心翼翼地翻看着，有点儿兴奋。

虽然她之前拍过几次昼夜的天空，也用过几次天文望远镜，但那都是别人装好给她用的。这是她第一次亲手组装望远镜。

她照着季星渠的指示，把凸面镜的凸面和平面镜有黑点的那面对在一起。

将两片镜片虚虚地贴在一起后，乔乐谭抬头看向季星渠，有些谨慎地问："是这样吗？"

季星渠微微颔首，表示她的步骤是对的。

乔乐谭这才敢把两片镜片合上："这就好了？"

说着，她略带疑问地将合为一体的两片镜片递给了季星渠。

"嗯，好了。"季星渠说着，接过镜片，把镜片放进镜筒里，倒了一下，最后盖紧镜筒前端的黑圈，天文望远镜便组装完了。

组装的过程不算复杂，季星渠的动作很轻松、熟练，他仿佛散漫而随意地搞两下就轻易地组装好了一个天文望远镜。

乔乐谭不禁感慨："我发现你还挺厉害的！"

闻言，季星渠扬眉看着她，神情里带点儿疑惑之意。他似乎不明白她为什么突然这么说，但眉目间的笑意又表明他的内心赞同她的话。

乔乐谭继续说道："感觉你什么都会。"

"这不难学。"季星渠以为她在说组装天文望远镜这件事。

他利落地把天文望远镜架好，立在地上，然后看向乔乐谭。

夜色之下，季星渠白日里倨傲张扬的脸庞被月色镀上了一层柔和的光，连声音都好似变得轻柔了。

季星渠眉目疏朗，眼里含笑，说："你不也学会了？"

他站在天文望远镜前，目光伴着月光共同洒落下来，落到乔乐谭那双仿若多情的眼眸里。他的眼睛狭长，瞳仁像漆黑的玻璃珠子，还盛着零落的星光。

乔乐谭眸光微动，下一秒佯装自然地移开视线，掩饰有点儿不稳的呼吸："我说的不只是这个。"

季星渠淡淡地睨了她一眼。

"你不是还会弹钢琴吗？"说话时，乔乐谭刻意拔高了些音量，仿佛这样可以掩盖住自己的心跳声。

季星渠闻言，微怔，而后问："你听谁说的？"

"我看见你在开学典礼上弹钢琴的视频了。"乔乐谭回道。

说完，她看见季星渠扯了一下嘴角，顿时反应过来，这位少爷好像不太喜欢面对镜头。

她感到好奇："你当初怎么答应上去弹钢琴的？你不是不喜欢看镜头吗？"

毕竟最开始他们还因为上镜的事情生了点儿嫌隙。

"没办法。"季星渠好像不想提这件事，只是情绪不明地说出了这三个字。

霖江大学的计算机系里有一个何班，是由计算机科学家何端平创办的。季星渠入校后，拿着何班的邀请函报名，并通过了入学考试。没想到何端平虽然年纪挺大，但是心态年轻得很。他调出学生的档案，发现季星渠在小学的时候获得过弹钢琴的奖状，然后乐了，说要将何班学生的风采发扬光大，于是大手一挥，在开学典礼上给季星渠加了个节目。

这让季星渠能怎么办？他只能上了。

乔乐谭看出他对这件事有点儿抗拒，便起了坏心思，故意将脑袋往季星渠面前探："你什么时候弹给我听呀？"

但最后那个"呀"字乔乐谭说得挺做作的——她偏偏就是要让对方知道她是故意的，他能拿她怎么办？

望着那双潋滟的眼，季星渠觉得喉间有些痒。

四周寂静，但他的脑子里"嗡嗡"地响，他想直接对乔乐谭开口说：我们是什么关系啊？你就开始提这种要求。你让我弹琴给你听，总得先做我的女朋友吧？

乔乐谭仰着脖子，看见季星渠收起刚才松垮的站姿，侧过脸看向了她，开口："吉他我也会点儿，你是不是也想听？"

他居然还会弹吉他！

乔乐谭在心里说：这位少爷真是把可以吸引女生的技能都掌握了，不知道他有没有在别的女生面前耍过这一套。

但她面上不显，依旧是一脸期待的模样，乖巧地点头。

"还挺巧，我唱歌也不赖。"季星渠又慢悠悠地补了一句，疏懒淡定，眼中要将人擒住的意味愈加浓烈，而后继续一字一顿地问，"这你也得听吧？"

月光撞上晚风，他的话里有点儿引诱的意味。

二人的视线碰在一起，仿佛碰杯相欢。

来了！这位哥开始装了！

乔乐谭在心中如是说，嘴上依旧捧场："这我当然不能错过啦！"

"行。"季星渠点头。

片刻后，乔乐谭听见一道声音从头顶落了下来。

"我下次开演唱会通知你。唱歌、钢琴、吉他，全都由我一个人搞定。"季星渠说这话时态度挺认真的，仿佛确有其事，而后话锋一转，直勾勾地盯着乔乐谭，意有所指地说，"观众也就一个人。"

就这么一个瞬间，乔乐谭确认季星渠是有点儿讲冷笑话的天赋在身上的。他居然为了引出这个冷到爆的话题铺垫了那么久。

但是，他说"一个人"三个字的时候，双目直直地盯着她，坦荡又真诚。

乔乐谭下意识地想应一声"好"，却在话被说出口前找回了理智。她镇定地呼吸着，敷衍地"哇"了一声，以此来掩盖自己刚刚差点儿落入季星渠的圈套里的事实："我好荣幸，能成为您唯一的观众。"

听出了乔乐谭不走心的意思，季星渠不恼，反而眼里的笑意渐浓。他继续根据月亮的方位把天文望远镜摆好，俯身确认镜头里的月相是否完整，然后示意乔乐谭过来看："你看看，这个位置可以吗？"

他就这么自然而然地换了话题。

天文望远镜的位置刚刚好，乔乐谭确认后就把相机贴准了天文望远镜的镜筒。

自然界的万物时刻都在运转，一眼一物，变化迅速。明明几日前她和季星渠来看的时候，这月亮还近于圆满，而今日已告别盈凸月的身份，明亮的部分被黑夜侵占了一大片。

月亮圆了又缺，暗了又明，始终是它，变化的是人间流逝的时间和人与人之间的距离。

季星渠回到寝室里的时候，顺手把那个白色的头盔搁在了桌上。

他今天特地带了两个头盔出去，哪承想乔乐谭在学生媒体中心还有工作没做完，不直接回家，他便没送成乔乐谭。

他洗完澡出来，恰好看见侯奕正在打量被他放在桌上的头盔。

侯奕随口问了一句："你换头盔了？"

"没。"季星渠走过去，把那个头盔拿起来，放置在书柜的一处空位上。

侯奕看着季星渠放头盔的动作，在脑海里回忆，依稀记得那里原本是堆着书的，如今却被空出来了，倒像是季星渠把书都收起来了，特意给这个头盔腾出位置。

侯奕的脑子里冒出一个想法，他问："你给乔乐谭买的？"

季星渠不置可否。

侯奕服了。

季星渠自己的那个头盔他都直接搭在摩托的车背上，就那样放在户外，下雨也不记得拿回寝室里，任它被风吹雨淋；如今他买了个新头盔，还这么宝贝，不仅记得带回来，还在书柜上这么显眼的地方装模作样地专门腾出个位置放头盔。

侯奕开始怀疑，之前季星渠之所以会给人似乎多情实则无情的错觉，其实只是因为没谈过恋爱，而且又长着那样一张极具迷惑性的帅哥脸。

但有没有一种可能，他其实是个"恋爱脑"？

一想到这里，侯奕就开始替季星渠担忧，欲言又止地凝视着他。

忽然，正看着手机的季星渠神情变得严肃起来，拿着手机利落地起身往外走去。

这么迟了，也不知道他出去干吗，侯奕心说。

此时，乔乐谭躲在客厅里，紧紧地抓着手机，不敢吭声。

她回家没多久，刚洗完澡换上睡衣，门口就传来了剧烈的敲门声。

她害怕这种在寂静中爆出的惊响，就像害怕在她脚边溅起的玻璃碴。

这个点，敲门声又这么猛烈，乔乐谭没敢开门。她关了屋内的灯，

然后蹑手蹑脚地走到门口，透过猫眼就见到门外站着三个中年妇女。她们或坐在楼梯上，或叉着腰站在门前，皆是气势汹汹、来者不善的模样。

"开门！"其中一个人扯着嗓子大喊，"有事找！"

乔乐谭有些害怕，不敢应声，想给安保处打电话，却发现不知道安保处的电话号码。

于是她发消息给季星渠：小区安保处的电话是多少呀［大哭］？

季星渠计算机系：什么事？

季星渠几乎没怎么去过这个小区，别说安保处的电话了，连邻居家有没有人住都说不准。但乔乐谭问了，他就转头去查电话。

同时，乔乐谭又发了一条消息过来。

Cookie：有人在敲你家的门［大哭］［大哭］。

季星渠发了一个问号。

乔乐谭等了一分钟左右，就收到了季星渠发来的电话号码。她立即打通了安保处的电话，对方说马上过来。

挂了电话，乔乐谭再次踮着脚，轻声走到门口往外看，结果被吓了一跳——其中一个人正站在门前，把眼睛贴上猫眼，试图往屋里窥探。

乔乐谭赶紧收回脑袋，不敢再往外面看了。

几分钟后，门口先是传来指纹锁操作失败的声音，而后，原先消停了的门铃声再次响起。

乔乐谭抱着沙发上的枕头，心脏骤然一缩，大气都不敢出。

她心里打着鼓，忽然听见门外有人声传来："乔乐谭，是我。"

这是季星渠的声音。

乔乐谭紧抱着抱枕的手终于松开了。

安保处的保安赶来后，误会总算被解开了。

原来在门口蹲守的三位中年女子中有一位是这个小区的居民，住在另一个单元。前一段时间，她怀疑自己的老公出轨了，观察蹲守了好几天，也掌握了证据，今天终于下定决心，叫上姐妹们尾随她的老公来到了这栋楼楼下。

凑巧的是，就在她老公进楼后没多久，乔乐谭刚好回到家，打开了客厅里的灯。这三位阿姨便没多想，只当锁定了目标楼层，怒气冲冲地上楼准备当场捉奸。

大家捋清整件事的前因后果之后，那三名中年女子不停地给乔乐谭和季星渠道歉。

其中一位阿姨见这位帅哥满脸不爽的表情，浑身上下的衣着又透露着有钱的信息，再一看那头银灰色的头发，觉得他分明就是不好惹的模样，于是内心倍感慌张，生怕人家追责到底。

只是，这位帅哥从露面开始满心满眼都是他的女朋友，目光从没从旁边那个女生身上移开半分。

阿姨怕他追究，于是看人下菜碟，打算以这位帅哥的女朋友为突破口。

她对乔乐谭说："小姑娘，对不起啊，我们真不是故意打扰你的，让你受惊了，还害你的男朋友担心你。"

"没事的。"乔乐谭表示理解。

一场乌龙事件就这样结束了。

乔乐谭站在门口，送走了这三位阿姨和赶来的保安，最后目光缓缓地落在了季星渠身上。

她没想到，她就说了那么几句没头没脑的话，季星渠居然直接赶过来了。

但是，乔乐谭不得不承认，在紧闭的大门被无休止地敲响时，在她坐在黑暗孤寂的房间里时，在手中仅有一个孤零零的抱枕时，从门外传来的季星渠的声音就像黑暗世界里的灯塔，让她悬在嗓子眼里的心一瞬间就放了下来。

她站在门口，看着季星渠："你怎么直接来了？"

季星渠把手放在腰际，诚实又坦荡地回答："怕你不安全。"

楼道的灯悬在他的头顶上，把他的影子投到乔乐谭跟前。

他身上的衣服和两个多小时前的不是同一套，显然他已经洗过澡了。

乔乐谭又听见季星渠悠悠地补了一句："当了房东，我总得保障你的人身安全吧？"

乔乐谭的睫毛微颤，那是被心弦的震动带动的。

事实只是这样吗？

只因为他是房东，她是租客；只因为她发的几条表意不明的消息，他就在大半夜跑过来。这有可能吗？

乔乐谭不傻。从小到大，喜欢她的男生不少，各种类型、各种花样的她见多了。抛开经验不谈，她本身就对这些情感很敏锐，只要想，就一定能读懂一个人的所思所想——这是她洞察人心的天赋。

可最终乔乐谭只是无声地抿了抿唇，按下心底纷杂的情绪，让一场将燃的烟花熄灭。

她看了一眼时间，缓缓地开口提醒道："现在过十二点了。"

霖江大学有门禁，零点过后学校就不让进人了，直到早晨六点才开门。

闻言，季星渠微愣。他刚才只顾着来找乔乐谭，忘记这茬儿了。

其实现在有一个最简单也最能解决问题的办法——两个人都应该想到了，只是在等谁先说出口。

终于，乔乐谭将门敞开的幅度推大："要不你在沙发上将就一晚吧？反正我看你家这沙发应该挺好睡的。"

二人进了房门，开了灯，房间骤然变亮了。

季星渠不动声色地扫视一圈。

乔乐谭住进来的这段时间里，房子的整体布局没怎么变，唯一的变化就是沙发上多了两个看起来就很柔软的抱枕。季星渠虽说对这房子的布局了然于心，如今站在玄关处，却有点儿迈不开脚。

刚才他来得急，完全忘记自己已经把指纹删掉了，还试图用自己的指纹去开门。结果门锁"嘀嘀"两声，"操作失败"的智能女声响起，冷冰冰地提示他，现在在这里面住着的人是乔乐谭。

直到乔乐谭往里面走，季星渠才跟着迈开步子。

乔乐谭走到沙发前，收好自己的两个抱枕。空调的冷气铺天盖地地吹来，她才像想起什么一般，问季星渠："你要被子吗？"

季星渠以为她要给他拿被子，便没有异议："可以。"

他却听见乔乐谭"啊"了一声，然后说："可是我只有一床被子。"

季星渠沉默了一瞬。下一秒，乔乐谭清脆的笑声再度响起："骗你的啦，我还有一条小毯子。"

说完，乔乐谭跑回房间，没多久就抱着一条薄毯出来了。

时间太晚，周遭太静，气氛有些微妙。二人都默契地没多说话，交接完毯子，乔乐谭就回了自己的房间。

灯再次被熄灭了。

季星渠躺在沙发上，毫无睡意，觉得自己的脑中有根弦紧紧地绷着，折磨着他，让他不得放松。

明明他们仍有一墙之隔，明明房门紧闭……

可这谁睡得着啊？

他合着眼，觉得这沙发哪儿哪儿都不舒服，明明是软的，却硌得慌。可他又不敢翻身，生怕吵到乔乐谭，她或许快要睡着了，又或者已经睡着了。

就这样想着，不知道过了多久，他听见"窸窸窣窣"的声音响起。

季星渠睁开眼，半撑起身子，看见冰箱的门被打开了。惨白的冰箱灯成了房间里唯一的灯光，照亮了乔乐谭的侧脸。

只等了一秒，季星渠就起身掀了毯子，刻意弄出了点儿声响。

果不其然，乔乐谭听见了他的动静。

冰箱门被关上，此刻室内唯一的光源又被切断了。

乔乐谭拿着牛奶，摸黑蹑手蹑脚地走过来，靠近沙发用气声问："季星渠，你睡了吗？"

季星渠的声音在黑暗中响起，只有一个简单的音节："没。"

听见回应，乔乐谭才稍稍提高音量，嗫嚅着说："我睡不着。"

半晌，她听见季星渠轻轻地"嗯"了一声，然后说："我也是。"

黑暗里，乔乐谭笑了一下："今夜全屋子无眠。"

季星渠无声地勾了勾唇角，而后蓦地又想到什么，当即从沙发上起来，没开灯，仅凭借着记忆轻车熟路地走到那座乐高小镇前。

乔乐谭听见声响，依稀可见他身影的大致轮廓。

从窗外泻进来的几抹极淡的光都落在了那个角落里，塑料积木的边角在光线下发出浅浅的光泽。

乔乐谭隐约看见季星渠的发梢被镀上了淡淡的光。

就在下一秒，从角落里流淌出了淡黄色的暖光，光将季星渠的轮廓描绘出来，照亮了大半个客厅，乔乐谭的眼中也被染上了色彩。

她微微惊讶,把牛奶搁在一旁的桌上,走了过去,在季星渠身边蹲下。

眼前,几盏藏在建筑里面的小灯泡一同亮起,点亮了整座乐高小镇——其实,乔乐谭在第一次欣赏这个小镇的时候就看见了这些灯泡,可当时只以为这是装饰。

乔乐谭问:"这个怎么会亮啊?"

"这儿。"

季星渠用视线给乔乐谭示意,手抚上乐高小镇最外面的一块道路零件,道路零件上面有株草,但仔细一看,草里面藏了个小小的透明开关。

季星渠又摁了一下开关,霎时间,乐高小镇的灯光变成了淡蓝色,整座小镇像从一个梦跌入了另一个梦里。

乔乐谭一时有些看呆了。

灯光亮起,细碎的光影把这个小镇的细节都展示出来了。看到最后,乔乐谭终于回过神,"哇"了一声,感叹道:"好漂亮!"欣赏了一会儿,她又问,"这是买来就有的配件吗?"

"哪儿能呢?"季星渠暗暗地笑了一下,懒散地说道,"我做的。"

他因为刚才干躺着,此时嗓子有些哑。

季星渠在初中学电路的时候买了一组学生用的小电器,玩着玩着便产生了点儿兴趣,后来就买了些材料,改造了一下电路,学着做彩灯。

当初他拼完这个小镇,总觉着差了点儿什么,便又做了些灯安上去,才觉得像样。

夜间灯光亮起的时刻,这座小镇才不至于陷入沉寂中。

乔乐谭看着散落在各个积木上的小灯泡,忽然又发现两个不是Jack和Rose的小人儿,一个站在房间里,另一个站在房外,这一幕和某部电影里的画面巧妙地重合在一起了。

乔乐谭问:"你看过《罗密欧与朱丽叶》的电影吗?"

听到这话,季星渠喉结微动,多想说看过,然后他们能从剧情聊到演员,从天黑聊到天亮,在不经意间发现彼此有爱好上的交集,那该多有默契,多有宿命感。

可偏偏他没有看过。

乔乐谭有些遗憾地"哦"了一声，然后说："这个场景和电影里的一幕很像。"

季星渠没看过这部电影，无法评价这个场景像不像，只是回忆了一下，记起这部电影的男主人公好像是莱昂纳多演的。

他看向乔乐谭被淡蓝色的灯光照亮的侧脸，问："你喜欢莱昂纳多？"

"拜托，"乔乐谭像听到什么笑话一样，嗔道，"怎么能有女生逃得过地球'球草'的魅力呢？"

地球"球草"？

听到这个称呼，季星渠在心底里"喊"了一声。

他想到之前乔乐谭说她喜欢帅哥，现在看来，她不是在开玩笑，怕是真的很认真地把这条当作择偶标准了。

那再进一步，她认为的帅哥标准是什么？莱昂纳多那样的？

季星渠在脑子里对比一下，想看看自己和"小李子"有什么相似的地方，想到一半就卡住了——他在这里想什么呢？

"乔乐谭。"

闻言，乔乐谭偏过脸。

"困吗？"

乔乐谭想了想，说："还好。"

季星渠缓缓地开口："你想不想看个电影？"

乔乐谭的眼神清明了些，她有些意外，但又觉得这个提议挺好。

她问："你想看什么？"

"听你的。"季星渠淡淡地说道。

重点是他和她一起看电影，这就够了。

"我想想。"乔乐谭抱着自己的膝盖，微微垂着头，在脑子里挑选适合现在看的电影。

忽然，她的眸光掠过了放在桌上的牛奶。

"你看过《这个杀手不太冷》吗？"乔乐谭问。

季星渠微微挑眉，意思是没看过，同时又隐隐地感到有点儿丢脸。这是他活了二十年几乎不曾感受过的情绪。

他想到了之前乔乐谭说的那句"你居然看过《泰坦尼克号》"，这么

看来，自己好像确实不怎么看电影，甚至对电影的兴趣也不算大，难怪乔乐谭有那样的感觉。

想到这里，季星渠在心里暗骂了一声。

他别以后和乔乐谭聊天的时候，一问三不知，被乔乐谭一巴掌拍入"电影盲"的范畴。

所幸，乔乐谭要的就是季星渠没看过，便说了一句："那刚好，我们就看这个吧。"

说罢，她跑到卧室里去拿投影仪。

虽然没有操作手册，但乔乐谭之前用过挺多个投影仪，凭着经验就把手机连接到投影仪上了。可是，这个投影仪投出来的画面很淡，像蒙了一层雾一样。她下意识地将求助的目光投向一旁的季星渠。

"我看看。"季星渠说着，走过来，而后半跪在地面上，开始捣鼓这个投影仪。

他其实也不知道怎么修，但很自信地觉得自己总能摸索出来。

乔乐谭就在旁边看着。

正修着投影仪的季星渠忽然开口问她："你拍的什么获奖了？"

他修东西的时候耳朵空，得谈点儿什么来分分心。

"一个vlog。"说完，乔乐谭又怕季星渠不知道vlog是什么，一个字母一个字母地往外报，重复了一遍，"v、l、o、g，vlog，就是网络上很流行的用来记录生活的视频。"

"我知道。"季星渠有些语塞，有些郁结。

他微微俯着身子，肩胛骨展开，手扳着投影仪，开玩笑地说："乔乐谭，你把我想成了山顶洞人还是什么？"

"没有。"乔乐谭说，在季星渠不注意的时候偷偷地做了个鬼脸。

他们在凌晨突然决定要看电影，乔乐谭觉得这是一件挺奇妙的事。

她趁着季星渠修投影仪的间隙，跑去冰箱那里又倒了一杯鲜奶，端了回来。

季星渠绞尽脑汁，总算把那台投影仪的屏幕的色彩调正常了。

乔乐谭靠着沙发脚，把两杯牛奶摆在前面，做好了看电影的准备。她朝季星渠指了指右边的那杯牛奶："这杯是你的。"

季星渠没在意这个，只是瞥了一眼，而后俯身，随手把那条毯子递给乔乐谭:"盖着。"

乔乐谭摊开毯子,盖在自己的腿上,做好这些后仰头对季星渠说:"准备开始了。"

季星渠没挑位置,在乔乐谭的一旁坐了下来。只不过她坐在地上,他坐在沙发上,垂目时恰好可以将她的脑袋尽收眼底。

电影开始放映了。

故事是从玛蒂尔达帮里昂买牛奶开始的,还是从十二岁的小女孩敲开杀手大叔的门的那一刻开始的,谁也说不清。

穿背带裤的杀手收留了短发的女孩。看到了杀手的盆栽、牛奶、小猪手套后,她说她想成为一名杀手,然后举起了枪。

镜头一转,街道上先出现的是高大的里昂,然后是站在他身旁的玛蒂尔达。

枪声、心跳与爱的宣言交织在一起,在最后的轰鸣声里,他攥着她的手,说他不再孤身一人,要落地生根;说"我爱你,玛蒂尔达"。

玛蒂尔达藏在逃生的出口处,深沉的眼里盛着硕大的泪珠。她说:"我也爱你,里昂。"

接着,她逃亡;他倒在血泊里,引爆了炸弹。

故事的最后,玛蒂尔达将里昂的盆栽埋进土里——他们将在这里,落地生根。

季星渠的眸光微落,他看见乔乐谭挺着上身,头往前倾,看得认真、专注,就连片尾都不想放过,身前的牛奶她一口未动。影片末尾的主题曲响起的那一刻,他们两个人都像那株被埋入土里的盆栽一样,沉默地呼吸着。

季星渠没说话,眼神深沉,看到投影的光照亮了她的发丝。

电影放完了,投影仪的画面坠入了黑暗之中,他才等到乔乐谭开口。

"季星渠,"她只是没头没脑地来了一句,"你相信爱情吗?"

她的声音很轻,轻得像云烟,像伸手触碰便会醒的梦。

季星渠垂眸。

乔乐谭正安安静静地坐在地上,怀里抱着毛毯,目光低垂。那句话像被风吹过来的云,不过下一秒就又落回空气中,化成寻觅不见的雨

滴了。

季星渠正思索该怎么回答，又听见乔乐谭说道："我可能不太相信吧，但是每次看了这些作品，又会开始幻想，开始渴望。"

什么叫爱情？什么又算相信爱情？这是多么宏大的命题！有没有人给出过答案？

季星渠从高处俯视，觉得乔乐谭想说的应该不是这些。

她表面开朗，可内心像高墙，里面是什么光景只有她自己知道。她说这些话，像在把城墙打破给别人看。

季星渠的神情晦暗，他俯下身，凑近乔乐谭："不知道。"他双手合十，学着乔乐谭的样子看着地面，说罢，见乔乐谭侧过了脸，才不紧不慢地接着说道，"不过我能笃定，我相信爱。"

他好像在暗示什么。

一秒、两秒，乔乐谭忽然笑了，保持着现有的姿态，和季星渠的面庞只有几寸之遥。

她声音很轻地问："What's your name？（你叫什么名字？）"

季星渠接上她的思路，答道："Leon.（里昂。）"

乔乐谭学着电影女主人公的样子，扯着唇角，笑了一下："Cute name.（可爱的名字。）"

说罢，二人都无声地笑起来。

就这样有些闲适地坐了会儿，乔乐谭终于起身，整理了一下自己膝盖上的毛毯："我困了，去睡觉了。"

然后她便站起来了。

走到卧室门口的时候，她忽然听见从身后传来一道略低的声音："乔乐谭。"

她顿住脚步，转过身，只能看见一片漆黑。

但季星渠就坐在黑暗中，对她说了一句："晚安。"

整个晚上，季星渠都睡得不安稳。

这个沙发甚至不能完全容纳他的长腿，弄得他的四肢不得舒展。同时，他的心里一直在想着乔乐谭睡前那句莫名其妙的问话。

他觉得那不单单是乔乐谭看到电影的结局才有感而发的问话，更像是她将现实中的什么投射到了电影之中。她像一块毛玻璃，透明却朦胧，真实又虚幻，想要被触碰，却又脆弱不堪，一个不注意便要碎落一地。

晨曦微露的时刻，季星渠就睁开了眼。

季星渠能感受到睡眠不足导致的眼眶的酸涩感，有些烦躁，摁亮手机屏幕后，手机显示时间是六点多。

他和乔乐谭昨天看电影看到近三点才睡。

季星渠想到乔乐谭，一个想法闯入了他的脑海里。

他点开搜索界面，按照那天在研究中心里听到的纪录片制作团队里的那些人说的话，搜了几个关键词，捣鼓了近十分钟，总算找到了乔乐谭帮边加凌剪的 vlog。

这个 vlog 有近二十分钟，季星渠点开，静静地看完了，不过把边加凌露脸的地方直接跳过了。

虽然季星渠在此之前并没有看过这个形式的视频，但是依旧可以感受到这个 vlog 的运镜、配乐、节奏、转场等都被认真地处理过了，整个视频很流畅。

在视频的末尾，屏幕慢慢浮现出几排小字，告知观众这个视频是由乔乐谭拍摄并剪辑的。

季星渠看完又干坐了一会儿，干脆下载了个豆瓣 App，去翻电影 Top250 的榜单，筹划着怎么把这些电影补完。

他看着每部电影旁边被标注的时长，脑子开始运转，按照理科生的习惯开始计算——平均一部电影 140 分钟左右，250 部就是……

嗯，季星渠沉默了。

这……等他看完，乔乐谭早就和别人跑了。

因为今天有早上八点的第一节课，乔乐谭定了七点的闹钟，洗漱完换好衣服出来后，看见客厅里的季星渠时还被吓了一跳——她差点儿忘记昨晚这个房子里多了个人了。

"你早上有课吗？"乔乐谭问。

她的语调疏懒，带着早起特有的倦意，仿佛昨晚那些有些忧愁的话语只是她一时的失误。

季星渠:"有。"

他看向乔乐谭的目光一如既往,没有带其他的情绪,更没有她担心看见的审视之意。

乔乐谭暗暗地松了一口气。

她现在清醒过来,想起自己昨晚那略带矫情的伤春悲秋的问话,便觉得尴尬得发麻。她跟季星渠打完招呼就后悔了,怕他问起昨夜的事。

所幸他没有。

季星渠简单地洗漱好,随便抓了抓头发,然后给侯奕发微信,让侯奕在上课的时候把他的书包带出来。

侯奕:季星渠,你学坏了。

侯奕:不去研究中心的日子也学会夜不归宿了。

X:对。

侯奕回复季星渠一串省略号。

季星渠交代完侯奕,看了一眼时间,问乔乐谭:"你吃不吃早饭?"

其实平时忙的时候,乔乐谭是直接省去吃早饭这个环节的,但想了想,还是说:"吃吧。"

时间不算早了,二人便没在房间里多待,去了楼下的一家粥店。

乔乐谭看着菜单,先问季星渠:"你吃什么?"

季星渠看也没看就说:"和你一样。"

我还没点呢!乔乐谭在心中吐槽,但嘴上只是慢腾腾地"哦"了一声,然后和服务员说:"两碗黑米粥、两份煎蛋。"

点完单,二人在店里找位子。

乔乐谭先坐下了。季星渠很自然地想在乔乐谭对面坐下来,却被乔乐谭制止了:"哎,你往旁边移一个位子!"

季星渠:"嗯?"

"我感觉跟人面对面吃饭好尴尬。"乔乐谭有些羞赧地开口说道,"这样我吃不下。"

如果季星渠坐在她的对面,她身上的包袱就会很重——她要假装优雅,那样就吃得不自然了。

季星呆滞了一瞬,扯了一下嘴角,但最后还是拉开一旁的椅子,在乔乐谭斜对面的位子上坐了下来。

"你们是不是后天就要搬去超算中心了？"等粥的间隙，乔乐谭问。

"嗯。"季星渠应了一声，"怎么了？"

乔乐谭摇了摇头："没有，我就是觉得时间过得好快。"

一个月就这么过去了。

闻言，季星渠又"嗯"了一声，声音很轻地说道："是挺快，"但他又意有所指地补了一句，"不过也可以再快点儿。"

乔乐谭抬眼瞥他，只见他靠在椅背上，右手搭在桌子上，手指好似无意地叩着桌面，眼睛正看向她，但微垂的眼皮盖住了他眼中的情绪。他像是藏了什么秘密，乔乐谭看不出来。

她忽然注意到什么细节，说："季星渠。"

季星渠微微挑眉。

"你这头发可以换一个颜色了。"乔乐谭诚恳地建议道。

比起最开始的银灰色，季星渠现在的发色少了点儿灰色，多了点儿白色。发根长出的新发倒是不明显，整体的颜色依旧很帅，只是感觉没有以前那么对味儿了。

没想到乔乐谭的思路会突然跳到这里，季星渠沉默了一瞬。

而后，他手指轻拢，点着桌面，像是在思考后做了个决定，缓缓地吐出一个字："行。"

见他答应得这么爽利，乔乐谭心想他可能早就有这个想法了，便随口问："你要换成什么色的？绿色？"

说完，她忍不住翘起嘴角，最后硬生生地按下笑意，绷直了嘴角后才敢再看季星渠。

可季星渠居然没和她计较，只说："不然你帮我挑个颜色？"

乔乐谭想了想，正经地答："就染回黑色吧，黑色挺好的。"

她想起之前看见的季星渠在开学典礼上弹钢琴的视频，最初的黑发显得他贵气又高傲。

季星渠微抬下巴，表示可以。

此时，他们点的粥和煎蛋被端了上来。

乔乐谭埋头正准备开吃，蓦地听见一道声音从斜对角懒洋洋地传来："有一天，一只煎蛋爱上了荷包蛋。"

乔乐谭抬头，疑惑地看向季星渠。

见吸引到了乔乐谭的注意力，季星渠慢条斯理地接着说："于是，煎蛋拿着吉他，走到荷包蛋家楼下，准备给荷包蛋唱首歌表白。"说到这里，他顿了一下，微勾嘴角，问乔乐谭，"你猜它唱了什么歌？"

乔乐谭一时没说话。

这个梗，她两百年前就听过了。

但此时的季星渠一副兴致勃勃的模样，像买到一块漂亮的橡皮便兴高采烈地捧着给家长炫耀的小孩子。其实，在家长看来，他们实在不知道一块橡皮有什么值得开心的，不过为了不扫孩子的兴，便只能配合着夸赞："哇，真的是一块好漂亮的橡皮！"

乔乐谭故意装傻："什么歌？"

"你猜猜。"季星渠饶有兴致地说。

乔乐谭随口扯了几首情歌的名字，都被季星渠但笑不语地否定了。

最后，乔乐谭装出十分纠结的模样："啊，真的猜不出来，我放弃。"

季星渠嘴角的弧度越发上扬。望着乔乐谭那双有点儿纠结、疑惑的眸子，他这才慢悠悠地抛出早就准备好的台词："这是一首煎蛋的小情歌。"

说话时，他眉峰飞扬，眼里是笑意，有点儿小嘚瑟。

可偏偏乔乐谭看见这副表情出现在季星渠的脸上，脑海里莫名其妙地蹦出一个不应该属于季星渠的词——挺可爱的。

吃完了饭，二人走到东教学楼的楼下，此时距离八点只剩三分钟了。

乔乐谭在东教学楼前停下步子："我进去咯。"

说罢，乔乐谭就要往教学楼里走。

她迈上台阶，走了两步，又回过头，看见季星渠还站在原地，便提醒了一句："你再不走就迟到了。"

季星渠微抬下巴，姿态慵懒，一副无所谓的模样。

见季星渠依然不动，乔乐谭撇了撇嘴。

行吧，跩哥会在意上课迟到这件事就不是跩哥了。

心里这样想着，乔乐谭打算转身往回走，目光却忽然停在了季星渠身后。

注意到乔乐谭的异样,季星渠也回过了头。几步的距离之外,站着的不是别人,是顾骋。

顾骋面目阴沉,目光先是在二人间打转,最后死死地盯着季星渠,同时迈着脚步朝二人走来。

顾骋赶得挺巧。当下,季星渠的心底只有这一个想法。

季星渠依旧冷淡地收回目光,像没事发生一般,对面前的乔乐谭说了一句:"你先进去。"

"这……"

乔乐谭犹豫了一下,刚说了一个字,就被顾骋的声音打断了:"你们两个怎么在一起?"

乔乐谭把她未说完的话咽进了肚子里。

季星渠依旧是那副不以为意的模样,只重复了一遍:"进去,你要迟到了。"

说罢,他不动声色地往左边移了半步,用自己的身子挡住顾骋看向乔乐谭的视线。

乔乐谭踟蹰了一下,终于还是转过身,往楼道里走去。毕竟上课要紧,他们之间的事情她就不轻易参与了。

但跑到一半,刚进楼道里,乔乐谭就停下了步子,躲在楼道的门后面往外看。

她迟到就迟到吧!她怕他们俩打起来,所以还是决定留下来观察一下。假如他们真的打起来,一来她可以及时把二人分开——虽然她也可能分不开;二来,她有些神经兮兮地想:还没有男生为自己打过架,她也想亲身体验一下电视剧里女主人公的剧情。

可她就这么蹲了一分钟,外面那两个人还是没有如她所想那般打起来。

乔乐谭离得远,听不见他们的对话,只能看见他们好像聊了什么,最后皆动身往某一个地方走去,即将进入乔乐谭的视线死角。

可恶。

乔乐谭觉得她的心情就像小说到了高潮的部分却突然没了下文,电视剧演到了最关键的转折点却突然开始放片尾曲。

她想跟出去看，可那样自己绝对藏不住了。最后，她只能作罢，认命一般地重新踏上去上课的路。

乔乐谭怕自己问得太着急会让季星渠生疑，所以一直等到下课才给季星渠发微信：你们没打起来吧？

发完，她时时刻刻盯着手机，期待得到回复。

这次季星渠没让她等很久，她手机上的消息界面蹦出一条新消息——只有简简单单的几个字，可她觉得，那几个字仿佛跃然于屏幕之上，像在嘲笑她。

季星渠计算机系：你想什么呢？

当时，乔乐谭往教学楼内走后，季星渠才淡淡地收回自己的目光，重新对上顾骋的视线。

四目相对，空气里弥漫着不动声色的火药味。

赶去上课的同学经过，被这剑拔弩张的氛围吸引了注意力，都不忘停下脚步瞥一眼，然后再重新迈开步子去上课。

季星渠不是不习惯别人的目光，只是此时有种被人看戏的感觉。

他懒得和顾骋掰扯，也觉得没什么与之解释的必要，毕竟顾骋什么也不算。他只是想把话说得清楚点儿，免得到时候再有些不清不白的话从顾骋那里传出去，被强加在乔乐谭的身上。

或许乔乐谭并不在意这些，可他在意。

于是季星渠没耽搁，先开了口，言简意赅地问道："谈谈？"

顾骋思忖了几秒，最终还是点了点头。他的目光很复杂，和季星渠坦荡的样子相比，他的情绪显得有些过头了。

见顾骋点头，季星渠说："换个地方。"

说罢，他没等顾骋反应，便径自往一旁走去。

二人走到了一旁无人的角落里。

顾骋稍微冷静了些，把自己刚才看见的场景捋了一遍，后知后觉地反应过来刚才是自己有些过激了。毕竟，就刚才的那一眼，他确实没看出季星渠和乔乐谭之间有什么猫腻。只是二人的身形、相貌都过于相配，所以很容易让人往那方面联想罢了。

再说了，在这之前他根本没听说过二人有什么交集。倘若季星渠和乔乐谭之间真的有什么，那一点儿风吹草动都理应化为轩然大波，他总避免不了有所耳闻。

虽然知道这样的解释很苍白，但顾骋还是在心里这样宽慰自己。他停下步子，见季星渠的面庞有些冷峻，没有多余的神情。他在心里权衡了一下，这回先开了口："你和乔乐谭是朋友？"

说罢，他看向季星渠。

顾骋的身高是一米八五，他平时习惯俯视别人，但季星渠的个子略高于他的，此刻他反倒成了被俯视的那个人，一时觉得在气势上落了下风，竟有些不敢与季星渠对视。

话音刚落，他便听见季星渠轻轻地开了口："算不上。"

顾骋眉心微动，又想说些什么，却被季星渠悠悠地抛来的一句话堵住了。

季星渠的语气一如既往，没什么情绪，有点儿散漫："我想追她。"

他说的不是"在一起"，也不是"在追"，仅仅是"想追"。但就算是这样，他也难以忍受别人染指。

说罢，季星渠手插着兜，垂眸直视着顾骋。

季星渠的眼神和他这个人一样，疏离、清明，没有刻意装样子，也没有刻意渲染什么情绪，但偏偏有种与生俱来的针锋相对的意味。

顾骋知道，季星渠就是这样的，这样的眼神、这样的语气、这样的态度。

可放在现在的语境中，他只觉得季星渠在嘲笑他、漠视他——他不信季星渠不知道他被乔乐谭拒绝的这件事。

顾骋心底有些发麻，张了张嘴，想说点儿话，却在这个关头意识到自己说什么都不合适。

别人不知道，不代表他自己不清楚——他和乔乐谭其实什么关系都没有。他一直在外面夸大乔乐谭和他之间的关系，一来是为了满足他身为男人的虚荣心，毕竟谁不想有个那么漂亮的暧昧对象呢？二来是承认了自己有些不堪，试图用这种名声去逼迫乔乐谭和他在一起。

至于他和季星渠，那就更别提了，仅仅是互相知道名字的朋友——或许连朋友都算不上。

尽管如此，话赶话到了这个地步，他什么都不说会很丢面子。

于是顾骋用舌头抵着牙,先是故作轻松地笑了一下,然后有些吊儿郎当地说:"季星渠,这挺没有哥们儿情义的吧?我且不说什么礼让,但追女生这件事,你总得讲个先来后到吧?"

季星渠颔首,表示同意:"嗯,让你赶在了前面,确实是我的错。"

顾骋脸色更沉了,心说:这位哥怎么这么能曲解别人的意思?

但是在顾骋看来,或许季星渠没有多喜欢乔乐谭,不然,季星渠喜欢乔乐谭这件事怎么能被藏得这么好,一点儿风声都没走漏?季星渠多半就和他当初想的那样,想找个漂亮的女生谈段恋爱罢了。

思及此,顾骋变了气势,摆出一副商量的语气:"也不是说你不可以追乔乐谭。你要是喜欢漂亮的女生,我们学校里这么多,就不能换一个人追?毕竟我之前追过乔乐谭,这事要是传出去,我的处境怪尴尬的,是吧?"

顾骋说完,却听见季星渠轻笑了一声。他抬眼就看见季星渠居高临下地望着他,眼中浮现出很明显的倨傲和不屑的神色。

顾骋一直都知道,季星渠懒得和他多相处,只是碍于侯奕的面子,碍于自身的修养,所以在此之前从未将自己的负面情绪展露出来。而此刻,季星渠没再掩饰,将瞧不起他的情绪尽数展现了出来。

季星渠启唇:"顾骋,你之前在外面说我的那些事就算了,我懒得追究。"

季星渠说得慢,但字字都打在顾骋的心上。顾骋听得心惊胆战,有种面具被残忍地揭开的尴尬感,同时对揭开他的面具的人抱有愠意——原来这些事情季星渠都知道!可季星渠既然之前不讲,又为何要在这个时候揭穿他?

顾骋试图说些什么解释一下,可季星渠根本没给他这个机会。

"不过,"季星渠话锋一转,语气冰冷地说道,"我也不是一直都这么好脾气的,所以你别再在外面传关于乔乐谭的事情了。"

季星渠一字一顿地说:"她怎么样,我知道就好。"

和顾骋说完,季星渠干脆翘了第一节课,不仅仅因为这个突如其来的对话占了他的时间,还因为……为了送乔乐谭上课,他一直陪她走到了东教学楼——但其实他上课的教室在西教学楼里。

见季星渠姗姗来迟，侯奕问："你昨晚去哪儿了？"

"有点儿事。"季星渠没有正面回答，然后拿出电脑，打算继续做昨天做到一半的模型。

等电脑开机的间隙，季星渠打开了微信。

为了避免工作、学习的时候被突然弹出来的消息打扰，季星渠关了全部电子设备的微信弹窗，所以不能及时回复别人的消息是他的生活常态。他之前并不觉得这样有什么大碍。发消息的人倘若想闲聊，那他不回复也没事；倘若真的有事，多半会因为他迟迟未回复而打电话过来。

如今，季星渠依旧没有打开消息弹窗，却会在开始一项任务前看一眼微信。

这次，他一打开微信，乔乐谭的微信便像有预兆一般及时地跳了出来。

Cookie：你们没打起来吧？

季星渠扯了一下嘴角，用手指点着屏幕打字：你想什么呢？

Cookie：可别为了我受伤啊［流泪］。

Cookie：我承受不起。

季星渠发了一个问号。

Cookie：这高昂的医疗费。

看着这行字，季星渠忍俊不禁。乔乐谭的个人特质挺明显的，季星渠不难想象手机屏幕前的她是以什么样的神情、什么样的语气说这番话的。她仿佛就站在他的面前，一颦一笑，眉眼生动。

季星渠扬了扬唇角的弧度，微不可察。

突然，一旁的侯奕将脑袋凑了过来。季星渠淡定自若地切换了界面，速度很快。

侯奕看到季星渠的手机屏幕上赫然是 DeePMD-kit（模型计算软件）的相关信息，觉得有点儿莫名其妙，不知道季星渠对着这玩意儿笑个什么劲："你跑这个做什么？去年 SC 决赛刚跑过这个，今年应该不会跑了。"

季星渠淡淡地睨了他一眼，慢悠悠地说道："学习别这么功利。"

侯奕无语了。

乔乐谭回到家的时候，收到了平娜的微信。

平娜：我明天到。

平娜：下午到你的学校，到时候我们一起吃个晚饭。

虽然平娜之前就通知过乔乐谭，当时乔乐谭也答应了，但是没想到会这么巧——平娜挑的日子就是她在研究中心拍摄的最后一天。

她倒不是不能中途请一段时间的假，只是拍了近一个月，这最后一天总归是具有意义的。如果能全程参与，她不想缺席。

所以她问平娜：你在霖江待几天？我明天有拍摄。

她的言外之意就是她们能不能改个日子。

平娜：我们不是都说好了吗？

乔乐谭沉默了一瞬。

她们确实说好了，可当时平娜给的时间范围也太大了。

乔乐谭还在思考怎么回复，平娜的消息又冒了出来，像刀剑，直面而来，锋利快速。

平娜：我明天很忙，你的拍摄应该可以请假吧？

平娜：你如果不好意思请，就把老师的电话给我，我帮你请。

Cookie：不用。

她最后只回了这两个字，然后就去小群里面和大家说，明天自己会迟点儿到。

大家都没问原因，直接就答应了，没有其他意见。

随即，乔乐谭把书包放在一旁的椅子上，看着沙发上的那条毯子，想起昨天那个离奇的夜晚，莫名其妙地觉得这个房间显得有些空。

她走上前，把毯子收好，发现昨天看电影的时候被她扯到地上的两个抱枕被整齐地放在了沙发上，而原先摆在地上的两个装过牛奶的玻璃杯则不见了。

这套房子没有专门的厨房，只有一个半开放式的吧台，连接着客厅。所以，乔乐谭仅遥遥地望了一眼，就看见了那两个被放在水池旁的玻璃杯，走过去一看，发现昨天他们用过的杯子被洗干净了。

乔乐谭下意识地抿了抿唇，拿起那两个杯子，把它们收好。

杯壁是光滑干净的，可她觉得，自己的指尖应该摩挲过了季星渠的指纹……

瞬间，乔乐谭有点儿想装傻，想给季星渠发微信，问是不是他洗了杯子。但是转眼间她便放弃了这个念头——她没话找话太刻意了，这不是她的作风。

平娜提前在霖江大学附近的一家私房菜馆里订了包间。乔乐谭先到了，便在包间里等她。

这家店的装修风格是平娜一直以来的审美取向，即首先一定要让人用肉眼就可以判断出来她是花了很多钱的，这里绝对不是什么便宜地方；其次不要有明晃晃的暴发户气质，最好在不经意间流露出点儿华贵的感觉。

平娜将这个取向贯彻到了她生活的各个方面，比如她的两任丈夫无一不是这个类型的。

此时，在"奥斯卡最佳纪录片"的微信群里，俞微言正在交代今天的拍摄任务，千叮咛万嘱咐大家把前几天漏采的环节都补上。

尤甜：收到，我保证干到凌晨一点！

俞微言：我们之前哪次是在饭点后收工的？

尤甜：报告，没有！

他们每次出任务都要进行人员和设备的统筹，所以在每次正式开始拍摄前都会做好周密的计划，制订细致的时间表。他们这次的拍摄任务能这么顺利地完成，每天都提早收工的一个重要原因是：Re 战队的成员都很配合。

俞微言这些研究生之前跟外包的团队干过活，每次拍摄时，要么是投资方，要么是被拍的人，总有这样那样的要求和限制，导致项目的细节只能被一改再改，最后不仅进度和时间表有巨大的出入，就连最终的成片也不伦不类的。

而 Re 战队上上下下，从成员到指导老师江平，对拍摄什么要求都没有，连看看镜头里的自己好不好看这种最常见的诉求都不会提出。拍摄期间，他们只是在专注地做自己的事情，心无旁骛。

Re 战队和纪录片制作团队就像两道并行的铁轨，合作愉快，一齐运作，稳步向前。

乔乐谭的微信突然弹出一条消息。

季星渠计算机系：最后一天你翘班了？

乔乐谭先在聊天框里打了个"没有，迟点儿来"，又逐字删除，把这句话拆成三句话发了过去。

Cookie：没翘。

Cookie：会来的。

Cookie：迟点儿来。

这三句话后面还跟了一个她精挑细选出来的可爱又粉嫩的表情包——网上说这类表情包是男生诱捕器。

她发完表情包，就看见屏幕那边的男生回复她：好。

"好"是个挺普通的字，有点儿冷淡，但又比"哦""嗯"显得更亲昵。

乔乐谭还在捧着手机研究季星渠发过来的这个字，心想这个诱捕器或许有点儿用时，包间的门就被人推开了。

她下意识地锁了手机屏幕，抬头一看，果然是平娜走了进来。

下周就正式步入六月了，此时天气已经可以算热了，乔乐谭已经连着穿了一周的短袖，而平娜还是一丝不苟地身着绸质衬衫，头发被精致地盘起，各类首饰样样不落，全副武装。

"来多久了？"她把包放在另一边的空位上，然后在乔乐谭身边的位子上坐下。

"刚刚到。"

"和老师请过假了吧？"

"请了。"

二人客套地问候完，便又无言了。

乔乐谭盯着自己面前的餐具，尝试开口打破沉默的氛围，故作轻快地说道："这家店我还没来吃过呢，也不知道味道怎么样。"

"平时净去吃火锅、烧烤那些东西了吧？"平娜一副很了解乔乐谭的语气。

乔乐谭回了平娜一个意思是"这都被你发现了"的羞赧的笑。实际上，她对这些食物并没有很大的兴趣，这样做只是为了维护平娜对于"母亲"这个身份自我感觉良好的体验感罢了。

既然平娜觉得自己很了解乔乐谭，那她就让平娜继续这么觉得吧。

几分钟后，菜被陆续端上来，倒都是乔乐谭喜欢吃的。

"我记得你小时候很喜欢吃山药，就点了一份。

"上次看你挺喜欢吃鱼的，我看评价说这家店的鱼好吃，就也点了一份。"

…………

每上一道菜，平娜就介绍一句，很明显是在找话题。

乔乐谭配合着平娜，平娜每介绍一道，乔乐谭就伸筷子去夹一道。

一顿饭很快就进入了尾声。

乔乐谭对不断地往她的饭碗里夹菜的平娜摆了摆手："我真的吃不下了。"

平娜这才收回筷子："你吃饱了就行。"

乔乐谭靠着椅背休息，顺势拿起手机看微信，忽然听见平娜问："谈男朋友了没？"

乔乐谭动作一顿，说："没。"

平娜以为乔乐谭不好意思说，便说道："有也没关系，你在这个年纪可以体验一下，就是要保护好自己，最好不要交你们这个专业的男朋友。他们以后要认识那么多人，有那么多漂亮女孩围在他们身边，指不定哪天就变坏了。"

在平娜的心里，广播电视编导专业就和娱乐圈挂了钩，娱乐圈又和那些乌七八糟的娱乐新闻挂了钩。她觉得这行里就没一个正经人。

放在以前，乔乐谭还会粗着脖子和她辩驳，但现在只点了点头："我知道的。"

如平娜自己所言，她确实很忙，吃完这顿饭还要赶着回酒店开视频会议，母女俩便都没有去附近逛逛的念头。

平娜开车把乔乐谭送到了学校门口。乔乐谭伸手要推开车门，就听见坐在驾驶座上的平娜问她："你要不要暑假到我这儿来住一段时间？"

乔乐谭握着车门把手的手一顿。

她上次去平娜家里住是高考完的那个暑假，那是一段于二人而言都很不好的记忆，也是在那之后，她们的关系才降到冰点的。

乔乐谭敛着眉，像是思考了一番，然后才说："再说吧，我到时候可能要去实习。"

平娜沉默了一瞬,面上的表情一时有些严肃。但不过须臾,她就收起了脸上微露的尴尬情绪,声音平平地说道:"好。"

乔乐谭赶回到研究中心的时候,尤甜正好在休息,注意到乔乐谭后大喊一声"乔乔",招呼乔乐谭过来看她的手机。

乔乐谭放下包,走过去一看,发现尤甜还在看她上次吐槽的那部剧。

尤甜:"这个剧太好笑了,我真没见过这么油腻的男主,帅气中透露出点儿猥琐的感觉。"

"那你还看?"乔乐谭笑她。

"我想看看他还能有多油腻。"尤甜笑嘻嘻地说道,"不过这部剧的画面拍得挺不错,打光还挺有技巧的,只是剧情应该是编剧用脚想出来的。"

身后,俞微言路过:"小乔回来了?"

"回来了。"乔乐谭点了点头。

俞微言看了看她们俩,问:"你们在看什么?尤编笑得这么开心。"

"最近很火的那部剧,俞导,你知道吗?"尤甜说着,把音量调大,将手机递到了俞微言的眼前。

俞微言静静地看了一会儿那个吐槽电视剧剧情的视频,而后淡淡地笑了一下:"这部剧最近很火啊。"说罢,他把手机还给尤甜,转而对乔乐谭说:"小乔,人像我让阿黑一起拍了,你就和他换个部分吧。"

"好的。"乔乐谭应下了,没在尤甜这儿多待,起身去房间里拿设备。

因为待会儿拿设备的时候腾不出手关灯,所以乔乐谭干脆没开灯,只借着手机里手电筒的光找自己的摄影机。

她的手刚握住摄影机的右侧握把,突然察觉到敞开的门被什么东西遮挡住了,从外面照进来的光亮被生生地挡住了大半。

乔乐谭半蹲在地上,回头望去,看见季星渠在设备室的门前逆光而立,黑暗衬得他的眼睛很亮。

乔乐谭淡淡地瞥了他一眼,不客气地说道:"你挡着我的光了。"

明明面对平娜的时候她都能伪装出好脾气,可现在看到季星渠,莫名其妙地有很多小脾气都想对他使出来，甚至有点儿刻意耍赖。

听出乔乐谭没好气，季星渠轻笑一声。

他知道乔乐谭的脾气不是冲他来的，便懒洋洋地问道："你这么介意呢？"

话虽这么说，但他还是往旁边走了一步，让屋外的光重新从门口照射进来。

季星渠垂眸看向蹲在地上的身影，问："今天去哪儿玩了？"

乔乐谭："我妈来了。"

"这样啊。"季星渠应了一句，站在一旁无声地凝视着乔乐谭。

乔乐谭说完话后就没再看他了，而是安静地调设备。正是因为这份安静，季星渠就知道今天乔乐谭应该不太开心。

由于Re战队明天就要搬去校外的超算中心里了，所以在拍摄结束后，战队内部的成员要单独留下来开个小会，纪录片制作团队的成员便先散了。

超算中心里的设备太精细了，而且贵，故而纪录片制作团队没被允许跟进去。从今天起到和Re战队一起去法国参加决赛的这段日子里，纪录片制作团队可以休息一段时间。

尤甜他们想去吃海底捞，庆祝拍摄任务暂时结束。乔乐谭今晚吃得有些撑，便说不去了。

尤甜想拉她一起去，却被陈蕴藻轻飘飘地阻止了，用自己惯有的冰冷语气平静地开着玩笑："你放过人家吧，乔乐谭的肚子都要被撑破了。"

独自回到了房间里，乔乐谭瘫在沙发上，什么也不想干。

高考完的那个暑假于她而言已经是有些遥远的记忆了，可那段时间她经历的所有得意、失意、争吵、绝望的情绪都像是留存于心头上的烙印——痂结了又落，她伸手去碰，触到的是一块死掉的肌肉，不会再感到疼了。

但是疤痕狰狞着，永远消退不去，永远提醒着她，过往是真实存在的，她无法改变。

所以，哪怕乔乐谭已经和自己说，不要怪平娜，毕竟怨恨毫无意义，事已至此也不能重来，可是它就像一根卡在喉咙里的鱼刺——她本没想管这根小刺，只是稍微咽了咽就能感受到疼，发麻的神经一遍又一遍地让她后悔：如果当初我能再谨慎一点儿就好了。

和平娜相处的几个小时直接掏走了她一半的精力。

乔乐谭觉得心情有些灰暗，生理上有些疲惫。她有气无力地扫视着这个客厅，忽然瞥见了季星渠之前堆在电视旁的switch卡带。

她得找点儿乐子，放松一下，不然只会一直难过。

于是乔乐谭给季星渠发微信：你的switch可以借我用一下吗？

季星渠没回。

乔乐谭这才后知后觉地想起来，他们应该还在开会。

于是，乔乐谭重新趴在沙发上，开始思考还有什么娱乐方式可以转移她的注意力。

三秒后，她做了一个决定——打开尤甜疯狂吐槽的那部雷剧。

乔乐谭没抱期望，直接开三倍速看剧。确实如尤甜所言，这部剧的画面构图、打光、滤镜等很不错，可见制作团队是有底子的，只是剧情着实让人一言难尽。

看了两集，饶是百般无赖的乔乐谭也看不下去了，好在这部剧确实缓和了她的心情。

她在退出这部剧之前，把进度条拉到了最后看片尾。

于观众而言，片尾通常是他们会直接跳过的几分钟；可对于影视工作者而言，这几分钟能让自己的名字列在上面，是他们的梦想。所以乔乐谭总会习惯性地看影视作品的片尾部分的工作人员名单，看看有没有认识的人，幻想有朝一日自己的名字可以出现在上面。

而这次，她竟然真的在编剧那栏看见了一个熟悉却出乎意料的名字——俞微言。

季星渠姗姗来迟的微信打断了乔乐谭的思考。

季星渠计算机系：想用就用。

季星渠计算机系：想玩switch？

乔乐谭回了一个"嗯"，紧接着聊天界面上蹦出一句前言不搭后语的话：想不想玩台球？

乔乐谭很久以前和朋友一起打过台球，她们两个人都不太会玩，拿着球杆胡戳一通，但是觉得也算有点儿意思。

最重要的是，她知道季星渠这话是什么意思——你想不想玩台球？你想的话我们一起去。

于是她回复：想。

季星渠计算机系：十分钟。

看着这三个字，乔乐谭抿了抿唇，嘴角不受控制地扬起，咧出很大的弧度，但她打出的字冷淡过了头。

Cookie：好。

发完这个字后，乔乐谭当即从沙发上蹦起来，跑回卧室，重新扑了粉饼、补了口红。然后，她看着时间，重新坐回沙发上，捧着手机，偶尔刷刷其他界面，偶尔又不受控制地点回微信来，看看有没有新的消息。

季星渠这次没有上一次那么守时了——他的消息比自己计算的早了一分钟发出。

季星渠计算机系：下楼。

看着这两个字，乔乐谭在心底吐槽了一下：他以为自己是什么霸道的人设吗？一句话他就打那么几个字。

但是，她的眉眼间还是诚实地染上了欢愉的神色。

明明看到了消息，但乔乐谭没有立刻回复，而是跑到客厅的大窗旁往下张望。

七楼的高度实在太高，她看不清下面的人，只能看见道路两侧林立的树和笔直的路灯。哪怕如此，一想到季星渠正站在楼下等自己，乔乐谭便觉得心脏不受控制地"怦怦"乱跳。

她收回脑袋，又装模作样地等了一分钟，然后一边回复季星渠一句"来了"，一边匆匆地推开门，摁开电梯。

电梯门合上前，季星渠悠悠地发来一句：慢慢来。

"叮"的一声，电梯门打开了，乔乐谭整理了一下自己的表情——不然她怕自己的情绪外露得太明显。

她放慢步子，装作平静地往外走，在看见季星渠的那一刻先抬起手，说了一声"嘿"，一副落落大方的模样。

居民楼外，柏油路上，上方是烁烁的路灯，白茫茫的亮光像电视屏

幕上的雪花，不知谁的信号接收错误，谁的电波受到干扰。

季星渠孑然而立，看见乔乐谭从楼道里出来，很自然地往她的方向迈了几步。

乔乐谭走近了些，又和季星渠打了一声招呼，而后往他身旁张望了一下，没看见他的车，便问："你没骑车吗？"

季星渠"嗯"了一声。

乔乐谭脱口而出："那我们怎么过去？"

她已经习惯了和季星渠待在一起的时候不走路，而是坐他的车。

话出口的那一刹那，乔乐谭就反应过来自己问了个多么傻的问题。

季星渠淡淡地睨了她一眼，慵懒地说道："人类的腿不是用来骑车的，而是用来走路的，Madam（女士）。"

他学着港剧里演员的口音，在句末拖长音节，痞里痞气地说那个"Madam"。

夜色撩人，乔乐谭觉得那一瞬间的季星渠特别帅。他平时是一副高高在上的金贵模样，刚才却一反常态，沾上了点儿不良少年般的气息。

乔乐谭平复了一下心跳，然后有来有往地朝季星渠敬了个礼，故作严肃地回道："Yes,sir.（是的，先生。）"

二人往附近的台球厅走去。

路上，季星渠问她："你会打台球吗？"

乔乐谭用手做了个"一点点"的手势："会一些。"

"怎么算赢？"季星渠考她。

乔乐谭的脑袋卡壳了一瞬。

看到乔乐谭沉默，季星渠扬了扬唇角，说道："确实是……会一些啊。"

"会一些"那三个字他咬得有些重。在乔乐谭听来，他就是在嘲笑她。

于是，乔乐谭的心里起了其他心思。她骤然停下脚步，季星渠便也没再往前走，转过脸看向了她。

乔乐谭佯装生气："我们还分输赢？你要和我比赛啊？"

季星渠已经习惯了乔乐谭这想一出是一出的脑回路，知道自己说什么都没用，得让她自己把戏唱完。

于是他没说话，让乔乐谭自己演下去。

"我这样的美女很难约的，出来一趟不容易。"乔乐谭一字一顿、拿腔拿调地说，"待会儿我们到了台球厅里，里面打球的男人都羡慕你——你身边跟着个大美女，多有面子。"说到这里，她话锋一转，用那双潋滟的眼眸看向季星渠，故作娇嗔的样子说，"你不让着我就算了，还要和我分输赢。"

她还挺能作。

季星渠觉得自己的眉心抽了抽。他不予置评，垂眸静静地看着乔乐谭表演。

见季星渠直勾勾地盯着自己，但笑不语，乔乐谭眨了眨眼睛，长而卷的睫毛上下扇动着，像是在问季星渠：你不表示表示？

半晌，季星渠缓缓地开口："乔乐谭。"

乔乐谭露出疑惑的表情。

"比赛都还没开始，"季星渠俯视着乔乐谭，目光随着阴影一起投在她的面庞上，他语调散漫，像是在戏谑，又像是认真的，"你怎么就知道我不会让你？"

从小区到台球厅的距离不算远。

路上，季星渠全程都在给乔乐谭讲打台球的规则，从开球权的决定方式到黑八入洞才算赢的比赛结果判定标准。但因为没有实物演练，乔乐谭听一句忘一句。

话讲到一半，季星渠见乔乐谭有点儿迷糊，便没往下继续讲，而是说："你现在理解起来会有点儿难，等一下上了桌，我再给你讲一遍。你之前打过，应该好上手。"

"我之前是和朋友一起玩的，她也不太会。"乔乐谭说，言外之意就是让季星渠不要把她看成一个有经验的人。

季星渠没在意，微微颔首："老师的问题。"

他对自己倒是挺有自信的，那副不以为意的模样像是笃定自己可以把乔乐谭教会一般。

乔乐谭沉默了一会儿，觉得季星渠可能还是高估她了，于是委婉地问道："那等下我还是学不会怎么办？"

她之前和朋友玩的是娱乐局，两个人都现学现卖，一边看教程一边

打,哪里会在意什么开球权、黑八这些听起来就很专业的东西?

季星渠语气认真地回答:"那我们就回去玩 switch。"

见乔乐谭欲言又止的模样,季星渠心中觉得好笑——他平时怎么没见她这么谦虚?

但他还是配合着宽慰乔乐谭:"放心吧。"

乔乐谭循声望过去,就见季星渠的眼中挂着慵懒的笑意。他一副气定神闲的模样,说道:"我把你叫出来,总得把你教会吧?"说完,他又像想起什么似的,慢悠悠地补了一句,"毕竟像您这样的美女,出来一趟不容易。"

不过季星渠失算了。

两个人到了地方才发现,由于今晚台球厅过于火爆,像他们俩这种临时起意来玩的人需要等位。

季星渠下意识地看向乔乐谭,确认她的脸上没有露出不耐烦的神情后才说:"那我们等等?"

乔乐谭点了点头。毕竟他们来都来了,也不差等这一会儿。

他们找了个在角落里的圆桌,在桌旁坐下了,桌面上摆着一副扑克牌和一盒五子棋。

乔乐谭随手摆弄了一下五子棋,又放下了,问季星渠:"你们那个超算中心在哪里啊?"

"临湖区。"

乔乐谭"啊"了一声。她没想到超算中心会这么远,原以为它只是在学校附近,便说:"你们要在那边住吗?"

季星渠说:"差不多。"

从临湖区到霖江大学大概一个半小时的地铁路程。

乔乐谭想到,他们的月相作业还差一个弦月未拍。

她正想着下次拍摄自己一个人搞定就可以了,却听见季星渠说:"你什么时候要去拍月亮,提前一天和我说就可以。"

他总能腾出时间过来。

乔乐谭抬头看向季星渠。

其实很奇怪,他们应该是思维不同的人,比如季星渠不爱看电影,比如乔乐谭并不知道代码的魅力何在,但是季星渠总是能精准地猜到她的想法。

最后，乔乐谭说了个"好"。

她看见季星渠伸手去拿那沓扑克牌，然后洗牌。随即，季星渠把牌递到她眼前："选一张。"

乔乐谭不明所以，随手指了一张。

季星渠让乔乐谭记住自己拿到的是哪张牌，她便翻开牌看了一眼，是红心五。

季星渠："记住了？"

乔乐谭点了点头，然后又照着季星渠的指示把那张牌放了回去。

季星渠又开始洗牌。

十几秒后，他从那堆顺序被打乱的扑克牌中夹出一张，在乔乐谭的眼前展示出来——确实是那张红心五。

"看看，这是不是你刚才拿出的那张牌？"季星渠问。

明明他还未等到乔乐谭的回答，可语气已然有点儿得意。

乔乐谭的眸光微闪，她张了张嘴："季星渠，你真的没谈过恋爱吗？"

闻言，季星渠抬起眼皮看了她一眼，露出疑惑的神色。

"你的这些招数，"乔乐谭顿了顿，斟酌了一下用词，"还挺有意思的。"

一个又帅、成绩又好的男生会弹钢琴，据他自己所说还会弹吉他——虽然她暂时不知真假——会给女生变魔术，她有点儿不相信这样的男生没谈过恋爱。

季星渠眼睫微垂，不加掩饰地看着她，没回答问题，反而问道："那你呢？你谈过恋爱吗？"

"我啊……"虽然被对方的话锋对准了，但乔乐谭没这么听话，刻意卖了个关子，"你猜？"

她直直地对上季星渠投来的视线，两个人谁也没先退让。

乔乐谭感觉到气氛好像变了。

"乔乐谭。"季星渠终于又开口了。

他语气一如既往地平静，眼眸亦如往常一般深沉，浮在里面的情绪意味不明。

他看向她，语气很淡地说："我确实没谈过恋爱。"

这个话题过后，他们俩便没人先说话了。

乔乐谭不时地用余光瞥季星渠，就见他凝眸不知在想什么，但气场有点儿冷峻。

过了一会儿，有一桌散了场，服务员叫他们过去，二人间奇怪的氛围才得以被打破。

季星渠语气自然地让乔乐谭挑球杆，等乔乐谭挑好后才拿了根球杆，将球摆好，就好像刚才那微妙的冷场没发生过一般。可乔乐谭有些不敢看季星渠，总觉得他刚刚有些生气，虽然搞不懂他生气的原因是什么。

见乔乐谭的注意力在她手中的球杆上，季星渠出声："看我。"

乔乐谭慢腾腾地"哦"了一声，才将视线转移到季星渠身上。

季星渠架好球杆，给乔乐谭示范："左手贴着台面，掌心微微拢起来……"

乔乐谭凑近了些，去看季星渠手部的细节动作。

他手指修长，此时虎口微收，架着球杆，有点儿蓄势待发之感。

"把球杆架在虎口这儿。"季星渠微微俯身，放慢语速，让乔乐谭可以听清。

季星渠下颌的线条不会过于锋利，却寸寸分明，让侧脸的整体轮廓看起来贵气十足。此时，他俯着身，脖颈的线条流畅而硬朗，衣领随着身子向前倾的动作微张……

乔乐谭可以看见他忽隐忽现的锁骨。

做完这一套动作后，季星渠起身，看了乔乐谭一眼："试试。"

就像上课突然被老师叫起来回答问题一样，乔乐谭居然一时感到有些慌张。

她上前，模仿着季星渠刚才的动作，把球杆架好，却发现自己的力气不够，架不稳。

季星渠一直看着乔乐谭，立刻发现她拿不稳球杆，于是上前帮她扶住球杆的后端，同时说："你可以往后握一点儿。"

乔乐谭"哦"了一声，把自己的手往后挪了一点儿，这回确实能握稳了。

季星渠把一颗球拿到她面前。

她继续学着他刚才的动作,将球杆瞄准球的中心点,然后猛地一戳——球杆前端翘起,完全没碰到球。

乔乐谭微微感到尴尬,下意识地看了季星渠一眼,嘀咕了一句:"我打不着。"

季星渠:"你把球杆直直地戳出去,前端不要翘起来。"

乔乐谭按照他的说法再试了一次,结果还是打了个空球。

季星渠在旁边看着乔乐谭的动作,看得认真,提醒得也很到位,再一次纠正乔乐谭的动作。

但正是因为他看得太认真了,一次又一次打空球的乔乐谭觉得有些丢脸,耳根开始发烫。她在脑子里一遍一遍地回忆着自己刚才打球的模样,觉得自己肯定很滑稽。

于是在第三次尝试失败后,乔乐谭放下了球杆,故意自损,佯装轻松地说道:"好累呀,我不想打了,打不中。"

季星渠沉眸看她,然后走上前靠近她。他与她仍保持着一段距离,从她身后环过手臂,虚拢着她的球杆,带她找到正确的姿势:"看我的动作。"

二人之间的距离骤然缩近,乔乐谭甚至可以感受到男生炙热的躯体、滚烫的呼吸和有力的心跳。

她的肢体一时有些僵硬。

季星渠将自己的手握在乔乐谭的球杆上距离她的手几寸的地方,给她做示范。

"你握住这里,假想面前的球的球心位置有个点儿,然后球杆要笔直地递出去,对准球心,不要偏了。"等乔乐谭将手指移到指定的位置后,季星渠松了手,慢慢起身,轻声说道,"不要着急,慢慢来。"

一个小时倏然而过。

乔乐谭不得不承认,季星渠是个好老师,有耐心,有技巧,讲得通俗易懂。她适应了二十几分钟后,逐渐上手,还和季星渠比了几局。

正如季星渠之前所言,他一直让着她,比如会故意将一个球打到她这边,好让她打进洞里。

因为这不是什么正式的比赛,乔乐谭便尽数收下这些优待——既然

他自己主动让她,那么这个便宜她不占白不占。

也正是因为季星渠放水放得太明显,乔乐谭竟然还赢了几局,总算在赢球的快感中体验到了打台球的快乐。

季星渠看乔乐谭玩得挺开心,走之前问她:"还玩吗?"

乔乐谭想了想,说:"回去睡觉吧。"

季星渠没意见。

乔乐谭偷偷地打量他,盘桓在心里的念头越发强烈——她觉得季星渠好像确实有点儿生气。

他虽然没有对她说重话,教她打球的时候也很平和,可正是因为太平和了,有点儿不像他的大少爷作风。

重新回到家楼下,乔乐谭踌躇着,将憋了一路的话说出口:"我刚刚……不是嘲笑你的意思。"

季星渠睨了她一眼。

"其实我也没谈过恋爱。"乔乐谭终于回答了在台球厅里的那个问题。

说罢,她看向了季星渠。但季星渠脸上的神情依旧,没什么情绪,也没有她想象中豁然明朗的样子。

乔乐谭看他仍旧一言不发,有些忐忑。沉默的气氛在二人间弥漫。

终于,季星渠缓缓地开口:"乔乐谭。"

他习惯在一句话的开头喊她的名字。

乔乐谭看向季星渠,听见他问:"今晚开心吗?"

晚风吹过,乔乐谭对上季星渠的眼睛。他很认真地看向她,目光分毫不错。

他没回应乔乐谭刚才的那句话,只是问她开不开心。

乔乐谭心头微动,下意识地想点头,但想到了什么,说:"你别生我的气,我就开心。"

语毕,她抬眼,怯怯地看着季星渠。

季星渠眉目舒朗,神情坦荡——坦荡地不开心,也坦荡地哄她开心。

他说:"行,我不生气,你开心点儿。"

季星渠回到寝室的时候已经挺晚了。他躺在床上后，看见侯奕给他发了微信：东西收拾好了？

他们明天就要搬去超算中心了。

X：明天弄。

他回复完消息，目光落到那个安静的抱着郁金香的小熊头像上，蓦地有些烦躁。

他今晚确实有点儿不开心。

乔乐谭没谈过恋爱还是有一百个前男友，他会在意，但不会介意，只是她质疑他的那个语气让他有点儿憋闷。

或许乔乐谭只把那句话当作一个玩笑，可季星渠想问：你能不能对我认真点儿？

他不信乔乐谭看不出来他喜欢她。

况且，他今晚约乔乐谭出去，本来是为了帮她排解情绪的，但好像她因为他的情绪也没多开心。

想到这里，季星渠更烦闷了。

他刚刚为什么不能忍着点儿？

季星渠听得出来，乔乐谭最后说的那番话有点儿向他解释的意思。他对此挺开心的，但是依旧怨自己。

季星渠觉得自己的罪过大了。他怎么能对乔乐谭生气，还让人家看出来了？

这样想着，季星渠又打开了微信。

在手机屏幕的光照亮面庞的那一瞬，他聚在眉眼间的烦躁情绪顷刻间消散了。

Cookie：我睡觉咯。

Cookie：晚安［月亮］［月亮］。

每次赛前，Re战队全队最期待的事情就是搬进超算中心里。毕竟学校的研究中心里配备的设备不齐，他们就连写个GAN（生成对抗网络，一种算法）都没地方跑。

和队里其他三位高年级的学长、学姐不同，对于大二的季星渠、侯奕和路晨三个人而言，这是他们第二次来超算中心。他们的兴奋劲没过,头几天他们就把大部分机器跑了一遍,尝了个新鲜。

"你们这几天是打了鸡血吗?"江平来视察的时候,检查了一遍季星渠和路晨新跑出来的程序,调侃道,心中却赞叹不已。

在天气的主题上,路晨对于数据捕捉的精准度已经超过了99.9%,且转化率很高;而季星渠新跑的程序是一个很具创意的点子,可以用附加程序限制机器的功率,使程序以原有效率的1%运行,以延长程序的运行时间。

因为国际上的大学生超算比赛将比赛时间限制在四十八个小时内,所以大家的普遍思路是提高机器的运行效率,却没有人像季星渠一样,能想到限制主办方的机器的功率,延长相对时间,以提高机器运行的相对效率。

季星渠说:"这是侯奕的点子,我只是把它做出来了。"

"没有没有。"侯奕在一旁赶紧否认,"我只是随口提了一句可以反着来,只给了一个想法,甚至都没有思路,这还是季星渠的功劳。"

"得了,"季星渠睨了他一眼,而后悠悠地说道,"谁做都一样。"

超算向来都是团队赛,而非个人赛。

侯奕笑了,往季星渠的胳膊上捶了一下,一副受教的模样:"少爷所言甚是。"

因为最近都在打磨那个程序,季星渠没什么时间看手机,就每天在睡前刷五分钟,确认一下——嗯,乔乐谭今天也没有给他发微信。

倒是侯奕给他转了一篇两年前的推文——《金标艺考:状元在这里——连续四年的状元之家!》

看到"艺考"二字,季星渠就猜到了这篇推文是关于谁的。

他点了进去。

这是一篇关于乔乐谭的访谈,里面有乔乐谭高三时期的艺术照。那时的她穿着白衣,扎着高马尾,是最青春的模样。

图片下方是她的个人简介:编导专业××省统考第一名。

季星渠微微一挑眉。

深藏不露啊,乔乐谭。

说真的,每天拿起手机的那一刻,他都挺想找乔乐谭的,但是知道就他现在这个作息和工作强度,两个人聊不了太久,只能断断续续地聊天——他不是不喜欢这种聊天节奏,只是怕自己会一直惦记,影响赛前的计划。

如今训练告一段落,他看了一下微信,发现乔乐谭有时间发朋友圈,甚至有时间在天文学导论的小组群里发消息,都没时间给他发微信。

挺好。

季星渠在心里冷笑一声,点开群聊,看见组长在问大家的进度,还问乔乐谭和季星渠月相拍得如何。

Cookie:今晚就可以收工啦!

今晚?季星渠微愣。

他点开乔乐谭的头像,和她私聊:你今天去拍月亮了?

她怎么都不和他说?

乔乐谭没回复。

一分钟后,季星渠抓着手机往外走去。

因为不想麻烦季星渠,乔乐谭就没通知他,自己上天台拍月相了——毕竟他从超算中心赶回来一趟,往返的时间都要三个小时了。

上天台前,她又路过了那天他们一起经过的小路。玉兰花已经凋零了,残破的花瓣被碾碎成泥,铺在萧条无人的道路上。

她拿起挂在颈间的相机,拍下了这残败的花落之景。

或许搞艺术的人都有些敏感,也或许只有她这样。

一到深夜,乔乐谭就容易多想,白天越闹腾,夜晚只有自己一个人的时候就越悲伤。乔乐谭总是不可控制地设想最坏的结局,就连花落这个再正常不过的自然现象都能勾起她的感伤情绪。

上了天台,组装望远镜的那一刻,乔乐谭想起不久前也是在这里,是季星渠手把手教会她装望远镜的。

而季星渠已经很久没有联系过她了。

这让乔乐谭开始怀疑自己之前的推测是否正确。她这么多年的生活经验告诉她:一个男生倘若喜欢你,肯定按捺不住来找你。

可季星渠已经近一周没有联系她了,所以她不确定季星渠是不是真的喜欢她。还是说,他短暂地喜欢了她一下,现在不喜欢了?

正因为如此，乔乐谭更不想主动去找季星渠了。她倒要看看谁更能忍。

她一个人拍完了月相，又忙前忙后地把设备和望远镜送回原来的地方，然后发现自己的手机丢了。

这可是大事，所以哪怕已经觉得有些疲惫，乔乐谭还是返回了北教学楼。

她睁大眼睛，沿路来来回回仔细地找了两遍都没看见自己的手机。

乔乐谭突然觉得有些崩溃。没了手机，她甚至没办法找人帮忙。

她在楼道里合着眼，靠着墙，打算就地平复一下，忽然听见几级台阶之下传来了那道熟悉的声音："乔乐谭？"

像远航的船只在黑暗无垠的海面上终于看见灯塔，像一道天光刺破浓密厚重的乌云，乔乐谭缓缓地睁开了眼，看见季星渠踩着台阶，在黑暗里一级一级地往上走。光线弱得照不亮他的轮廓，但他眼眸微亮，盯着她，像要一寸不落地把她看个遍。

看监控看到了晚上十一点多，他们总算弄清楚了乔乐谭的手机的去向。

监控画面里，乔乐谭走到北教学楼楼下的时候，手机从她的口袋里滑出来了。就在几秒后，在学校里开小白车的司机恰好开着电瓶车经过，便顺手把手机捡走了。安保处的保安联系了这个司机，司机说，因为现在他下班了，所以没特地跑一趟安保处，明天早上会把手机送回来。

走出安保处，乔乐谭才有空问季星渠："你怎么来了？"

季星渠将目光淡淡地垂落："来看月亮。"

乔乐谭这才想到，可能是她在天文学导论小组的群里回复的消息被他看见了。

"那你现在要回去吗？"乔乐谭问。

天色黑得不见边际，只有一轮孤月高高地悬挂着。这个点，地铁站应该已经关闭了。

季星渠没回答，而是静默地注视着乔乐谭。

等了三秒，乔乐谭听见他说："乔乐谭，我想去看日出。"

说话时，季星渠眉目舒展，唇边挂着若有若无的笑，语气有点儿倦怠，含着轻轻的笑意。他像是困了，直说糊涂话，又像在说着"今天天气好，我们去郊游"一般平常。

乔乐谭的眸光微动。

季星渠看着她，又清晰地说了一句："你陪我去看日出。"

他这话说得，明明在无理取闹，却有着不容她拒绝的分量。

二人叫了辆网约车。等车的间隙，乔乐谭问季星渠："你怎么突然想看日出？"

"就是想了。"

乔乐谭："好吧。"

月亮他没看成，想去看日出，倒挺有雅兴。

车子停在面前，季星渠帮乔乐谭开了后排的车门。等乔乐谭坐进车里之后，他也跨进车里，坐在乔乐谭身边。

司机从车内的后视镜里看他们："去灵石山，你们要看日出啊？"

季星渠一上车就靠着座椅靠背，懒洋洋地看向车窗外。乔乐谭瞥了他一眼，看他一副爱搭不理的模样，便只能自己回答司机："对。"

"你们现在去有点儿早，凌晨三点左右过去，爬上山就刚刚好能看到太阳升起来……"司机很能唠，一个人扯了半天，最后来了个转折，"不过当年年轻的时候，我和我老婆也像你们这样，说走就走。那时候还没有微信，我们就捧着个诺基亚发短信聊天——发个短信还要心疼短信费咧！然后她说想看海，我就一拍脑袋，说我们去看海！两个人就大半夜打车到海边，结果晚上黑漆漆的，啥也看不清。不过那时候我们还是小年轻，热恋嘛，只要和对方在一起就好了，去哪里都不重要。"

司机师傅自顾自地回忆着往事，完全没注意到后排二人间奇怪的气氛。

后来，后排的两位乘客都靠着椅背，像是睡着了。司机也说累了，车内陷入宁静中。

不知过了多久，车子终于在灵石山的半山腰停下了，司机用他嘹亮的声音把后排的二人唤醒了。

二人下了车，沿着唯一的台阶往上攀。

此时是凌晨一点多，天色如浓墨，路上无人。他们偶尔能听到几声远处人家家中的狗吠，除此之外，连呼吸都是寂静的。

他们脚步很轻，走的速度也不算快。大概就这样无声地走了十分钟，乔乐谭听见身侧的人开口问她："累吗？"

"这才到哪儿啊！"乔乐谭说，用不停的脚步来证明她的答案。

"你今天拍月相为什么不叫我？"季星渠语气淡漠地换话题，终于把话问出了口。

"太麻烦了，你还要搭地铁过来，而且我一个人……"她想说"我一个人也搞得定"，后面几个字还没说出口，她就被季星渠给强硬地打断了。

"如果不麻烦的话，你想和我一起拍，是吗？"

乔乐谭不知道季星渠这么问是什么意思，便说："是。"

他们走到了一处平地上。

"下次你只要想，就说出来。"季星渠说。

闻言，乔乐谭转过头，看向季星渠。

季星渠毫不避讳地迎上她的目光，语气依旧："你想找我就找我，不要考虑我忙不忙，那是我该考虑的事情。你的重点只是，你想不想。"说完，他停顿了一下，"懂了吗？"

乔乐谭觉得她的心房被微微撞开了，可不敢去看季星渠，只垂着头，加快步子走到了季星渠的前面。

她怎么能做到不考虑别人的感受？前十几年的生活让她明白，她想不被抛弃，唯一的办法就是抱紧自己，而不是去麻烦别人。

因为只有自己不会放弃自己。

最开始，乔松朗和平娜的争吵似乎永不停歇，二人只有闹到最后才会注意到窝在角落里大哭的乔乐谭；后来，他们不算体面地分开了，甚至为了她的抚养权打了不少官司。

明明那时候他们都想要她，可最后没有一个人管过她。

法院将乔乐谭判给了乔松朗。乔松朗做生意忙，就往家里请了个保姆。在乔乐谭的童年记忆里，关于保姆的部分要比关于父亲的多。

再之后，有一天乔乐谭在午睡的时间无意间起了床，正想推开卧室的门，便听见保姆在和别人打电话，八卦雇主的家事。保姆没想到乔乐谭已经起来了，声音有些肆无忌惮。六岁的乔乐谭将耳朵贴在门上，当时还不能理解出轨是什么意思,只知道原来她的爸爸偷偷和别的女人好上了,被妈妈发现了,所以他们开始吵架,最终分开了。

从那以后,乔乐谭便无法以最初的心态面对乔松朗。

她应该是恨他的,想问他为什么要出轨,为什么要这样毁了一个家庭。可乔松朗毕竟是她爸,对她很好,他们之间有无法割舍的血缘。

这样的矛盾心理将乔乐谭撕扯成两半。到最后,她只能怪自己。

三年后,平娜事业渐渐稳定,同时组建了新家庭。她找到乔松朗,二人似乎也成了可以和平相处的旧交。她和乔松朗商量,让乔乐谭每个假期到她家住一段时间。乔松朗想着平娜再怎么样也是乔乐谭的妈妈,自己也不能对前妻太苛刻,免得旁人说三道四,便同意了。

可没有人问过乔乐谭自己的意见。

乔乐谭在家里的时候,吃穿用度都很好,却一年见不到乔松朗几次;在平娜家的时候,平娜对她一如既往,平娜的老公对她更是小心翼翼的,生怕她哪里磕了——人家已经对她这么好了,她又怎么能把负面情绪表露出来?

所以,待在平娜家里的时候,她永远要装作很开心的样子。

每一个寄人篱下的夜晚,乔乐谭纵使千般万般想回家,唯一能做的也只是在黑暗里偷偷地哭泣。

乔乐谭上初二那年,平娜一家搬去了其他城市,离开得很突然。

当乔松朗把这个消息告诉乔乐谭的时候,她的第一反应是,自己还有个很喜欢很喜欢的、陪她一起睡觉的小熊玩偶在平娜那里。

乔松朗说:"那不就是个玩偶吗?"

可乔乐谭说:"它是独一无二的。"

于是乔松朗只得联系了平娜。

平娜开头就抛来和他说得一模一样的话:"那不就是个玩偶吗?"然后她去找,没找着,又轻飘飘地扔过来一句,"可能是搬家的时候丢掉了,妈妈再给你买个一模一样的。"

…………

乔乐谭该怎么做才能不被抛弃?

无论自己怎么努力,于别人而言,她都只是那个小熊玩偶,永远不是被坚定地选择的那个。

他们都说，小熊玩偶没了就没了，再买个一模一样的就好了。

于是，被丢在垃圾场一隅的小熊玩偶只能选择抱紧自己。

只有她自己知道，这一切都不仅仅是只小熊玩偶那么简单。

灵石山的海拔不高。从半山腰到山顶，乔乐谭和季星渠大概半个小时就走到了。

他们站在山顶上，夜风吹来，有点儿冷。

乔乐谭站在一块稍平坦的岩石之上远眺。月光暗淡，月色之下是起伏的山峦，山峰之下是波光粼粼的湖面，一座尖塔屹立于湖中央，它的身侧是未眠的灯火，告诉夜晚还在外面的人"你并不寂寞"。

乔乐谭回头，看见季星渠沉默地站在她的身后。

"季星渠。"她叫他的名字。

其实乔乐谭知道，现在说这些话挺不合适的，时机不对，对象也不对，但就是突然想说了。

乔乐谭缓慢地开口："其实有时候，我挺羡慕你。"

因为他一看就是在爱里长大的。

只有在完整和谐的家庭里，被优渥的物质和坚定的爱浇灌，他才能成长成这样无畏无惧、坦荡骄傲的少年。

风声刮过季星渠的耳畔，他凝眸看着乔乐谭。夜色模糊了她的面庞，远处的灯光拉长了她寂寥的影子。

季星渠感到从他的心底涌上了一种他从未体验过的、有些酸涩的异样感觉，这种情绪揪着他的神经。他没说话，站在那里，等乔乐谭把话说完。

风声里，山峰上，乔乐谭站在岩壁的边缘上。

"我不是羡慕你理科好，毕竟你文科学得不一定有我好。"乔乐谭轻笑一下，"也不是羡慕你长得帅，毕竟我长得也不赖。"

明明她在开玩笑，可季星渠笑不出来，喉结微动。他小幅度地上前几步，郑重地开口："我知道，你一直很好。"

"我一直很好。"乔乐谭喃喃地重复他说的最后几个字，像在确认，又像在质问，然后继续说，"你知道我羡慕你什么吗？"

没等季星渠回答，乔乐谭揭晓答案："我猜，不管你说什么话，都会有人听。"

哪怕只是一句无关紧要的话,他都会收到回应。

"可我不是。我很害怕别人会因为我的话而对我产生不好的想法……所以我想,干脆就不说了吧。"

而不是像他一样,想说什么便可以无所顾虑地说出来。

说到这里,乔乐谭笑了一下,将目光从季星渠的脸上撤离,装模作样地看着地面。她找了一块地方坐下,语气轻松地说:"我坐着好了,站着太累了。"

季星渠在她身边也坐下了。

二人之间仅有一拳的距离,风从他们中间吹过,像吹过山谷。

季星渠转过了头,看见乔乐谭凝视着远处,点点的灯光映在她的眼中,似乎有无尽的憧憬之意。

"你知道我为什么学编导吗?"话是对季星渠说的,可乔乐谭依旧目视远方,"最开始是因为我喜欢电影,看电影的时候不用和别人说话,所以就不存在没人听我说话的情况;后来是想做电影,这样哪怕没有人听我说话,我也可以通过剧本说出来了——不一定有回音,但是我的电影一定能听见我心里的声音。"

说罢,乔乐谭便不再说话了,只是看向远处,许久,许久。

"乔乐谭。"

闻言,乔乐谭"嗯"了一声。

季星渠缓慢地说道:"世界上有七十多亿人,要是因为害怕别人听不见自己的声音就不说话了,因为害怕别人听见自己的声音后不回应就不说话了,那这个世界上恐怕得有七十多亿个哑巴了。

"同理,这世界上有这么多人,总有人愿意听你说,也总有人理解你。

"你的微信名是Cookie,你可能不知道,它在我们程序员的眼里,"说到"程序员"三个字时,季星渠带了点儿调侃的意思,是在故意模仿乔乐谭之前对他的称呼,"有另一个意思。"

乔乐谭终于将目光投过来,直视季星渠。

他双眼澄澈而明亮,坦荡地看向她。

季星渠说:"一些网站为了辨别用户的身份,会进行session(会话控制）跟踪并储存用户本地终端上的数据——你可以理解为网站用数据对用户下定义，之后需要的时候，可以通过你的cookie（小型文本文件），很快地找到你。

"因为cookie是属于你独一无二的标记，所以别的系统无法识别。"

他稍顿，看向乔乐谭的目光更深了几分。

季星渠的声音在这个混沌的夜晚里显得更加清晰，带了点儿抚慰人心的力量："所以有的时候，不被听见、不被听懂不一定是一件坏事，只是在帮这个cookie筛除不属于它的请求。

"但不管怎么样，只要你曾发出过请求，属于你这个cookie的数据都已经被跟踪、记录了。这样就够了。"

说罢，他突然有些散漫地笑了一下："当然了，有的cookie可能比较幸运——它曾经以为已经被清除、覆盖的请求会有再被听到的一天。"

季星渠的目光再度投来的那一刻，乔乐谭觉得她的心脏被紧紧地攥起来了。

季星渠垂眸，凝视着她，启唇："我的意思是，至少在这一刻，你尽管说，我一直在听。"

或许会很迟，但无论在哪里，我终会听到你的声音。

譬如你在高三的访谈中说自己想看日出，却一直没机会，那我便带你来。也许迟到了很久，但你说出的每一句话，穿越时空，抵达我的耳边，就一定会有回音。

夜色给人以错觉，乔乐谭心想：她竟然觉得季星渠的声音很温柔。

这个晚上，他们聊了很多，但谁都没有再提起沉重的话题。

真心就是只能捧出来晒一会儿的冰，可以让它感受一下光和热，却不能在阳光底下搁太久，不然就化没了。

聊到后来，乔乐谭觉得喉咙有些干，眼皮也开始打架。于是她和季星渠说，她眯一会儿，太阳升起来了再叫她。

合上眼皮的那一刻，乔乐谭感觉到一件外套披在了她的肩上，给她带来了暖意。她依偎着这份温度，枕着胳膊睡过去。

当太阳缓慢地从山脚处爬起来时，那迸发的光芒刺透云层，穿越千里，照到她昏沉的梦里。

乔乐谭眯着眼，伸出五指挡在自己的脸前。

她偏过脸，就看见季星渠正似笑非笑地看着自己："我还想让你多睡会儿，你就自己起来了。"

"季星渠，"乔乐谭轻声道，像梦呓一般，"太阳升起来了。"

"嗯，我看见了。"季星渠应道。

阳光的源头应当是耀眼夺目、炙热难当的，当这光线千里迢迢、风尘仆仆地赶来，落到灵石山上，却化作了亮而不热的金光，映在乔乐谭的眼里，落在季星渠的脸上，给他英俊的面庞镀上了一层柔和的光。

乔乐谭微抬上身，仰起脚子，鬼使神差地往季星渠那边凑近了几分。

她想看清他眼里太阳的图案，想看清他眼里的日出是不是如她所见的那般。

就在贴近季星渠的那一瞬，她才察觉到，随着她靠近，男生呼吸凝滞，睫毛微动，突出的喉结微不可察地滚动了一下。

乔乐谭这才后知后觉地收回身子。

她心跳如擂鼓，面上却依旧伪装镇定："怎么？你以为我要亲你吗？"

像是为了掩饰自己的心虚，乔乐谭还嚣张地冲季星渠眨了眨眼。就在下一瞬，乔乐谭眼前的光线被遮蔽了，取而代之的是比它更耀眼的存在。

黎明破晓，旭日朝光，天地间没有语言可以形容这个时刻。

乔乐谭下意识地闭上了眼，睫毛却依旧抑制不住地颤动。她忘记了自己身处何处，只能感受到从唇上传来的柔软而湿热的触感。

时间似乎停止了。

太阳什么时候重新坠下山去，湖水什么时候才能停止波动，风什么时候不再喧嚣，她不知道。她只知道，时间好像过了很久，又好像不过几秒。

季星渠慢慢地放开了扶住她后脑勺的手。

他们呼吸缠在一起，心跳一起奏响。他的唇瓣濡湿，带着她的气息。

乔乐谭觉得自己的脑袋"嗡嗡"地叫。

在这份不清醒的情绪中，她听见季星渠的声音在她的耳边响起，沙哑而低沉："是我要亲你。"

第五章
普通朋友

　　他们是乘坐地铁回去的。
　　因为时间还早，所以哪怕是繁忙的一号线也有空座。
　　乔乐谭找了个位子坐下，见季星渠想坐在她旁边，立即制止他："你不要坐在我旁边！"
　　她的声音里有她没隐藏好的别扭感。
　　下山后，她步子迈得快，一直走在季星渠前面，没再正眼看他。此时此刻，她的耳根子还是热的。
　　季星渠垂眸深深地看了乔乐谭一眼，薄唇微启，可最后仍一言未发，只能没辙地坐到了乔乐谭对面的位子上。
　　得，这是他的错，但他还能怎么办？
　　地铁上其他人都低着头看手机，乔乐谭丢了手机，不知道看向哪里，干脆倚着座位假寐，以免不小心和季星渠对视。
　　纵使如此，她还是能轻易地感受到一道灼热的目光频频落在她的脸上。她紧闭着眼，假装自己没感受到那道目光，脸颊却不自觉地发热。
　　地铁先到了临湖区。
　　到站的提示音响起后，乔乐谭偷偷地睁了一只眼去瞄季星渠，却见他仍旧坐在座位上，身子向前俯着，长腿支着，双手交叉垂在腿间，目光垂至地面,全然没有要下车的打算。

直到地铁提示音说"下一站,霖江大学站",乔乐谭才睁开眼,站了起来,准备下车。余光里,季星渠也站了起来,身影向她靠近。

到站后,乔乐谭刻意忽视他,加快步子,径直出了地铁站。

身后的人这次却没放任她越走越快,而是几步就追了上来,声音压得有些低:"乔乐谭……"

乔乐谭闷闷地说道:"你先不要说话。"

季星渠很执着,试图继续往下说:"我……"

他却被乔乐谭再度打断了。

她猝不及防地转过身,对上他的眼睛,睫毛微颤:"我太困了,回去要睡一觉,冷静一下。"

说罢,她像触电一般别开视线。

季星渠凝视着眼前那颗低垂的脑袋,安静了三秒,最后从喉咙里干涩地挤出一个字:"好。"

从安保处拿回手机后,乔乐谭干脆翘了上午的课,回家躺着。

她躺在床上,却翻来覆去地睡不着,一旦静下来,她的脑子里就会一遍一遍地浮现出那个吻。

说真的,当时情况有些突然,她太紧张了,全身的神经都紧绷着,浑身僵硬,大脑停转。她根本不能分心去体会那个吻,只感受到湿热的触感覆上嘴唇,又很快地离开了。

可是现在一旦回忆起来,乔乐谭感觉无数个细节都被放大了,她的个人情绪甚至夸大了那个吻,那时她没注意到的心跳、呼吸、嘴唇相触的感受都一齐涌来,像热浪一般让她脸颊发热,心跳"怦怦"。

她承认,她对季星渠也有好感,或许可以说是喜欢。不然,当季星渠吻上来的那一刻,她要做的应该是推开他,而不是默许。

乔乐谭在心里和自己说:这很正常,毕竟面对这样一个大帅哥,她很难不心动。而且在灵石山上,季星渠很认真地和她说 cookie 的另一个含义的时候,她觉得他的侧脸好看得过分。

在那样一个令人沉醉的夜晚,有一个人那么珍重地为她的微信名赋予意义,那么认真地倾听她、回应她,她有点儿眩晕。

但是，除了窃喜与悸动，她的心底也不可控制地生出了惶恐之感，让她下意识地拒绝季星渠的靠近。

凭什么是她？

乔乐谭当然知道，自己长得不赖，性格也挺好，还是霖大的学生。放在平时，她偶尔会很自负地想：自己简直太优秀了，简直是小说的女主人公本人。

可面对季星渠，乔乐谭就不可控制地设想，他肯定遇到过更漂亮、更可爱、更优秀的女生，而不是像她这样，平时闹腾，其实只有一颗玻璃心脏，需要被捧着、哄着的女生。

所以他可能只想和她玩玩，或者短暂地喜欢她一下，不然凭什么是她？

乔乐谭不敢再想，怕自己承受不起。

她趴在床上，紧紧地攥着手中的被子，看着季星渠在几分钟前给她的留言。

季星渠计算机系：睡醒和我说。

季星渠计算机系：我们谈谈。

乔乐谭装作没看见。

同时，她看见消息列表里有个人在今天凌晨给她发了微信。

看着高挂在聊天框顶端的备注，乔乐谭有些意外：容绥怎么会突然找她？

容绥：我今天签了霖大的保送合同。

容绥：高考之后会过去集训。

过了十几分钟，他自己又像解释说明一样，补了一句。

容绥：和你说一声。

容绥是平娜的第二任丈夫的儿子，和乔乐谭没有血缘关系。虽然乔乐谭在他家住过挺长一段时间，可二人的关系不算太亲近。

既然容绥主动和她说话，她觉得自己这个做姐姐的得表示一下。

于是她给容绥发了个红包：恭喜恭喜呀。

Cookie：等你来霖大，姐姐请你吃饭。

或许是被保送了，容绥有大把玩手机的时间，回复得很快。

他拒收了乔乐谭的红包。

容绥：红包不用。

容绥：吃饭可以。

乔乐谭发了个"好"的表情包，又象征性地问了一句：什么专业呀？

容绥：计算机。

看到这三个字，乔乐谭微微扯了一下嘴角。

她最近简直被这个专业的人包围了。

回到超算中心的宿舍后，季星渠又看了一眼手机——这已经是他今天不知道第几次点开微信了，可乔乐谭一直没有回复他。

他有些烦躁地放下手机。

侯奕几乎一整天都和季星渠待在一起，怎么会看不出他今天很心不在焉？

季星渠刚回来的时候，侯奕便问他昨晚去哪里了，但那时候他没理侯奕。现在见他这副模样，侯奕心里便隐隐有了猜测："老实说，你昨天是不是去找乔乐谭了？"

季星渠先是沉默，然后有些认命地点了点头。

他算是认清自己了，再怎么瞧不起侯奕说的一些所谓的恋爱技巧，此时也只能向侯奕请教，死马当作活马医了。

见季星渠承认，又结合他这副怅然若失的模样，侯奕试探地问："你向她表白了？"

"没。"

"她谈恋爱了？"

季星渠没说话。

侯奕干笑了两声，对自己刚才的猜测表示歉意，然后问："你们怎么了？"

既不是季星渠表白被拒，也不是乔乐谭和别人在一起了，侯奕有点儿想不明白季星渠怎么就闷闷不乐了。

季星渠张口，却一时说不出话。良久，他才有些僵硬地挤出几个字："我可能……做错事了。"

虽然不愿意承认，但季星渠觉得自己真的坏事了。

当时在那个氛围下,他没想那么多,只是很想亲她。

甚至他在亲上的那一刻,乃至亲完后的一段时间里,他的大脑都处于宕机状态。他不否认心里有难以抑制的雀跃之意,但是这份唯一的喜悦只持续到乔乐谭说要下山为止。直到乔乐谭故意走在他前面并甩开他,他才回过神来,自己确实太唐突了。

闻言,侯奕一副懂了的模样,自信地开口:"我知道了,你骂了她的偶像?"

季星渠睨了侯奕一眼,认为自己是有病才会想到让侯奕帮忙解决问题。

他没再理侯奕,觉得百度都比侯奕靠谱。

季星渠在搜索框里搜"亲了自己喜欢的女生",刚打出这几个字,下面就蹦出来一个关联词条——"亲了自己喜欢的女生,她生气了该怎么办?"

一个回答是:首先你应该放下你大男子主义的臭架子,把她放在与你同等的位置上,甚至把对方抬高一点儿……

他大男子主义?

另一个回答是:爱情不能勉强,如果她也喜欢你,你就大胆地去追!如果她不喜欢你,你这样做只会让她讨厌你……

这个还算有点儿靠谱。

只不过,乔乐谭……应该是……喜欢他的……吧?

季星渠总算是琢磨明白了一件事情——他的思路不太对。

他之前没谈过恋爱,甚至没喜欢过别人,这是第一次有喜欢的人。他喜欢乔乐谭,也不相信乔乐谭对他没感觉,便理所应当地想:他们早点儿在一起还是晚点儿在一起又有什么差别?反正他们迟早要在一起。

但如今看来,他觉得时机是个很重要的东西,太快、太慢都不行——太快显得他不珍重对方,太慢又显得过于拖沓。

他再一次点开和乔乐谭的聊天框,对话依旧停留在他给她发的那两句话上。

乔乐谭已经十三个小时没有理他了。

他的手先脑子一步,在输入框里打字:对不起。

然后他删掉了。

他对不起什么?对不起,我不应该亲你?

这像什么话？

季星渠觉得他这辈子都没这么郁闷过。

毫无进展地退出聊天界面，他又点开侯奕给他发来的那篇关于乔乐谭的访谈推文，又看了一遍。

问：知道自己的省考成绩的时候，你心里是怎么想的？

答：第一反应是想哭，第二反应是很想跑到海边，对着大海高喊"I'm the king of the world（我是世界之王）"。其实我就是想找个理由奖励自己去海边看日出啦，一直没实现这个愿望。我好像偏题了，总之就是苦尽甘来，而后热泪盈眶。

问：你有目标学校吗？

答：中传或者中戏吧。

问：听说你已经过了这两个学校以及北电、上戏的校考了？

答：嗯。

季星渠的目光一滞。

第一次看到这段话的时候他没什么其他的感觉，只想着还好乔乐谭没去这些学校，不然自己也遇不见她。

可昨晚乔乐谭说了那番话之后，季星渠明白，她是真的喜欢电影，也似乎真的有很多无奈。

片刻之后，季星渠用微信联系蔡萱奇：我们学校的广播电视编导专业怎么样？

蔡萱奇：还可以。

X：和中传的比呢？

蔡萱奇回答得很直接：比不了。

这周天文学导论课就要结课了，所以乔乐谭趁着这几天，把相机里拍的月相照片都导了出来，修好图后还做了一个动态图片版的月相动态变化过程，最后将单独的图片和整合好的动态图片都发给了负责制作的同学。

制作的同学没想到她还有动态图片版的素材，转手把这个动态图片发到了群里：绝美的动态图片，谢谢我组的大神倾情制作。

此话一出，群里的其他同学也开始夸乔乐谭，却唯独不见季星渠发言。

她和季星渠已经两天没有联系了，微信的聊天记录依旧停留在那两句——"睡醒和我说""我们谈谈"。

这几天，乔乐谭思绪杂乱，虽然冷静下来一些，但又觉得自己还没有完全做好和季星渠敞开谈的准备，就一直拖着没回复。

她又忍不住有些委屈地想：就算我没回，他就不能再多发几句吗？

说不定，他再来找她几次，她就回复了呢？

虽然乔乐谭知道，季星渠有可能因为摸不准她的心思而不敢贸然发消息，但还是控制不住地胡想：自己在季星渠的心里有没有分量？

一旦发现自己陷入纠结之中，乔乐谭就强迫自己不再去想了。她的生活很忙，没有季星渠她也照样过。她不想过度分神，这样只会让她的精神内耗，除此之外别无意义。

周二下午，综艺栏目课上，乔乐谭坐在蔡萱奇身边。

这节课上到一半，老师开始放综艺节目。乔乐谭瞥了一眼，最后干脆打开文档，开始写她最近接的一个剧本。

正写着，她听见蔡萱奇问："你们给 Re 战队拍的纪录片拍好了吗？"

乔乐谭："研究中心的部分我们拍完了，已经在剪了。明天我们要开会，这周六飞去法国。"

SC 的决赛在六月十三号，超算团队要提前几天过去，适应节奏。

蔡萱奇没头没尾地冒出来一句："你们最近发生什么事情了吗？我都怀疑是不是你们纪录片制作团队太好了，感化了他们搞计算机的。"

在键盘上跃动的指尖一顿，乔乐谭这才将目光看向了蔡萱奇："什么？"

蔡萱奇说："前几天，我那两个在 Re 战队里的高中同学，一个跑来问我广播电视编导专业的女生追不追星，另一个来问我们学校的广播电视编导专业和中传的比哪个好。"

乔乐谭的心一动。

半秒后,她装出觉得这件事情好笑的语气,问:"谁啊?他居然还用专业来区分对方追不追星。"

蔡萱奇说,是侯奕。

那另一个问题是谁问的她便瞬间了然了。

乔乐谭装作无事般继续写剧本,内心却不镇定。

只是一些缥缈的念头就让她心绪难宁,她不断地思考:季星渠为什么要问这个?

乔乐谭很难不往自己身上想,但这又是为什么呢?

下了课后,乔乐谭点开微信,像是找到了一个借口,几度点开和季星渠的聊天框,想借着这个由头重新和他展开对话。

可她几次点开,又几次退出。

直到第二天开会,乔乐谭才看见季星渠。

这个会议是 Re 战队在赛前召开的会议,虽然和纪录片制作团队的关系不大,但他们也得去听,好了解流程安排,顺便加深对 SC 比赛的理解,好在比赛现场拍摄时抓住重点。

会议开始前二十分钟乔乐谭刚下课,一路赶来,总算在会议开始前到了会议室。

尤甜给乔乐谭预留了一个位子。乔乐谭坐下后,下意识地往对面瞟了一眼。

她一眼便看见了季星渠。

明明他们只是几天没见,乔乐谭却很矫情地生出了一种不真实的虚幻感,仿佛上次看见季星渠已经是很久很久以前的事了。

季星渠坐在位子上,和她离得远。此时,会议还未正式开始,他正闭着眼休息。

不仅是他,Re 战队的成员看起来都很累,趴的趴,睡的睡,导致其他人都不敢放开声音说话。

会议开始后,乔乐谭装模作样地翻开一个本子——其实本子上一字未记,但这样她的视线才有落点,她才可以假装淡定地忽视偶尔投到她的座位上的那道目光。

中场短暂地休息时,乔乐谭去上厕所了。

散了会,Re 战队的成员被单独留下来了。乔乐谭谢天谢地,把那个小本子揣在怀里就片刻不留地离开了会议室。

回到家后,乔乐谭从包里掏出电脑,打算继续写剧本,就看见包里不知何时多了一个陌生的耳机仓。

她拿起耳机仓,打开一看,发现里面的耳机还在。

她心中蓦然生出一个想法——谁的耳机会无缘无故地掉到别人的包里啊?

思忖片刻,乔乐谭点开纪录片制作团队和 Re 战队共同的微信群,在里面问:开完会后我的包里多了一副耳机,可能是我收拾东西的时候不小心带进来了,失主可以联系我!

发出去后,近几个小时都没有人回复,直到晚上快零点的时候,乔乐谭才看见有人回复了她的话。

果不其然——

季星渠计算机系:我的。

乔乐谭眉心微动,最终下定决心,点开那个沉寂已久的聊天框:我怎么给你?

季星渠计算机系:明天上课带给我。

明天是天文学导论的最后一节课,但是据乔乐谭所知,Re 战队的成员因为要训练,停了一周的课。

于是她问:你明天会来吗?

季星渠计算机系:来。

Cookie:好,那我明天带给你。

第二天上课前,乔乐谭去得稍早了一点儿,包里躺着的那副耳机好像千斤重。

和以往一样,组长还是早早地到了,看见乔乐谭后,又夸了一遍她制作的那个动态图片。

"那个其实很好做的,只要上手了就不难。"乔乐谭没特意邀功,因为那类动态图片操作起来确实容易,只是外行人觉得其中有很多奥秘罢了。

说完,忙碌的医学生组长就开始补他的笔记了。乔乐谭坐在位子上,只觉得心神不宁,终于在课前的十分钟左右收到了季星渠的消息。

季星渠计算机系：我在楼梯间里。

Cookie：我在教室里。

季星渠计算机系：你出来还是我进去？

乔乐谭发了一个问号。

季星渠计算机系：不谈谈？

乔乐谭下意识地抓紧了手机，一时间，她的呼吸乱了一分，心跳霎时间变快，紧张感伴随着她自己都未察觉的窃喜一起涌入了心房。

最终，乔乐谭回复：我出去。

季星渠懒懒地打了个"好"。

乔乐谭握着季星渠的那副耳机走出教室，走进最近的一个楼梯间，就看见了那道熟悉的身影。

季星渠身形颀长，轻倚着墙，目光准确无误地捕捉到进入他的视野里的乔乐谭。

他毫不遮掩自己灼热的目光，却没有走上前，只等乔乐谭向他一步步走来。楼梯间微暗，季星渠眉目深沉，隐在光影之间。

乔乐谭走到季星渠面前，把手上的耳机递了出去："你的。"

季星渠没有接过，而是慢慢地直起身子，站在乔乐谭面前，垂眸凝视着她。

他站直后，身高带来的压迫感更强了，随着他的动作而落下的阴影笼罩在了乔乐谭的身上。

季星渠的语调又轻又慢："最近为什么躲我？"

乔乐谭下意识地说了声"没有"，就听见眼前的人轻笑一声，带了点儿自嘲的意味："乔乐谭，你当我傻？"

乔乐谭当即噤了声。

几秒后，她抬头，对上季星渠炯炯的目光，问："耳机是不是你故意放到我包里的？"

季星渠承认得倒爽快，只说了一个字："是。"

不然她怎么会找他？

回答完，季星渠又重复了一遍刚才的问题："你为什么躲我？"

乔乐谭抿了抿唇，觉得季星渠就是在明知故问。

既然如此，她干脆不挣扎了，心一横，说："我不好意思。"

她尽量说得平静，声音却有些弱。

闻言，季星渠暗暗地挑了一下眉毛，眼中是被藏得很好的笑意。他盯着那颗微垂着的脑袋，问："为什么不好意思？"

他拖着尾音，听起来有些散漫。

乔乐谭当然听出他在使坏，没打算回答他。哪承想季星渠不依不饶，继续说："为什么不好意……"

"哎呀，你别问了！"乔乐谭打断了他的话，语气染上了点儿愠意。

可在季星渠看来，她可爱得过分。

他暗笑一声，这几天堆积在心底的郁结尽数消散了。

他笑着说："好，我不问。"

他的语气变得轻柔，带了点儿哄人的意味。

季星渠看向乔乐谭，她觉得那目光好像与灵石山上的几个瞬间重合在一起了。

他喉结微动，认真地道出未说完的话："但你别躲着我。"

说罢，他长久地凝望着乔乐谭，然后终于看见她点了点头。

乔乐谭觉得自己对现在这欲盖弥彰的氛围有些过敏，在点完头后率先对季星渠说："那进去上课？"

等季星渠回答完，她才知道，季星渠还是没打算上课。

临近比赛，训练基地管得严，每晚十点钟准时闭园。他要是等天文学导论课下课后再乘坐地铁回去，肯定超过十点了。

乔乐谭装模作样地"啊"了一声："那还挺麻烦的。"

季星渠意有所指地说道："没白来就行。"

出发去法国的那天，纪录片制作团队和 Re 战队分批抵达机场。

乔乐谭他们先到，坐在大厅里等超算团队的人。

不知道为什么，乔乐谭今早亢奋，起得很早。坐了近两个小时的车到达机场后，她后知后觉地感到困了，就靠着椅背浅浅地眯了会儿。

等她睁眼的时候，发现刚好有人在发护照——之前护照被统一收去订机票了。发护照的人不是别人，正是季星渠。

乔乐谭的第一反应是这位少爷怎么闲得去发护照了？

季星渠用两指撑开她的护照第一页，对着上面的名字，一个字一个字地念。那三个字他念得格外生涩,好像之前没怎么念过一样:"乔……乐……谭?"

听到自己的名字,乔乐谭条件反射地举了举手,又立刻反应过来这样好蠢。而季星渠像才看见她一样,迈步走到她面前,把护照递给她。

乔乐谭伸手去拿,却发现扯不动。她抬眼,和季星渠那双似笑非笑的眼眸对视。

他压低声音,话里带点儿吊儿郎当的笑意:"这张照片什么时候拍的?"

乔乐谭蓦地有些心虚,张望了一下四周,所幸大家或在玩手机或在聊天,没有人注意他们,这才稍稍放下心来。

乔乐谭手上一用力,把护照夺回来,然后翻到个人信息页,回答:"高中的时候。"

那张证件照上的乔乐谭还是十八岁的年纪,留着不带烫染的黑发。她那时不会化妆,只在拍照前特意臭美地抹了点儿唇釉。

黑发、红唇、白皮肤,她明眸善睐,清纯又灵动。

端详了一番,乔乐谭情不自禁地发出一声喟叹:"这真是天然大美女,不进娱乐圈可惜了!"

话音刚落,她下意识地看了季星渠一眼,发现他眼里带着促狭的笑意,嘴角微勾,似乎欲言又止。

乔乐谭瞪他:"怎么?你不服?"

闻言,季星渠乖乖地收起眼中的笑意,举手做投降状,声音疏懒:"哪儿敢?"

说完,季星渠就有些散漫地放下了手,问:"外套那些你带了吧?"

法国纬度高,温度较国内的要低许多。

乔乐谭点头,拍了拍自己脚边的行李箱,示意衣服在里面。

"行。"季星渠淡淡地说道。

他没多停留,说完这话后就离开了。

他刚走没多久,尤甜便回来了。她去买零食了,还顺便给乔乐谭带了包薯片。

候机的过程非常漫长,尤甜又点开了那部饱受吐槽的剧,招呼乔乐谭和她一起看。

如今，乔乐谭已经知道这部剧的编剧是俞微言了，但又不能和尤甜说。她想：她如果是俞微言，为了迎合市场而写了个彻头彻尾的烂剧本，肯定不希望让别人知道。

于是，她斟酌着用词，和尤甜说："其实我感觉这剧本还好，或许只是因为我们不是它的受众。"

哪承想，尤甜用"不会吧"的眼神睨了她一眼，难以置信地问道："真的假的？"

随即，尤甜迅速转过身，去问坐在另一排的陈蕴藻和俞微言："你们看这部剧了吗？你们觉得剧本怎么样？乔乔居然说她觉得剧本还可以，我都开始怀疑是不是我太苛刻了！"

乔乐谭忽视了俞微言似有若无的打量的目光，自暴自弃地别过眼，不再去看他们。当目光落向一边时，乔乐谭看见现在发护照的人变成了侯奕。

刚刚还在发护照的某人此时正靠着椅背，四仰八叉地敞着腿，一副要睡死的样子。

因为人数过多，大家的座位比较分散，没有人是挨着坐的。

连坐了十二个小时的飞机，窗外的景色由白昼过渡到了黑夜。乔乐谭仰着头睡了两轮，觉得自己的脖子酸疼得不行，好在飞机总算降落了。

去拿行李的时候，俞微言走到乔乐谭身边："你是不是知道那个剧本是我写的？"

乔乐谭没想到俞微言会直接来问她，微微怔了一下，而后诚实地点了点头。

下一秒，俞微言似有若无的笑声响了起来，带着自嘲的意味，又有些释怀与坦然之意："那剧本写得烂是事实，你不用和小甜争辩，毕竟她说的是对的。"

俞微言的语气轻快，但乔乐谭听着，只觉得如鲠在喉，说不出话。

她刚入学的时候，俞微言恰好本科毕业。那时，院内流传着许多关于他的事迹，老师课上用的优秀作业范例也是他的。

俞微言是多厉害的学长，乔乐谭当然清楚，他只是缺伯乐、缺机会。

　　而就在这个金子蒙尘、等待被发现的过程中,他有多无奈?他又要做多少折损自身光芒的事情才能等到机遇?

　　提前约好的大巴车已经在机场外等他们了。

　　坐了那么久的飞机,大家都很疲惫了,所以一路上没什么人说话。

　　到了安排好的酒店,江平和俞微言去帮大家办理入住。

　　乔乐谭和陈蕴藻被分到了同一个房间。她们俩算是前几个拿上房卡的人,于是拿了行李就乘电梯去房间里放行李了。

　　大家收拾了一会儿,已经接近当地时间十一点了,江平在大群里通知大家下来集合,一起去吃饭。

　　陈蕴藻晕机,说自己带了面包,就不出去吃了。乔乐谭便单独出了门。

　　她走到电梯门口,没想到 Re 战队的人像是约好了一般,都站在那里等电梯。

　　侯奕看见了乔乐谭,很夸张地"啊"了一声,然后和乔乐谭打招呼:"我们乔姐!"

　　乔乐谭被他的这个称呼惊住了,浑身不自在,问:"干吗这么叫我?"

　　侯奕只是眯了眯眼,笑着看乔乐谭,一言不发。

　　乔乐谭被看得头皮有些发麻,心说:侯奕是不是知道点儿她和季星渠之间的事情?

　　然后,她便听见一旁的季星渠薄唇轻启,冷冷地吐出三个字:"他有病。"

　　乔乐谭这才敢明目张胆地看季星渠——比起在机场的时候,他的上身多了件外套。

　　路晨问乔乐谭:"你一个人吗?"

　　乔乐谭"嗯"了一声,说陈蕴藻身体不舒服。

　　Re 战队里有两个女生,一路上,乔乐谭便和她们走在一起,没和其他人说过话。

　　一行人一起走到了江平找的那家餐厅,围着坐成一圈。

　　乔乐谭坐下后,季星渠坐到了她身边,坐下的动作带起了小范围的

风。乔乐谭心脏微紧，胳膊距离男生炙热的体温只有半寸之遥。

所幸其他人没有发现异样，只以为是随机坐的。

江平先大手一挥，点了几道菜。见他那副毫不心疼的模样，乔乐谭想起尤甜之前和她说，霖大这次给 Re 战队批了很多经费。

点完菜后，江平把菜单往大家这边传。按照顺时针的传法，乔乐谭是倒数第二个拿到这份菜单的人，前面的尤甜点完菜后说了一句："主菜会不会点太多了？"

乔乐谭接过菜单，纵览一眼，发现没有人点她喜欢吃的通心粉，但是主菜确实有些过多了。于是，她便只添了个小份甜点，就把菜单递给了季星渠。

现在这个点，餐厅人少，上菜很快。

一道道菜堆满了桌面，等最后几样菜被送上来时，餐桌上都没有位置了。

最后，女服务员端着一个碗前来，看着不知如何放盘的桌面，一时犯了难。

忽然，乔乐谭注意到身边的人伸手去腾菜的空位。吃饭的时候，季星渠又脱了自己的外套，里面只有一件短袖，露出其精瘦有力的小臂和恰到好处的肌肉线条。他肤色白，透着点儿冷调，小臂上面的青筋微微凸起，却不会夸张。乔乐谭喜欢欣赏这样的线条，就多看了几眼才收回目光。

她之前为了写剧本去学过一些护理知识，当下看着季星渠这手臂，有些走神地想：季星渠的手臂是打针的医生会喜欢的类型。

吃到一半抬头休息的侯奕注意到季星渠挪盘子的动作，心中微微诧然：他和季星渠一起吃饭的次数都上三位数了，他就没见季星渠主动摆过菜。这位少爷吃烤肉都要他烤好、切好才乐意吃，今天倒是转性了？

他再看一眼，注意到季星渠身边的乔乐谭，就觉得自己又懂了。

合着季星渠这是孔雀开屏呢！

总算在满满当当的餐桌上腾出一个空地方，季星渠觉得自己都要烦了。他懒洋洋地收回手，用下巴示意那处空位："Here.（这里。）"

这句英文很基础，女服务员听懂了，把碗放下了。

放菜的位置就在乔乐谭面前，乔乐谭定睛一看，是一份通心粉。

同时,她放在腿上的手机微微振动。

隐隐地有什么预感,乔乐谭点开了手机,发现果然是季星渠发来的消息。

季星渠计算机系:你刚才一直盯着我的手臂。

这是陈述句。

Cookie:你还挺敏锐。

季星渠计算机系:内心细腻的人是这样的。

乔乐谭无语了,用余光打量坐在自己身边的季星渠。他倒是毫不遮掩,姿态慵懒地靠着椅背,单手拿着手机,举在空中。

Cookie:我之前学过一点儿护理知识,刚刚突然想到,你的血管应该挺好扎针的。

因为季星渠光明正大地玩手机,乔乐谭就不敢把手机放在桌面上了,不然他们俩你一句我一句的,多明显。

于是她只敢把手机藏在桌下发消息,每发一句都会谨慎地打量一下餐桌边的人,尤其是身边的尤甜。确认大家都没有注意到她和季星渠的小动作后,她才敢重新把目光偷偷摸摸地移到桌下的手机屏幕上。

季星渠计算机系:怎么?

季星渠计算机系:你想给我扎?

看着这几个字,乔乐谭微愣,发了个问号过去——他知不知道这句话很有歧义?

过了几秒,季星渠发了一个句号,然后撤回了上面的两条消息。

季星渠计算机系:打得太快了。

季星渠计算机系:我没那个意思。

乔乐谭刚想发什么,又看见季星渠发过来一个哭哭熊的表情包,这只熊的手上还拿着一朵凋谢的玫瑰花。

季星渠计算机系:对不起。

乔乐谭回到酒店的时候,房间里一片漆黑。她以为陈蕴藻先睡了,轻声洗漱完便也准备上床休息了。

她刚掀开被子,便听见陈蕴藻的嗓音在一片寂静中响起来:"你要睡了吗?"

没想到陈蕴藻没睡着，乔乐谭被吓了一跳，下意识地拍了拍胸口，然后说："我以为你睡了呢。"

"没有。"陈蕴藻的声音很轻，语气很平常，因为她说话一直从容淡定。

纵使如此，乔乐谭还是察觉出陈蕴藻好像有什么话想对自己说。

陈蕴藻是有话直说的性格，确定乔乐谭没打算休息后便直接开口："你知道尤甜吐槽的那个剧本是俞微言写的吧？"

黑暗里，她的声音很平静，亦很笃定。

再度提到这个话题，乔乐谭想起了俞微言出机场前和自己说的那番话。

她抿了抿唇，而后轻轻地"嗯"了一声。

她没想到，陈蕴藻也知道这件事。

"乔乐谭，其实你真的不必去维护俞微言。"陈蕴藻的话里没有埋怨的意思，她只是在很平静地阐述一个事实。

乔乐谭沉默了几秒："我知道。"

俞微言那故作轻松的模样始终盘旋在乔乐谭的心头。她知道，俞微言写了个烂剧本，这是事实。他当初既然写了这个剧本，就已经做好了给自己的职业生涯留下污点的准备。这时候，她刻意的维护就像怜悯，这才会让俞微言更难过。

乔乐谭："我现在，觉得很愧疚……"

"你没有错。"陈蕴藻打断了乔乐谭的自省，语气里有抚慰的意思，"你不要什么都想着往自己身上揽。这是俞微言自己做的决定，而且这个大环境我们没有办法改变。"

乔乐谭在黑暗里点了点头。

陈蕴藻继续说："我看了你的朋友圈，看你认识边洋传媒的老板的儿子。"

她说的是边加凌。

"人各有命，都是自己选择的路。"说完，陈蕴藻又轻飘飘地说了个"睡吧"，然后率先翻过身。

陈蕴藻点到为止，却一字千斤重。

俞微言如果有边加凌那样的背景，便不需要迎合市场的审美去写下三烂的剧本，而是可以尽情地去构建自己的艺术帝国。

可惜没有如果。

面包和理想，于俞微言而言，都是很现实的东西，一个将他逼上绝路，另一个剥夺他的希望。

Re 战队的六个人和指导老师江平在落地的第二天就入住了主办方安排的选手村。直到比赛正式开始的那天，乔乐谭都没再见过季星渠。

这是乔乐谭第一次走进国际赛事的会场，入门后是极为宽敞的大厅，大厅的正面挂着"SC18"的横幅，四面墙壁都高悬着监控屏幕，到时会向非参赛人员直播比赛画面。

等比赛正式开始，选手会前往存放机器的分会场，开始长达四十八个小时的比赛。在这四十八个小时内，参赛队伍将用固定的机器与要求内的功率自行搭建计算机集群，展开多个应用程序性能的角逐。同时，他们还须在这有限的时间内向评委介绍自己的程序优化思路，并且现场完成一篇具有发表在国际权威杂志上的水平的论文。

比赛时，来自世界各地的媒体记者便会留在目前这个会场内，收看大屏幕上的转播。比赛之后的颁奖典礼也将在这个会场里举行。

提前和法国主办方申请过场地，乔乐谭他们在三块屏幕下分别搭好了拍摄装备。

比赛还未开始，会场内的几十块大屏幕或显示往期比赛的影像，或显示时间，进行赛程倒计时。

尤甜看了一眼高悬在顶部的那块倒计时屏幕，深吸一口气："救命，我也好紧张。"

乔乐谭赞同她的话："我也是。"

她们纵使不能亲身参与这个比赛，但也与 Re 战队共享头顶这片灯光。

灯光炽热，此时另一片赛场在等待，等待远道而来的追梦者，即将为他们奏响凯歌。

"你还记不记得，我们开会的那天 Re 战队的队员全在睡觉？"尤甜心潮澎湃，不断地跟乔乐谭聊着Re战队，"他们那天刚结束赛场模拟——就是开会前，两天没合眼，没睡多久就被拉来开会了。我的天，如果要

我四十八个小时不合眼地盯着代码，还要写论文，我觉得我会直接吐在赛场上。"

闻言，乔乐谭脑子里有什么东西立刻串上了。

按这个时间计算，他们从灵石山上下来之后，季星渠就去模拟决赛了，所以才会在发完那两句消息后，没再找过她。

而他忙完超算模拟，终于摸到手机后，立刻就想了个把耳机仓丢到她的书包里的把戏，向她求和。

距离比赛正式开始还有一个小时，主办方开始组织选手们入场签到。

乔乐谭和尤甜负责拍摄场馆内景环境，偶尔拍一下屏幕上的影像。场馆内人头攒动，各种语言交织在耳边，显得纷乱繁忙。由于被分到的位置较偏，视线被坐在中间的监控员切断了，她们只能仰头去看离得最近的大屏幕。

屏幕上，各个国家的选手相继入场，他们的脖颈上都挂着白蓝色的参赛证，在签到簿上签到。

这就是走个流程的事情，前面的队伍完成得很快。马上，穿着浅紫色队服的 Re 战队的成员们出现在了镜头里。

"加油！"他们一出现，尤甜就用中文高呼了一声。

闻言，乔乐谭也把手拢在嘴前，大声喊道："加油！"

说罢，二人相视，又都"哈哈"笑起来。

这一个月来，她们一起见证了 Re 战队成员的付出。六位本科生和一位年纪尚轻的指导老师继承前辈们留下来的"Re"称号，担上了延续辉煌的使命，个人拼搏，为校而战，为国争光。

因为知道他们一路走来有多不易，所以哪怕身在无人问津的角落里，哪怕结局尚不明确，哪怕和会场前端的舞台相隔甚远，哪怕声音一定不会被听到，她们站在会场的一隅也要为 Re 战队的朋友献上鲜花与掌声，为他们送上遥远的祝福，为他们热烈地欢呼。

前方的摄影师将镜头从每位成员的脸上推过，当那嚣张的银灰色头发出现在大屏幕上时，乔乐谭听见身边当即起了骚动。

季星渠没拉外套的拉链，衣服就这么敞着。他刚在签到簿上写下自己的名字,此时正搁下笔,抬头和镜头短暂地对视了一下。他的眉眼就这样被镜头捕捉到,在屏幕上放大了,他俊朗的眉毛、偏窄的双眼皮之下是长而不浓的睫毛,睫毛微微垂着,落下小片阴影,阴影沉入那双深沉而淡漠的眼睛里。

他就这么随意地扫了一眼镜头,便漫不经心地收回了视线,短暂的一眼却给人以睥睨众生的嚣张之感。

在乔乐谭身边不过半米的地方,有女记者用英文惊呼:"Oh bomb,what a cool guy!(天哪,好酷的人!)"

"帅哥还真是无国界。"尤甜听乐了。

她们再看一眼大屏幕,发现画面已经被切换了,屏幕左上角显示的是中国国旗和霖大校徽,下方是连续弹出的队伍介绍和选手简介,中间则是选手在现场的画面。

乔乐谭的心微动。

虽然季星渠面色平静,但是乔乐谭能看出来,他有点儿紧张。

毕竟,这才是他进 Re 战队的第二年,也是首次来参加 SC 的决赛。

乔乐谭仅思考了一瞬,便从口袋中翻出手机,点开微信——刚才,她在大屏幕上看见他们的手机还是被拿在手上的。

她心中有千言万语,但又怕在这个节点说的话会成为季星渠的负担。最后,她只简单地打了两行字。

Cookie:加油!

第二行是三个感叹号。

对方像在等待这条消息一般,几乎在她发出消息的同时,那边的回复同步出现了,是简短却有力的两个字。

季星渠计算机系:一定。

离比赛正式开始还有半个小时。

选手们陆续进入另一个会场里,过了安检,被领到不同的座位上,在督导的监督下完成了对机器的检查,然后便只能坐在原位等待比赛开始。

江平过来一一拍过六个人的肩膀:"别紧张。"尤其是对于经验还不足的读大二的三个人,江平额外交代了一句:"相信你们自己。超算比

的是实力，不是经验，而且你们也是拿过冠军的人了。"

比赛前十五分钟，教练被请出场了。

江平一走，侯奕就扶住了季星渠的胳膊，面露难色："我还是有点儿紧张。"

季星渠没像平时一样嘲讽他，而是还算认真地安慰他："比赛开始就好了。"

直到比赛正式开始，侯奕跑了两次厕所。

当地时间九点。

广播里开始用多种语言通知"比赛正式开始"。一时间，主场馆的屏幕都切换成了分会场的比赛画面，而分会场内则响起了语速极快的交谈声与机器开机的"嗡嗡"声。

大家都在争分夺秒地安装基本配置。

SC 大赛限制选手以八台机器、三千瓦的功率跑六个应用程序，在论文达到一定的完整度与专业度的基础上，队伍算出的答案越多，得分越高。

大四的章子寒是 Re 战队的队长，在看完赛题后，主动给大家分配任务："何云飞负责蒙特卡洛模拟，钰姐和少爷负责生物基因题，小路负责人流密度的计算，侯奕负责调配机器的速率，天气预测题交给我。"

四十八个小时正式进入倒计时。

大家连着盯了屏幕三十多个小时，主场馆已由原先的人声沸腾变成如今的一片安静。大家都有些疲惫，但一想到场内的选手们要在同样的时间里付出更多的精力，就没有人抱怨了。

乔乐谭和尤甜两个人只轮流眯了一会儿，其他时间都紧紧地盯着屏幕，生怕错过任何一个关于 Re 战队的镜头。

可当大屏幕的画面再度切换到 Re 战队时，映入她们的眼帘的是六名成员焦虑的神情。

乔乐谭也跟着有些焦灼，问尤甜："怎么了？"

尤甜摇头，表示她也看不懂。

这时有外媒在讨论，声音传到她们的耳朵里——

"那支中国队伍有一台机器好像死机了，一个程序可能要白跑了。"

"影响大吗?"

"要是八号机就这样不动了,他们可能要丢掉二十分。"

赛场上。

八号机里储存着何云飞跑完的数据,此刻突然死机,而剩下的十个小时的比赛时间已经无法支撑他们再重新跑一个程序了。

Re 战队的节奏就此被打乱,队内的气氛一时陷入阴云之中。

刚刚听他们讲解完软件优化思路的评委了解了情况,虽没说话,但眼里流露出了遗憾的情绪——可惜了,这个战队原本可以角逐冠军的。

三十多个小时的努力白费了,何云飞情绪崩溃得很明显。

章子寒沉默着。

Re 这支战队是霖大在 2010 年建立的,是国内首支超算队伍。这么多年薪火传承,变的是人员,不变的是它的名称、信念与荣誉。当时,国内高校人才外流严重,所以 Re 战队在建立之初,连专业的指导老师都没有,场地也要靠外界提供,第一次代表霖大参加 ISC 比赛时甚至连决赛都没能进去。

再后来,国内的科研环境改善了,国家扶持高校科研项目,给了霖大大批资金,建了研究中心;同时,领域内的一些大牛主动报名担任 Re 战队的外聘教练。无数本科生经过层层筛选,度过了无数段焚膏继晷的时光,才突破了原先的局限,取得了迅猛的进步。

Re 战队第一次迈入 ISC 决赛的大门、第一次进入 SC 的赛场、第一次拿到奖杯、第一次夺冠……每一段经历、每一座奖杯都被陈列在研究中心的一层。

金光闪闪的背后,是荣誉,更是责任。

如今,章子寒有些苦涩地想:是他没有做好这个队长。

就在这时,章子寒听见了季星渠的声音。季星渠冷静且坚定地说:"用我之前跑的那个程序。"

章子寒回头看去,就见季星渠已经干脆地重启了八号机,毫不犹豫地刷新了程序。

一旁的侯奕恍然大悟,兴奋地惊呼:"对啊!那个程序可以限制机器的运行速率,就等于把时间扩展了十倍!"

季星渠凝视着八号机的屏幕，手指在键盘上飞快地敲动着。

终于，屏幕上飞快运转的代码降下了速度。

季星渠眼中微不可察的紧张和严肃之色终于散去，紧紧绷着的肩膀也终于得以放松。

他走到何云飞身旁，伸手拍了一下何云飞的肩："到你了。"

Re，在英文里是表示"重新"的前缀，意思是他们永远拥有重头来过的勇气。

比赛最后一分钟的时候，各个屏幕都被切换成了六十秒倒计时。

三、二、一……

"嘀——"

"时间到，请各位选手停止答题。"

电子提示音在两个会场内响起，紧接着，各屏幕停止转播场内状况，只显示蓝底的 SC 竞赛的图标。

主场馆短暂地静默了一瞬，而后，各家媒体纷纷出动，堵住了分会场的出口。保安早已在出口处拉好警戒线，将非选手的人员拦在了外面。

选手的身影开始出现在出口处。

尤甜和乔乐谭没往上挤，而是留在原地收拾设备。

其间，乔乐谭抬头，往出口处看了几眼——可扛着拍摄机器的记者们将出口堵得密不透风，除了记者们的后脑勺，她什么都看不见。

尤甜瞥见乔乐谭张望的模样，以为她是在好奇 Re 战队的最后得分，便说道："等下在颁奖典礼上就知道了。"见乔乐谭点了点头，尤甜又深呼出一口气，"好紧张，好紧张，比自己参赛还紧张。"

主场馆内，最前面的地方摆了几排椅子，是颁奖典礼的时候给选手坐的。最后一排椅子的背后同样拉起了隔离带，将选手和记者泾渭分明地隔开了。

乔乐谭和尤甜整理完设备，看见前面人挤人的盛况，自知挤不进去，便待在原地，等大屏幕重新转播颁奖典礼。

因为选手在比赛结束后就被带出了比赛场地，所以哪怕是他们自己也不能在颁奖典礼前知道自己的位次，只能根据已知的得分预估一个位次区间。

Re 战队在比赛最后实现了逆风翻盘。俞微言把江平的话传到群里，说前三名应该稳了，但是至于具体第几名，还得等评委组宣布，也提醒大家不要去大群里询问 Re 战队的队员们，以免给他们造成心理落差。

半个小时后，蓝底的屏幕瞬间黑屏，又在顷刻间跳转为选手席及主席台的画面。

"来了！"乔乐谭一直目不转睛地盯着屏幕，此时立即捕捉到了屏幕的变化，赶紧拍了拍正在玩手机的尤甜的手臂，提醒她。

大屏幕的画面被切近到主席台上，法国主办方的负责人走上发言台，手握话筒，用英语致辞。

最开始的那些话语都是些大同小异的场面话，比如欢迎大家的到来；感谢来自各国的各高校对 SC 赛事的支持；说明本次比赛的几个应用题目；期待有更多的青年人加入高精尖领域，一起将人类的智慧发挥到极致等。

致辞的前半段，大家都听得漫不经心。

直到最后，"winner（获胜者）"一词从发言人的口中蹦出来的时候，全场都陷入了安静之中，原有的窃窃私语声和刚才的散漫气氛一同消失殆尽，大家的注意力完全集中了。

"下面我宣布，2018 年国际大学生超算竞赛的获胜者是……"主办方没有搞国内的综艺节目里留悬念的那套戏码，干脆利落地揭晓了谜底，"霖江大学！"

麦克风里的声音顺着电流和广播传遍了场内的每个角落，欢呼声、掌声、快门被按下的声音与来自中国的 Re 战队的心跳声一起此起彼伏，回荡在这个空间里。

在听到"霖江大学"的那一刻，乔乐谭和尤甜毫不犹豫地转过身，拥住了对方，忍不住欢呼尖叫。

同时，大屏幕的画面切换到了场下的选手台上。在听到结果的那一刻，侯奕从座位上蹦了起来，欢呼的口型夸张却真实；其他人稍显淡定，却也振臂高呼；路晨和曹钰两位女生下意识地抱住了对方；教练江平赶紧将披在座位上的西装外套穿上，做上台领奖的准备。

乔乐谭直直地盯着大屏幕，视线集中在一个人的身上。

季星渠稳坐在座位上。从落座的那一刻开始,他就倚着椅背,哪怕是此刻,坐姿也未有改变。

就在霖江大学的名字响彻整个会场的时候,他先是下意识地颔首——如释重负的神情在他的脸上一闪而过。坐在他左边的侯奕跳了起来,右边的何云飞将手臂用力地往前挥了两下,他还是很镇定。可就在两秒之后,他举起了双手,高过头顶,在空中缓慢却有力地拍了三下,松弛的背脊耸起,展现出少年透着坚定不屈的宽阔肩膀。

再之后,Re战队的成员和江平一起走上了主席台,接过属于他们的荣誉。

颁奖人是一位超算领域的尖端科学家。在将集体奖状递给江平后,这位科学家带头鼓起了掌,全场立刻以掌声回应,不停息的雷鸣般的掌声是给冠军的贺礼。

屏幕里,六位少年面对着镜头,想佯装淡定,但那抑制不住扬起的嘴角将他们内心的激动尽数展露出来了。

乔乐谭盯着屏幕上的画面,听着耳畔的掌声,忽然再次转身抱住了尤甜:"我有一点儿激动。"

尤甜回以她紧紧的拥抱:"我也是!"

热泪涌上乔乐谭的眼眶。

与有荣焉的意义在于与荣誉同频,从而对未来燃起期盼。她有幸陪伴他们走过那段黑暗,更知晓今日之不易。

昨日种种,皆成今我。他们终归是最耀眼的存在。

压不垮他们肩脊的重任,皆会化作他们登顶的积淀。

颁奖典礼结束后,SC18在法国巴黎落下帷幕。

获奖的Re战队被各国的媒体记者拦住了,每位队员都化身人工翻译和场面话大师,应付着从四面递过来的话筒。

纪录片制作团队早早就安排了俞微言和陈蕴藻采访Re战队,其他人要先行离开,回酒店里休息,毕竟大家都陪着Re战队的队员连轴工作了四十八个小时。今天下午起的半天到第二天的白天都由大家自行支配,晚上和Re战队的队员们一起吃一顿庆功宴,然后第三天所有人再一起回国。

尤甜要上个厕所，乔乐谭便在原地等尤甜。

忽然，一道熟悉的声音在她的身后响起："乔乐谭。"

她心头一动，几乎是在听到声音的同时回过了身。

刚刚从领奖台上下来、荣膺了世界冠军的季星渠就像平常一般，语调慵懒地喊她的名字。

看见季星渠，乔乐谭首先想的是：也不知道他是怎么从那么多的媒体记者中脱身的。

但乔乐谭并不打算将这话问出口，此时此刻，这样的问话已然不重要了。

她像本能反应，又像郑重地回应，也清晰地念了一遍他的名字："季星渠。"

说罢，乔乐谭弯起了眉眼，微微俯身，双手作揖，笑着对季星渠说："恭喜恭喜啊。"

却没想到，季星渠略一勾唇，模仿着她的语气，漫不经心地说道："同喜同喜啊。"

乔乐谭问："同什么喜？"

"你们纪录片的含金量要更上一层楼了。"季星渠懒洋洋地回答她，眉宇间有明晃晃的得意之色。

乔乐谭恍然大悟，故作夸张地将自己的背俯得更低："谢谢带我们飞黄腾达。"

"这不得来点儿谢礼？"说完，季星渠垂眸看了乔乐谭一眼，话里带着散漫的笑，好像只是随口一提，"不然的话，贺礼也行。"

季星渠说完，目光毫不偏移，灼热又直白地在宣告他说的话并不是玩笑。

乔乐谭微微一顿，而后开口："你想要什么贺礼？"

下一秒，季星渠的声音悠悠地响起："我是土狗，第一次来巴黎，晚上想去逛塞纳河。"说完，季星渠一顿，看着乔乐谭的目光更深沉了一分，"你想不想去？"

闻言，乔乐谭想到什么，先向他确认："你不要休息吗？"

"那得要。"季星渠的身上还披着 Re 战队的队服外套，他一只手懒懒地插着兜，长身鹤立，站姿慵懒，漫不经心地吐出这三个字，又在下

一秒闲适地补充道,"不过也不用连睡二十四个小时,对吧?"

乔乐谭微窘,心底却生出了其他情绪。

他这份邀请的意义如何,乔乐谭觉得自己应该是清楚的。

尽管有太多细枝末节的事情没有准备好,近日的繁忙也让她的大脑无暇去厘清,可她能够确定的是,她想和季星渠见面。

不掺任何其他的念头,哪怕只是和他聊聊天,在河边吹吹风,她便满足了。

所以,这一次,乔乐谭决定至少干脆一点儿。

像那天季星渠在灵石山上和她说的那样,想了便去做,而不是因为忧虑过多有的没的导致一再错过——她想多一点儿勇气,去迈出这一步,哪怕只是一小步。她想尝试着去改变。

于是,在确认季星渠不用透支体力可以出去玩后,乔乐谭不再犹豫了。

她说:"好。"

听见了回话,季星渠微微颔首,表示了然。

他在问话之前就知道乔乐谭会答应,可说真的,没想到乔乐谭答应得这么快——他原以为,乔乐谭至少得和他拿乔一番才愿意和他出来。

就在这时,一位外国女记者指着季星渠问他是不是中国的 Re 战队的选手。

在得到肯定的回答后,她看了看季星渠,又看了一眼乔乐谭,目光在二人间反复打转。最终,这位女记者的脸上露出了八卦的笑容,她指着乔乐谭,问季星渠:"Your girlfriend?(你的女朋友?)"

乔乐谭一愣,然后赶忙说:"No,no!Just friends!(不,不!只是朋友!)"

她怕被误会,也担心这些媒体记者会肆意宣传这件事。

"Just friends?(只是朋友?)"女记者重复了一遍乔乐谭的回答,再次把目光投向了季星渠:"Are you sure?(你确定吗?)"

乔乐谭也将视线对准了季星渠,希望季星渠可以开口解释。

接收到乔乐谭眼神里的信息,季星渠微微站直,没看乔乐谭。眼下的情况仿佛成了记者在追问乔乐谭,他们到底是什么关系。

乔乐谭的呼吸一窒,她在下一秒看见季星渠薄唇轻启,语气里带着点儿无辜的意味,缓缓地说道:"I'm sure it's not.(我确定不是。)"

说罢,季星渠将目光重新投向乔乐谭,然后收回了。

"你确定你们只是普通朋友吗?"

"我确定不是。"

那你觉得呢,乔乐谭?

从比赛场馆回酒店的路上侯奕一直很激动,在车上时就编辑了一条朋友圈庆祝夺冠。

回到房间后,他甚至都不急着休息,兴奋而嘚瑟地欣赏着自己的朋友圈的点赞数和评论内容,还变化多种语音、语调向季星渠实时转播,给季星渠分享他的朋友圈下面的评论。

"侯哥太牛了!

"恭喜恭喜!

"太厉害啦!"

季星渠洗漱完,走出卫生间,睨了侯奕一眼,冷冷地吐出两个字:"闭嘴。"

见自己的倾情表演终于得到了回应,侯奕诡异一笑,然后收起手机:"哦。"

他的状态便改成自己捧着手机,一边刷牙洗脸一边看评论傻乐。等到从卫生间出来的时候,他发现房间内一片漆黑——法国当地时间下午两点,房间内的遮光窗帘被紧紧地合上,屋外阳光灿烂,屋内黑不溜秋。

侯奕微愣,对着季星渠床位的方向惊诧地问道:"你这就开始休息了?"

在美国丹佛比赛的时候,他们的时间安排也和这次相似,但是那一次,侯奕和季星渠两个人都平复不下来。夺冠的喜悦洗涤了四十八个小时高度紧张的疲惫神经,两个人窝在大厅里打了快十个小时的游戏,直到侯奕因为蹩脚的操作被季星渠骂成筛子。

这次从场馆回来的路上,侯奕都做好了一雪前耻的准备,没想到这位少爷竟然一反常态地睡了?!

侯奕试图叫醒季星渠:"少爷,你真的睡得着吗?这才……"

季星渠打断了他的话,语气有些不耐烦地说道:"安静点儿。"
侯奕噤了声。
而后,他听见季星渠慢条斯理地补了一句:"我晚上有事。"
侯奕先是一怔——季星渠居然还和他解释了一句。
侯奕问:"你要背着我去干吗?"
下一秒,季星渠悠悠地说道:"和乔乐谭出去。"
侯奕沉默了。
他总算后知后觉地品味出季星渠的话里刻意的欲盖弥彰之意了。
季星渠就是在诱导自己主动询问他晚上要去干吗,这样才能顺理成章地炫耀他要和乔乐谭出去玩。
侯奕"哦"了一声——是他自取其辱了。

因为心中一直惦记着事,所以乔乐谭睡得不沉。在闭眼六个小时后,她拿起手机看了一眼时间,又在床上躺了许久。听到陈蕴藻起身的声音后,她才睁开眼,跳下床,半跪在行李箱旁挑衣服。
来法国之前,乔乐谭就有预感,她会有一段和季星渠单独相处的时光,所以往自己的行李箱里塞了两条裙子。
换好衣服后,乔乐谭坐在梳妆镜前,开始化妆。
陈蕴藻起床后就下楼买面包了,回来后看见端坐在梳妆镜前认真化妆的乔乐谭,便问了一句:"晚上要出去?"
乔乐谭"嗯"了一声,然后避重就轻地回答:"出去逛逛。"
没想到,话音刚落,乔乐谭便听见陈蕴藻说:"我看到季星渠在楼下等你。"
乔乐谭描眉的动作顿住了。她立即偏过头去看陈蕴藻,同时热度从脖颈蔓延到脸颊,所幸粉底遮住了她通红的脸颊。
陈蕴藻却好像不觉得自己刚才说了什么不得了的话,只慢悠悠地撕开手里的面包的袋子,啃了一口面包后才看了乔乐谭一眼,一副"拜托,我又不是傻子"的神情:"你们俩眉来眼去的,我早就发现了。"说完,她在咽下口中的面包后,还不紧不慢地补了一句,"慢慢化,让他多等一会儿。"
接下来的时间里,乔乐谭都是靠着肌肉记忆化妆的。她的脑子被陈蕴藻说的话占据了，并且不断地复盘自己和季星渠在研究中心里的互动。

乔乐谭不解：他们眉来眼去了吗？如果陈蕴藻看出来的话，是不是代表其他人也看出来了？

这样想着，乔乐谭心底生出了一种微妙的尴尬的感觉。

下了楼，她站在电梯口，看见季星渠坐在酒店大厅的沙发上，长腿交叠，那坐姿好不惬意。

乔乐谭没急着上前，而是把自己的身子往电梯口那边藏了藏，避免季星渠看见她。同时，她拿出手机，给季星渠发微信：你到酒店外面等我。

发完后，乔乐谭偷偷地往外瞄了一眼，从季星渠的背影判断出他此时应该在低头查看信息。

一个问号赫然出现在他们的聊天界面里，乔乐谭看见了，但是没回复。

就假装自己现在在电梯里，没信号好了，这样想着，乔乐谭微抿着唇。她屏住呼吸，又悄悄地探出脑袋，看一眼，又像被打了的地鼠一样瞬间收回了自己的头。

她看见季星渠起身，却像有所感应一般，回头，往她所在的方向看了一眼。

她应该没被看见吧？她的身手这么敏捷。

乔乐谭正心有余悸地想着，掌心里的手机突然振动了一下——

季星渠计算机系：别躲了，看见你了。

季星渠计算机系：我去外面躲你。

季星渠计算机系：哦，打错了，等你。

乔乐谭看着消息，沉默了。

她再伸出脑袋，果然瞧见季星渠已经背对着她这个方向往外走了。

乔乐谭张望了一下，确认这个大厅内没有她认识的人了，才敢去酒店门口和季星渠会合。

季星渠就站在大门口靠右的地方等她。

乔乐谭走到他旁边，招了招手，然后说："我们怎么过去？"

她主动提问，为的是神不知鬼不觉地把刚刚那件事翻过去，没承

想，季星渠不回答，而是看着她，眼里浮着调侃之意："你觉不觉得我们刚才像什么？"

其实，乔乐谭早就想明白了。在陈蕴藻说了那些话后，她终于知道心中那奇怪的情感从何而来了。

她若以一个很不恰当的比喻来形容，那就是她和季星渠像在偷情，然后被陈蕴藻发现了。

所以，乔乐谭听见季星渠的问话时，这个答案便悬在她的喉间了。她觉得自己的太阳穴都在"突突"地跳。

她咽下那个答案，装傻充愣："像什么？"

季星渠睨她一眼，一字一顿地说道："接头。"

乔乐谭蓦地松了一口气。

她听出季星渠话里的讽刺意味，怕他多想而生气，便解释说："我是怕被他们看到。"

闻言，季星渠没吭声，垂眸深深地看了乔乐谭一眼，而后微挑眉峰，似笑非笑地问道："被看到了又怎么样？"

乔乐谭："就……"

他们就解释不清楚了呀！

可未被说出口的话就那样卡在了她的喉咙里。她对上季星渠笑意渐明的眼睛，知道他是在明知故问。

真正清白的关系怎么需要解释？除非她心里有其他的念头。

季星渠见乔乐谭不说话了，唇边挂着似有若无的笑："我们不是朋友吗？"他拉长语调，还在特意把"朋友"二字咬得很重，"朋友出去走个路、吃个饭怎么了？"

说罢，季星渠向后仰了仰，偏头看乔乐谭，眼睛弯弯，一脸无辜单纯地问她："是吧？"

乔乐谭在心里"呵呵"一声，不想再和他贫嘴，简单粗暴地返回上一个问题："我们怎么过去？"

季星渠这人向来见好就收，便没再逗乔乐谭，摆正了身子，微抬下巴，朝不远处示意："打车去。"

乔乐谭这才注意到酒店的对面停了一排出租车。

现在是晚上十点多，法国的街头灯火如昼，车灯闪烁。季星渠走在她身后，与她隔着半拳的距离，到了车队旁才上前对着一扇打开的车窗询问。

乔乐谭曾在许多影片里看过法国街头的景色，林立的欧洲建筑、车水马龙的街道、拐角处敞着玻璃门的小店……但这些终归只存在于影片里。

高三的时候，她计划在高考后带着明媚的好心情去法国游玩一趟——可最后，她的好心情落了空，法国游也泡汤了。

这是她第一次踏上欧洲的土地。巴黎这座城市于她而言太陌生，身边人来人往，不同肤色的面庞，操着她听不懂的语言。但所幸，至少站在她面前的人不是陌生的。

季星渠和司机沟通好地点和价格后，就和乔乐谭坐上了车。没多久，他们就到了目的地。

下了车，等季星渠付钱的间隙，乔乐谭趁机往旁边看了一眼——她的左侧有一座桥横跨河面，其下是静静流淌的塞纳河。而且她从这岸远眺，竟然还能看见埃菲尔铁塔。

街道两侧灯光点点，和天上的星光一起落进夜晚的陷阱中，无知无觉地坠落至河底。世界的倒影在塞纳河的河面上晃动，成了印象派油画，朦胧而梦幻。

出门的时候，乔乐谭特意带上了相机。见到此种景观，她举起相机，记录下了此刻的美好。

季星渠看见乔乐谭在拍照，便没打扰她。等乔乐谭放下手中的相机后，他才缓缓开口：“这是耶拿桥。”

耶拿桥是塞纳河畔上的一座桥，连接着两岸的埃菲尔铁塔和夏悠宫。

季星渠说完，走到乔乐谭身边，好像不经意地问道：“上去走走？”

乔乐谭没犹豫，点了点头。

二人一起往耶拿桥上走去。桥上有一个地方被无数游人围住，乔乐谭踮起脚向里面张望，看见一位女生手握着一大串红气球，坐在栏杆上，她的前面是一位举着相机的法国小哥。

“啊，那个！”乔乐谭有些兴奋地指了指那串红气球，对季星渠说，

"我之前在网上看过,来耶拿桥旅游必拍的照片。"

季星渠朝乔乐谭手指的方向远眺一眼就淡淡地收回了目光,垂眸凝视着她:"你想拍吗?"

乔乐谭赶忙摇头:"十欧元一张照片呢。"说完,她又觉得自己的这个说法显得太小气了,又补充了一句,"我觉得我拍的照片比他拍得都好看。"

语毕,她听见从自己的头顶落下一声轻笑,紧接着是季星渠揶揄的声音:"我们乔导就是厉害,又会写剧本,又会拍照片。"

季星渠或许是没休息好,此刻嗓音有些沙哑,有点儿慵懒的感觉,却和这夜色一般蛊惑人。

乔乐谭点了点头,应下他的话:"当然厉害。"

说罢,她便径直走向附近的一个桥柱,贴了上去。

今日是晴天。

在耶拿桥之下是波光粼粼的水面,水面之下是无数的星斗。这夜空像是被稀释了的蓝色墨水,看起来薄而轻盈,星星在其间闪烁。

乔乐谭的眼眸与这星辰一同闪烁,她踩住桥柱的底部,将身子垫高了些,稍稍往外探,去感受河面上湿润的气流。

两秒后,她感到一道阴影落在她的身边,对方的体温也一齐贴近了她——季星渠也蹬住脚下的横栏,和她并肩站了上去。

乔乐谭只看了他一眼便收回目光。二人谁也没有说话,就这么静静地看着眼前的景色。

灯火纵横,船只摇曳,行过水面,荡起涟漪。

在一片寂静中,乔乐谭忽然觉得自己的内心很平静。

她仰着头,眺望远方,缓缓地开口:"季星渠,虽然下午说过了,但我还是要再恭喜你一遍。之前看你们在研究中心里,只知道你们辛苦,我那时候也没什么其他的想法。"乔乐谭一字一顿地说,一脸真诚,"但是这两天看着你们比赛,亲眼见证你们走上领奖台,我在这四十八个小时里才真真切切地感受到自己是和你们完全共情的。"

晚风拂过,带着河面的凉意,也带着流水的柔情。

季星渠转过头,看到的是乔乐谭挂在嘴边的笑意。她五官明艳,但此时目光无限温柔,安静地投向无垠的水面。她的眼中是一片寂静之色，也是一片平和之色。

在灵石山的那晚，季星渠便无比清楚地知道，乔乐谭平日有多闹腾，内心就有多细腻。她敏感、多思、不坚定，有点儿胆小，需要呵护，可是真诚。

这样的她，多么难得，多么珍贵。

浓郁的夜色中，季星渠淡淡地开口："乔乐谭。"

乔乐谭"啊"了一声，但目光还是没有偏移。

"你知道我在领奖台上特别想做的一件事情是什么吗？"

乔乐谭终于侧过脸看他："是什么？"

同时，当地时钟的指针指向了晚上十一点。

高高屹立在河岸对面的埃菲尔铁塔像被施了魔法一般亮起灯光，好似燃起的火炬，它的光和热都落在了少年的侧脸上。

季星渠无畏地直着上身，在半空中很大胆地张开手臂，学着《泰坦尼克号》中主人公的模样，大声喊道："I'm the king of the world!"

他的声音敲碎了这暗涌的空气，像一块石子投入到无声的夜风之中，风雪归于寂静，但气息不曾停歇。

这样痛快地喊完后，季星渠偏过脸看向了乔乐谭，唇边挂着笑，在浓郁的夜色之中竟显得有些痞气。

他说："就是这个。"

一秒、两秒……

乔乐谭忽然弯起嘴角，像在嫌弃季星渠："你好幼稚啊。"

但她其实只是在用这话掩饰自己不平静的内心。

季星渠闻言，眼中的笑意渐浓。他没否认，稍微侧过身子，忽然反手握住栏杆，使自己的视野可以完全容纳乔乐谭。

季星渠笑意盎然地说："乔导还真是半点儿面子都不给我。"

话音刚落，身旁的乔乐谭却突然放开了扶着桥的手。季星渠下意识地要伸手扶乔乐谭，但立刻反应过来乔乐谭要做什么，便把悬在空中的手收了回去。

乔乐谭也同他刚才一般，对着夜色下的水面高呼："I'm the king of the world!"

其实她并没有完全放开，声音还颤抖着。喊完，她还有些谨慎地朝

空中挥了两下手臂，然后望向季星渠，说："你学得不标准，Jack 喊完那句话之后，手还要这样摇两下。"

季星渠看着她得意扬扬的小表情，扬眉评价道："你也挺幼稚的。"

于是乔乐谭故意更幼稚地来了一句："这不是幼稚，是我对这个世界的宣言。"

季星渠目光深沉地凝视着她，问："什么宣言？"

他的手臂靠着桥柱，使自己的身体不至于掉下去，但他看上去毫不费力，注视着乔乐谭的目光没有半分波动，平稳又炙热。

乔乐谭特意避开了季星渠的目光，半响，慢腾腾地开口："做不了世界之王，至少得做个电影之王吧？"

季星渠静静地注视着乔乐谭。

忽然，乔乐谭又绕回了之前的话题："你知道为什么在你们站上领奖台的那一刻，我可以跟你们共情吗？"

季星渠没说话，但眼睛一直紧紧地盯着乔乐谭——他在告诉她：我在等你讲。

"季星渠，你知道吗？我这个人很多变的，从小到大换了无数个梦想。小时候，我想当幼儿园园长；后来想当科学家；三年级的时候看警匪片，还想去当警察……但是我的每个梦想都不长久，就是三分钟热度，直到我发现自己喜欢电影，才知道在此之前的梦想都不能被称之为梦想，只能算幻想。

"我觉得我应该算体验派吧，所以有时候会为人生不能体验多种职业而遗憾。但更多的时候我在想，倘若我不能做出自己心目中的好电影才会更遗憾。这就是我奋斗的目标。"

说到这里，乔乐谭的声音一顿，她深吸一口气后，才接着把剩下的话一口气说出口："在你们比赛的最后十个小时里，程序出问题的那个时候，我很害怕，却又很无力，因为我的情感于你们而言不会有任何帮助。我在面对现在电影的大环境时就是这个感受。

"幸好你们没服输。就像你们会慢慢地爬上超算的顶峰一样，我以后也会爬上电影的顶峰——虽然这么说很像吹牛，但是只有敢往一百分上想，才能做到七十分，所以我就要小小地吹个牛。"

现在的气氛太深沉，所以乔乐谭说到最后，还刻意开了个玩笑去调节氛围。

可是她知道，落在她脸上的那道目光一直是深沉的。

季星渠轻轻地说："乔乐谭……我这个人数理化很厉害，但文科细胞差了点儿。"季星渠说着自己文科差，还不忘自夸，语气依旧是跩的，"我高中的语文老师为了帮我应付考试，给我印了很多名人名言，让我用在作文里。"说到这里，季星渠忽然笑了一下，"但我连背都背不下来，怎么用得起来？

"但是有一句话给我留下了很深的印象，好像是史铁生说的？"季星渠回忆了一下，然后说，"'用不屈的意志，打破命定的局限'……"

"是'命定的局限尽可永在，不屈的挑战却不可须臾或缺'。"文科生优秀代表乔乐谭及时纠正季星渠的话。

季星渠没在意："反正就是这个意思。我的想法就和这句话一样——有些局限生来存在，但没有局限生来永恒。"

说话时，季星渠又将身子转向和乔乐谭相同的方向。

夜色镀上那张坚毅的面庞，少年永远明朗、热烈，自信张扬，无惧无畏。

季星渠遥视远方，眉宇飞扬，整个世界都映在他的眼中。他一字一顿，话中有着无尽的现实，也有着不可一世的狂妄："比起害怕不可改变的结局，我更相信自己的力量。"说罢，他的眼中多了一个乔乐谭的身影，他说，"同理，我也相信你。"

远洋的风吹不度这片地盘，可少年的心，从不畏惧任何关隘。

"所以，"到此，季星渠的语调终于松弛下来，他又换上了那副散漫的样子，"我提前恭喜我们乔大导演。"

片刻后，乔乐谭对上了季星渠的目光："一定。"

每到整点，埃菲尔铁塔就会短暂地亮灯五分钟。五分钟一到，铁塔的灯光就熄灭了。

可铁塔依旧是铁塔。多少年来，它高耸不倒，见证了多少岁月、多少誓言、多少有情人分离又回首相聚。

铁塔归于黑暗之后，二人商量着走下了耶拿桥。

走了几步，乔乐谭忽然对季星渠说："我刚刚想到一个很巧的事情，我们一起看过的那两部电影都是法国的。"

季星渠懒洋洋地"啊"了一声："这么说，我也想到一件。算上今天，乔乐谭……"

乔乐谭转过头看向了季星渠，他的眼神就这样撞入她的眼里。

"太阳、月亮、星星，我们都一起看过了。"说罢，季星渠便敛了声，脸上挂着浅淡的笑意，却在眉眼与发色的衬托之下透出些傲气。

乔乐谭安静了一瞬，然后故意怪罪道："要是上周的天文学导论课你在，我们早就点亮这项成就了。"

季星渠轻轻地笑了一声，承认这个错误："是我的问题。"下一秒，他慢慢地补了一句，"不过现在也不晚。"

乔乐谭的眸光微动，她轻轻地唤了一声："季星渠，我可以帮你拍张照片吗？"

在他们迈下台阶的那一刻，季星渠把乔乐谭叫住，朝红气球那边抬了抬下巴："你去拍一张。你给我拍了一张照片，自己也得带一张走吧？"

到了拍照的地方，二人等了一会儿，等前面的游人拍完后，乔乐谭学着前面几个拍照的女生的样子，牵过那串红气球，坐上栏杆。

因为这是流水线生意，所以那位法国小哥拍照的速度很快，季星渠和乔乐谭等了几分钟成片就出来了。

乔乐谭这才发现，季星渠买了两张照片。

"干吗？"乔乐谭拿过照片，睨了季星渠一眼，"你不会想珍藏一张吧？"

季星渠眉目舒展，回应得坦荡："不然呢？"

不知从何时起，他们已经不再避讳这种话题了，任由深埋于地下的情感的种子生长——毕竟此时它还没破土，再怎么嚣张也不会露出具体的形态。

说罢，季星渠用视线指了指乔乐谭手上的两张照片："你选一张喜欢的，另外一张给我——你签个名再给我也行。"

乔乐谭笑了一声："你有病。"

季星渠神情疏懒，悠悠地说道："未来的名导演就在我身边，我不得提前要个签名?"

乔乐谭没想到,季星渠在这时换了另一种方式,又一次回应了她在河边说的话。她攥紧了手中的照片,然后说:"好吧,那我就勉为其难地给你签一张。"

季星渠微微挑眉,配合地说道:"谢谢乔导。"

二人走下台阶,沿着河岸走了一段路。路的尽头出现了一家小酒馆,乔乐谭察觉到身边的人停下了脚步。

季星渠看着她,神情未动,漠然地吐出了两个字:"我饿。"

他顶着那张少爷的脸说出这句话,着实有点儿好笑,但也莫名其妙地有点儿可爱。

恰好,乔乐谭也没吃晚饭——吃晚饭的时间她直接在睡梦中度过了。于是二人便走进了这家酒馆,没点酒,只是选了菜单上仅有的几样可以饱腹的食物。

这是个露天的小酒馆,摆在外面的桌椅被油漆喷上了不同的颜色。

走到这排桌椅前,季星渠停下步子,对乔乐谭说:"挑个颜色。"

乔乐谭对颜色没有偏执的喜好,想到 Re 战队的队服是紫色的,便随手指了一张淡紫色的桌子。

此时,露天的平台上有一个小型乐队在演出。虽然听不懂他们唱的歌,但乔乐谭喜欢这样的氛围。

服务生给他们端来了果汁,然后说了些什么。乔乐谭听不懂,却看见坐在对面的季星渠神态慵懒地说着"OK"。

待服务生走后,乔乐谭问季星渠:"你听得懂法语?"

季星渠一副"我确实很牛,但也不是无所不能"的模样:"我倒也没厉害到那个地步。"

反正不管对方说什么,他回答"OK"就对了。

又过了几分钟,季星渠起身,说去打个电话。乔乐谭"哦"了一声。

她坐在座位上,百无聊赖地玩了几分钟手机,忽然,一道熟悉的声音带着麦克风的磁性摩挲起她的鼓膜:"喂,喂,麦克风测试,三、二、一——好。"

乔乐谭抬头望去,舞台之上,乐队的乐手都坐在了一旁,而站在聚光灯下的人换成了季星渠。

这家店里的不少人都被季星渠的声音吸引来了,而后他们的视线又汇聚到了他那张长得过分帅气的脸庞上。他们再定睛一看,这位歌手的视线全然落在了一位美丽的女生身上。因此,哪怕他们听不懂季星渠在说什么,也都开始鼓掌、起哄。

四周喧哗,可季星渠全都无视了。他只看着乔乐谭,一直看着乔乐谭。

注意到乔乐谭投过来的视线,季星渠遥遥地对她笑了一下:"之前我说过了,开演唱会会通知你。"他站在灯光下,仿佛站在世界的中心,面庞英俊得过分,"就是今天。"

语毕,季星渠把手从麦克风上拿了下来。乔乐谭这才注意到,他的大腿上放了一把吉他。

之后,一位乐手开始配合地打响指。季星渠低下头,将注意力都放在了手中的吉他上。

吉他弦被拨动,轻快的律动缓缓流出。

等渐渐适应了这把吉他的手感后,季星渠重新抬起头,毫不遮掩地将目光尽数投射过来。

乔乐谭对上他的眼睛,只觉得自己的心脏和这音符一齐跳跃着。

刹那间,她觉得自己置身于世界这个巨大的万花筒之中,此刻又无意中钻进了爱丽丝的梦境里。她应该在梦游,才会在光怪陆离的景色里看到了那样张扬的色彩。

乔乐谭面上不显,放在桌下的手却缓缓地移上了桌面,摁亮了手机。她没听过这个旋律,便在余光下操作手机,借助听歌软件来识别歌曲。

识别结果弹了出来,这首歌是陶喆的《普通朋友》。

第二天早上,乔乐谭去酒店的自助餐厅里取早餐,给自己倒牛奶的时候,一道声音从身侧传来:"不多睡会儿?"

乔乐谭侧身望了一眼,便看见季星渠不知何时已经站在她的身边了。他像在挑选喝什么饮料,目光淡淡地落在不同的杯子上,没看她。

乔乐谭收回目光,一边往牛奶里加燕麦,一边"嗯"了一声。

从远处看来，二人离得不算远，但是靠得也不近，身子朝着不同的方向，甚至没有一个眼神是落在食物之外的。两个人就像两个各自取食物的顾客，除非凑近他们，否则根本没人能看出他们俩在讲话。

最后，季星渠终于从一堆饮料中挑选出了一杯美式咖啡，端在了手上。

季星渠瞄了一眼乔乐谭杯中的牛奶，问："下午有时间吗？"

从旁人的角度来看，他就像一个眼高于顶的帅哥突然发现身边站着一个认识的人，垂着眼眸，淡漠地启唇和对方说话。

乔乐谭摇了摇头："我和别人约好了。"

季星渠微微顿了一下，然后颔首："行。"

早在昨天，乔乐谭就和尤甜、陈蕴藻约好了一起去卢浮宫。

明明此时还未到旅游旺季，但是卢浮宫内的游人还是很多。她们入场便花了一个多小时排队，又用了整整一个下午才走马观花地逛完，等赶到庆功宴的场地时，其他人都到位了。

大家给她们留了三个空位。尤甜正在研究自己坐哪个位子好，陈蕴藻便先落座，然后拍了拍自己身边的位子，自然地招呼尤甜："你坐在我旁边。"

刚刚还在挑选座位的尤甜立刻应下，没多想，就坐到了陈蕴藻身边。乔乐谭没了选择，便只能坐剩下的那个座位。

她刚坐下，抬眸便看见了对面那头夺目的银灰色头发。季星渠双眼盯着手机屏幕，过了很久，才像注意到她们这边的动静一样，漫不经心地抬起眼皮看了一眼，和乔乐谭的视线在半空中对上了。

仅一秒，二人又默契地移开了目光。

说是庆功宴，但国外少有国内那样的包间，江平只是在餐厅的大堂里把三张桌子拼起来了而已。不过，庆功的氛围在便够了。

江平这个人虽然比 Re 战队的队员们大了几岁，还是领队，但在酒桌上好像比谁都要激动。侯奕随便怂恿他几句，他就自行灌了好几杯酒，喝得双颊通红。

大家看着他，皆"哈哈"大笑起来。

"平哥，没看出来你还挺能喝啊！"侯奕是饭桌上炒氛围者第一名。

但这里终归还是餐厅的大堂，不远处还坐着其他吃饭的人，侯奕不敢太过分，不然得当场跳起来和江平划拳，谁输谁喝。

"你看不起谁呢？"江平笑着乜了侯奕一眼，然后看了看俞微言："你问问他，认识十几年，我什么时候喝酒输过？我只是平时在你们面前收着罢了！毕竟我得做好榜样！"

俞微言笑了一下，算是回应了江平的前半句话。

侯奕捧哏："好榜样，好榜样！"

"侯奕，整个实验室里平时就数你话最多。"江平喝得有些醉了，什么话都往外蹦，"我听说你在赛前分手了，是吧？"

侯奕心想：这破事都过去多久了，怎么又被拎出来说？

其他人闻言，都不客气地笑了起来。

"我还担心这件事会影响你的状态呢，幸好你小子在关键时刻还算靠谱。"江平又说道。

侯奕："那是必须的。"

江平语重心长地说："要我说，你这种态度才是正确的。爱情没了可以再有，但上升的机遇你一旦错过，就再也没有了。"说完，江平转头，一眼便看见了吃饭态度不端正的季星渠，点名道："对吧，季星渠？"

季星渠一脸疑惑的表情，压根没听见江平刚刚说了什么，光顾着看乔乐谭吃东西了。

一旁的曹钰想到了什么，开口道："说起来，我之前刷到了我们学校的同学发的一个视频，这个同学应该是和小季、小侯一起参加了什么观影会，然后有个主持人提问环节，我们队的这两个幸运选手都被抽中了……"

"啊对对对！"尤甜应和道，"我也看过！"

一时间，桌上的人的注意力都被吸引过去了，大家纷纷问这是什么采访，让她们俩如此印象深刻。

尤甜很想分享，但碍于和季星渠不熟，觉得这件事不方便由她来说；曹钰也只是淡淡地笑着，看着季星渠和侯奕，也不提。

当事人之一的侯奕看了一眼季星渠，又看到坐在季星渠正对面的乔乐谭，灵光一现——这简直是他帮少爷做媒的天时地利人和的好时机啊！

于是侯奕兴冲冲地举起手:"我来告诉你们!"

季星渠抬了抬眼皮,冷淡地睨着侯奕。

侯奕无视他的威胁,用余光确认乔乐谭把视线投过来后,开口道:"主持人问要不要帮我们单身的季星渠当场说个媒……"

侯奕说到这里的时候,乔乐谭听见身边的尤甜情不自禁地评价道:"大帅哥居然连初恋都没有。"

坐在尤甜左右两边的乔乐谭和陈蕴藻都没有理她。

那边,侯奕还在生动地还原场景,学到季星渠的那句"遇上喜欢的人,我自己会追"时,还给自己加戏,撩了一下自己短短的头发。

"好装,好踺,好帅!"尤甜继续点评。

她身边的两个人依旧纹丝不动。

看侯奕表演完,江平大笑起来:"不得了,不得了。"

说真的,江平第一次见到季星渠的时候都有些许震惊——毕竟以季星渠的外貌条件,他出现在学生媒体中心的形象视觉部里会更合理一些。但接触下来,江平渐渐认定也庆幸还好少爷没去形象视觉部,而是来了他们的超算世界。

毕竟季星渠天生属于这里。

江平很喜欢季星渠这个师弟,但奈何这位师弟过于踺了,会让江平偶尔生出一些恶趣味,想去灭灭他的威风。

如今江平总算逮着了这么个机会,便开始"带节奏":"我们少爷这么说,别是已经有目标了吧?"

此话一出,大家八卦的目光都聚焦在了季星渠身上。

只有被算作知情人士的陈蕴藻不动声色地看了乔乐谭一眼,发现乔乐谭也像八卦群众一样,把目光汇聚在季星渠身上——

乔乐谭的想法很简单——此时在这张饭桌旁,没看向季星渠的人的心中才有鬼!所以,她随大溜地盯着季星渠,一副看好戏的模样。

江平只是随口开个玩笑,却没想到竟然真的听到了季星渠的回答:"嗯。"

侯奕乐了,陈蕴藻意会了,尤甜和其他"吃瓜群众"一起兴奋了,江平惊愕了,而季星渠依旧是那副从容淡定的模样。

季星渠随意地朝饭桌旁的人扫视,视线却在落到某个具体的方向上

的时候多停了一秒。

乔乐谭端坐在他的正对面；尤甜把嘴巴张得老大，很激动地在桌底下拍着乔乐谭的手。

有些细节只有局内人才能懂，譬如刻意停留的那一寸目光挠得乔乐谭心火燎原，紧张感混合着甜蜜感充斥着她的心田。

就像没有人知道季星渠意有所指的一瞥一般，没有人知道他们一起去过塞纳河畔，在耶拿桥上畅谈理想，又在河边的小酒馆里暧昧；也没有人知道日月星辰他们都共同享有，在日出之时，他们将绵长又轻柔的亲吻印入永恒不变的月色里。

此时，季星渠是八卦的中心，她是八卦背后的人物，却要装作毫不知情，和其他局外人一起以兴奋、单纯的目光打量他。

"到什么进度了？"江平早就把要挫季星渠的威风的念头抛到了一边，化身为关心小辈情感状态的长辈，殷切地望着季星渠。

反正已经在乔乐谭面前表了态，季星渠怕再说下去，乔乐谭会害羞得装不下去。于是，他缓缓开口，试图换个话题："庆功宴上我们聊这个做什么？"

"这个得聊，万一双喜临门、喜上加喜呢？"章子寒一反常态地跟着揶揄季星渠。

见逃不过问话，季星渠安静了三秒，然后心里说了个"行"，干脆回道："在追。"

霎时间，"喔哟喔哟"的起哄声响起。

乔乐谭终于装不下去了，垂下脑袋，假装自己的注意力被桌上的食物吸引了。

侯奕很有眼力见地递上话茬儿："我们季少爷出马，还得追？"

江平也说："看来你追的这个女生眼光挺高啊。"

俞微言补充道："说明这个女生本身也优秀。"

季星渠很松弛地靠着椅背，往他的对面慢悠悠地递了个眼神。他就是往正对面望过去，不会让人觉得刻意，所以其他人都没有想到他是故意往乔乐谭那边望去的。

看见某人像做了坏事一样正掩耳盗铃地埋下头吃甜品，季星渠勾了勾唇角，语气又轻又慢地说道："她是很优秀。"

"你和季星渠还没有在一起？"回到酒店的房间里，陈蕴藻问乔乐谭。

乔乐谭脸皮发热："没。"

哪承想陈蕴藻根本不避讳："你们在暧昧？"

乔乐谭的脸更热了，她半天才憋出来一句："算是吧……"

好在陈蕴藻就是随口一问，对这些八卦消息并没有深挖的兴趣，问完立刻就去洗澡了。

趁着陈蕴藻洗澡的间隙，乔乐谭打开电脑，想把昨天在塞纳河拍的照片导出来。

昨晚她在征求季星渠的意见拍照的时候，虽然是在询问，但其实也有一点点恃宠而骄的成分在——她知道季星渠不会拒绝自己。

毕竟他不是喜欢她嘛！

乔乐谭让季星渠站在桥上，睥睨波光粼粼的水面。

这夜色太温柔，灯火里，少年优越出众的侧脸像在发光。她似乎怎么拍都无法还原之前的景象，可依旧想以最美好的方式留下纪念，所以找角度找了很久。

就在她摁下快门的前一秒，站得极度不自然的季星渠以为她拍好了，如释重负地转过身："我的脖子都僵了。"

"咔嚓"，最后的光影便定格在了他回眸的这一刻。

就像他们初遇那次，他也是这样无意中闯入了她的镜头的。

将照片保存到电脑桌面后，乔乐谭顺便点开了电脑上的微信，回复了几条消息，突然发现了一条系统通知。

乔乐谭在艺考阶段申请了一个个人公众号，用来记录自己的零碎的想法。公众号里的推文都是公开的，所以推文的阅读量挺可观，只是她在高考后就很少更新了。

这个公众号和她的私人号关联，有什么新点赞、新关注的消息都会推送到她的电脑版微信上。此时，微信的推送消息告诉她，她那个沉寂已久的公众号在半个月内多了一个新关注与几十个新点赞、新留言。

乔乐谭登上公众号的后台，点开新关注里的那个数字"1"，入目

的赫然是那个蓝、白、红色的炫酷头像。

就在这个瞬间，近日的许多细节一齐涌进了乔乐谭的脑海里，串在一起，形成了一卷逐渐清晰的地图。

半分钟后，她放下电脑，脑子一热跑了出去，一边跑一边点开微信大群里的房间分配信息，按着上面的号码找到了季星渠的房间。

乔乐谭先是按了门铃，但等了一会儿，没有人给她开门。于是，她又摁了一下门铃，然后用手指叩了两下门。

几秒后，门终于被拉开了，与之一起出现的是季星渠很不耐烦的声音："你……"

四目相对，季星渠愣住了，没想到敲门的人是乔乐谭——他以为侯奕又没带房卡。

乔乐谭也愣住了，没想到季星渠居然没穿衣服就出来开门了。

不对，他只是没穿上半身的衣服。

季星渠应该刚洗完澡，头发湿漉漉的，发梢还带着摇摇欲坠的水滴，水滴随着他怔住的动作落了下来，坠至他的胸膛上，然后慢慢往下滑，滑至他沟壑分明的腹部；颈间随意地搭着一条毛巾，却遮不住他宽而直的肩，线条从肩颈处往下收，腰窄而紧实，看起来很有力；腹肌块块分明，线条流畅，恰到好处；未干的水迹泛着光，与人鱼线一起隐入腰际，阻断了乔乐谭其余的遐思。

乔乐谭还没能回神，头顶就落下了一道被刻意压低的懒散声音："往哪儿看呢？"

语调被他故意拖得很长。

她抬眼便看见季星渠将手高高地撑在门框上，敛眸看她，一脸玩味的表情。

房间的门只被打开了一点儿，季星渠只有一半的身子露在外面，另一半隐在门后。

尽管如此，乔乐谭再怎么克制，余光仍会不自觉地瞥到他赤裸的上身。她先是尴尬了一瞬，心脏"怦怦"地跳，耳朵烧得厉害，然后在心里深吸一口气，回忆季星渠那戏谑的眼神，告诉自己要淡定，一定要装出一副理直气壮的样子才不至于落下风。

于是乔乐谭直直地对上季星渠的视线，故意扯了扯嘴角，装出一副不屑的模样:"腹肌练出来不就是让人看的吗?"

季星渠闻言,唇角的笑意渐深。他放慢语速,意有所指地说道:"也不是谁都可以看。"说罢,他问,"怎么突然来找我?"

"有事问你。"乔乐谭说,又立刻补了一句,"你先忙吧,我等下再来找你。"

她原本想和季星渠说,让他先把身上擦干、头发吹干,但是又觉得有点儿说不出口,便换了个说辞。

哪承想季星渠不买账,偏要故意逗她:"我不忙。"

乔乐谭无语了好一阵。

所幸季星渠见好就收:"我等下给你发微信。"

乔乐谭点了点头,说:"好。"

乔乐谭从酒店里走了出来,穿过马路,来到对面的公园里等季星渠。

酒店的位置靠近市中心,街道上一片繁华,但公园里十分宁静,与一旁的马路像是两个不同的世界。

这个公园不算大,人流亦不算密集,一切都给人以适中的舒服感。公园的中心有个音乐喷泉,旁边有个戴着贝雷帽的男子,手里牵着一大串气球出售;还有一位六七岁的戴着红色蝴蝶结头箍的小姑娘,臂弯里挎着一大篮玫瑰,问过路的男女要不要买一枝。

季星渠刚刚发信息过来,说他收拾好了,乔乐谭便跟他说自己在酒店对面的公园里。

她在路边的一级台阶上坐下,忽然眼前出现了一块糖,外面的糖纸是报纸的图案。她侧过脸,看见季星渠懒散地在自己身边坐下,伴着淡淡的佛手柑沐浴露的气味。

他仍旧一副悠闲的模样,没急着问乔乐谭找他什么事,只先点评了一下公园的景致:"这里还挺舒服。"

乔乐谭拈起季星渠掌心里的那块糖:"哪里来的?"

"总不是抢的。"季星渠嗓音里带着笑意,有点儿漫不经心的痞气,"从一个小男孩那里买的。"

刚刚季星渠一出酒店的门,一个小报童模样的小男孩便捧着一个小木盒凑了上来。见那盒子里的其他东西是纽扣之类的,他便随手挑了个用得上的。

紧接着，季星渠将背在身后的另一只手伸了出来，手里是一枝带着露水的玫瑰。

他抬起下巴，往音乐喷泉那边的小女生那里示意，笑着说道："这是我在那个小女孩那里买的。"

乔乐谭也笑了，接过玫瑰，拆开糖纸，将糖放进嘴里，舌尖的热度立刻将糖化开了，流出来的甜意涌入她的喉间。

两个人就这样无言地坐了很久。

季星渠没急着问乔乐谭找他出来做什么，乔乐谭也没急着说。

在他们的眼前是方寸草地和一条河流。有人坐在草地上，在野餐垫上放了一盏小油灯，像绿意中生出的星星；有人乘着船，和同乘的友人畅谈，不时地发出爽朗的笑声；还有老夫老妻手挽手、头挨头地坐在长椅上，你侬我侬，望着天上的月亮。

终于，咽下了最后一点儿糖后，乔乐谭开口："你怎么找到我的公众号的？"

她单刀直入地开始话题，连"你是不是看过我的公众号了？"这种铺垫都没有，因为知道于季星渠而言，这些铺垫没必要。

季星渠也没有觉得这话问得突兀，神情平静地回答："我看到了你之前在艺考机构的公众号推文，下面有你的公众号名片。"

乔乐谭震惊，但又立马觉得这件事合理。现在是大数据时代，只要他在微信的搜索栏里一搜，带有她名字的推文便会立刻都蹦出来。

"所以你才去问蔡萱奇，中传的广播电视编导专业和我们学校的哪个好？"

"嗯。"

乔乐谭接着问："你看了多少？"

"都看了。"

闻言，乔乐谭微怔。

她从升上高三的暑假开始记录生活，到高考完，已经在公众号里零零碎碎地写了八十几篇推文，其中有些是鸡毛蒜皮的事情的记录，有些是自己观影、读书的感想。

假设回头再看一遍这些文字，或许她自己都做不到把每一篇都翻完，因为太多、太杂、太情绪化——被碎片化的信息充斥后，她连看一篇一千字的文章都会厌烦，更何谈自己之前写得洋洋洒洒又逻辑混乱的小作文？

说不清道不明的情绪交织在她的心底。

乔乐谭的声音弱了下来："你看就看了，干吗还要给我点赞和留言？"

"告诉你我看了。"

季星渠的双手从后面撑住身子，嘴角挂着散漫的笑，他又在乔乐谭的沉默中后知后觉地想到了什么。

他侧过脸，看着乔乐谭，轻声问："你生气了？"

他的动作、语气里带着点儿小心翼翼的谨慎与一丝不易被察觉的慌张。

"没。"乔乐谭摇了摇头。

毕竟公众号的推文被发出来就是默许给别人看的，不然她当初也不会允许艺考机构把她的公众号名片放在推文的最底下。她知道推文是公开的，所以在里面没有写太多关于她的私生活的事情，大多在输出自己的观点。只不过季星渠把她过往的文字看了，这让她觉得自己在他的面前完全变成透明的了，隐隐地觉得有些羞耻。

想到这里，乔乐谭试探地说："其实我很久没登录那个公众号了，里面写了什么我都要忘了。"

下一秒，她听见身侧的人缓缓地开口："你写过，你高考后要和xy……"

说到这里，季星渠一顿，因为不知道这个"xy"是谁，乔乐谭在文中就只写了这两个字母。他猜这个人应该是乔乐谭高中的一个好朋友，因为文章的后面又提到这个"xy"的时候，乔乐谭用的是女字旁的"她"。

"和xy一起去法国，在美好的夜晚一起漫步在巴黎的街道上，浪迹塞纳河畔，在小酒馆里喝浓汤，顺便尝尝法国的通心粉是什么味道的。"

季星渠的语速悠然、缓慢，他把这段话记得很清楚，说得一字不差。

季星渠这么一说，直接唤起了乔乐谭尘封许久的记忆。有些事情其

实她一直没忘，只要来点儿引子，就能把记忆一连串地勾出来。

高三时的她读了一本叫作《法式诱惑》的书，觉得很浪漫，便把书中的这段话化用到自己的推文里了。

那天吃饭时，季星渠为什么会点一份通心粉，并把通心粉准确无误地端到她面前，为什么约她去塞纳河，又为什么在小酒馆旁顿住脚步，都有了解释。

当她在满怀梦想的夜晚写下这个片段时，怎么会想到几年后，它会被人用心地记住并实现呢？

乔乐谭的心头酸胀，她偏过头去看季星渠，却没想到他的目光不知何时已经落了过来。

多美好的夜晚，情人漫步在巴黎的街道上，晚风吹啊吹，公园里的喷泉响起音乐，"叮叮当当"的，孩童在一旁戏水。

夜色里，季星渠的侧脸显得十分温柔，他缓缓地开口："乔乐谭，我原本没想在这里说，但是又觉得再不说确实说不过去了。"

这句话像一个预告。

乔乐谭下意识地屏住了呼吸，听见了自己猛烈的心跳声。

一朵玫瑰静静地躺在她的身边，无数朵玫瑰在她的心中生长、盛放。

季星渠注视着她，眸光深沉，像要将她的内心看透。

他声音有些轻，散在风中，却字字清晰："我不信你看不出来，我喜欢你。"

乔乐谭觉得自己的心跳声都要盖过风声了。

"你之前不信我没谈过恋爱……"

乔乐谭弱弱地打断他："我没不信……"

季星渠扬了扬眉："行，那我也得和你说。我不仅没谈过恋爱，之前也没喜欢过别人。"

初中之前，稚嫩的小学生季星渠觉得女生是一种很神奇的生物，自己不理解，也不想理解；在其他男生情窦初开的青春期，季少爷爱上了代码，心无旁骛，偶尔会在男生夜聊的时候幻想一下自己会喜欢什么样的女生，可始终没个具体的形象。

直到他碰见了乔乐谭。

他们一开始的相遇不那么美妙，但在相识后，他发现她看起来骄纵，其实工作认真、能力强，嘴上爱耍赖，但在拍摄时从来没埋怨过机器重。

再后来，他发现她其实很敏感。她怕麻烦到别人，会一个人跑到校园荒凉的角落里偷偷地哭泣；会在深夜里絮絮叨叨地说很多话；会在看了电影后，裹着毛毯问他"季星渠，你相信爱情吗？"；也会在灵石山上真诚却伤心地说"季星渠，其实我很羡慕你"。

"我之前没喜欢过人，但在遇到你之后，好像突然就有点儿明白了这个词的意思。"

他不是在第一次两个人见面时就喜欢上乔乐谭的，也说不清是在哪个瞬间，就是开始觉得看见乔乐谭时的心情和看见别人时的不一样。

"也因为没喜欢过人，没追过人，所以我不知道所谓的恋爱的节奏是怎么样的。

"我喜欢你，知道你对我也有感觉，以为这样我们就可以在一起。"

闻言，乔乐谭撇了撇嘴，心说：自恋鬼。

"直到从灵石山回来后，你故意躲着我，我才知道原来不是这样的。不过那天确实是我的问题，我向你道歉。"说到此，季星渠自嘲地笑了一下，"也是因为这个，我反思了，我太傻了。

"但是我也很烦，好像怎么也猜不透你的心，也在想自己为什么不是你的知己，你说的那些电影我一个都没看过。

"和你比起来，我觉得自己像个文盲，真的。"

说到这里的时候，季星渠有些不好意思，但还是把话说完了。

乔乐谭听得想笑，但心底的情绪在一点点膨胀。这是第一次有人这么认真地向她告白，这么郑重地告诉她，他喜欢她。

她突然觉得自己在季星渠面前变透明了也没关系，因为现在，季星渠在她面前也算是透明的了。

将乔乐谭的笑意尽收眼中，季星渠那颗不安的心才稍稍安定下来。

他继续说："我想多了解你一点儿，所以才去看你的公众号。

"我去问侯奕，然后发现有些事是我想得太容易了。所以，我不逼你。只是，我喜欢你这件事，我得和你讲清楚。我想我应该是在追你，如果这不算的话，你要和我说怎么才算。

"之后你如果觉得我们可以在一起,那我们就在一起;如果觉得不喜欢我,对我没感觉,那也和我说。

"但你不要有负担,之前怎么对我就先继续怎么对我,总之别躲着我。"

最后,季星渠将眼神往乔乐谭那边又递了递:"可以吗?"

他的眼神像雨天被淋湿的小狗的眼神,乔乐谭觉得他很可爱,但是又害怕这只是"小狗"对她的短暂留恋。

等天晴了,它或许会找到更好的陪伴。

于是乔乐谭犹豫一番,还是问出了口:"你是不是看我漂亮,所以才喜欢我?"

因为相貌,她的追求者众多,可所有人都只爱她的皮囊。也就是说,换一个人来,只要是漂亮的女孩,那季星渠也可以。

或许她不是独一无二的,没有人能坚定不移地爱着她。

闻言,季星渠先是笑了一下,然后把有些狂妄的话说出口:"要是这样的话,我第一次见你就直接要微信了。"

乔乐谭也笑了。

是啊,他这么直接的一个人,哪儿会藏着掖着?或者说,他如果只看脸,那指不定都谈八百次恋爱了。

季星渠继续回答乔乐谭的另一个问题:"再说,喜欢不喜欢的,你应该比我更会形容。"他想不出什么浪漫的辞藻,只能说,"那就是一种感觉,我说不清,但感觉来了就是来了。"

等发现自己对乔乐谭有意思的时候,其实他已经喜欢上她了。

快乐的乔乐谭、伤心的乔乐谭,这样的乔乐谭、那样的乔乐谭,甚至是躲着他的乔乐谭,他都喜欢。

半分钟后,乔乐谭忽然弯了弯嘴角。

季星渠垂眸,看见乔乐谭正盯着自己,眼睛忽闪忽闪的。

"季星渠,你给我唱首歌吧,昨天不是要给我开演唱会吗?最后你就只弹了吉他,哪有这样的演唱会?"

闻言,季星渠微挑眉梢,语气有些吊儿郎当的:"你想听什么?《小情歌》?"

乔乐谭当即懂了他的意思,眉眼中的笑意渐深:"你以为你是煎蛋吗?"

季星渠说道:"我说了,这得取决于你愿不愿意当荷包蛋。"

似乎说开后,他们就更不避讳开这些玩笑了,彼此都心照不宣。

乔乐谭故意说:"你不是要追我吗?唱首歌你都不愿意。"

听见这话,季星渠散漫地轻笑一声,语气温柔地说道:"乔乐谭,别跟我拿乔。"

乔乐谭佯装惊讶的模样说:"你说清楚,现在是谁在拿乔啊?"

"拿乔"两个字她念得重,尤其是第一个字。

季星渠听懂了。

乔乐谭的脸上又浮现出了那诡计得逞后灵动的笑容——她笑的时候像流星落了下来。

季星渠很快败下阵来,神情无奈又纵容:"得,是我。"

但最后,乔乐谭没让季星渠就在这里给她清唱。

人声喧哗,风声热烈,歌声从手机中传出,飘荡在空中。

这是一首简单的小情歌/唱着人们心肠的曲折/我想我很快乐/当有你的温热/脚边的空气转了……

你知道/就算大雨让这座城市颠倒/我会给你怀抱/受不了看见你背影来到/写下我度秒如年难挨的离骚……

曲终,最后的一个音符里落下了乔乐谭的声音,她声音很轻地说:"季星渠,其实……其实我现在还有点儿混乱,没有办法今天就给你答案,但是会认真考虑的。"

一秒后,季星渠"嗯"了一声。

喜欢你这件事,我说到这里,选择权在你,所以你慢慢想,我会一直等。

你要如何,我们便如何。

听完歌,二人往回走。

经过音乐喷泉的时候,他们又被那个卖花的小女孩拦住了。她"叽里咕噜"地说了一堆他们听不懂的法语,但肢体动作将她的来意表达得清清楚楚——她是来卖花的。

乔乐谭看向季星渠:"你刚刚那朵花真的是在她这里买的吗?她怎么像不知道你刚买过一样?"说罢,乔乐谭蓦地想到了什么,笑起来,"还是说,你在她的眼里已经泯然于路人了,她根本记不得你刚刚买过花?"

季星渠睨她一眼,语气散漫地说道:"你见过我这样的路人脸?"

乔乐谭半蹲下身子,先是冲小女孩摇了摇她手中的玫瑰,然后用翻译软件打出一排法语给小女孩看:"这位哥哥刚刚在你这里买过花啦。"

小女孩又"叽里咕噜"地说了什么,先从篮子里掏出一沓卡片,然后又从花篮里拿出一枝玫瑰,递给他们。

乔乐谭疑惑地看向了季星渠。季星渠耸了耸肩,表示他也不知道这是什么意思。

乔乐谭又用起了翻译软件:"我们再买一枝玫瑰,你就把这沓小卡片送给我们是吗?"

看见这行字,那个小女孩赶紧摇头,用手指比了个"1",然后取出最上面的小卡片,往乔乐谭的怀里塞。

乔乐谭这回懂了,仰头看向季星渠:"她说我们再买一枝花,就送我们一张卡片。"

季星渠淡淡地点评:"好买卖。"

乔乐谭也意识到这位小女孩的想法实在太可爱了。

但倘若小女孩遇到了不想买玫瑰的客人,客人根本不会为了一张额外赠送的卡片买花。

乔乐谭正想着,原本站着的季星渠突然也蹲下身子,拿过乔乐谭手里的卡片,用两根手指夹着卡片,翻转过来看了一眼:"这是什么意思?"

闻言,乔乐谭凑过去看,发现这张红色的小卡片上印了一句字体漂亮的法语。

她把那行字打进翻译栏里——"coup de foudre",直译为"突然的一道闪电",意译为"一见倾心"。

乔乐谭的动作顿住了。

一道目光从身侧投过来,目光的主人明目张胆地往她的手机屏幕上看了一眼，随即又收回目光。

季星渠的声音悠悠地响起："这个寓意倒挺好。"

说完，季星渠直接递出一张纸币。

小女孩收下纸币，想找零，却被季星渠拦住了。他先说了个"all（全部）"，后来反应过来这个小女孩可能听不懂英语，便用目光轻扫她的花篮，示意剩下的四枝花他都要了。

小女孩反应过来，先是对二人鞠了个躬，然后便摘下了挂在手臂上的花篮。

她原本想把花篮递给季星渠，却又在动作进行到一半时，人精似的把花篮送到了乔乐谭的眼前，让乔乐谭把剩下的四枝花都拿走。

最后，她又给了乔乐谭三张小卡片。

就这样，乔乐谭来时两手空空，回去时，手里已经多了五枝玫瑰和四张小卡片。她才知道那小卡片就是流水线工程的产物，每张上面印的都是"coup de foudre"。

"又不能把花带上飞机，我们买这么多做什么？"虽然内心是甜蜜的，但乔乐谭嘴上佯装抱怨。

季星渠听出她的口是心非，眼中的笑意渐浓，用温柔的语气说道："这能让卖花的小姑娘早收工，回家看个动画片。"

现在时间不算特别晚，但是酒店的楼道里几乎没什么人了，电梯里就他们两个人。

季星渠问："你回去怎么安排？"

闻言，乔乐谭诧异地从手中的玫瑰花束中抬起了头："你不准备期末考试了？"

季星渠微微扬眉，也感到一丝诧异。

因为Re战队的成员不久前都在备战SC决赛，没时间准备期末考试，所以江平帮他们统一申请，将期末考试移到下学期开学的时候了。又因为SC比赛刚结束，江平也没有急于展开新一轮的训练，所以很大方地给了他们一段休息的时间。

所以等回国后，季星渠应该可以迎来一大段空闲的时光。

他以为乔乐谭他们也一样。

其实按理说，乔乐谭也可以申请缓考，只是和计算机学院不同，传

媒学院的期末考试在课程中占比不大，学院更看重的是学生在期末上交的小组作业，而小组作业不可能因为她个人的日程放慢脚步。因此，一回到学校，乔乐谭就得开始处理堆积已久的小组作业。

听完后，季星渠没什么情绪地吐出两个字："这样。"

"叮——"

电梯门缓缓地打开，先到了乔乐谭住的楼层。

乔乐谭举着那束花往外走，却又折回来了，把三张小卡片塞到季星渠的手里。

"花我都拿走了，卡片留一张就行，其他的都给你，你也不算白买。"说到最后，乔乐谭有些得逞地笑了起来。而后，她走出电梯，冲季星渠挥手："我先走啦，晚安。"

电梯门缓缓地合上，将她说的最后一个字隔在门外。

电梯内，季星渠看着手中那三张粗制滥造的红色卡片，缓慢地勾起了嘴角。

乔乐谭回到房间的时候，陈蕴藻刚结束她一天的冥想。

第一次听到陈蕴藻的这个兴趣爱好时，乔乐谭是震惊的。在这之前，她一直以为冥想是发呆的术语，但陈蕴藻和她说，这两件事完全不一样，一个是集中注意力去放空自己，另一个是发散注意力。

陈蕴藻把冥想当作自己的兴趣，每天雷打不动地抽出半个小时来冥想。

见乔乐谭捧着几枝玫瑰花回来，陈蕴藻一眼便知道她出去见谁了，再度不冷不热地开口："他和你表白了？"

乔乐谭默认了。

陈蕴藻的阅历之丰富、看人之准确，总是会让乔乐谭意识到，她确实是跟过专业团队走南闯北拍片子的人。

陈蕴藻了然："那你现在脱单了。"

沉默了两秒，乔乐谭有些不好意思地开口："还没。"

陈蕴藻很疑惑。

就这段时间的观察，陈蕴藻觉得季星渠和乔乐谭也算暗度陈仓蛮久了，而且看这氛围，他们的感情已经到位了。所以听到他们还没在一起,她先是感到意外,但是又立刻想到人与人之间的情感哪儿能总如她想的那般干脆?她便将自己感到意外的想法很好地掩藏了起来,问:"那你们什么时候在一起?"

乔乐谭一时没说话。

她给酒店里的花瓶灌了水,把玫瑰插在了里面,然后假装整理玫瑰,没敢看陈蕴藻,背对着陈蕴藻说:"我有点儿害怕……和他在一起。"

"乔乐谭。"喊乔乐谭的名字时,陈蕴藻把声音放轻了些,示意她放轻松,说出心里话。

乔乐谭处理烂桃花很擅长,却是实打实地第一次处理对自己喜欢的人的情感。

乔乐谭觉得自己很混乱、很茫然,却又无处倾诉。难得陈蕴藻先看出了她和季星渠之间的事,又是个值得信任的人,所以她打算让陈蕴藻帮忙开导开导自己。

其实,她很想和季星渠在一起,很想很想,但又会忍不住地往最坏的结果上想。

"我觉得季星渠很好,但是太好了……我会怀疑我自己——他为什么要喜欢我,而不是去找一个更好的人?"

"他现在喜欢我,所以对我很好。我很害怕他以后不喜欢我了,我却贪恋他的好。"

童年时期的经历对人的性格产生的影响很大。平娜和乔松朗闹离婚的那段日子里,平娜的变化乔乐谭已记不清了,但是那个阴影一直笼罩在她的心头,她很害怕再一次成为被抛弃的那个人。

"所以我很害怕,"乔乐谭声音很轻,"我怕因为贪恋眼前的好,将来会抽离不出来。"

房间里静了很久。

不知道过了多久,陈蕴藻才慢慢地开口:"乔乐谭,其实我一直觉得,你想得太多,尤甜又想得太少,你们两个人得中和一下。

"明明都没开始,你怎么就开始给自己做最坏的设想?既然季星渠喜欢你,那就说明在他的眼里你就是最好的那个人。人遇到喜欢的人都会下意识地自卑,但是千万不要让自己自卑到尘埃里。我见过的人很

多,也正因如此,可以笃定地告诉你,你是很好的女孩子。更重要的是,你是独一无二的自己。

"你也别因为带着滤镜把季星渠想得十全十美了,是人总有缺点,只是可能他的光芒太盛,让人忽视了他的小毛病。"

陈蕴藻想了想,说:"其实我觉得他有点儿太跩了,稍微幼稚了点儿。我是不喜欢这样的男生——当然了,你喜欢就好,我没有说他坏话的意思。"

原先乔乐谭一直心情沉重,被陈蕴藻这么一说,又突然想笑了。

陈蕴藻说:"我就是想告诉你,别把对方抬得太高,把自己贬得太低。关于你害怕季星渠会抛弃你这件事,虽然我可能没有你那么了解他,但是有件事我知道,你不知道。"

闻言,乔乐谭抬眸望向陈蕴藻。

陈蕴藻坐在床上,依旧保持着刚才冥想的姿势,神色平静,缓缓地说道:"我的履历其实根本不差拍学校的纪录片这一项,拍这个纪录片也学不到更多的东西了,但我还是来了。你知道为什么吗?

"我为的就是季星渠——你放心,我说的不是你想的那个意思。"

陈蕴藻说,她上大四的时候,乔乐谭和季星渠那届学生刚刚入学。

霖大给广播电视编导专业的资源很少,其保研率在校内所有的学院里排名倒数。那会儿正是毕业生争保研名额的时候,僧多粥少,许多人便开始打歪主意了。

当时,很多人都听说大一的新生里有一个靠脸和成绩爆红的学弟,于是有人蠢蠢欲动,打算赌一把,想找季星渠合作。万一合作的作品在这个瞬息万变的互联网时代火了,那他在保研面试中的优势会大大增加。

毕竟,和其他专业不一样,在这个新媒体时代,广播电视编导和新闻传播这类专业很看重学生个人的网络影响力。

当第一个人开始吃螃蟹时,其他人便都蜂拥而上了。

"因为我的保研名额稳了,所以我没怎么关注这些,只知道季星渠那时候应该被我们专业的人打扰惨了。"陈蕴藻说,"反正他最后不胜其烦,告了当初找他找得最凶的那位同学,也就是我的那个朋友。"

最后,季星渠胜诉了。但是,当他及他的家人知道陈蕴藻的那位朋友正处于大四的升学节点时,又在判决书出来前主动和解了。

"你知道我那位朋友叫什么吗?"陈蕴藻不紧不慢地报出了一个名字。

乔乐谭微怔。

那是一位去年在海外横空出世的中国新人导演,像一匹黑马,锐不可当,席卷了多项国内外大奖。

"没有季星渠的原谅,我的朋友就不会醒悟,更不会有她今天的成就。

"而在她火了之后,季星渠也没拿这个去说事——大家都知道他曾经告了一个广播电视编导专业的学生,但是对方是谁一直没人知道,因为他想给我朋友留个体面。

"所以,我的朋友找到我,让我帮她向季星渠转达抱歉和感谢。"

因此,陈蕴藻加入了这个拍摄纪录片的项目,并格外关注季星渠,于是早早地就注意到了他和乔乐谭之间的感情。

陈蕴藻顿了一下,继续说:"乔乐谭,我看人很准。其实我不应该向你保证什么,但是我相信季星渠是个好人。所以,你的这些忧虑不用套在他身上,也更不要套在自己身上。"最后,她又绕了回来,用她惯有的看破红尘的语气说,"再说了,反正你们就是谈个恋爱,又不是谈婚论嫁。在这个阶段,你不要考虑太多。你喜欢他,他喜欢你,你们就是天生一对,般配。"

这是乔乐谭第一次听陈蕴藻说这么多话。

她突然觉得有些恍惚,从大脑中扯出了一条逐渐清晰的线索——

倘若不是因为陈蕴藻的朋友,季星渠便不会对广播电视编导专业抱有偏见;倘若季星渠没有对这个专业抱有偏见,她也不会固执地要加上季星渠的微信。

故事的开端似乎不太美好,可是结局又如命定。

第六章
First love

他们从法国回来已经快两周了。

这十天里，乔乐谭疯狂地赶落下的小组作业的进度，同时还迎接了接踵而来的期末考试，一切完成之后总算闲了下来。

其间，季星渠最开始每天早、中、晚都会在微信上找乔乐谭聊几句，但是她总是攒着消息，到晚上才回一句话——不然她老是要分心，而且会无穷无尽地聊下去。

她也想和季星渠出来吃个饭、散个步，毕竟他们之间的关系正处于进退不定的瓶颈期。可惜瓶颈期撞上了考试周，要是把时间用来和男人闲逛，乔乐谭会感到愧疚，所以他们的关系就这样尴尬地卡在了这里。

其实，乔乐谭在和陈蕴藻谈心的那个晚上就已经做好了决定。

因为对方是季星渠，所以她决定主动地迈出一步。

只是她回来的时间太赶巧了，没时间开启热恋期，就一直拖着。现在，她从最后一门考试的考场里出来，心中紧绷着的一根弦终于放松了。她拿出手机，想给季星渠发微信，跟他说她考完了，却发现他的消息突然蹦出来了——

季星渠计算机系：考完了。

句子的结尾用的是句号，而不是问号。

乔乐谭这才后知后觉地想起来，季星渠之前向她要过她的考试安排表，所以知道这是她的最后一场考试。

Cookie：我终于可以放松了！

季星渠计算机系：那明天可以出来吃饭……

季星渠计算机系：了……

季星渠计算机系：吧？

明天……

容绥今天已经到了霖大。之前因为要考试，请容绥吃饭的事已经被搁置一天了，乔乐谭不好意思再放容绥的鸽子了。

于是她回复季星渠：明天我有事情［大哭］。

同时，她也给出了解决方案：我们后天吃吧。

季星渠计算机系：好。

季星渠计算机系：你现在回家吗？

Cookie：回。

Cookie：发生什么事了？

霖大安排的考试场次很紧张，譬如这场考试她就是在晚上考的，考试结束时已经是晚上九点半了。她走回去洗脸、刷牙，刚好可以休息。

季星渠计算机系：我拼了个新乐高。

季星渠计算机系：寝室放不下它，我想今天搬过去。

季星渠计算机系：方便吗？

今晚考的影视分析的考题恰好用了《甄嬛传》的片段，乔乐谭受了影响，大手一挥，打字道：朕允了。

季星渠原本是问乔乐谭要不要一起回去，乔乐谭下意识地想同意，却在电光石火间想起自己这几日疏于整理的房间，其整洁程度简直惨不忍睹。她找了个理由搪塞过去，让季星渠迟点儿再过来。

门铃被摁响时，乔乐谭恰好收拾完屋子。

她打开门，便看见季星渠穿着白衣黑裤站在门外，手里端着几个未拆的乐高盒子，最上面摆着一个已经搭出了形状的乐高。

被高高叠起的积木直接挡住了乔乐谭的一半视线。

乔乐谭："你又买这么多？"

"没事干。"季星渠淡淡地回答,而后意有所指地说道,"毕竟没人和我玩。"

他说得还有些委屈。

乔乐谭毫不尴尬,"嘿嘿"一笑:"后天就有人陪你玩了。"

季星渠睨了乔乐谭一眼。

乔乐谭自行理解,从那眼神里品出一点儿"你还好意思说"的意味。但季星渠最后也只是轻轻地"嗯"了一声,散漫地说道:"苦尽甘来。"

他径直走向那个角落——入住后,乔乐谭从未动过那一隅,他的乐高小镇被完完整整地保留在那里。

他把拼好和没拼好的乐高分堆放在地上,没急着整理,而是端详了一会儿,然后侧过脸看着乔乐谭,慢条斯理地说道:"Jack 和 Rose 都被你饿瘦了。"

乔乐谭白了他一眼。

见状,季星渠自己没忍住,扬起嘴角,轻笑一声。他没再开玩笑,用带来的乐高给这个乐高小镇扩张了城市的街道,然后把新做好的建筑安在了上面。

乔乐谭看着那个新的积木建筑,问:"这是什么?"

季星渠回道:"电影院。"

闻言,乔乐谭情不自禁地扬起嘴角,又硬生生地把嘴角的弧度压下,不让自己开心得太猖狂。

她抿着唇憋笑,在季星渠身边蹲下,看着那座城市最边缘的积木电影院,故意找碴:"哪有电影院建在郊外的?"

"谅解一下。"季星渠正在安最后一块积木,安完偏过头,双眼直勾勾地盯着乔乐谭,"城市的文化事业刚刚起步,还得靠乔导帮忙发展。"

"哦,"乔乐谭托着腮帮子,故作恍然大悟的样子,"你想不劳而获!让我这个名导来帮你管理电影院,你还不给点儿薪酬?"

闻言,季星渠笑了一下:"这人情先欠着。"

乔乐谭原本想点头,当即又想起什么,说道:"这人情我还是现场用了吧。"

季星渠懒懒地抬眸,正对上乔乐谭那伪装害羞的眼神。

对于接下来想说的话，乔乐谭其实并不耻于说出口，只是得演一下腼腆的模样。

乔乐谭微低着头，咬了咬唇，眨着眼睛轻声问道："我问你个事。就是……腹肌摸起来，是怎么样的……"乔乐谭斟酌了一下，从千百个不合适的词中选出了一个偏中性的词，"手感？"

闻言，季星渠露出了疑惑的表情。

"我最近在写一个剧本，缺少这个细节描写。"乔乐谭看出季星渠眼里的戏谑意味，赶紧解释道。

在去法国之前，她答应帮同专业其他班的同学写几段剧本，里面有一段很俗的剧情，需要刻意渲染一下男主的腹肌。

当时，乔乐谭没什么空，只是略略带过了这段剧情，现在闲下来，又得重新扩写了。乔乐谭的剧本很严谨，哪怕是一个不怎么需要严谨逻辑的"傻白甜"剧本，她也会死抠其真实度。

所以，她此时只是很单纯地……询问。

乔乐谭目光澄澈，一副单纯无辜的模样。

季星渠深深地看了她一眼，最后问："什么剧本要写这个？"

乔乐谭："反正是正经剧本。"

闻言，季星渠微不可察地勾了一下嘴角，只缓缓地吐出两个字："硬的。"

"这我当然能猜到。"乔乐谭说，"你有没有什么更具体的描述？比如它摸起来像什么。"

季星渠想了想，但脑内死寂已久的文学细胞重启失败了。

乔乐谭看了他一眼，故意"啧"了一声，用眼神说"你不太行啊"。

半秒后，季星渠忽然轻笑出声："不如你自己感受一下？"

乔乐谭的心脏骤然缩紧。

啊？

乔乐谭微愣，看向季星渠，发现他眉眼张扬，神情坦荡，毫不掩藏笑意，仿佛她最开始的表情复刻到了他的脸上。

季星渠的话语本身就带着点儿引诱的意味，她摸摸又没事。如此一番思考后，乔乐谭给自己做了最后的心理建设：反正我早晚都是摸，早摸早享受，再说了，这次是为了艺术。

于是乔乐谭说:"好吧,那我试试。"

季星渠抬了一下下巴,仿佛在说:那你来。

这样还不够,他还身子向后仰,伸手反撑着地面。

乔乐谭看着季星渠这副任君采撷的模样,下意识地想问一句"你的业务怎么这么熟练?",但最后还是咽下了这句话。

她屏着气息,伸出手,无视季星渠那似笑非笑的眼神,佯装淡定地往季星渠的腹部摸去。

当乔乐谭的手指碰上那硬邦邦的腹肌时,她连睫毛也跟着轻颤了一下。

季星渠懒洋洋的声音在她的耳畔响起:"什么感觉?"

乔乐谭沉默了一瞬,最后也只干巴巴地吐出两个字:"硬的。"

"你不来点儿具体的描述?"季星渠笑意渐浓,扬着眉,毫不遮掩地看向乔乐谭安静的面庞。

最后,乔乐谭艰难地开口,添了两个字:"硬邦邦的。"

跟侯奕玩得好的几个朋友都是计算机学院的,因为没参加比赛,所以要正常参加期末考试。而计算机学院的期末考试往往在考试周的最后一天才结束,因此,侯奕找不到其他人陪他吃饭,只能死皮赖脸地求季星渠。

从考试周开始,身边的人都开始专注地复习后,侯奕就每天时不时地骚扰季星渠一下。

但是,前段时间,他能很明显地感受到季星渠被笼罩在一种不稳定的情绪中。打球、看书、敲代码、看比赛、拼乐高,季星渠明明看起来有很多事做,他却总感觉这位少爷干什么都一副心不在焉的模样。

季星渠上一秒还是一脸不爽、像别人欠了他两百万块的模样,下一秒又坐在书桌前,眼神深沉地盯着新买的乐高,拼积木的动作轻柔又小心翼翼。

不过因为知道了季星渠的心事,所以侯奕表示,在这个时期,季星渠表现得再怎么奇怪都可以被理解,情绪不稳定也很正常。

侯奕作为过来人,表示都理解。

他察言观色,看季星渠今天显然心情不错,便问季星渠愿不愿意和他去食堂试新菜。

果然,季星渠默许了。

哪承想,他们进了食堂,发现新菜品的窗口前人很多,季星渠只看了一眼就换了目标,去普通窗口前排队了。

他打了菜后先找个座位坐下了。侯奕一个人继续排队,在漫长的队列里不时地探头往前张望,看看前面打菜的进度如何。

就在某一瞬间,侯奕在心里惊叫了一声——他看见了队伍里站在前面的乔乐谭,以及……她身边的男生。

乔乐谭的手里端着饭盘,她正侧过身和那位男生讲话,两个人贴得挺近。那个男生身形完美,五官亦出众,和季星渠那矜贵中混着点儿痞气的长相不同,他的气质很单纯,让侯奕用一个词来形容,那就是很高冷。

他正垂眸看着乔乐谭,神情有点儿冷峻,但眉眼放松,像被融化了一些的冰山。显然,二人间谈话的氛围不错。

侯奕又立即往季星渠的方向看了一眼,发现季星渠正慵懒地坐着,看起来心情不赖。

周围人来人往,他却是孤身一人。

侯奕心中突然泛起了巨大的苦楚:少爷,好可怜。

他不知道季星渠和乔乐谭最近发展得怎么样了。倘若他们发展得顺利,那此时乔乐谭又在和别的男生吃饭——嗯,这说明什么?这说明她把季星渠当备胎,当作鱼塘里的一条鱼;倘若他们发展得不顺利,那是不是乔乐谭抛弃了季星渠,而选择了这个男生?

侯奕想:怎么才能神不知鬼不觉地从中作梗,不让季星渠和乔乐谭撞上?

目光紧紧地跟随着乔乐谭和她身边的男生,侯奕确定他们坐得离季星渠还挺远后才稍稍放心。

可根据墨菲定律,人越不希望发生的事情往往会以更大的概率发生。

侯奕刻意拖着季星渠,等乔乐谭和那个男生出了食堂才敢说自己吃完了,起身去放盘子,却没想到乔乐谭和那个男生不知道为什么又返回食堂了。

四个人在食堂门口撞上了。

季星渠看见了乔乐谭，然后目光便扫向了她身边站着的那个高个子男生的身上——他看起来，长得还不赖。乔乐谭也看见季星渠和侯奕了，依旧淡定自若地和他们打了声招呼。

季星渠没说话。

侯奕尴尬地说了一声"嘿"，然后偷偷地用余光去瞥站在自己身边的可怜少爷，就见季星渠淡淡地扯了一下原先绷直的唇，嘴角慢慢地勾起一个嘲讽的弧度。

昨天，乔乐谭和他说，她今天有事。

哦，她有事，原来就是这么个事。

虽然季星渠知道这其中肯定有点儿单纯到不行的原因，但是她前脚摸完他的腹肌，后脚就和别的男人吃饭。

季星渠对这件事，真的很不爽。

原本听容绥说他高考后就来霖大，乔乐谭还以为他只是来参观，提前感受校园生活，却没想到容绥他们这批靠竞赛保送到计算机学院的学生是来学校提前上课的，还要在九月前完成何班的选拔。所以，刚入校的容绥比刚考完期末考试的乔乐谭还要忙，只有晚饭的时间是空出来的。

其实乔乐谭和容绥并不算熟，毕竟容绥只是平娜的新丈夫和前妻的孩子，跟乔乐谭没有血缘关系。

小时候，乔乐谭搬到容绥家住时，她和容绥的关系也是不冷不热的。平心而论，容绥从小就是一个懂礼貌的孩子。虽然表面看起来冷，但他其实是受别人一分好便回报对方两分的那种人。

只不过，平娜的存在一直横亘在容绥和乔乐谭之间，影响他们俩建立友好的关系。

乔乐谭是平娜亲生的，但容绥不是。所以平娜为了不落得"偏心的坏后妈"这个罪名，为了让别人觉得她公平地对待亲生女儿和继子，她采取的方式就是不公平地对待二人——有什么好吃的、好用的，她永远都是第一个拿给容绥；他们做了什么事，她表扬的永远都是容绥，批评的永远都是乔乐谭。

乔乐谭觉得容绥长得好看，出于人类对美丽的事物的天然喜爱，一开始到他家的时候，还主动向他示好。容绥这种外冷内热的小孩也在乔乐谭的主动示好下和她渐渐亲密，二人有过一段关系很不错的时光。

直到有一次，乔乐谭把自己的棒冰分给了容绥，结果容绥吃坏了肚子。

当晚，容绥的爸爸，也就是平娜的第二任丈夫，连夜开车把自己上吐下泻的儿子送到医院里。得知容绥得的是肠胃炎后，他一问才知道，原来容绥吃了乔乐谭送过来的棒冰。

病房里，容绥安静地躺在病床上，吊着点滴，手上细小的血管连着针头。他面色青白，唇色和覆在他身上的医院的被褥的颜色一样苍白。容绥已经拼命地控制了，但总归当时还只是小孩子，脸上的表情依旧是痛苦的。

乔乐谭不敢看他。她知道弟弟是因为她分享的棒冰才生的病，是自己让容绥这个爱干净、爱体面的小孩受了一晚上的罪。

容绥的爸爸知道是容绥嘴馋，吃了棒冰，所以没打算怪乔乐谭，可平娜不这样想。

平娜沉着脸，一把扯过乔乐谭的胳膊，不由分说就朝乔乐谭的屁股狠狠地打了过去。她压着嗓音，但话里满是怒意："你知不知道弟弟身体不好？啊？棒冰这种垃圾食品我一直不让你吃，你吃就算了，还分给别人吃。好了，现在你没事，容绥弟弟有事，你舒服了？"

那一下平娜打得狠，乔乐谭的眼泪立即就涌出来了，她垂着头摇头，泪水顺着脸颊滑落。

"那你下次还吃不吃？"

乔乐谭不习惯在灯光里哭泣，也怕自己的哭声吵到别人，却怎么也抑制不住自己的声音。她抽泣着，一边说话一边大口吸气："不……不吃了。"

容绥的爸爸看不过去，过来劝阻，可平娜依旧不依不饶，拽着乔乐谭的手臂把她往容绥的病床边推："去和弟弟道歉！"

当时容绥还没有她高，精致文气的脸蛋儿变得惨白，他的身体小小的一团，缩在床上。

乔乐谭很愧疚，也很委屈。

她也想知道，为什么得肠胃炎的人不是她？为什么躺在病床上的人不是她？那样她就不用被平娜骂了。

她埋着头，直到走到病床旁才抬起自己那张泪水混着鼻涕的脸，试图开口："容……容绥弟弟……对……对不起。"

像山洪暴发一般，哭声将乔乐谭的声音冲破了，就连一句"对不起"她都要分好几次才能完整地说完。

当晚回到家后，乔乐谭窝在被窝里，将被子盖过头顶，怕自己发出声响。她压抑着声音，一个人哭了很久，几欲断气，而后终于从被濡湿了一片的被子中露出头，在凌晨时分给乔松朗打了一个电话。

但因为太晚了，乔松朗没接电话。

原来，她盼望着的灯火其实从未亮起过。

那一刻，还在上小学的乔乐谭一个人睡在漆黑的大房间里，因为哭泣而剧烈跳动的心脏还未平静下来，带着一抽一抽的疼痛感。她攥着无人回应的手机，突然觉得这个世界上没有人要她了。

第二天，乔松朗睡醒后才回了电话。

乔乐谭酣畅淋漓地哭了一场，又睡了一觉，其实已经将情绪宣泄了不少，但是一听到从听筒里传来的乔松朗的声音，昨日的委屈与酸涩不容分说地涌上了心头。乔乐谭哽咽着，嗓音沙哑地低声问："爸爸，你能不能把我接回家？"

乔松朗听出乔乐谭的哭腔，以为她想家了，便先安慰了她一番，然后说："爸爸很忙，没时间去接你。你回家了，我也不能照顾你，在妈妈那边还有个小弟弟陪你玩。妈妈很久没见乔乔了，乔乔最懂事了，多陪妈妈几天，好不好？"

乔乐谭沉默了几秒。

她将手机放下，情绪又被推上一个高峰，巨大的悲伤和被抛弃的凄凉感支配着她。她的嘴巴微张，但她依旧强忍着不发出声音，只有几滴泪无声地从她的脸颊上滑落。

最后，她对着话筒轻轻地说了一声："好。"

其实，她一点儿也不懂事，也不想懂事。

可是，她好害怕，害怕自己没那么"懂事"的话，爸爸妈妈都会不要她，会像现在这样把她当作负担一样丢来丢去。

....

从那天起,乔乐谭便不再主动和容绥搭话了。容绥每次兴致勃勃地和她分享些什么东西的时候,她都硬生生地压抑住自己的热情,故意用冷淡、敷衍的态度回复容绥。

容绥感受到乔乐谭的态度有所变化,渐渐地也不再找她了。

再后来,乔乐谭就和容绥断了联系。

如今,突然要和容绥再次见面,她一时有点儿无所适从,还得假装和容绥熟识,不断地找话题。

因为容绥提到他要参加何班的选拔,所以乔乐谭就以此为话题的切入点:"我在何班有认识的朋友。"

但容绥对这件事显然兴趣不浓,只是点了点头算作回应。不过,容绥对霖大的校园生活倒是有点儿兴趣,问乔乐谭有没有推荐的学生社团。

乔乐谭因此发现了容绥在这几年里的变化。之前容绥很内敛,在相熟的人面前才会表现出话多的一面,但总是习惯被动地等待别人来开启话题;如今,他反倒会主动开启一个个话题,不过不聒噪,因为他说话时的态度很沉稳,语速也很平缓。

乔乐谭突然懂了那种长辈看小辈成长时的心情。

二人一起去吃了晚饭,刚走出食堂,乔乐谭就发现自己的饭卡落在里边了,返回去拿,却没想到直接在门口撞上了季星渠和侯奕。

乔乐谭和季星渠视线对上的那一刻,心先是慌了一瞬。这是一种下意识的心虚,但是她不能表露出来——容绥就在身旁,她就像所有长辈一样,很害怕小辈注意到自己的私事。

于是,哪怕乔乐谭的脑子还处于宕机的状态,身体却先一步做出了反应,她举起了手,将视线很均匀地分给了侯奕和季星渠,和二人打了个招呼:"嘿。"

侯奕回了她一个招呼,但是季星渠一言不发。

当乔乐谭和季星渠的目光再次对上的瞬间,季星渠缓缓地勾起了自己的唇角,带着点儿冰冷的意味,眼里还浮上了意味不明的笑,仿佛在说:解释解释?

乔乐谭假装没会意,飞快地别开目光。

她当然会和季星渠解释，说容绥是她弟，只不过不是在这个场合、这个时机——侯奕和容绥还看着呢。要她在其他人的面前和季星渠来个暗度陈仓？她可做不出来，觉得有点儿别扭。

　　于是乔乐谭佯装无事发生，镇定自若地往食堂里走去，拿回饭卡后，发现侯奕和季星渠已经不在了。

　　想起自己之前说的话，又有点儿怕容绥看出来什么，乔乐谭此地无银三百两地向容绥提了一嘴："他们俩就是你们何班的学长。"

　　"是吗？"容绥淡淡地回道，没追问。

　　他在感情方面很迟钝，所以没感受出什么微妙的地方。见状，乔乐谭松了一口气。

　　"叔叔最近怎么样？我好久没见他了。"快走到寝室楼下的时候，乔乐谭才后知后觉地想起自己缺少了一句问候，便立刻补上，"我妈上次问我这个暑假要不要去你们家里住，不过这个暑假我应该没时间。"

　　没承想，容绥在听见她的话后止住了脚步，然后俯首，目光微诧地看着她："你不知道吗？"

　　乔乐谭满脸都是疑惑的表情。

　　见乔乐谭一无所知的模样，容绥顿了顿，然后说道："平阿姨和我爸离婚了。"

　　这次换成乔乐谭震惊了。

　　这件事她一点儿都不知道，平娜上次来霖大找她都没有透露出任何消息。

　　乔乐谭问："什么时候？"

　　这会不会是最近发生的事情，所以她才不得而知？

　　可下一秒，容绥平静的声音就在她的身侧响起了："去年。"

　　在回寝室的路上，侯奕刚开始都没敢和季星渠讲话，倒是他们走到一半的时候，季星渠气定神闲地开了口，和侯奕聊起昨天的 NBA 比赛。

　　侯奕一边回应季星渠，一边瞄着看他的神情。见季星渠的神情淡淡的，看起来不像有什么大事，侯奕便将自己压抑了一路的好奇心释放了出来："你和乔乐谭怎么样了？"

　　上次在庆功宴上，他可是使出浑身解数助攻了。

季星渠淡淡地睨了他一眼，没回答这个问题，而是说："刚刚那个人是乔乐谭的朋友。"

侯奕的注意力轻易地就被季星渠带过去了，他问："乔乐谭和你说的？"

乔乐谭和他说什么了？她什么都没说。

季星渠在心底冷笑一声，但面上丝毫不显，依旧是那副气定神闲的模样，"嗯"了一声。

闻言，侯奕如释重负地说道："吓死我了！我还以为你被乔乐谭'养鱼'了，原来她和你说过了。"

回寝室十分钟后，季星渠觉得时间差不多了，终于拿出了手机，点开微信——

他和"Cookie"的聊天界面里没有未读消息。

嗯，乔乐谭，挺牛的。

他能忍，结果她不为所动。

季星渠放下手机，去干自己的事情了。

他打开了电脑，第一次不知道该干点儿什么，最后干脆又打开了《扫雷》。

终于，季星渠在睡前等到了乔乐谭的消息，但是她依旧对那个男生的事情只字不提。

Cookie：你明天下午有空吗？

季星渠原本想迟一点儿再回的——不然显得他随叫随到。但是看了一眼时间，现在十一点多，他怕过个几分钟回复，乔乐谭都睡了。

他看着乔乐谭的这句话，心中思索着她是不是要约他出去。

嗯……那他也可以原谅她。

季星渠烦燥、郁闷的心情顷刻间消散了大半，但又觉得自己还是应该生气的。

最后，他刻意有些冷漠地回复了乔乐谭：1。

Cookie：要不我们去水族馆玩吧？

Cookie：我们玩完再去吃饭。

季星渠不知乔乐谭怎么突然想到要去水族馆玩，但是这样的话，他和乔乐谭相处的时间就从简单的一顿饭扩展到了一整个下午加晚上，而且这个邀请还是乔乐谭提出来的。

关于那个男生的事，乔乐谭现在不说，他到时候也可以问，更何况，总得允许乔乐谭有异性朋友吧？比如边加凌那样的。

男朋友有他一个就可以了。

季星渠计算机系：行。

季星渠放下手机后，侯奕的那句话莫名其妙地突然在他的心里盘旋——

"我还以为你被乔乐谭'养鱼'了"。

"养鱼"……季星渠想到这个词，太阳穴开始"突突"地跳。

水族馆里有什么？

有鱼。

所以乔乐谭约他去水族馆，是在暗示他"季星渠，其实你就是我养的一条鱼"？

是吗？

是这样吗？

因为乔乐谭住在校外，在街上拐个弯再走几步就可以到地铁站了，所以二人直接约好在地铁站见面。

乔乐谭是提前五分钟到的，却发现季星渠已经在进站口处等她了。

因为今天他们要去水族馆，所以乔乐谭穿了一条蓝色的牛仔短裙，没想到，季星渠今天也做了蓝色调的穿搭，上身穿了一件克莱因蓝色的短袖——让人很容易就能联想到他的微信头像。

除了衣服的颜色，乔乐谭发现，季星渠今天居然还一反常态地背了个书包出来。

乔乐谭问："你背书包干什么？"

季星渠背书包的样子虽然很帅，但是看起来太乖了，让乔乐谭觉得这不是他的风格。

季星渠冷酷地吐出几个字："装东西。"

乔乐谭："什么东西？"

"不知道。"

....

地铁上,乔乐谭主动扯着话题,很快就发现季星渠今天有点儿端着架子。她隐隐地能猜到原因是什么,所以不着急解释。

两个人到了水族馆,发现馆内的人不多,因为今天是工作日。

他们一进门,光线就立刻暗了下来。经过短暂的漆黑后,一片幽蓝色降落下来,游客被浅淡的光线笼罩,仿佛置身于海底世界之中,又像踏入了一片幻影里。

隔着玻璃,里面是流动的水和各类水生生物。

二人走到了一片水母墙前。

墙内的光影明暗交错,水母在深蓝之中伸展身子,像一朵朵漂浮的蘑菇,触手随着水波流动的方向漂动,像绵软的柳絮。顷刻间,这些水母随着墙内的灯光开始变化色彩,由幽蓝色变为淡粉色,由淡粉色变为浅黄色,五光十色,美不胜收。

乔乐谭"哇"了一声,而后心头一动。她把自己的手机递给了季星渠:"季星渠,你帮我拍个照。"

但那部手机就这样停在空中,乔乐谭疑惑地看了季星渠一眼。

几秒后,这位少爷终于扯了一下他绷直的唇线:"我拍得不好看。"

他的语气很淡定,但是说话时的神情有着不易被人察觉的尴尬,他好像在为自己拙劣的拍照技术而不好意思。

乔乐谭生生压下要翘起的嘴角,然后说:"那你就录视频,我从视频里面截图,肯定会有好看的瞬间,毕竟我长得漂亮。"

季星渠总算有点儿不情不愿地接过了手机。

不过,就算嘴上说着不会拍,脸上写着不乐意,季星渠在接过手机后也算履行了自己作为摄影师的职责。他把书包放到一旁,还学着其他人拍照那样调了一下角度,将人像框定在画面的中心,自觉这个构图还算挺不错之后,和乔乐谭说"可以了",示意乔乐谭可以开始摆姿势了。

季星渠的目光凝聚在乔乐谭的手机屏幕上,他努力地将人像对着画面中心标注位置的黄线,却忽然听见乔乐谭的声音响起来了。

"季星渠。"乔乐谭声音很轻,但是咬字清晰、有力。

在这个只有他们的海底隧道里,乔乐谭的声音像一道画外音,提醒画里的人醒一醒,往外面看一眼。

她喊季星渠的名字，就像一只柔软的手轻轻地攥住了他的心脏。

他抬眸，不自觉地向乔乐谭看去。

镜头里，原本背对着他在专注地看着水母的乔乐谭转过身，目光直直地投射过来——她不是在看镜头，而是在看他。

水光透过玻璃，在乔乐谭的面庞上流转，淡化了她五官的棱角，给她镀上了一层梦幻与温柔的感觉。她的眼睛里波光潋滟，此刻她正看着他，只看着他。

季星渠漏了一瞬的呼吸，听见乔乐谭开口："季星渠，昨天那个男生是我弟弟。"

乔乐谭语速如常地把这句话补完："他的爸爸是我妈妈的第二任丈夫。"

她的声音仿佛化作了沉浮的水母，在他的心海里游动，变化着色彩。

季星渠知道这番话的分量——乔乐谭在把自己最不愿触碰的内心世界翻出来给他看。

季星渠的喉结滚动了一下，他站直身子，手无意识地扶着手机，注意力全都集中在了乔乐谭身上。

半响，季星渠故作散漫地扬了扬嘴角："嗯，所以你比他好看很多。"

说完，他通过手机屏幕去看乔乐谭被放大的五官，以确认她确实笑了。

季星渠说不清那是现实生活中的幻听，还是录像生成的视频将现实化为虚境，将梦境转为真实。虚实之间，他听见乔乐谭的声音缓缓地响起，在这海底隧道里，被流动的空气碰撞为在季星渠的内心世界里无限放大的回音。

"季星渠，我们在一起吧。和你喜欢我一样，我也喜欢你。"

昨晚回到家后，乔乐谭点开了平娜的朋友圈——在此之前，她将平娜的朋友圈屏蔽了。

其实从平娜的朋友圈里不难发现，她的生活状态在几年前就呈现出了一种日渐消极的感觉。

很久之前，她发朋友圈的频率很高，和好友聚了餐、看了什么书、生活中遇上了什么有意思的事情、看到了心灵鸡汤……她都会顺手发一条。从某个时候开始，她就不再记录这些，朋友圈里一水儿都是转发公司的公众号的消息，偶尔会发几段伤感的文字。

乔乐谭发现，平娜的个性签名都被改成了"笑中带着泪"——很伤春悲秋的感觉，也很不符合平娜给自己树立的女强人人设。

乔乐谭盯着这行字很久，最终从平娜的朋友圈里默默地退了出来。

这些年，平娜应该过得很不好，可能不是从容绥读高二的时候开始的，而是更早，早到乔乐谭还在上高中的时候。

所以平娜日益尖锐、强势，将自己的一些意志强硬地套在了乔乐谭的身上，希望乔乐谭按照她规划的路线去成长。

而乔乐谭唯一一次彻底的叛逆，就是瞒着平娜和乔松朗偷偷地走上了艺考这条路。

其实最初她并非刻意瞒着，只是那时她的两位亲生父母都忙，她早就习惯了自己拿主意，便觉得没必要和他们说，反正说不说结果都不会改变。

从去另一个城市参加培训到省考，再到只身前往北京参加各学校的校考，身边的同学都有父母陪同，只有乔乐谭，一直都是一个人，直到省考成绩出来的那天。

乔乐谭的成绩不错，班主任觉得这算是好消息，就分享给了平娜。但她没想到，乔乐谭的妈妈居然连乔乐谭是编导生这件事都不知道。

这件事严重地触到了平娜的逆鳞。

平娜连夜坐飞机飞到乔乐谭生活的城市找乔乐谭，在知道乔乐谭一旦确认编导生的身份就不能轻易转为文化生后，被气得半天说不出话，指着乔乐谭的鼻子骂："你出息了！以后有你后悔的！"

在平娜看来，只有成绩不好的人才会走艺考的路，乔乐谭明明凭文化分就可以上很好的大学，这么做就是在自断前程。平娜还觉得艺考的圈子肮脏、腐烂，乔乐谭以后要踏入电影圈的话，更是要步入一个乌七八糟的世界。

她不希望自己的女儿走上这样一条在家长的眼里是"非常规"的路。

最开始，乔乐谭也反思，自己确实是应该提前和平娜沟通一下，告知她自己学了编导这件事。直到录取结果出来前的那段时间，乔乐谭才发现，因为自己在报名网站上的密码是学校统一设置的名字缩写加身份证号码后几位，所以平娜轻易地登上了高考志愿填报系统，在最后时间改了志愿——把各种招艺考生的"双一流"学校提到了中传、北电的前面。

虽然后来平娜向乔乐谭解释过，她当时不知道艺考生进校后不能转到其他专业，这样做是为了给乔乐谭留条退路——乔乐谭在综合性院校里读书的话，起码还有"双一流"学校的学生的名号，万一不喜欢编导这个专业了，还能换个专业，出去也好找工作。平娜说，要是提前知道乔乐谭不能转专业，她是不会这么做的。

但这又能改变什么呢？

那个暑假是乔乐谭有了独立意识后过得最灰暗的日子。

有些事情，乔乐谭不会原谅，但是也突然不想再恨平娜了——也许是因为她知道平娜过得很糟；也许是时间冲淡了一切，她对过去渐渐感到释怀；也许是她的生命中出现了一个人，她的世界就此被点亮了。

乔乐谭突然很想很想去拥抱新的生活。

她要往前看。

在说出那两句话前，乔乐谭不断地给自己做心理建设。而且说实在的，她那两句话都不像是不知结局的表白，更像是结果已知的定论。

可真正将那番话说出口时，伴随着喉腔的每一次振动，她都能感受到自己的脸庞越发灼热，连带着心跳剧烈地加速。

乔乐谭说完，看着季星渠，发现他拿着手机，目光停留在她的身上。他一动不动，也一言不发。

时间仿佛就此停止了。

其实乔乐谭知道自己没必要忐忑，可偏偏又禁不住担心。

最终，乔乐谭终于没忍住，又开口了："你怎么不说话？"

一秒后，季星渠的声音终于在这片静谧的空间里响起来了。他像是在用气息说话，声音有些轻，又有些轻颤的意味，有点儿缥缈的感觉："我……紧张得要死。"

两秒后，乔乐谭"扑哧"一声笑了出来。

刚刚季星渠在说话时，试图用跩跩的表情掩饰自己的心境，可是掩饰得不成功，漏洞百出，他的紧张、激动、兴奋、难以置信以及一些羞涩的情绪都暴露无遗。

乔乐谭弯着眉眼，用手指了指季星渠手上的手机："还录着呢。"

季星渠这才后知后觉地想起自己的手上还有一部手机。他垂着目光瞟了一眼，又不甚在意地抬起头，扬着眉，放肆地笑着望向乔乐谭："那重录一遍。"而后他又得寸进尺地说道，"刚刚的话，你也再说一遍。"

乔乐谭的嘴角扬起，她昂了昂下巴，学着季星渠装出一副跩跩的模样："傻，我只说一遍。"

说罢，她回过头，佯装去看水母。

她能感受到身后的人在步步靠近。她依旧没回头，但嘴角愈翘愈高。

季星渠的气息逐渐逼近她，带着不容拒绝的风，霸道地将她包围。

终于，她落在身侧的手被轻轻地捏起，季星渠的声音从她的头顶落下："乔乐谭，那我们就在一起了，是吧？"

最后的两个字明明带着疑问的语调，却藏着点儿潜台词——乔乐谭不能回答"不是"，如果敢回答"不是"的话，他指不定会怎么样。

乔乐谭心里觉得好笑，又觉得有丝丝缕缕的甜蜜。

她轻轻地"嗯"了一声，被轻轻地牵起的手当即覆上了另一只手。

他们十指紧扣，传递着彼此的温度和心跳。

接下来在水族馆里的时间里，季星渠都紧紧地牵着乔乐谭的手。

最开始乔乐谭还有点儿害羞，却又甜蜜地感受着二人的肢体接触，可是到后来越发觉得这限制了她的行动，于是委婉地提醒道："季星渠，我的手心都要出汗了。"

季星渠淡淡地睨了她一眼，然后松开手，走到乔乐谭的另一侧："那换一只手。"

乔乐谭沉默了一下，见季星渠不懂装懂，才把话讲明了："我们今天牵手很久了，可以不牵了。"

"不可以。"季星渠语速如常，话里却带着点儿不容拒绝的强势。

他敛眸看向乔乐谭，乔乐谭居然从他的眼中品出一点儿委屈的意味。

季星渠抱怨道："我们从 SC 回来到现在，都十六天了。"

他等了那么久才等到乔乐谭正式给他们的关系"盖章"，她现在居然连牵手都要给他时间限制。

乔乐谭听懂了季星渠的话，觉得好笑，又觉得这样的季星渠有点儿可爱。

于是乔乐谭最终又默许季星渠牵她的手了。

"你看这个鱼。"经过一个展窗的时候，季星渠突然顿住脚步，悠闲地来了一句。

乔乐谭循着季星渠的目光看过去，就听见他不紧不慢地补了一句："好丑。"乔乐谭一阵无语，又在下一秒听见季星渠不太走心地提议道，"你要不要和它拍张照？"

"为什么？"乔乐谭问，"因为它丑？"

季星渠垂眸看向乔乐谭，嘴角挂着若有若无的笑。他慢条斯理地说道："以此来衬托你的美丽。"

"我的美丽还需要它衬托吗？"乔乐谭假意要生气。

季星渠对上她的视线，懒洋洋地说道："怎么会？我们乔导是天生丽质的大美女。"随后，季星渠又缓缓地说，"只是我想给你拍个照。"

他说话时，目光就直直地落到乔乐谭的眼里。

季星渠眼睛黑白分明，因为不近视，所以眼神澄澈明亮，如今带着炙热的情感望向她，多情的眉眼却给人以深情的感觉。

虽然这不是第一次和季星渠对视了，但是乔乐谭的视线每每与季星渠的交会时，她都觉得自己的心脏要漏跳一拍。

这个人没事长得那么帅做什么？

季星渠用那样的眼神看着她，说要帮她拍照，她便同意了。

没想到不过十几分钟，季星渠就开始从抗拒拍照转而指导乔乐谭调整姿势了。

他让乔乐谭侧过身，去看鱼而非看镜头。他说等下他会从她的身后绕到侧面，多给她拍几张。

乔乐谭想看看季星渠能拍出什么来，便照做了。余光瞥见季星渠的手中举着一个黑色的东西,她猜测那是在向她缓慢地靠过来的手机。

直到被他的身影完全笼罩,乔乐谭才收回了视线,假装在专心地看鱼。

蓝色的玻璃罩着斑斓的梦境,游鱼像从电影屏幕里跑出来似的,钻进这个巨大的美梦里。它们和海草一起摇曳着身子,将光线搅碎,星星点点地投映在乔乐谭的面庞上。

与此同时,一副头戴式耳机被戴在了乔乐谭的耳朵上,用温暖将她的耳垂包裹起来,Reality 的旋律从中流淌出来,在乔乐谭的耳畔响起。

Dreams are my reality/A different kind of reality/I dream of loving in the night/And loving seems alright/Although it's only fantasy(梦境是我的现实/一种与众不同的真实/我梦见在夜里相爱/爱得如此美好/虽然这只不过是幻想)……

她下意识地回头。
蓝色的光影没有界限,在蔚蓝之中,她对上了季星渠的目光。
他凝视着她。
这个场景像是梦境,所幸她身处现实之中。

2011 年,电影《阳光姐妹淘》在韩国上映,导演在该影片中致敬《初吻》,打造了一场精彩的音乐盛宴。

影片中,少女时期的女主人公在玻璃鱼缸前看金鱼游动,蓝色的水光映在她的脸上。她正准备转身离开的时候,一个人从她的背后出现了,为她戴上了头戴式耳机,"Dreams are my reality…"的歌曲在她的耳边回荡起来。她如苏菲·玛索在《初吻》中的反应一般回过头,发现为她戴上耳机的人是她的暗恋对象。

虽然在最后的结局里,女主人公和她少女时期的男神之间的感情无疾而终,但乔乐谭还是觉得这一幕纯真而美好,于是将这一幕随手记在了自己公众号的推文里。

blue,翻译成中文是蓝色的、忧郁的意思。要我来理解,它还是梦幻的。若是能为一切梦幻与美好着色，那我会用蓝色的蜡笔，然后将它置于灯光下，浸泡在海底。

配料最好是那首 Reality 和一副索尼 MDR-3L2 耳机。

希望我和未来的他的邂逅场景是这样的，或者告白场景是这样的。虽然可能过于文艺和罗曼蒂克了，不过这是我少女时期宝贵的幻想，我还是要纪念一下啦。

季星渠把她所有的推文都看了一遍，自然也看到了这篇。

随着耳畔的音乐缓缓流淌，乔乐谭没忍住，笑了起来。看见她笑了，季星渠也不自觉地扬了扬嘴角。

没等一首歌播完，乔乐谭就摘下了耳机，摘的同时瞥见远处被放在地上的书包，恍然大悟地说："你今天背书包出来就是为了装这个？"

语毕，就见季星渠又轻又慢地抬了抬下巴，好像在说：不然呢？

乔乐谭好奇地问："这个型号的耳机还没有停产吗？"

索尼 MDR-3L2 耳机是索尼的第一部立体声头戴耳机，因在电影《初吻》里出镜而一度脱销。

季星渠回答："不知道，我在法国的一家店里看到的。"

到法国后，Re 战队被提前接到比赛场地附近。那几天，季星渠在附近逛，意外地发现了一家卖 DVD 的街头小店。他当时心想乔乐谭可能会喜欢这家店，就进去多看了一眼，没想到店里还有几个主题展，会卖电影剧情里的纪念物。

刚好季星渠在那段时间里看到了乔乐谭的推文，于是就买下了这最后一副耳机。

"原本我想在向你表白的时候给你。"季星渠缓缓地说道。

结果那天晚上他没忍住，提前表白了，打乱了自己的计划。

说罢，季星渠看向乔乐谭的眼神更深了一分，带着点儿笑意。他语气温柔地说："不过现在也不迟。"

"那你藏在包里干吗？"乔乐谭拿着耳机故意问道，"是不是我今天不和你表白，你就不给我了？"

季星渠看了她一眼，动了动嘴唇，却没说话。

乔乐谭见状，突然唤了一声他的名字："季星渠。"

被点名的季星渠抬眸看去,就见到乔乐谭板着脸,听见她嗓音沉沉地说:"刚得到我,你就不珍惜我了?"

季星渠直接蒙了。

"你以前都不会不理我的。"乔乐谭垂着睫毛,故意委屈巴巴地说道,"你只会不理侯奕。"

其实她稍稍歪曲了一下事实。

在此之前,尤其是在他们刚认识的时候,季星渠也经常对她的话回以沉默。个中原因乔乐谭自己也知道——她太跳脱了,有时候别人很难接上她的话。

乔乐谭垂着脑袋,却老往上瞅,以为自己在偷瞄,但不知道季星渠从俯视的角度来看,她的目光一览无余。

看着乔乐谭的小动作,季星渠忽然笑了。他懒懒地说道:"你怎么还妄自菲薄上了?"

闻言,乔乐谭总算抬起脑袋,重新看他,却感到有点儿意外。

她没想到季星渠还会用这种成语。

季星渠根本不知道乔乐谭在想什么,只知道她的目光终于又对焦在他的脸上,这才继续说:"乔乐谭,你是我的女朋友。"

语气悠闲,他却说得一字一顿。

"我不理侯奕,是因为懒得理他;我不理你……不是不想理你。"季星渠把目光往乔乐谭那边递了递,低声说道,"我是在想该回你什么。"

他和女生相处得不多,也没有恋爱经历,哪怕对自己与生俱来的情商表示很满意,但面对喜欢的人时也会下意识地害怕自己的无心之语会在惹对方不高兴。

"耳机我本来就是给你买的,哪怕你今天不表白……"季星渠一顿。

乔乐谭原本以为他的意思是:哪怕她今天没表白,他也会把耳机给她。

她却没想到,几秒后,季星渠走近,悠悠地补上了未说完的话:"我们今天也会在一起。"

乔乐谭仰着头,目光正好碰上季星渠的目光。

他扬着眉,眼中是势在必得的笑意。

乔乐谭听懂了季星渠的言外之意——哪怕她今天没表白,季星渠带

着这副耳机出来，也是来跟她要个结果的。

乔乐谭笑了一下，撇了撇嘴："就你嘚瑟。"

"嗯。"季星渠大方地应下，有点儿耍赖皮的模样，随后又说，"你也可以嘚瑟，毕竟你的男朋友也不赖。"

二人在水族馆里逛了会儿，之后又找了家店吃饭。

乔乐谭原本想在某软件上买张券，随便找家店吃个双人餐，却没想到少爷这时候讲究上了，说得吃点儿好的，毕竟这是他们吃的第一顿饭。

于是，二人就坐在路边的长椅上研究了快一个小时。

事后，乔乐谭每每回想起他们坐在街边的椅子上，头抵着头，对着一部手机讨论吃哪家店、点什么菜的场面，都觉得他们俩够蠢的。

他们好不容易敲定了吃私房菜，却又因为没有预约，花了挺长一段时间等位子。

等位子的时候，乔乐谭突然想起之前在台球厅里等位子时季星渠给她变的魔术，于是探头问他："你这次怎么不给我变魔术了？"

季星渠微微挑眉，散漫地说道："我就会那一个。"

"哦——"乔乐谭故意把这个语气词拖得老长，"原来你是现学现卖啊。"

"和你出来我不得准备准备？"季星渠说得坦荡，望向她时眼里噙着笑。

乔乐谭对视回去，脑子里灵光一闪："那这次我给你变个魔术。"

说完，乔乐谭伸手在自己面前随便拨弄了一下，然后说："你有没有发现什么变了？"

季星渠沉默了。

"这说明你观察得不够细致。"乔乐谭笑嘻嘻地说道，然后伸出两只手，将手背贴近自己的脸颊，嘴里配着"噔噔"的声音，手指乱舞，"你没有发现我变得更漂亮了吗？"

季星渠配合她，故作震惊地"啊"了一声："我好像还发现了点儿变化。"他嘴边的笑意加深了，自己也觉得接下来的话有点儿土，但还是继续说下去了，"这位女士，你的男朋友变得更喜欢你了。"

闻言,乔乐谭"哇"了一声,睁大眼睛看着季星渠:"先生,你真的好会!你确定是第一次恋爱吗?"

她只是开个玩笑,却没想到季星渠望向她的眼神里多了几分执着之色。虽然他姿态依旧是放松的,声音也有点儿轻,却能让人听出其中的郑重与认真之意:"乔乐谭,你可是我的初恋。"

在出门前,乔乐谭还有点儿担心自己和季星渠会不会不适应身份的转变,一时不知道怎么相处,结果他们俩磨合得非常快,仿佛已经在一起很久了。

乔乐谭这才后知后觉地发现,其实早在季星渠把话说开之后,他们的关系就已经较暧昧更进一步了。如今,在真正确认关系之后,"男女朋友"这个身份让他们做的一切变得名正言顺,"初恋"这个带点儿纯真的词又给他们的相处体验添上了一份青涩感与最为难得的悸动。

走出热闹无比的市中心,从人挤人的地铁上下来后,他们回到了晚上十一点的寂静的校外道路上,蓦地共同坠入了一种微妙的尴尬氛围之中。

哪怕如此,他们的手依旧紧紧地牵在一起。

二人走到了小区楼下,乔乐谭晃了晃他们牵在一起的手,说:"我到咯。"

季星渠淡淡地"嗯"了一声:"上去吧。"

乔乐谭也"嗯"了一声:"那我上去咯?"

"好。"

季星渠虽然这么应着,手却没有丝毫放松。乔乐谭看了一眼他们俩紧紧相牵的手,又看了一眼季星渠,发现他微扬着下巴,一副光明正大地耍赖的模样。

乔乐谭情不自禁地笑了一下,就这么纵容着季星渠又牵了会儿,然后才说:"真的要上去了,我都站累了。"

"嗯。"季星渠这才有些不情不愿地放开手,然后再次把书包里的耳机拿出来,递给乔乐谭,"上去吧。"

乔乐谭拿过耳机,和季星渠挥了挥手后往前走,走到楼梯口又转回身,问:"我们明天什么时候出去玩?"

"乔乐谭,"季星渠的脸上挂着有些吊儿郎当的笑,他故意不正经地

说道,"我们现在应该管这个叫约会。"

乔乐谭一边笑一边伸手捶他:"你有病。"但她还是顺着季星渠的话说了下去,"那我们明天几点去约会?"

她把最后两个字咬得极重。

"看你。"季星渠说。

反正他最近没事,甚至这几天留校都是为了乔乐谭,不然其实可以提前回一趟家。

"这么好啊。"乔乐谭故意揶揄他,说完,就见他颔首应下了这句揶揄。

二人就这样在楼下又消磨了一段时光。

等乔乐谭回到家,洗漱完上床,已经近十二点了。

她躺上床,特意摆好床上的书桌,把电脑摆在上面,用电脑点开公众号的官网,再次看季星渠给她的公众号写的评论。

这段时间,乔乐谭至少把这几条评论翻来覆去地看了三遍了。

2014年7月9日,乔乐谭正式成为了一名艺考生。她说,希望有生之年能去李安的片场打杂,也希望有生之年能成为有点儿厉害的导演——"我怕梦想太宏大,七十岁前达成就可以了。"

季星渠在底下说:"提前恭喜乔大导演。"

2014年12月7日,乔乐谭听了艺考的学长学姐分享的大学生活与心路历程,第一次对自己的选择产生了怀疑。她在公众号的推文里说,自己或许是不完全的理想主义者,但因为现实主义的那一部分,她活得很割裂,每天都在反思。

季星渠给她评论:"世界不是非黑即白的。在现实的土壤之上,你仍能找到理想主义的乌托邦。"

2015年7月11日,乔乐谭知道了平娜给她改高考志愿的事情,留下了自己的最后一篇推文:"我以前觉得自己是个过程主义者,但是这样的结局让我觉得之前的一切毫无意义。晚安,世界。"

季星渠回她:"不要怀疑昨天,不要否认自己,不会毫无意义。晚安。"

…………

季星渠并没有把每一篇都评论一遍,却在她每个重要的生命节点上补上了脚印。

把床上的书桌和电脑收好,乔乐谭重新趴回了床上。见朋友圈那里有一个红点,她点开一看,那是季星渠给她很久之前分享到朋友圈里的那首 Reality 点赞的提示。

乔乐谭的嘴角不自觉地翘起来了。这明明也不是什么大事,可她还是下意识地裹起被子,晃着脚,在床上滚了几圈,然后拿过季星渠给她买的那副耳机,重新戴在耳朵上。

reality,现实,一切都不是梦。

忽然,手机铃声响起了。

乔乐谭拿起手机看了一眼,是陌生的电话号码打来的,但是只一瞬间,她心里便隐隐地有了预感。

乔乐谭接起电话后,季星渠的声音如意料一般在她的耳边响起,带着听筒的电流声,在她的耳膜上共振。

"乔乐谭,生日快乐。"

乔乐谭微微惊愕,看了一眼手机顶端的悬浮屏,发现现在是零点了,然后又将屏幕切换过去看日历,发现今天居然是她的阳历生日。

最近几天她在学校里过得无知无觉,又在思考平娜的事情,构思对季星渠的表白,完全将生日的事抛在了脑后。

她正愣怔着,就听见电话那头的人又出声了:"我在楼下。"

闻言,乔乐谭举着手机,当即跳下床,跑到客厅的大窗前往下看——

哦,乔乐谭忘记了,这里的楼层很高,几乎看不见下面的光景。但莫名其妙地,乔乐谭就是觉得她可以看见季星渠的身影。

乔乐谭立刻收回身子,跑到玄关处,一边换鞋子一边对电话那头说:"我下来了。"

"慢慢来,"季星渠温柔的声音从手机那端传来,含着被压低的笑,"我又不会走。"

出了电梯门,乔乐谭不自觉地加快了脚步,往外走去,遥遥地就看见了伫立于路灯之下的季星渠。

他依旧穿着几个小时前出去玩时穿的衣服,就连身上的书包都还在。

"你一直在楼下等着吗?"乔乐谭问。

季星渠颔首，目光散漫地落下来——他默认了。

乔乐谭的心微动，她刚想说什么，就听见季星渠问："我是不是第一个祝你生日快乐的人？"

闻言，乔乐谭愣了一下，然后忍俊不禁，下意识地想说"季星渠，你幼不幼稚？"，又觉得不能这样扫他的兴，就硬生生地咽下了那句话，问道："你猜猜？"

"这总得是吧？"季星渠懒洋洋地回道。他可是在楼下干等着，最后看着手机系统自带的世界时钟，掐着点给乔乐谭打的电话。

如果这样他还没第一的话……

季星渠微勾唇角，意有所指地说道："不然我还得认识一下第一是哪位。"

他得知道谁这么积极地给他女朋友献殷勤。

见季星渠那副不依不挠的模样，乔乐谭心底觉得好笑，嘴上敷衍道："你第一，你第一。"而后，她又好奇地问，"你怎么知道今天是我的生日的？"

"你的护照上写着。"季星渠提示她。

乔乐谭这才后知后觉地想起，当初她的护照是季星渠递给她的。

蓦地，乔乐谭又想到一件事，现在是零点——霖大的门禁时间又到了。

她下意识地想开口问季星渠待会儿进不了学校怎么办，他住在哪里……

但是乔乐谭在开口前的瞬间，脑筋一转，想到依他们俩现在的关系，这句话好像没那么单纯了，有点儿邀请的意味。

上次她让季星渠留下来过夜的时候，虽然两个人都带着点儿暗涌的情愫，但毕竟事出突然、情有可原，也没有人往那方面想。尽管最后的气氛有些尴尬，但是也就那样，如今她再叫季星渠上去就显得怪怪的。

于是乔乐谭当即抿了嘴，没把话说出口。

反正，季星渠就算回不了寝室，也能在外面的酒店里住一晚，又不是非得上楼。

季星渠压根不会想到就在这么短的时间里，乔乐谭的心里已经千回百转地想这么多了。如今，乔乐谭站在他的面前，他记着自己要做的事,右肩松松垮垮地往前一带,单手把今天背了一路的书包摘了下来,往乔乐谭的眼前一递,散漫地抬了一下下巴,示意她拿着。

乔乐谭立刻便猜到这书包里可能装着她的生日礼物。

难怪季星渠今天背了一路,还藏得那么好——他在水族馆里从书包里拿出耳机给乔乐谭时,乔乐谭顺口问了一句:"书包里就装着耳机啊?"当时他还缄默着颔首,让乔乐谭误以为那里面真的就只有一副耳机。

他搞什么神秘啊?

其实心中已满是溢出来的开心的情绪,但乔乐谭对于恋爱这件事还有些生涩,觉得这过满的快乐情绪有些做作,便假意在心底里嫌弃季星渠耍小心思,有点儿掩耳盗铃的意味。

她怕自己的喜悦外露得过于明显,故而没表现出来,而是睨了季星渠一眼,嗔道:"嘴巴不会说话啊?"

语毕,她看向季星渠,就见他仍没说话,但是眉峰微挑。

半响,季星渠轻笑一声,说道:"乔乐谭,你今天胆挺肥啊。"

"今天我最大。"乔乐谭笑嘻嘻地应他,伸手拿过书包。

就在她的手扯住书包的拉链要往一旁拉的时候,季星渠突然伸出手,虚握住了她的手腕。

乔乐谭抬眸,看见季星渠垂着眼皮,有些别扭地错开目光。他说:"你上去再看。"

他话里欲盖弥彰的意味很明显。

乔乐谭看了一眼书包,又看向季星渠。

"这里面装着什么啊?"说着,她佯装要去打开这个书包,却被季星渠叫住了。

乔乐谭在心里暗笑一声,嘴角亦不自觉地勾起来了。她低着头,把唇边扬起的弧度压了下去,装出一副平静的样子,自然地说道:"好吧,那我就上去再打开。"

"嗯。"季星渠这才放松下来。

时间有些迟了,且在此之前二人已经道过一回别,所以这次就没多在楼下停留。

把自己的礼物送了出去,又确保第一个和乔乐谭说生日快乐、乔乐谭在生日这天见的第一个人都是自己之后，季星渠想让乔乐谭快点儿上去拆礼物——他想看看她在看见礼物后是什么反应。

而且，乔乐谭的身上就穿了一件短袖睡裙。此时虽然已入夏，晚上也不凉，甚至还有点儿燥热，可是就算这样，季星渠也怕乔乐谭在外面待久了会感冒。所以下来不过十分钟，乔乐谭就又上楼了。

回去的路上，她抽空看了一眼微信。

蔡萱奇、边加凌、尤甜，还有不少朋友都在零点准时给乔乐谭发来了祝福，只不过季星渠一通电话打来，她根本没时间去查看这些消息……

她一一回复了大家的祝福，翻到平娜的消息和红包时，打了个"谢谢妈妈"，最后还是补了一句"你注意身体，早点儿休息"。

边加凌发过来的生日祝福的最后一句是"你新的一岁早点儿找到男朋友"，看到这行字，乔乐谭突然有些心虚。

她刚搬到季星渠的房子里的那段时间，边加凌还隔三岔五地来提醒她拿人手短，让她把态度放端正点儿，不要骚扰季星渠，免得被人家赶出去。不知道他知道她和季星渠在一起后会是什么反应。

进了卧室里，乔乐谭只开了一盏床头灯，然后就着这暗黄的灯光打开季星渠的书包，发现里面有两个简约风格的礼盒。乔乐谭把礼盒拿到床上，一打开，就被里面鼓鼓囊囊的包装盒惊到了——拎书包的时候她没觉着重，没想到这礼盒里有这么多东西。

其中一个礼盒里面有一支口红和一块 iWatch（智能手表），旁边还放了几根颜色不一样的表带。

和自己买口红时不一样，此时乔乐谭都没心思去拆开口红试色，只想赶紧打开另一个礼盒的盖子。

另一个礼盒里面塞了几块曲奇饼干，放了一个U盘，下面垫着个相框。乔乐谭拿起一看，发现相框里是莱昂纳多的照片，上面还有个洋洋洒洒的英文签名。拿起相框后，她发现盒子底部还垫了一张字条——"送给理想主义的乔乐谭。"

季星渠的字和他的个人气质不一样。他的字很大气，横竖撇捺刚劲有力，收笔利落，字字遒劲。

看着那几个字，乔乐谭瞬间领会到了什么，重新去翻上一个盒子。

果然，在口红和 iWatch 的礼盒底部有另一张小字条——"送给现实主义的乔乐谭。"

她在公众号的推文里写过,她觉得自己是不彻底的理想主义者。人们总觉得投身于艺术的人需要无限的纯真与理想,可乔乐谭会在艺考前不可避免地想到一些功利性的东西。

于是,那段时间,心态很不成熟的乔乐谭每日都活在身为艺考生的愧疚里,觉得自己的功利心与过于现实的考量是在玷污艺术殿堂。

季星渠在推文的评论里回复了她,也记住了她的话。

无论是理想主义的乔乐谭还是现实主义的乔乐谭,都是乔乐谭的一部分,他都喜欢。

或者说,正是这些部分组成了他喜欢的、独一无二的乔乐谭。

所以,他希望能以什么形式将这段话复现给乔乐谭,告诉她,不要过分为难自己,而要去珍视真实、可爱的自我。

乔乐谭再次把电脑搬上床,把那个U盘插上,发现U盘里面只有一个视频。

视频的开始是一片黑暗,随着远处晨曦渐露,光照亮了山峰的棱角。乔乐谭认出来了,这是灵石山。

季星渠应该是这几天又去了趟灵石山,录下了这段日出。

等到太阳照亮整片天空之后,视频画面又是一黑,再度亮起的时候,是巴黎亮晶晶的星空。镜头慢慢移转,从漫天星斗移到了它们簇拥着的月亮身上,画面自然地过渡成了乔乐谭为天文学导论这门课做的月相变化的动态图片。

最后,原先是暗色的底图却突然变成了老相片风格的剪影,一个背着吉他的煎蛋的卡通形象在滚动的地球表面上行走。它走啊走,面前出现了一座建筑物,另一个扎着辫子、画着夸张的假睫毛的蛋从建筑物中探出了脑袋。

虽然画得很抽象,但乔乐谭知道,建筑里的那个蛋应该是个荷包蛋。

这拙劣、幼稚的笔触让乔乐谭忍不住去猜,这是不是季星渠自己画的。

这样一想,她就想笑,笑着笑着,眼中泛上了一点儿眼泪,心中酸酸涩涩的。

身边的人对她都很好,大家都觉得她过得很幸福,但也因此,好像没有人对她这么好过——他们觉得她什么都拥有了。

如今，看着季星渠为她精心准备的小视频，她突然觉得恍惚，这样的快乐仿佛泡沫，一触就破。

就在这时，视频画面静止了，卡在了煎蛋把吉他搬到身前准备弹奏的画面上。

季星渠的声音从扬声器里缓缓地传了出来。

他的声音微哑，带着电流，落在安静的房间内，被放大后变得愈加好听。

"满足我的演唱会上唯一一名观众的诉求。欠你的歌，我现在唱给你听。

"嗯……这个动画是我现学现做的，有些地方音画不同步，你听我唱歌就好了，那个蛋无所谓。"

视线被眼泪模糊了，但乔乐谭听见这话，还是"扑哧"笑出了声。

话音落下，视频画面上的地球又开始转了。煎蛋搬出小板凳，坐好，开始拨弄吉他的琴弦。躲在建筑物里的荷包蛋则害羞地探出脑袋，往楼下偷瞄。

季星渠在煎蛋的吉他旁画了几个音符，表示音乐响起。

《小情歌》的前奏缓缓地流淌出来，随后，季星渠的歌声响起了，没有平常说话时那种恣意，歌声里的他认真又深情。

乔乐谭仿佛又回到了在法国的那个夜晚。

季星渠给她的是大片的星空、塞纳河旁的红气球、被点亮的埃菲尔铁塔；是带着露水的玫瑰，是 coup de foudre，像被闪电击中一般的爱意。这是第一次有人认真地告诉她，遵循自己的心；也是第一次有人告诉她，他为什么喜欢她，如何喜欢她。

你知道／就算大雨让整座城市颠倒／我会给你怀抱……

最后，在歌曲的尾声，煎蛋和荷包蛋牵着手，一起绕着地球奔跑。

画面逐渐暗了下去。

在乔乐谭以为一切要归于安静时，在黑色的屏幕中，在橘黄的床头灯前，季星渠的声音又从电脑中传来，带着点儿散漫态度，却又伴着很温柔的笑意。

他说："生日快乐，我的女朋友。"

第七章

抵达一颗星星

乔乐谭起床后，看见了平娜给她发的消息。

平娜是第二天睡醒后才看见乔乐谭回的那句"你注意身体，早点儿休息"。她回复乔乐谭的第一句话还带着惯有的生硬语气：你这么迟还不睡觉，对身体不好。

平娜发过来的时候是早上六点半，乔乐谭还在睡觉，没看到，所以没回。

七点多的时候，平娜又发来一句：你什么时候放暑假？

乔乐谭忽视了她发来的第一句话，只回了第二句：我刚考完试。

平娜：你什么时候回家？来妈妈家住几天，我把房间给你收拾出来了。

Cookie：后天。好。

在考试之前，乔乐谭就订好了回家的机票，因为老早就给家附近的电影制片厂投递了实习申请，所以要早点儿回去报到，不然也不想那么早就回家。

退回到微信界面，乔乐谭还看见尤甜给她发了消息，问她要不要和自己跟陈蕴藻一起吃晚饭，就当给她庆祝生日了。

很久没和尤甜、陈蕴藻见面了，乔乐谭还挺想念她们的。毕竟她们

都是研究生,而乔乐谭是本科生,三个人平时凑不到一块儿去。

不过,乔乐谭只犹豫了一下,还是婉拒了。

结果,没想到尤甜的第六感非常敏锐,她问:你要和别人去吃饭吗?

乔乐谭没想骗她,但是如果说"是",她肯定会追问对方是谁。自己如果就这么冷不防地把自己和季星渠爆出去……乔乐谭还没有做好被追问的准备。

她觉得她和季星渠才刚开始,没必要将这段恋爱公之于众,不然万一他们到时候分手了,多尴尬。

虽然乔乐谭一直在给自己做积极的心理建设,但还是忍不住去想自己和季星渠的这段关系可以维系多久。

另外,尤甜还一直以为乔乐谭和季星渠不熟,乔乐谭当时也没有及时纠正尤甜的偏见。故而,倘若真的要向尤甜告知自己和季星渠的恋爱关系,乔乐谭或许也只会避重就轻地讲,省去他们一步步熟知的过程。

乔乐谭回想了一下,骤然发现她和季星渠好像就是莫名其妙地熟起来的,他们之间的情愫是和他们之间的关系同步升温的。

他们的相识是意外,可二人的相熟是双方都预谋已久的。

最开始,乔乐谭在心中说。她故意招惹季星渠只是单纯地对这个人感兴趣,单纯地想认识他一下。但其实要是细想一下,她应该在那个时候就开始对季星渠有不一样的想法了,只是潜意识不想承认罢了。

正因他们的关系的升温是两个人蓄意为之的,他们从一开始就是朝着非朋友的方向发展,所以乔乐谭很清楚,倘若与季星渠分手,那他们是绝对做不成朋友的。

因此,她更不愿意过早地将这件事宣扬出去。

于是,乔乐谭就糊弄尤甜,说她在为回家养精蓄锐,今天不打算出去。

为了防止在吃饭时撞见尤甜和陈蕴藻,乔乐谭和季星渠出去的时候特意远离了学校。

二人瞎逛了一下午,临近饭点的时候,乔乐谭点开某点评软件,开始挑晚上吃什么。

一家火锅店位列排行榜榜首,乔乐谭看得心动,但蓦地想到什么,问季星渠:"你愿意吃火锅吗?"

季星渠不理解乔乐谭的说法,看着她:"我为什么不愿意?"

乔乐谭"啧"了一声,说:"你昨天不是在那里挑三拣四的?"

闻言,季星渠笑了。头顶的灯光落下,透过他的长睫,在眼下投射出淡淡的阴影。季星渠垂眸看着乔乐谭,语气微扬地说道:"你当我这么金贵呢,连火锅都不愿意吃?"季星渠低笑一声,"要是不和你多扯一会儿,我昨天至少得在楼下多等半个小时。"

乔乐谭反应了一会儿,才听懂季星渠的意思——

他想赶在零点给她送礼物,所以只能在她家楼下等着。昨晚他们去吃饭的时间太早了,如果他不故意挑剔一下,那他们回去的时间也会早,距离零点的时间就会更长。

乔乐谭心里想明白了,面部表情由平静慢慢地转变为带着点儿促狭意味的笑。她故意"哇"了一声,直直地望着季星渠:"你真是机关算尽,运筹帷幄。"

季星渠微微颔首,不置可否。

"季星渠,"乔乐谭说,"你昨天那个视频……"

乔乐谭只是想问一个问题,却没想到一提起这件事,季星渠就像触电了一样,立刻开口:"乔乐谭……"

乔乐谭的话就这样被阻断在口中,她睁大眼睛,目光一寸不偏地望向季星渠。

季星渠原本镇定地和她对视,但在三秒后,他的表情开始有了变化。最终,他有些不自在地别开了脸。

"别讲那个视频。"季星渠的声音闷闷的,带着点儿别扭之意。

乔乐谭这才后知后觉地反应过来。

她拖着腔调,慢悠悠地"哦"了一声,意味深长看着季星渠,片刻后又装出一副天真的模样,明知故问:"为什么别讲?"见季星渠不回答,她还故意将脑袋凑到他的面前,嘴里飞快地说着,"为什么?为什么?为……"

似是被她念叨得没辙,刻意板着脸且微仰着上半身的季星渠叹了一口气,将目光重新转至她身上,薄唇微启:"我不好意思。"

他一字一顿,说得清晰,有点儿破罐子破摔的意味,但更多的是和

乔乐谭过招的意思。

季星渠之前没剪过视频,只看过别人给他们的女朋友剪,那时候还觉得这件事有些难以理解——这些人怎么要花这么多时间和精力去干这种自我感动又考验审美的东西?

直到这情绪真切地落到了自己身上,他才明白,想要纪念的欲望和一份美好的感情是相伴相生的。

于是,他虽然在心里因为自己干这种煽情事感到羞赧,但还是剪完了那个视频。甚至连那些卡通画都是他自己照着简笔画教程勾勒出来的。

他知道他画得挺丑的,但是做完那个视频的时候,莫名其妙地心情大好——他的脑袋里已经在不自觉地幻想乔乐谭看见视频的模样了。

可当季星渠真正把视频送出手后,一种不可名状的情绪慢慢地攀上他的心头。

那是他之前从未经历过的羞耻感。

所以,当乔乐谭准备提这个视频的时候,季星渠一方面隐隐地期待她的反馈,另一方面又下意识地紧张、尴尬、抗拒,不想再去回忆那个视频里的内容。

乔乐谭闻言,愣住了,没想到季星渠这就把自己难言的小心思交代出来了。她还以为这个别扭鬼是不会把"不好意思"说出来的,看来还是低估了少爷见招拆招的能力。

季星渠说完,眼神不再躲闪,直直地撞进了乔乐谭的眼中。

周围灯光明亮,他澄澈漂亮的眼眸里盛着光,像刚打过哈欠、认真地看着她的小狗的乌黑眼睛。

虽然季星渠的气质和小狗的完全不符,但他此时的眼神让乔乐谭轻易地联想到了这个比喻。

她一时没忍住,身体的反应快于大脑,伸出手捏了捏季星渠的右脸颊。

等意识到自己刚刚做了什么,乔乐谭也没收回手,干脆把另一只手也伸了出来,捏了季星渠的左脸:"为了两边脸颊的公平,这边我也要捏捏。"

捏完后,乔乐谭便收回手,像无事发生一般转过身,迈着碎步,要往前走去。

不过一秒，季星渠的身形落下的阴影就轻易地将她笼罩住了。季星渠伸出手，从乔乐谭的肩上横过，轻轻地把她往后揽，把她带到自己胸膛前几厘米的位置，但两个人没贴上。

季星渠低头看着那颗毛茸茸的脑袋，嘴角微勾，慢条斯理地说道："跑得还挺快啊。"

背对着季星渠，乔乐谭似乎感受到了他炙热的温度。她秒怂，刚想示弱说"我错了"，就感受到压在自己肩上的那只手抬了起来，下一秒，她的脸颊上传来克制着力度的触感——她的脸颊肉被轻轻地捏起来了。

同时，季星渠吊儿郎当的声音从她的头顶落下："这才公平。"

乔乐谭吃火锅吃得太撑，其间，季星渠提前订好的蛋糕被送了过来，但是她已经没有多余的胃去吃了。

于是在他们走回去的路上，季星渠拎着蛋糕，乔乐谭在一旁慢悠悠地走着，顺便消食。

柏油路上，月色朦胧，一片幽静。女生摇摇晃晃地走着，而在她身边的高个儿男生只静静地拎着一盒蛋糕，配合着她晕晕乎乎的脚步，走得缓慢，全程凝视着她，在她要摔倒的时候伸手去扶一下。可男生的手还没扶到女生，女生就像不倒翁一样，又稳稳地站正了。

路灯将他们的影子拖得老长，两道阴影在地面上纠缠在一起。

"季星渠。"

"嗯。"

"你知道吗？弄丢的手机那天，我一个人去拍月相，路过北教学楼的时候，发现玉兰花全部凋谢了。"乔乐谭缓缓地说道。

那天，残败一地的花瓣让情绪本就不佳的她触景生情，更加伤心了。

她一直想和季星渠提这件事，不为别的，毕竟现在想到自然掉落的花瓣以及说出这话也不再难过了。她只是单纯地觉得，这件事要和他分享。

下一刻，乔乐谭就听见身侧的人淡淡地"嗯"了一声，说："我还在就行。"

乔乐谭后知后觉地笑起来，"嘿嘿"一声，然后往季星渠那边贴近

了一些,想起之前说到一半的话:"你那个视频……"说到这里,乔乐谭赶紧补了一句,"我不是要笑你!我很喜欢那个视频!真的!"

视线昏暗,头昏脑涨,所以乔乐谭在说完这句话后,没注意到季星渠暗暗地勾了勾唇角。不过仅半秒,他就又绷紧了脸,用一副平静、镇定的模样看向乔乐谭。

"就是,你最后说……"乔乐谭慢腾腾地说道,到最后声音还低了下去——她有一点点不好意思——学着季星渠在视频里的语气说,"'生日快乐,我的女朋友'。"

学完季星渠的台词,乔乐谭突然双腿蹦起,往季星渠的面前小跳了一步,二人间的距离骤然缩近。

她高高地仰起头,眼睛一眨不眨的,认真地看向季星渠:"你怎么就确定我一定会是你的女朋友?"

因为剪视频属于乔乐谭的专长,所以她很清楚,这个视频肯定不是季星渠一天就能做完的,再加上他要画图、做动画,背后所需的时间肯定更久。

季星渠敛眸,目光轻柔地落到了乔乐谭的面庞上。她眼睛清澈明亮,唇瓣上是新补的唇釉,亮晶晶的,看起来很吸引人。

季星渠觉得自己的喉结微痒,但还是忍下了心底的念头——灵石山的教训在前,这一次他们虽然已经在一起了,但是今天不过是在一起的第二天,他不敢太放肆。

他目光深沉地回答乔乐谭的问题:"乔乐谭,你真当我表白之后就什么都不做了,等你来找我啊?"说到最后几个字的时候,季星渠的话里还带了点儿嘲讽之意,不过他是在嘲讽自己,"反正我知道,你肯定会是我的女朋友,就是时间早晚的事。"

季星渠这话说得有点儿无赖,可偏偏又很笃定,说话时眼里还浮着笑意,望向乔乐谭。

他眼里的笑意太温柔,让乔乐谭眼神闪了闪,心微动。

她问:"那你怎么不在我的生日当天表白?"

闻言,季星渠轻笑一声:"这不是你没忍住,上赶着让我当你的男朋友了吗?啵——"

乔乐谭这才放开掐住季星渠的手臂的手。她被说得不好意思,瞪了季星渠一眼，语调不自觉地带上了点儿撒娇的意味："但是你昨天带那个耳机出来，不就是也想和我表白吗？"

季星渠没继续装疼了，立刻展开了佯装皱起的眉头，笑着说道："嗯，你说得对。"关于准备挑在生日的前一天和乔乐谭表白这件事，他有自己的理由，"总不能让你比别人少过一个节日吧？"

恋爱纪念日和生日，别人过的日子，他的女朋友总不能少。

季星渠说话时，眼睛还带着漫不经心的笑意，语气散漫，却让乔乐谭的心脏开始不受控制地狂跳。

乔乐谭感受到自己双颊的温度慢慢地攀升起来了。她"哦"了一声，然后别过脑袋，欲盖弥彰地加快步子往前走去，然后又听见身后的季星渠懒洋洋地抛过来一句："我送你的手表，你记得戴。"

乔乐谭："我不喜欢戴手表。"

季星渠跟了上来，重新站在她的身边，笑着说："那明天记得戴，满足一下你男朋友的虚荣心。"

乔乐谭抬眸看他，满脸疑惑的表情。

"你那个表，我也有一个。"季星渠说，"我们明后天出去玩，都戴上。"

情侣手表，让别人一看到这表就知道他们俩是一对，也让乔乐谭抬起手腕就能想到他。

季星渠说这话时，脸上挂着很轻松的笑。

但这突然提醒了乔乐谭——有一件事情她还没和季星渠说。

"季星渠，我后天要回家。"

这话一出口，乔乐谭的声音就渐弱了，她不太好意思去看季星渠的表情。

毕竟这算什么事啊？他们刚谈上两天恋爱就要异地两个月。乔乐谭在心里谴责自己。

果然，几秒后，她有些心虚地抬起头，就看见季星渠挑着眉，一言不发地看着她。

乔乐谭弱弱地补了一句："我很早之前就买了票，要回家去实习……"

半分钟后，季星渠终于缓缓地开了口，一字一顿地询问："后天？"

乔乐谭点了点头。

"几点？"

乔乐谭："我回去把车票信息发给你。"

"行。"季星渠言简意赅地应了一个字后下意识地往前走了两步，没再说话了。

他也不是生气，只是觉得……

行吧，他确实有点儿生气，但这气也不能对着乔乐谭撒，是吧？

季星渠正强迫自己收拾好心情，不要对乔乐谭展现出丁点儿的负面情绪，忽然，他的腰被人环住了。

乔乐谭从后面环住他的腰，将头抵在他的后腰处，毛茸茸的头发隔着短袖的布料轻蹭着他背部的肌肤。

季星渠觉得自己的神经都在瞬间绷紧了。

乔乐谭的声音传来，有点儿低，闷闷的，又带着点儿哄人的意味："你不要和我生气……"

按照惯例，计算机系何端平班的第一批学生会在数学、信息、物理竞赛的保送人选中选出。季星渠和侯奕这些上一届的学长会共同参加何班新生的第一次班会，美其名曰"薪火相传"。

侯奕对这件事兴致勃勃，一早上起来就在寝室里捯饬自己，换了三四套衣服后，终于选定了一套自己觉得还算满意的。

在全身镜面前欣赏完自己的穿搭后，侯奕看了季星渠一眼。

这位少爷懒洋洋地坐在他的人体工学椅上，伸着长腿，拿着手机，目光垂落，整个人看起来很舒适、悠闲。

"我听说这届何班来了一个大帅哥。"侯奕说，然后乜了季星渠一眼，"你的'班草'地位要不保了。"

不过季星渠对侯奕这话显然毫无兴趣，也毫无危机感，连眼神都没给侯奕一个，只随意地"嗯"了一声。

侯奕听完季星渠敷衍的回答，又看了看他眉宇间的笑意，立刻猜到了手机那头是谁。

侯奕动了动嘴唇，但最终还是什么也没说。

侯奕其实很想问季星渠，他和乔乐谭到什么进度了。

因为在此之前,季星渠有时会来问侯奕一些问题,譬如女孩子喜欢什么、什么样的恋爱进度是正常的。虽然季星渠没指明,但是侯奕也能猜到他的问题指向的是谁。

这时,侯奕就会凭借自己匮乏的恋爱经验以及丰富的看别人谈恋爱的经验来回答季星渠——毕竟和季星渠比起来,侯奕觉得自己还能算个"情场高手"。他告诉季星渠,男人要主动起来,可以学点儿新鲜的东西,比如表演个魔术、耍点儿乐器,哄女生开心;进度的话,看二人之间的感觉吧。

虽然不知道季星渠有没有采纳自己的意见,但侯奕觉得,自己就是季星渠和乔乐谭的关系进阶道路上的一盏明灯,理应去关心一下二人的感情进度。

当然,主要是他也很好奇。

但是,侯奕每每想问出口的时候,心里都会有另一个声音将自己说服——那二位应该还在漫长的暧昧期里吧?

毕竟按少爷这种不算张扬但绝对不会低调的性格,他谈了女朋友,不说一定要在朋友圈里"官宣",但肯定会自己透露出来——毕竟这个人连在单恋的阶段都没憋住。而他一直没说,要么是两个人还没进展到那一步,要么是谈崩了。

不管是哪种情况,侯奕都觉得自己不适合去问,于是忍住了。

侯奕打扮好自己后,见时间还没到,就坐在自己的位子上打游戏。他这边一局都还没结束,余光就瞥见刚才一直懒懒地倚在椅子上的季星渠突然站了起来。

"你去哪儿?"侯奕眼睛依旧盯着游戏界面,只是分了点儿神问季星渠。

季星渠低声道:"出去一趟。"

"那你得快点儿,那个班会还有二十几分钟就开始了。"侯奕随口提醒道。

他却没想到,季星渠说:"我向老师请假了。"

侯奕这才从游戏里抬起眼,看向季星渠:"你干吗去?"

季星渠睨了他一眼,慢条斯理地回道:"送乔乐谭去车站。"说完,季星渠像是后知后觉一般反应过来,慢悠悠地"哦"了一声,"忘记和

你说了,我和乔乐谭在一起了。"

季星渠的语气还是一贯的散漫、慵懒,但是其中欲盖弥彰的炫耀意味太明显。

侯奕一脸疑惑的表情,愣在原地。

门被打开后,季星渠作势就要进来,却被乔乐谭喝止了。

"等等!"

意欲抬腿的动作一滞,季星渠有些不解地看向乔乐谭,又在看见乔乐谭严肃的表情的瞬间觉得好笑,不自觉地勾起唇角,轻笑着问道:"怎么?"

问归问,他还是停下了脚步,在门外站定。

乔乐谭敞着门,自己从房间里走了出来,和季星渠一起站在门外。

她学着之前季星渠的操作,用指纹激活了门锁,然后侧头看向季星渠:"你把指纹录回去吧。"

说罢,乔乐谭抬头对上季星渠的视线,见季星渠凝眸望着她,便解释道:"暑假两个月我不在,你要是需要回来拿东西,用指纹解锁方便一点儿。"

季星渠原本想说不用,因为他们 Re 战队的假期只有一个月,另外一个月他们要去海外的高校交流,他应该没时间回这里。而且,毕竟当初是他自己删了指纹,这么快又录回去,感觉有点儿不太好。

但是季星渠蓦地又想到了些什么,便应了下来,上前把自己的指纹重新录了进去。

"东西都收拾好了?"季星渠没往里面走,只站在玄关处,看着乔乐谭堆在地面上的行李,又收回目光,漫不经心地扫了乔乐谭空空的手腕一眼,状似无意地问,"手表呢?"

闻言,乔乐谭拍了拍自己的书包:"我放在里面了。"说话的同时,乔乐谭瞥过季星渠的手腕,发现上面赫然戴着一个黑色表带的 iWatch,于是又解释了一句,"昨天我太忙了,没时间去连手机,回家后就戴。"

季星渠微抬下巴,表示可以。

乔乐谭的行李只有两个行李箱和一个包,她自己背个包,季星渠刚好一只手一个行李箱,把它们拎了下去。

两个人站在路边等车，季星渠正跟乔乐谭说着自己暑假要去美国交流一个月的事情，突然手臂被乔乐谭扯住了。下一刻，两个人从道路边转移到了小区里面。

那两个行李箱就这么孤零零地被扔在了路边。

季星渠不明所以地看了乔乐谭一眼，发现她正一脸警惕地往外看去。季星渠便顺着她的目光看见了从远处走来的一群人——其中有尤甜和另一个纪录片制作团队里的人。

季星渠心下了然，唇瓣微动，刚发出一个音节就被乔乐谭"嘘"的一声制止了。

季星渠眨了眨眼睛。

行，他闭麦。

等尤甜等人走远之后，一直屏着呼吸的乔乐谭总算松了一口气，拍了拍胸膛，说："吓死我了。"

语毕，她稍一转头就看见了正看着她的季星渠。注意到乔乐谭的目光，季星渠微微挑眉，一脸意味深长的模样。

乔乐谭有些心虚，知道季星渠那副神情想说什么。

她怕被熟人发现她和季星渠谈恋爱，不单单是因为自己没有提前和朋友说而感到愧疚，更重要的是觉得他们俩现在感情还不稳定，不知道哪一天就分手了，那还不如一开始就不让别人知道。

但是这个理由她不能对季星渠说。

为了转移季星渠的注意力，在出租车上，乔乐谭主动向他询问了Re战队去海外交流的事情。对此，他语气平静地回复了她。

就在乔乐谭以为这件事就这么过去了的时候，季星渠下车后却站在原地岿然不动，淡淡地说道："乔乐谭。"

闻言，乔乐谭面色一僵，而后才慢腾腾地"啊"了一声。

他站在那里，脚边是她那两个大小不一、色彩明亮的行李箱，高铁站的光影明暗交错，衬得他的轮廓愈加冷峻。

他以再平静不过的疑问语气漠然地问："我们是在谈恋爱，对吧？"

听出了季星渠的言外之意，乔乐谭有些尴尬地点了点头，试图解释，可只发出一个"嗯"的音节就被他打断了。

"这样啊。我还是得找你确认一下，"话语一顿，季星渠勾了勾唇

角,似笑非笑地说道,"不然还以为我们在偷情呢。"

解释的话语被卡在喉间,乔乐谭沉默了几秒才缓缓地开口:"对不起……"

"你不用说对不起,"季星渠的声音很轻,双眸深沉地凝视着乔乐谭,他垂着眉眼,淡淡地说道,"我没怪你。"

闻言,乔乐谭仔细地看了季星渠几眼。他的眉目虽然不着情绪,但是她可以确认他不是在说反话。她这才稍稍放心,然后斟酌着用词,解释道:"我刚刚只是不想被尤甜撞见。我打算自己告诉他们。"

当然,前提是在她想好之后。

说罢,乔乐谭偷瞄着季星渠,试探着问道:"你是不是生气了?"

季星渠绷直唇线,对上她的视线,半晌后开口:"没有。"

其实季星渠确实有点儿郁闷。他只是不明白,和他谈恋爱是什么见不得人的事情吗?

不过,要是他现在和乔乐谭生气,那么一整个暑假这股气都要隔在他们之间。所以他只是生气,而不是对乔乐谭生气。

因此,季星渠虽然对这个解释并不算满意,但仍劝服自己没再计较了。他又自觉地拉行李箱的拉杆,长腿轻迈,堪堪半步就重新与乔乐谭并肩了。

"走吧。"他的语气就像什么也没发生过一样。

二人进了候车室,找了位子坐下。坐出租车过来的时候,季星渠知道乔乐谭还没吃早饭,于是起身帮她去高铁站内的肯德基里买吃的。

看着季星渠的背影,乔乐谭不禁去想最近的事情。季星渠是怎么看待这些事的呢?他刚谈上恋爱就因为对象要回家而被迫异地恋;反复强调的情侣手表对象就是不戴;谈个恋爱,对象还偷偷摸摸的。

虽然这些都不是乔乐谭故意为之,但是愧疚感如潮水一般涌上了她的心头,尤其在看到刚坐下来没多久的季星渠又起身去帮她买早饭……

她做错了那么多,季星渠又是那么骄傲的一个人。

谈恋爱前,他就是一个我行我素的少爷;和她谈了恋爱后,他还得克制着自己的情绪,哄着她,照顾着她。

乔乐谭之前并没有正式恋爱的经验,但是从网络上别人发的恋爱分享来看,这或许都是男朋友应该做的。但问题在于,她隐隐地意识到,这对季星渠很不公平，也让他在这段关系中处于一个不太对等的地位。

乔乐谭越想越觉得自己实在不应该这样做。

几分钟后，季星渠拎着早餐回来了。他把早餐放到乔乐谭的腿上，然后在她身边的位子上坐下来："还有半个小时检票，你慢慢吃。"

他转过头，看见乔乐谭散下来的长发稍稍盖住了侧脸。她垂着脑袋，慢腾腾地拆开早餐袋子，拿出里面的吸管，戳开牛奶。

季星渠正懒懒地倚着后座，准备看自己的女朋友吃会儿饭，就在下一秒，耳畔响起乔乐谭有些小心翼翼的声音。

"季星渠，和我在一起的这几天里，你是不是经常生气？"

季星渠一挑眉峰，看着眼前的乔乐谭，总算反应过来了。她吃早餐归吃早餐，这头埋得也太低了，明显是在避着不见他。

在心底暗笑一声，季星渠伸手撩开乔乐谭的头发，让她的半张侧脸完完全全地暴露在自己的视线里。

"乔乐谭。"季星渠轻笑一声，唤她。

头发被季星渠拨开的那一刻，乔乐谭肩颈僵了一瞬。她故意不去看季星渠，掩耳盗铃般地捏着自己的吸管，闷闷地"嗯"了一声。

季星渠眼中的笑意渐浓。他说："看着我。"

乔乐谭别扭地说道："不看。"

季星渠拖着腔调，夸张地惊叹道："蛮酷啊，乔导，连男朋友都不用正眼看！"

埋着头的乔乐谭偷偷地笑了一下。

就在下一瞬，她向下的视线之中出现了季星渠带着笑意的眼睛——他蹲在她的面前，就这样出现在她的眼前了。

对上乔乐谭的视线，季星渠勾了勾唇角，说道："这下变俯视了。"

这次，乔乐谭没忍住，笑出了声："季星渠，你有病啊？"

"哪儿能？"季星渠语气散漫，眉宇间的笑意疏懒而肆意。见乔乐谭终于正眼看他，他薄唇轻启，缓缓地开口："乔乐谭，看着我，听我说。

"这是我们在一起的第三天。"

乔乐谭看着他漆黑但盛着光亮的眼睛，心跳加快。

"这三天里，"季星渠一字一顿地说道，"我连看着你的时间都不够，

更不会用来生气。"

停了几秒,季星渠继续说:"我很感激你也喜欢我。我也是第一次谈恋爱,不知道什么样的举动能让你开心,所以尽可能地对你好。"

因他的眼神过于明亮,乔乐谭不自觉地轻颤着睫毛,连呼吸也放轻了。

"但是如果你因为这些我对你的好反而埋怨自己,去做一些不必要的反思,"说着,季星渠淡淡地笑了一下,"那我会觉得,我这个男朋友当得太失败了。

"乔乐谭,我不是什么老好人。我对你好是因为想对你好,想和你待在一起是因为和你在一起很开心。我也有脾气,要是生气了一定会说出来。"

说完,季星渠直了直身子,将自己的面庞凑近乔乐谭几分,用只有他们两个人能听见的声音,带着点儿哄她的意味说:"所以以后你不要去想这些有的没的,好吗?"

乔乐谭无意识地抿着自己的唇瓣,望着季星渠。

他半蹲在她面前,那双漂亮又多情的眼睛正无比认真地看着她,只看着她。

半分钟后,乔乐谭低声说道:"那我要是有什么做得不好的地方,你一定要和我说。"

季星渠昂了昂下巴:"我绝不忍着。"

乔乐谭看着季星渠的神情,嘴角翘起。

最后,她点了点头,回答了他的问题:"那好。"

"乔乔,东西都收拾好了?"

乔松朗回到家,看见瘫在沙发上玩手机的乔乐谭,问了一句。

说话时,乔松朗走近乔乐谭,目光也渐渐逼近了乔乐谭的手机屏幕。不过乔乐谭手疾眼快,早就在他靠近前切换了手机界面。

乔乐谭淡定地"嗯"了一声,然后装模作样地调整了一下坐姿,摆出一副正在优哉游哉地刷视频的模样。

乔松朗没发现异样,继续和她交代道:"到了你妈那边,你别惹她生气,你们俩好好沟通。你妈就是刀子嘴豆腐心,你说话顺着她点儿就可以了。"

前几天，乔松朗知道乔乐谭要去平娜家里住一段时间后，先是震惊——他以为乔乐谭和平娜已经很久没有联系了，而后便开始反复地和乔乐谭提一些与平娜相处的注意事项。

他怕乔乐谭和平娜刚有点儿缓和的关系又会破裂。

但其实乔乐谭每每听到乔松朗苦口婆心地对她说应该怎么与平娜相处的时候，心里都觉得有些好笑——乔松朗端着一副自觉很了解平娜的模样，但其实他所了解的应该是很多年之前没有和他离婚时的平娜吧？而且，乔松朗张口闭口都是让乔乐谭顺着平娜，言外之意是让乔乐谭对平娜好点儿，但当初伤害平娜最深的、导致一切变成今天这个局面的人就是乔松朗自己。

于是，每每乔松朗提到这个话题，乔乐谭都会如现在一般，随便点几个头糊弄过去，把他的话全当耳边风了。

倘若是之前，乔乐谭可能会把乔松朗的话当作金玉良言，时时刻刻惦记着怎么做才能让平娜满意，从而表演出一个不真实的自己。

但是在这段时间里，因耳濡目染了季星渠的一些我行我素的大少爷做派，乔乐谭便反应过来，如果去平娜家还得照顾平娜的情绪，委屈自己，那为什么还要去呢？

她去平娜那边住，如果住不惯或者和平娜处不来，那就搬回来，事情就这么简单。

之前是她过分追求和睦的相处状态，从而把事情想复杂了，但其实何必想这么多？

因为工作忙，乔松朗回来得很迟，和乔乐谭说了几句话后就上楼洗漱去了。乔乐谭的目光紧紧地跟随着乔松朗，直到确认他消失在楼梯的尽头，她立刻把手机界面切回微信聊天的界面。

Cookie：我回来了！

几秒后，季星渠发过来一个链接，邀请她加入视频会议。乔乐谭点开链接，进了只有他们二人的视频会议。

"等我一下，我现在在客厅里，先回房间。"乔乐谭一边说，一边举着手机往房间跑。一回到房间，她就飞快地锁了门，然后甩了拖鞋爬上床："我好了。"

手机的那头，季星渠的声音轻轻地传到她的耳畔："好。"

静了几秒之后，电影片头的画面在二人共有的会议的屏幕上亮起。

这段时间，乔乐谭白天去电影制作厂打工，有时候要坐一天的车到处跑，晚上还要熬夜剪片子，以至每天回到家都像一摊泥，只想瘫在床上，连聊天的精力都大大减少了。

哪怕乔乐谭没有抱怨，季星渠也能明显感受到她最近很忙，最直接的表现就是她连上线玩《摩尔庄园》的热情都没有了。

最开始放假的那几天，乔乐谭兴致勃勃地邀请季星渠一起玩《摩尔庄园》，虽然他并不知道屏幕里的老鼠可爱在哪里。

"那是小鼹鼠。"当时乔乐谭如是纠正道。

季星渠每天在乔乐谭的指挥下种菜让她偷，看她每次偷完菜和花，还很嘚瑟地反手在微信上甩来一张游戏截图，向他炫耀自己的偷菜成果。如此，他倒也乐在其中。

于是季星渠每天睁开眼后的第一件事是给乔乐谭发消息，第二件事就是打开《摩尔庄园》，做每日任务，勤勤恳恳地往自家的菜地上种菜，等乔乐谭来偷。

可是从某一天开始，乔乐谭在游戏里的那只橙色鼹鼠便一直没再上过线。

季星渠发现这件事的时候还在和高中同学打球。中场休息的时候，他坐在场外的长椅上，退出一直没被回复的聊天框，手指凭着肌肉记忆又自觉地点开了《摩尔庄园》，发现自家的菜地今天也无人问津。

那一瞬间，刚运动完的季星渠坐在长椅上，蓦地生出了一丝微妙的惆怅感——之所以微妙是因为季少爷不想承认，自己玩个经营小游戏还玩出了感情。

但哪怕在心底百般否认，在征得乔乐谭的同意后，季星渠近日的游戏流程还是变成了先登录乔乐谭的游戏帐号，做每日任务，去他家的菜地里偷菜，再登录自己的游戏号，做每日任务，种新一轮的菜给乔乐谭偷。

因为和乔乐谭少了一起玩《摩尔庄园》的联系，季星渠就暗暗地想在什么地方补回来，便旁敲侧击地提出了有空的时候一起连麦看电影的想法。

乔乐谭欣然同意了。

于她而言，看电影是一种放松；于季星渠而言，和乔乐谭一起看电影是一种放松。

共享屏幕上还在播放着片头曲，乔乐谭靠着枕头坐在床上，好不舒适，懒懒地打了个哈欠后，耳机里立即传来季星渠含着笑意的声音："困了？"

乔乐谭："有点儿。"

下一秒，她便听见季星渠说："那今天不看了。"他轻声说道，"你早点儿休息。"

闻言，乔乐谭看了一眼时间，嗫嚅道："才十一点呢。"说完，她下意识地想到什么，随口问了一句，"是不是你自己不想看电影，所以找个理由翘掉？"

她只是随便一说，却没想到那边的季星渠没说话，算是默认了。

乔乐谭当即乐了，故意阴阳怪气地问道："唉，当初是谁说要看电影来着？"

季星渠坦然地应下："嗯。"

是他说的。

"怪我当初没想到，我们乔导看电影时能一句话不说。"季星渠拖着腔调，语气悠闲地说道。

他原本以为两个人连麦看电影，看到精彩的地方能聊几句，再不济乔乐谭也会尽个责任，偶尔给他这个门外汉讲解一下电影剧情。结果，谁能想到只有喜剧片放到某个搞笑的情节时，他才能听到自己的女朋友动动金贵的嘴皮子笑一声，其余时间乔乐谭一言不发。

"怪我怪我。"乔乐谭虽然嘴上应下了自己的错，但语气很敷衍，态度很糊弄，说话的同时还有闲心调整自己的坐姿。

要不以后改变一下他们的观影风格，她正想着，耳畔季星渠的声音再度响起了。

这一次，他将声音放低了些，有点儿沉，有点儿沙哑。

"乔乐谭。"季星渠轻声唤她。

他的语速有些慢，带着点儿不经意的感觉，却又很轻柔、小心，他像是怕吵醒谁的梦，或者说有些不好意思，连咬字都有些不清晰了。

季星渠闷闷地说:"我有点儿想你。"

上一秒还懒洋洋地靠着枕头坐在床上的乔乐谭一听到这话,身子立即绷直,下意识地屏住呼吸,连大气都没敢出。电话那头的季星渠没再说话,只有轻轻的呼吸声通过耳机摩挲着她的耳膜。

片刻后,热度才攀上乔乐谭的脸颊。

她慢腾腾地蜷起身子,不自觉地攥紧身上的空调被,觉得耳根烧得厉害,还能感知到自己的嘴角咧开的弧度。她垂着睫毛,一时不知道说什么。过了好一会儿,她语气自动放软,嗔怪道:"你从哪里学来这么多花言巧语?"

那头的季星渠从喉间发出一声轻笑,却没说话。

乔乐谭低着头,一下一下地揪着盖在身上的空调被,卧室内空调的冷气也降不下她的温度。

两个人就这样静默了很久,任微妙的情愫在各自的空间里发酵。

许久之后,乔乐谭才像下定决心一般,终于慢慢地开口:"我也有点儿想你。"

她心跳骤然加快,因为害羞,也因为愉悦。

话音刚落,视频会议里,季星渠一直关闭的摄像头被打开了,他的脸以一个从下往上的角度暴露在乔乐谭的眼前。

季星渠举着手机,把自己的脑袋全方位地扫了一遍,最后把手机立在桌上,抬了抬下巴:"给你看看你的男朋友。"

视频画面里,灯光明亮,季星渠俊朗的五官暴露在光线中,依旧是那么无懈可击。低像素弱化了相貌的细节,却使光影更明显了,让季星渠深陷的眼窝、挺拔的鼻梁与清晰的下颌线更为突出。

虽然乔乐谭把他们的聊天背景换成了她在耶拿桥上给季星渠拍的那张侧脸的照片,以便每天都能复习一下季星渠的帅气,可当这张脸以其他形式真正出现在她的面前时,她的双眸还是被猝不及防地震撼到了。

等缓过神来,伸手摁亮了房间里的灯,把手机扣在枕头上,跳下床对着梳妆镜整理了一下自己的头发后,她才重新坐回床上。

在心里默数三秒后,乔乐谭也打开了摄像头。

"礼尚往来,我也给你看看你的女朋友。"

乔乐谭原本没想笑，可一开口，嘴角的弧度便抑制不住了。她一边笑，一边觉得视频通话有点儿不好意思，便捂着嘴，只露出自己弯弯的眉眼。

而那边的季星渠从一打开摄像头开始，脸上便挂着张扬的笑。此时，他看见乔乐谭也把摄像头打开了，他的嘴角亦愈扬愈高，空着的那只手还欲盖弥彰地抓了抓头发。

两个视频会议的屏幕里就这样显示着两张傻笑的人脸。

季星渠假装拨弄头发之后，手又垂落了。他凑近屏幕，试图将乔乐谭看得更清楚，最后"啊"了一声，装模作样地点评道："从仅露出的额头和眼睛，我可以判断出屏幕那边的人是我的女朋友。"

"你别说了。"乔乐谭的心情原本都要平复了，被季星渠这么一说，她又止不住想笑。

"不说了，"季星渠散漫地说道，"再说我连你的额头和眼睛都看不见了。"

语毕，季星渠就看见乔乐谭的摄像头又被关闭了，他的唇角不自觉地勾了勾："我闹着玩儿呢，你还真不让我看了啊？"

几秒后，暗下去的摄像头才被重新打开，乔乐谭的脸重新出现在他的眼前。

乔乐谭说："随意地开我的玩笑，警告一次。"

季星渠做投降状，抬了抬手："认罚。"

两个人东拉西扯地聊了些，乔乐谭渐渐地习惯了视频通话，说话和动作都更为松弛，坐姿也越发懒散——原先她是端正地坐着的，现在慢慢地演变成趴在枕头上了。倒是季星渠，一直坐在电脑桌前，坐姿很固定。

再后来，他们聊到 Re 战队后天就要出发去美国这件事。

虽然无论季星渠在哪里，他们俩现在都算异地恋，可是一想到季星渠马上要远渡重洋，乔乐谭总觉得更不舍了。

她用下巴抵着枕头，说："你到那边发现什么好玩的、好看的，记得拍给我看看。"

季星渠颔首，表示"当然了"。

乔乐谭慢腾腾地"啊"了一声，想了想，最终还是决定适当地吐露点儿心声。但因为要将这话字正腔圆地说出口,她还是觉得有些羞赧,于是,只低声喃喃道:"我会想你的。"

视频那端的季星渠闻言,沉默了几秒。

在乔乐谭以为季星渠没听清她在说什么的时候,便看见视频那端的季星渠淡淡地笑了一下,眸色也异常深沉。

季星渠的声音也很轻,带着点儿笑意,他像只委屈的小狗,说:"我一直想你。"

乔乐谭最近在一个电影制片厂里实习。

当初这个场地就是为了拍电影而建的,所以被叫作电影制片厂,可随着棚内电影的衰落,该场地的业务变得更加多样化,一块地方被细分成不同的区域,一部分用来拍电影,另一部分用来拍广告。乔乐谭每天在场内跑,便可以看见不同的工作组在进行不同的业务。

乔乐谭在场内就是打打下手,但正是因为这份工作有着极强的流通性,只有短短半个月的实习也能令人收获颇多。

大学课堂上,老师教授他们的都是书面化的知识,传媒学院的学生自己在学校里拍摄短片也只能帮助他们接触到基础的实务,却不能推动他们快速地成长。如今在这样专业的地点从事实务活动,乔乐谭能明显地感受到理论和实践的差距,也从各位前辈的身上学到了许多东西。

这样的感受,她只有在给 Re 战队拍摄纪录片的时候短暂地体会过。在这里,她重新体验到了当初一腔热血地要学习编导的感觉。

经过几天的通宵达旦,乔乐谭终于结束了一个广告短片的拍摄。

在片场休息的时候,乔乐谭像往常一样,习惯性地给季星渠汇报自己每日的工作进度:终于拍完了!

发完,乔乐谭又顺手给季星渠发了一张片场图,照片里是一堆被拆下来的拍摄用的架子和她比"耶"的手。

回家后,她就把季星渠送给她的 iWatch 戴上了。于是每次拍片场的照片的时候,她都会刻意把自己手腕上的 iWatch 也拍进去。

Cookie:师傅说我可以直接下班。

Cookie:我可以玩一天了,苦尽甘来[玫瑰][玫瑰]。

电影人从来不讲究朝九晚五的规律作息,尤其乔乐谭的师傅是个散漫的逍遥派,看乔乐谭他们辛苦了这么久,自己也抽不出时间带他们团建,直接大手一挥,对乔乐谭以及她的师哥师姐们说他们可以下班了,并在字里行间暗示他们睡到第二天中午再来上班都没事。

乔乐谭自然欣然应下了。

恰好今天是搬到平娜家住的日子,这样她就不用担心时间上来不及了。

季星渠计算机系:辛苦乔导。

季星渠计算机系:或许你有时间去看看你的鼹鼠了。

Cookie:好久不见我的霸道小饼干。

Cookie:想它。

霸道小饼干是乔乐谭的游戏名,四舍五入就是她在《摩尔庄园》里的角色的名字。

被季星渠这么一提醒,乔乐谭赶紧登上在自己的手机里落灰已久的《摩尔庄园》。

游戏界面一出现,乔乐谭习惯性地准备去做每日任务,就发现今天的每日任务已经被做完了——她这才后知后觉地想起,每天都有人帮她在游戏里打工。

于是,乔乐谭点开好友列表,轻车熟路地找到她的"游戏打工仔"季星渠的账号,拜访了他的菜地,准备去他家偷菜。

可是到了季星渠的菜地里,乔乐谭发现他没有种其他的农作物。

他的菜田里,是大片大片的郁金香。

而菜地前的那块门牌也被季星渠改了名字,上面用圆圆的游戏字体写着"献给霸道小饼干"几个字。

平娜来接乔乐谭的时候,乔松朗还在工作,二人刚好避开了见面。

因为乔乐谭只是短住几天,所以带的行李很轻便,搬运起来没什么难度。她到了平娜家后,很快就收拾好了。

虽然平娜没说,但是乔乐谭知道,自己住的主卧应该是平娜特意让出来的。

乔乐谭往衣柜里塞衣服的时候,发现了一个盒子。盒子的盖子被打开了,所以乔乐谭一眼就瞥见了一张放在盒子里的照片——是她童年时候的照片。

于是，乔乐谭把这个盒子取了出来，发现里面整整齐齐地放着她小时候的奖牌、奖状，还有一本相册，相册里面是她从小到大的照片。

翻了几页后，乔乐谭就把相册放了回去，没再看。

血缘真的是很奇怪的东西——作为无法摆脱的羁绊，让人感受到被坚定地爱着的东西是它，伤人最深的也是它。

乔乐谭把那个盒子放回了原位。

它安安静静地躺在衣柜的角落里，就像不曾被人打开一样。

前天平娜便问了乔乐谭想吃什么，当时乔乐谭随口报了几样菜，今天这几样菜都在餐桌上出现了。

在饭桌边的时间里，手机闲着也是闲着，她不敢当着平娜的面随意地玩，便干脆打开《摩尔庄园》，挂机钓鱼。

"容绥和我说，你和他一起吃饭了。"平娜忽然开口。

乔乐谭"嗯"了一声。

"那我和你容叔叔离婚这件事你也知道了吧？"

捧着碗的手贴紧了碗壁，乔乐谭注意着自己的语气和神情，平静地说道："嗯。"

听到了答案，平娜也只淡淡地"嗯"了一声，没再说其他的话。

二人又陷入了沉默的氛围中。

乔乐谭用筷子扒拉着饭，往自己的嘴里塞，却觉得心绪也被这筷子搅得极不安宁。

她用余光偷瞄平娜，见平娜神情平静才稍稍放心，将心头的话问出了口："你和容叔叔为什么离婚？"

他也像我爸一样，做了对不起你的事情吗？

但幸好，墨菲定律没在这时候应验。

平娜表情平静，语气一如既往，就连在谈自己的私事时都是一副公事公办的严谨模样。

她手持筷子，一边说还一边夹菜："两个人都是二婚，搭伙过日子，过不下去就散了。我都这个年纪了，自己一个人过更自在。"

平娜说话的时候，乔乐谭一直观察着平娜的神情，根据平娜毫无波澜的表情和语调，乔乐谭推断平娜和容绥的父亲之间好像确实没有龃龉，这才稍微安心。

虽然双方的母女情算不上多深厚，两个人也曾经僵持过，可乔乐谭也希望平娜不要再被伤害了。

一顿饭两个人和气又客气地吃完，不过才晚上五点多。

因为待在客厅里觉得尴尬，乔乐谭干脆拿着手机溜回房间。关门的时候，她先是习惯性地锁上了门，而后又怕这样的举动让平娜多想，便开了锁，只将门合上。

她拿出手机，看见季星渠在二十三分钟前给她发了微信：在哪儿？

乔乐谭把《摩尔庄园》的游戏截图发了过去，并说：在钓鱼［可爱］［可爱］。

很快，季星渠的消息又弹了出来。

季星渠计算机系：二十三分钟。

季星渠计算机系：有一条鱼在车站要干死了。

乔乐谭看着季星渠发过来的消息，脑子里渐渐浮现出一个设想。

就在下一秒，季星渠发过来一张图片，印证了乔乐谭的想法——图片里是她所在的城市的动车站。

和平娜说自己出去散会儿步之后，乔乐谭直接打车去了车站，一到进站口就远远地看见了那道熟悉的身影。

乔乐谭看到季星渠的瞬间，心脏骤然缩紧，而后按照欢快的节奏跳动起来。

乔乐谭坐在出租车上过来时，打算神不知鬼不觉地跑到季星渠的身后拍他一下，可真看到了他，就把这些构思通通抛在了脑后，径直小跑了过去。

随着距离缩进，原本正低着头看手机的季星渠像有所察觉一般抬眼，二人的目光就此对上了。

乔乐谭下意识地喊他的名字："季星渠！"

原本懒洋洋地坐在座椅上的季星渠当即站了起来，脸上挂着散漫的笑，向她走来。

乔乐谭小跑过来，到季星渠面前时没有控制住自己的脚步，一头扎进了他的怀里，抱住了他。

季星渠用手自然地揽住乔乐谭的腰，将她往自己身上带，还用自己的下巴轻轻地抵着她的脑袋，低声念她的名字："乔乐谭。"

乔乐谭靠在季星渠坚实又温热的胸膛上，紧紧地贴着季星渠的心口。她收紧了抱住季星渠的手，下意识地往他身上蹭了蹭，柔声说道："你怎么突然来了？"

乔乐谭问归问，但其实答案二人都心知肚明。她没等季星渠回答，贴着他几秒后又慢慢地从他的怀里抬起脑袋，想松开抱着他的腰的手，改去碰他的头发，但意识到他将她抱得太紧，她的双臂动弹不得，便放弃了收回手的念头。

乔乐谭望着季星渠的头发问："你什么时候把头发染黑了？"

下一秒，从她的头顶落下季星渠带着笑意的声音："你今天才问？"

"没有，我昨天就发现了。"乔乐谭为自己辩解。

昨天和季星渠视频的时候，她就发现季星渠的头发被剪得短了些，还被染回了黑色。只是昨天她专注于看季星渠的脸了，同时也想着那可能是光线导致的发色变化，便没问。

"我回家就染了。"

在季星渠回家之前，他父母不知道他染了头发，因此在机场一看见自己的儿子顶着个银灰色的脑袋，他妈妈当即乐了，觉得这银灰色的头发衬得儿子的气质都不一样了，自家儿子愈加帅气逼人，但他那有点儿死板的爸爸立刻把脸拉了下来。

回到家之后，季星渠的爸妈每天都要为季星渠的头发拌两句嘴，虽然也不是真的吵架，但是季星渠不胜其烦，加之闲得很，又想到之前乔乐谭说过黑色也好看，于是回家第三天就把头发染回去了。

乔乐谭"哦"了一声，然后笑嘻嘻地说："很好看。"

季星渠没回应，却在乔乐谭看不到的地方偷偷地扬了扬眉。

乔乐谭往季星渠的身后瞟去，看见了他的行李箱，这才把自己的疑惑问出口："你明天不是还要去美国吗？"

季星渠"嗯"了一声。

江平这次买的是傍晚从上海虹桥机场出发的机票。上海和乔乐谭的家离得近，加上她说自己明天上午可以旷工，季星渠便直接拎着行李过来找她了。

要不是乔乐谭前几天每天都在片场里,又忙又累,他也不会等到今天才来见她。

听季星渠讲完,乔乐谭又问:"那你明天什么时候去上海?"

"下午两点。"

也就是说,他们俩能在一起的时间满打满算也就一个晚上和一个上午。

在心里盘算之后,乔乐谭"哦"了一声,问:"你吃过饭了吗?"

季星渠却没回答,反问:"你呢?"

"刚吃完。"乔乐谭说。

"我上车前吃过了。"

"那你晚上会不会饿啊?"

"晚上再说。"季星渠满不在乎地说道。

乔乐谭长长地"哦"了一声。

这么几分钟下来,乔乐谭稍稍冷静了些,瞥到来往的人群,终于后知后觉地感到有些不好意思。

她仰起脑袋,对季星渠眨了眨眼,学着季星渠的样子说话:"抱够了?"

"没。"季星渠悠闲地驳回乔乐谭的话,抬起左手,揉了揉她的脑袋,"我坐了四个小时的车。"

他的意思是这才抱了多久,连他坐车的时间的零头都比不上。

乔乐谭:"那就再抱十秒。"

季星渠:"一分钟。"

乔乐谭:"五秒。"

季星渠:"两分钟。"

两个人就这样又黏糊了一会儿,才动身把季星渠的行李送回他预订的酒店里。

乔乐谭没上去,就在大厅里等季星渠。等季星渠下来后,她问季星渠想去哪里玩。

季星渠原本没什么想法。毕竟于他而言怎样都是和乔乐谭待在一起,没什么差别。但是,当乔乐谭问他时,他的脑子里蓦地闪过了一些文字。

季星渠问:"你的高中我们能进去吗?"

"我的高中?"因为觉得诧异,乔乐谭先是下意识地重复了一下季星渠的话,然后才回答,"应该可以吧?我们就说是去看老师的。"

算了一下时间,之前教她的那届老师应该又迎来一届新高三了。按她的学校的作风,现在这个时候老师们应该在给高三的学生补课。

回答完季星渠,乔乐谭才问:"你想去我的高中啊?"

季星渠微挑眉梢,没说话。

"干吗?"乔乐谭睨了他一眼,"我毕业都两年了。"

对上乔乐谭的视线,季星渠勾了一下唇角:"怎么?学生毕业了就不能去学校了?"

听出季星渠话里有话,乔乐谭扯了扯嘴角,伸手捶他:"好好说话,你想去我就陪你去吧。"

季星渠慢条斯理地"啊"了一声,垂眸看向乔乐谭,缓缓地说道:"我的女朋友说得很勉强啊。"

"季星渠,别给我来这一套。"听着季星渠阴阳怪气的话,乔乐谭先是忍俊不禁,笑弯了眼,没什么威慑力地警告了他一句,然后作势抱住他的胳膊,撒娇地摇了摇,甜声说道,"你想去我就陪你啦。"

裸露在外的手臂被覆上了乔乐谭的体温,感受到自己的手臂被抱住摇晃,季星渠垂眸看着那颗毛茸茸的脑袋,嘴角扬起一个微不可察的弧度。

两个人打车到了乔乐谭的高中。

高考之后,整整两年的时间,乔乐谭都没有回过高中。因为一到这里,三年的记忆就会涌上心头,她会想起当年浑身干劲、向全世界嚷嚷要上中传的自己。她害怕面对这份回忆,所以直接选择了逃避。

时隔这么久,乔乐谭再一次看到了熟悉的校门,心头酸胀。

其实不管结局如何,她都很想念这个储存了她三年记忆的地方。在这里,她度过了人生中不会再有的时光。

夏日的晚上六点半,天边泛起火烧云。红色的晚霞夹着紫色的云彩,一如几年前还是高中生的她站在走廊里因为背书而感到疲惫时抬起头看到的那片天空。

他们站在校门口,可以遥遥地望见里面有一栋建筑灯火明亮。乔乐谭指了指,跟季星渠介绍道:"那是我们的高三楼,老师和学生应该在补课。"

季星渠循着她手指的方向看了一眼,悠悠地点评:"你们这栋楼和我的高中里的挺像的。"

"应该吧。"乔乐谭说,"高中的楼好像都一个样。"

现在是晚上,校门紧闭,他们要进校只能通过安保室。

乔乐谭原本以为他们还要在安保室里给以前的高中老师打个电话才能被放行,却没想到向一个保安说他们是来看老师的学生之后,那个保安看着她,忽然一副恍然大悟的模样,说:"你就是霖大的那个学生吧?"

乔乐谭微微愣住,然后点了点头。

"你回来给学弟学妹分享经验来了啊?"保安热络地说了一句,然后又看向季星渠:"你也是回来看老师的?"

闻言,乔乐谭瞟了季星渠一眼,就见他没有丝毫演戏的痕迹,神色平静地点了点头。

保安很好说话,确认了他们的来意之后,推了个本子过来,让他们俩登记了名字后就放他们进校了。

一离开安保室,乔乐谭就听见身边的季星渠慢悠悠地开了口:"我们乔导还挺有名的。"

乔乐谭也不知道保安是怎么认识自己的,但听见季星渠这么说,突然想到什么,便说道:"我哪里比得过您这位风云人物?听说来教室偷看你的小学妹都从教室的前门排到后门了。"

季星渠笑了一声:"你从哪儿听来的谣言?"

"蔡萱奇和我说的。"

"哦,"季星渠的声音里带着笑,他慢悠悠地补完了没说完的话,"她们明明就是分批来的。"

哪里会这么夸张,偷看他的小学妹站满一条走廊?

闻言,乔乐谭看了他一眼:"你还挺嘚瑟。"

"我那时候不觉得,"季星渠满脸笑意,倒也承认得坦荡,"现在想想,我高中时候确实是风云人物。"

虽然这话季星渠是笑着说的,但是他的语气里没有任何炫耀的意思。他只是很单纯地回忆以前的事，也很坦然、很诚实地在和乔乐谭分享自己的想法。

乔乐谭心说：其实您上大学时也是风云人物。

但最后她还是没有把这话说出口，免得这位少爷的尾巴要翘上天了。

来之前，乔乐谭只是拿看老师当个幌子，可当真正重游旧地时，那种回去看望老师的冲动就按捺不住了。

乔乐谭知道自己带着季星渠去的话，大家都尴尬，便让季星渠在高三的教学楼楼下等她。

季星渠"嗯"了一声，知道乔乐谭想回去看老师，也理解她不带自己上去的考虑，就说自己随便走走。

把这几栋楼逛了个遍后，季星渠回到了高三教学楼的一楼，耐心地等乔乐谭下来。

等乔乐谭的身影重新出现在季星渠的面前时，他一眼就看见了她红红的眼眶——她显然是哭过，但那不是伤心的眼泪。

于是季星渠只装作没看见，自然地走上前，揽过乔乐谭的肩膀，把她往自己的怀里抱，故意说些没营养的话给她缓和心情："你这学校还挺大。"

"从寝室走到教室要十几分钟呢。"乔乐谭声音闷闷地回答他。

等缓过神来，乔乐谭才发现自己正在被季星渠往学校里面带。

她以为季星渠迷路了，好心地提醒道："校门在那边。"

季星渠站得略微靠后，把乔乐谭揽在身前，手搭在她的肩膀上，不费力气就能捏到她的脸颊。季星渠觉得无奈又好笑："这点儿路我还是记得住的。"说完，他又捏了捏乔乐谭的另一侧脸颊，问，"你们那个签名墙在哪儿？去看看。"

"它之前是被挂在桥那边……"乔乐谭喃喃道，然后才反应过来，"你怎么知道这个？"

乔乐谭的高中有个传统，每届高三学生的升学典礼上，学校都会定制一个签名墙，让大家在上面写下自己的名字和心愿，然后统一放到校园的长廊处，每届学生的签名墙可以在长廊里待三年。

"你公众号的推文里写着呢。"季星渠轻描淡写地说道。

乔乐谭的那几篇推文他翻来覆去地看,连推文的细节都能背下来了,借此拼凑出他未曾见过的乔乐谭的时光。譬如季星渠不仅知道乔乐谭在高三的升学典礼上在签名墙上签名了,还知道她在签名墙上写的是什么内容。

但与亲眼看总归是不同的,季星渠对乔乐谭在文章里写的那些关于高中生活的回忆感到好奇,想来亲历她待过三年的地方,看看是什么地方支撑起了她的这些回忆。

乔乐谭凭着自己的记忆,带着季星渠走过学校里那座很鸡肋但是很漂亮的小桥,来到了校园的长廊处。

签名墙就被摆在校园长廊的入口处。

每一届学生的签名墙的颜色都不一样,乔乐谭那届的是青绿色的。当时看到签名墙的时候,乔乐谭和同学们都在吐槽这颜色不好看,如今看来,却觉得亲切又顺眼。

一届八百多个学生,他们的名字与梦想密密麻麻地挤满了这个被赋予"签名墙"意义的纸板。

乔乐谭找了许久才看到那行笔迹。

这时,一道高大的身影和她一起在签名墙前蹲下了。

乔乐谭伸手指着那行字说:"这是我写的。"

季星渠的视线落到签名墙上,跟着她一笔一画的字迹,用目光将那行字描摹了一遍。

"Fly free(自由飞翔)——乔乐谭(准中传女大学生版)。"

这是季星渠第一次看见乔乐谭的字迹,她写得很工整、规范,就连英文字母都没有连笔。

乔乐谭看着当时的自己在括号里写的备注,笑了一下,轻声说道:"那时候我还很想上中传。"

闻言,季星渠转过头看向乔乐谭。她的侧脸十分美丽,嘴角挂着浅浅的笑,她平静地看着眼前的画面,好像在回忆一场遥远的梦。

半晌,乔乐谭轻飘飘地"啊"了一声,拍了拍自己的膝盖,一边说着"蹲累了"一边站了起来。

二人在一旁的长椅上坐下了。

季星渠刚坐下,耳畔就响起了乔乐谭的声音。

"季星渠,我刚刚回去看老师,看到他们的那一瞬间,突然就觉得自己对当初的结果太执着了。"

在高中毕业后的两年里,乔乐谭一直不敢回高中,可当真正回来的那一刻,看见老师们熟悉的面庞,听他们问霖大的饭菜好不好吃,便知道过去的那些早就过去了,只有自己还在耿耿于怀。

"大学都上两年了,我还在不停地后悔,后悔当初怎么没看好自己的高考志愿,不然现在就在中传了。"

这番话在她的心头反复出现,可每次要跃出水面都被她摁回去了。现在终于说出口了,她只觉得解脱。

"其实我已经很幸运了,至少当时摆在我面前的两个选择在不同的意义上都是最优解。"

中传作为专业院校,有霖大给不了的资源;霖大作为国内顶尖的综合性院校,也给她提供了中传给不了的体验。

其实在两年的大学生活里,乔乐谭早就拥抱了她的大学生活。只是她不愿意去承认,仿佛承认现在过得不错就意味着平娜更改她的高考志愿的举措是正确的、她当初的坚持是错误的。

但其实错误的开始和好的结局并不相悖,她只是又一次撞上了自己心里的南墙。

"这不是幸运,"季星渠听着,在她没说话的间隙中说道,"是你努力应得的。乔乐谭,不要总是把一切好的事情都归功于命运,用一切不好的事情追责于自己。"

闻言,乔乐谭先是抿了抿唇,最后郑重地点了点头:"嗯,这确实是我自己努力换来的。如果时间可以倒流,我肯定会避免那些意外,选择去中传,再也不要来霖大了。"

但是——

"但是人生没有如果。"乔乐谭看着季星渠,缓缓地说道,"而且那样的话,我也碰不见你了。"

人生的际遇多奇妙。

现在让你失意的一切,说不定会在未来赐予你惊喜。

听见她的话,季星渠眸光微动。他对上乔乐谭的视线,看见她的眼睛柔和又清澈,正盛着盈盈的笑意,注视着他。

"乔乐谭，人生从来没有如果，也没有意外。"季星渠的声音在安静的气氛中响起，低沉得扣人心弦。

他的目光扫过乔乐谭的面庞，最后，他用右手轻轻地捏住了她的手，将她的左手包在自己的掌心里。

貌似漫不经心地做完这一系列小动作后，季星渠才继续说："人就这么一辈子，事情一旦发生了，就是注定的。"

他神情慵懒，但是说话的语气带着不容分说的坚定感。

他说这话时，乔乐谭感受到自己的手被包得更紧了些。他掌心的温度很炙热，烧得她心房滚烫，比这夏夜都灼热。

就这样停顿了几秒，她才听见身边的人不紧不慢地补完了最后一句："所以说，我们遇见就是注定遇见，相爱就是注定相爱。"

乔乐谭偏过头，恰好撞上了季星渠的视线。他的目光直直地落在她的面庞上，好像他已经等待她的回望许久了。

几秒后，乔乐谭开了口："季星渠，我知道那个保安叔叔为什么认识我了。"

"为什么？"季星渠顺着她的话问。

二人谁也没再耽于上一个话题，因为都选择了向前看。

乔乐谭用空出的那只手掏出手机，翻开相册，把一张照片展示在季星渠的眼前。

刚才回去看老师，乔乐谭才知道，从她那一届开始，学校会把考上名校的毕业生的照片挂在高三一楼走廊的墙上。

按理说这个照片应该每年被更换一次，但因为每年能考上霖江大学的人不多，所以乔乐谭的大头照在高三一楼走廊的墙上挂了两年才被换下来。所以保安应该是巡逻的次数多了，记住了她的脸。

知道这件事后，乔乐谭就在想：或许这就是在她想不到的地方霖大能带给她的际遇之一。

季星渠凑近了些，看清了乔乐谭拍下来的大头照，上面是她最公式化的笑容。

他从两年前的乔乐谭的照片上收回目光，视线又落回到眼前的乔乐谭身上。

妆容让乔乐谭的五官更为精致，她亦不似照片里那样清纯，但是眉眼仿若复刻了两年前的大头照上的样子，眼睛明亮，神采飞扬。

季星渠眸光微动，稍微侧了一下身子，专注而炙热地注视着乔乐谭："乔乐谭。"等乔乐谭看过来，季星渠喉结微动，半晌才开口，"我想亲你一下，可以吗？"

盛夏的知了不合时宜地开始鸣叫，声音好像要撕破天际。

乔乐谭在这一片蝉鸣中红了脸。

这个问题他还要问她……她怎么好意思说？

见乔乐谭低着头，神色难辨，季星渠猜不透她在想什么，抿了抿唇，有些谨慎地说道："我怕你生气。"

终于，在五秒后，乔乐谭的声音响起了。她故意说得骄纵，来掩饰自己因底气不足而害羞的样子："这次允许你亲。"

话音刚落，她的下巴就被一只手捏住了，带着她的脑袋往某个方向偏了几寸。接着，那只手松开她的下巴，转而揽住她的腰，往前一搂。乔乐谭下意识地闭上了眼，因此，她的某个感官更为敏锐了。

她的唇瓣被另一片温热的唇瓣覆上了。

在"怦怦"的心跳声中，他们的呼吸纠缠在一起。

季星渠一只手扶住她的腰，另一只手托着她的后脑勺，轻揉她的头发，又慢慢地移到她的耳后，无意识地摩挲着她耳后敏感的肌肤。

乔乐谭不受控制地轻颤了一下，向后收了收身子。

就这样，他们的唇瓣短暂地分离了一秒。

就在下一秒，落在她腰际的手掌再度发力，把她往前带。这一次，季星渠像是不再满足于简单的触碰，青涩又莽撞地吮着她的唇，轻咬着她下嘴唇的软肉。

乔乐谭的睫毛止不住地颤动，心跳的鼓点愈加剧烈。她的齿关被撬开，突然闯入的温热气息野蛮地掠夺着她的呼吸。

季星渠的呼吸声愈加沉重，落在乔乐谭的耳边，在她紧绷的神经中无限放大，成为她空空的脑袋里唯一存在的声响。

当两瓣软肉相触碰的那一刻，季星渠动作一滞，而后在下一瞬霸道地想要侵占她的全部。

乔乐谭的身体抑制不住地轻颤，随着齿关合上，她不小心咬到了季星渠的舌尖。

一切动作就此停止。

他们唇贴着唇,时间静止了十几秒,乔乐谭才晕乎乎地推开季星渠。

她不敢去看季星渠,只觉得自己要窒息了,脸也烧得厉害,声音不自觉地变软、变娇:"你明明说是亲……"

"嗯,"季星渠放在乔乐谭的耳后的那只手安抚地摸了摸她的耳垂,他的嗓音沙哑得厉害,像很久没有喝水了一样,"我犯规了。"

乔乐谭换好衣服,刚准备神不知鬼不觉地出门的时候,身后突然传来平娜的声音:"你这么早出去做什么?"

乔乐谭被吓了一跳,身形一颤,握在门把手上的手落了下来。

她转过身,对上平娜的视线,镇定地说道:"我出去晨跑。"

平娜不清楚自己的女儿是否有早起运动的习惯,将信将疑地看了乔乐谭一眼,最后点了点头,说:"你是该锻炼锻炼身体,这个习惯挺好的。等下我把早餐做好,放在桌上,你回来自己热一热。妈妈要去上班了。"

乔乐谭应下后出了门,乘地铁去季星渠住的酒店。

到了酒店大厅后,乔乐谭才发现自己来得太早,现在离他们俩约好碰面的时间还有二十来分钟。于是她在大厅里找了个位子坐下,然后给季星渠发微信:我不小心来早了,但是你可以慢慢来。

季星渠计算机系:到了?

Cookie:嗯。

季星渠计算机系:上来坐会儿?

乔乐谭知道季星渠只是单纯地怕她等得太久,所以让她上去等。可是他们俩现在这个关系,又在酒店这么暧昧的场所里,乔乐谭脑子里的想法便不受控制地发散,脑海中亦不自觉地浮现出昨晚的那个吻。

想到这里,乔乐谭就觉得去季星渠的房间里待着蛮怪的。

Cookie:我在大厅里等你。

季星渠计算机系:好。

季星渠计算机系:八分钟。

乔乐谭发现了,季星渠对于一切需要她等待的事项都会预算出来一个精准的时间。这些数字让她的等待不会漫长而无望，可以让她预想到在什么时候他会出现在她的面前。

季星渠对于时间的把握也向来准确，快到八分钟的时候，聊天框里便蹦出一条消息：转个身。

看到这条消息，乔乐谭立即回头。季星渠站在她坐着的沙发后面，垂着眸，眼中带着笑地望向她。

"让乔导久等了。"说着，季星渠绕到前面，在乔乐谭的一旁坐下，身体的重量让沙发往下陷了一些。

季星渠坐好后，自然地拉过乔乐谭的一只手，兜在自己的双手间，用拇指的指腹轻轻地摩挲乔乐谭的手背，像抱着玩偶一样。

二人都已经习惯了这种小动作，甚至都对这种行为毫无感觉了。

就这样静了几秒，季星渠才停下了自己的小动作，偏过脸问乔乐谭："你给我的备注是什么？"

刚刚站在乔乐谭后面的时候，他垂落的视线将她的手机屏幕一览无余。他无意间看见她给他的备注是蛮长的一串字，而不是简简单单的"季星渠"三个字。但因为离得有些远，且并未刻意去看，所以他没有看清。

"备注？"乔乐谭下意识地重复了一遍这两个字。

在此之前她都没留意过这件事，虽然每天都会点开和季星渠的聊天框，但因为已经认得他的头像了，所以都没怎么注意过具体的备注。

她一边说着一边点开微信，看了一眼，发现自己给季星渠的备注还是"季星渠计算机系"。

季星渠身形未动，但余光早就瞟了过来。

看清了那行字，他扯了扯嘴角。他原本还以为她会像网络上说的那样，给自己的对象添加有很多修饰词作为前缀的备注。

是他想多了。

全名就全名吧，她还备注了专业，像连他的专业都不记得的样子。

乔乐谭还以为季星渠没看见，把手机往他面前递了递："喏。"

于是季星渠又看了一眼，薄唇轻启，不冷不淡地吐出两个字："挺好。"

乔乐谭："嗯？"

"要是你的微信被盗了，骗子也不会用你的号找我骗钱。"季星渠缓慢地说道，话中逐渐染上了阴阳怪气的感觉，"毕竟我们看起来不是很熟的样子。"

说罢，季星渠敛眸，似笑非笑地看向乔乐谭："这不是挺好的？"

乔乐谭这才反应过来。

"我给大家都是这么备注的，你看。"她解释道，然后重新把手机呈到季星渠眼前，手指上下滑动屏幕给他翻自己的通讯录，"这是我的习惯啦，这样会方便一点儿。比如有时候要拍一个关于建筑的视频，直接搜'建筑'就能蹦出来相关专业的同学，我就知道可以向哪些人咨询了。"

说着，乔乐谭点开季星渠的备注，把"季星渠计算机系"几个字删除，输入了一个星星的表情，当作他的新备注。

改完，她展示给季星渠看："改啦。"

乔乐谭解释得认真，认错态度也算端正，季星渠虽然也不太喜欢新备注，但还是轻哼一声，表示原谅她了。

"那你给我的备注是什么？"乔乐谭看着季星渠，反问他。

闻言，季星渠抬起眼皮，看了乔乐谭一眼，然后直接把自己的手机递给她，示意她自己看。

"2580。"

乔乐谭按照他说的数字解开了锁屏，随口问道："这是什么意思？"

脑子里瞬间闪过一些信息，但她怎么都想不到这些信息和这四个数字有什么联系。

这时，她听见身侧的人散漫地答道："方便。"

这四个数字在锁屏键盘上恰好是中间的那一列。

乔乐谭一时愣住，又蓦地想到什么，一边点开微信一边问季星渠："季星渠，你的生日是什么时候啊？"

"十二月七号。"

乔乐谭"哦"了一声，暗暗地在心里记住这个日期，然后又将注意力放回到季星渠的手机上。

虽然季星渠坦荡地把手机给了乔乐谭，但是她没因此去乱瞟，只看到季星渠的微信里有两个置顶的会话框，一个是 Re 战队的工作群，另

一个置顶的会话框的头像是她那只抱着郁金香的小熊，就连昵称显示的都是她的微信名——Cookie。

六个字母原封不动地摆在那里。

"你还说我？你连备注都不给我打。"乔乐谭嗔道，作势要把手机还给季星渠。

但季星渠没接过手机，看了乔乐谭一眼，而后扬了扬眉毛，用眼神示意她重新看他的手机："打开备注看看。"

闻言，乔乐谭又用季星渠的微信点开自己的个人资料，发现季星渠给她的备注就是Cookie。

看清后，乔乐谭下意识地弯了弯嘴角，随后想起搬到季星渠的家里的那一天，季星渠问她的微信名是什么意思。

于是乔乐谭学他反问道："什么意思？"

季星渠整个人没骨头一般慵懒地靠在沙发上，乔乐谭稍一转头就能看见他凸起的喉结——喉结很明显，像个小立方体似的。随着身体的姿势，他把脸稍向上扬，整个人器宇轩昂，又因为懒懒的神色而染上了些痞气。此时他又偏过脑袋，目光轻飘飘地落在了乔乐谭的面庞上。

他懒洋洋地开口，话里带着不明显的笑意，回答乔乐谭："看你怎么想了。"

乔乐谭装作不屑地"嘁"了一声，刚想说点儿什么，被她攥在手中的手机忽然振动了一下，紧接着弹出一个视频通话邀请。

她先是惊了一下，然后立刻反应过来这是季星渠的手机，赶忙把手机塞回他的怀里："有人找你。"

季星渠拿起手机，看了一眼就把视频通话挂断了："我妈。"

"你就直接挂了？"

季星渠颔首，语气平淡地说道："没什么事。"

"你都没接呢，"乔乐谭说，"万一阿姨找你有事……"

"她想看你长什么样。"

季星渠轻描淡写的一句话就把乔乐谭未说完的话掐断了。

她先是晕乎乎地"啊"了一声，随后反应过来，有些磕磕巴巴地问："阿姨……想看我？她怎么……知道我的？"

看着乔乐谭有些呆呆的模样，季星渠轻笑一声，说道："我说我是来找女朋友的。"

乔乐谭闻言,心脏漏跳了一拍,而后她慢腾腾地吐出几个字:"那还是挂了好。"

这也太突然了,她还没做好心理准备呢。

季星渠:"我知道。"

乔乐谭原本想问季星渠他怎么就和爸妈说了,又觉得这个问题不太好,把话硬生生地咽了下去后,只垂下眼睫,弱弱地说道:"我还没和我爸妈说呢。"

"嗯,没事。"季星渠说着,又拉过乔乐谭的手,安抚地捏了捏,"你什么时候想说再说,现在确实也太早了。"

季星渠的父母之所以知道他在谈恋爱,完全是因为他妈妈的眼睛过于尖锐——他在家的时候,手机不离身,喝水的时候看着手机都能笑出来。

季星渠当然知道自己的女朋友需要一段很长的适应时间,毕竟现在乔乐谭连他们俩在谈恋爱这件事都不想让太多人知道。所以哪怕是他爸妈问起,他也只承认了自己在谈恋爱,其他的一个字也没透露。

等乔乐谭愿意了,他再说。

时间过得很快,乔乐谭带着季星渠到她家这边的某个旅游景点逛了逛,吃了顿饭,然后他们就要分别了。

广播里响起开始检票的提示音,大厅里的人纷纷动身了。

乔乐谭用余光扫了一眼周围,然后用了点儿力,紧紧地反握住季星渠牵着她的那只手,声音闷闷地说道:"你去检票吧。"

"来得及。"季星渠不甚在意地说道,垂眸便看见那颗毛茸茸的脑袋低低地埋着——乔乐谭显然心情不太好的样子。

他俯下身,轻轻地捏住乔乐谭的下巴,把她的脸往上抬。直到她那双漂亮的眼睛终于愿意看他,他才轻声开口:"我到那边给你发视频。"

"嗯。"乔乐谭仍旧有些低落,刚应下,又想到季星渠是去那边学习的,便说,"你到那边要是太忙的话,每天晚上回我一下消息就可以了。"

"给你发消息的时间总是有的。"季星渠笑了一声,动作很轻地将乔乐谭散落在眼前的头发往她的耳后别,然后故意不正经地说道,"我保证上个厕所都跟你汇报。"

乔乐谭终于被逗笑了,伸手去捶季星渠。

广播声再次响起,提醒乘客去检票。听到提示音,刚刚还在打闹的二人登时又沉默了下来。

半响,季星渠揉了揉乔乐谭的脑袋,试探地问道:"我进去了?"

几秒后,他听见乔乐谭轻轻地"嗯"了一声。

长久地望了乔乐谭一眼,季星渠唇瓣微动,刚想说些什么,就在下一刻惊觉自己的腰被环住了——乔乐谭伸手,很用力地抱住了他。

她把自己的脑袋贴在季星渠的胸前,撇着嘴低声说道:"季星渠,我真的会想你的。我是说真的。"

心脏像被什么击中一般,季星渠睫毛颤了颤,心头泛着酸胀感。

最后,他一只手抚上乔乐谭的背,把她往自己身上带,让她贴得更紧了些,另一只手则摸着乔乐谭的脑袋,轻轻地揉着她的头发。

他温柔地说道:"我知道。"

季星渠检票后,乔乐谭又一个人在候车室里坐了会儿。直到季星渠给她发消息说上车了,她回了个表情包才动身准备离开。

这时候,她突然发现自己的聊天列表中蹦出了一个新对话框——季星渠将群昵称修改为四个表情:小熊、郁金香、曲奇饼干、星星。

四个小表情有三个是代表她的。

乔乐谭看了一眼这个群的历史记录,发现它是几个月前建的,这才想起这是在第一节天文学导论课上她和季星渠一起输错了面对面口令、阴错阳差地建的二人小群。

她的嘴角翘了翘。

最后,她点开"修改群昵称",在群昵称的前面加了一个计算机的表情。

在美国的两所高校里分别进行了一周的学习后,来自各国的团队一起参加了最后一天的结业式。

大家在小礼堂里坐着等教授们到来。

季星渠拿出了手机,对着自己座位上的名牌拍了一张照片,然后发给乔乐谭。

他在国外的这段时间,无论干什么都会拍照片发给乔乐谭,告诉她自己在做什么。

[星星]:到家了吗?

现在是美国的中午,按时差计算,东八区是晚上八点多,以往这个时候乔乐谭差不多下班到家了。

Cookie:刚到。

看见乔乐谭的回复,季星渠抿了抿唇,最后长摁录音键,故作平静地发了一段语音过去:"刚刚边加凌给我发消息了。你和他说了?"

我们谈恋爱的事。

几分钟前,边加凌的聊天框突然在季星渠的消息列表里蹦出来,季星渠点开一看,里面劈头盖脸的是一堆骂人的表情包。

边加凌最后总结:好损啊,季星渠。

季星渠看了半天,才琢磨出其中的一点儿意思来,又怕自己想错了,便压住心中的窃喜,用故作不经意的语气来问乔乐谭。语音被发出去没多久,乔乐谭回了一个"对"字,紧接着转发了一段她和边加凌的聊天记录。

Cookie:我和你说个事。

Lv0:哪方面的?

Cookie:八卦。

Lv0:速说。

Cookie:我和季星渠在一起了。

Lv0:嗯?

Lv0:嗯??

Lv0:他不是在美国吗?

Cookie:放假前我们在一起的。

这条消息之后,边加凌过了许久才回了一个"6"。

乔乐谭回了他一个害羞的小表情。

看见这个聊天记录,季星渠当即勾了勾唇角。他心情明媚,把乔乐

谭和边加凌说的那几句话来回看了几遍，嘴角的弧度愈加大。

最终，他用手指触着屏幕，敲了一行字：我们不用偷情了？

Cookie：别瞎说话。

Cookie：之前那顶多算地下恋情。

在心中暗笑一声，季星渠回了一个"好"字，忽然耳边响起侯奕兴奋又好奇的声音："看什么呢？笑这么开心？我也要看！"

说着，侯奕将脑袋凑了过来。

季星渠按灭手机屏幕，睨了侯奕一眼，而后薄唇轻启，缓缓地说道："我和我女朋友聊天，你要看？"

侯奕闻言，动作一僵，随后"呵呵"一笑，把脑袋收了回去。他苦涩地扯了扯嘴角，然后开始在心中吐槽：瞧瞧季星渠这个没谈过恋爱的样子！他嘚瑟个什么劲？

几分钟后，各大高校代表团的指导老师也进入到小礼堂里，美国高校的教授走上讲台，开始主持结业式讲话。

接下来，是两位学生代表发言，一位是他们本土的学生，另一位则是 Re 战队的队长章子寒——这是属于冠军队伍的殊荣。

据江平回忆，他们的队伍第一次来这边交流的时候，别说让学生上去发言了，根本就没人和他们搭话。那时候，大部分的亚洲学校的队伍来参加这类高校交流，还得自己贴钱。

现在他们站得高了，才为自己赢来了尊重。

简单的结业流程走完后，大家在小礼堂里共享午餐。

饭吃到一半，有几位外国友人举着酒杯过来问候他们。其中一位亚裔面孔的女生走到季星渠身边，操着英语和他对话，先是赞美了 Re 战队在 SC 大赛上的表现，然后问他玩不玩 Ins（指 Instagram，一款主要分享照片和短视频的社交应用）或者 Twitter（一款提供微博客服务的社交媒体平台软件）。得到否定的答案后，这位女生又向他要邮箱地址。

季星渠笑了一下，礼貌地拒绝："Sorry, I have girlfriend.（对不起，我有女朋友。）"

那位女生闻言，一副恍然大悟的模样，立即坦然地接受了这个事实，用英语说了一句"我相信她一定是很美的女孩"，然后冲季星渠举了举酒杯，表示致歉与祝福。

结束对话后，季星渠一转回头，就见除侯奕以外的所有人都一脸惊讶与八卦地看着他。

侯奕则脸上堆着促狭的笑，看戏一般地盯着季星渠。

季星渠仿佛不知道他们看什么一般，挑了一下眉，没主动说话。

几秒后，章子寒担起了队长的责任，代表大家把心里的疑问问出了口："你小子，什么时候谈恋爱了？"

季星渠："没多久。"

曹钰作为心理年龄很成熟的学姐，面带既八卦又慈祥的笑容问："她是我们院的学生吗？"

季星渠直接摊牌："你们认识的，乔乐谭。"

他的语气平常，可天知道他等着说这句话有多久了。

餐桌上的人闻言，先是沉默了一瞬，而后何云飞、侯奕和路晨开始鬼叫着起哄。

侯奕开始"带节奏"："难怪那时候你在法国说自己在追喜欢的人呢，原来是说给特定的对象听的呀。少爷还真是讳莫如深。"

季星渠抬起眼皮，淡淡地瞟了侯奕一眼，侯奕则是一副死猪不怕开水烫的模样，忽视他的目光。

其他人的思路被侯奕成功地带走，他们起哄的声音越来越大。路晨喟叹着摇了摇头："季星渠，原来你的心思这么深，我真是没想到。"

章子寒就坐在季星渠的身边，拍了拍季星渠的肩膀，先是说了一句"你可以啊"，然后问："什么时候把弟妹带出来吃饭？"

季星渠没急着应下，毕竟这得看乔乐谭的意愿。于是，他只轻描淡写地把话题带过去了："等有机会的。"

飞回来后，江平给 Re 战队的成员放了几天假后就让他们提前开学了，让他们做一些外包任务，同时开始新一轮的训练，去迎接新的 SC 比赛。

因为学生媒体中心的成员要帮忙拍新生的军训照，所以乔乐谭也提前返校了。

乔乐谭返校的那天，季星渠到机场接她。其他行李已经被寄回学校了，这次回来，乔乐谭只随身带了一个行李箱。于是，季星渠只用一只手握着行李箱的拉杆，还能空出另一只手牵住她。

他们从机场出来，要乘坐一段向下运行的扶梯。迈上扶梯的那一刹那，乔乐谭随意地扫了一眼地标，猛地看见上面的五个字，立即惊讶地转过头，对季星渠"哎"了一声，指着地标："你看……"

最后一个音节卡在喉咙里还未发出来，乔乐谭就意识到自己看走眼了，蓦地噤了声。

但季星渠已经顺着乔乐谭手指的方向看向地标了，看到上面写着的"请紧握扶手"五个字，而后稍微低头，靠近她问："怎么？"

乔乐谭摇了摇头："没事，我刚刚看错了。"

扶梯缓缓下降。

季星渠偏着头，看向乔乐谭，眼中是有些温柔的笑意。他随口问道："看成什么了？"

"我刚刚以为那个地标上写的是'请紧紧握手'，"乔乐谭说，"觉得很好玩，心说地标上还会写这种东西，所以才让你去看，结果那是'请紧握扶手'。"

话音刚落，乔乐谭就感觉到自己和季星渠牵着的那只手被握得更紧了些。

她转过脸，瞧见季星渠目视前方，没看她，装作无事发生，仿佛搞小动作的人不是他一般，只是他嘴角上不遮掩的笑出卖了他的心理活动。

乔乐谭收回目光，也收紧了自己的手，和季星渠牵得更紧了。

等快到学校时，夜已完全黑了。将近晚上九点，两个人都没吃晚饭，便直接拎着行李箱就近走进了一家韩式料理店里。

结果一进门，他们就撞见了围坐成一桌的熟人。

季星渠都还没把眼神收回来呢，就感受到自己牵着乔乐谭的掌心落空了。他稍一偏头就看见乔乐谭正小幅度地和他拉开距离。

季星渠不动声色地挑了挑眉。

给 Re 战队拍摄的纪录片在今天零点就要全平台上线了，所以校方组织 Re 战队和纪录片制作团队中在校且有空的同学提前观看正片，以确保纪录片没有其他纰漏。

收到消息的那天,乔乐谭在群里说自己还没返校,而季星渠拒绝的理由更是干脆——没空。

好巧不巧,尤甜他们刚结束看纪录片的流程,约着来吃夜宵,就在这里和这对小情侣碰上面了。

看到乔乐谭和季星渠,众人先是交换了眼神,心照不宣地笑了一下,接着,开玩笑的声音从暗流涌动的人群中冒了出来:"昨天谁在群里说没空来着?"

人群中有人和开玩笑的人一唱一和:"他当然没空了,得去接女朋友。"

"果然,小情侣的世界我们无法插足。"侯奕发出"啧啧"两声,添油加醋地说道。

"小情侣?"坐在靠外的位置上的尤甜故意装傻充愣,看着乔乐谭的眼里堆着促狭的笑。她又故意重复了一遍:"哪里有小情侣?我怎么没看见?"

前几天,乔乐谭向尤甜坦白自己和季星渠在一起的事情后,尤甜还和乔乐谭生了三个小时的气,觉得乔乐谭不够意思,这事都瞒着她。就连她猜出来乔乐谭和季星渠之间有点儿什么的时候,乔乐谭都矢口否认了。所以现在她故意演戏,狠狠地找补,边说边盯着乔乐谭。果然,乔乐谭的脸肉眼可见地涨红了。

尤甜觉着自己的目的达到了,于是见好就收,没再继续闹腾,还是招呼起大家往里面挤挤,给这两位腾位置。

大家都还没开始移动呢,就听见季星渠淡淡地开口:"不用。"

此话一出,全场的注意力都聚到了季星渠的身上。季星渠却对这些视线恍若未觉,径直上前,再次牵起了乔乐谭的手。

乔乐谭身子一僵,抬起眼看向了季星渠。

他对着那桌人颔首致意了一下,一副气定神闲的模样,悠闲地说了一句:"你们慢慢吃,我们换一家店。"

众人安静了一秒。

捧场王侯奕率先大喊:"哦——我懂了!人家当然是想去过二人世界啦!"

众人纷纷起哄,眼神都变得意味深长起来:"懂了,懂了。"

乔乐谭只觉得自己的脸越烧越热,但在众目睽睽之下也不能怎么做,只能捏着指头去掐季星渠手心的肉,警告他不要乱说话。

可季星渠毫不收敛,甚至不动声色地将掌心往乔乐谭那边递了递,把她的手紧紧地包住,不让她随意动。

手不安分,但季星渠面上丝毫不显,唇边挂着似有似无的笑,语气散漫地说道:"不至于,"停顿了半秒,他才慢条斯理地补完了剩下的半句话,"只是我的女朋友脸皮薄,架不住你们这么问。"

乔乐谭不好意思的状态已经在一顿饭的时间里缓和了下来。

她和季星渠从另一家饭店里走出来时,将近夜晚十一点。夏天的风拂过,吹尽暑气,散去二人身上的烟火味。

二人慢悠悠地往家的方向走去,乔乐谭突然想到什么,感慨一句:"我感觉……偷情也挺好的。"

季星渠看向她,眼神里有点儿警告的意味。

乔乐谭却不为所动,继续口出狂言:"我感觉偷情比我们现在的状态多了一点儿刺激的感觉。"说着,她还用了个比喻,"我们像做贼一样。"

话音刚落,乔乐谭的手臂就被扯过去了,身子被往后带,然后被季星渠摁在他的身前。

下一刻,她的脸颊被捧起,他在她的唇上落下了一个湿热而绵长的吻。

季星渠的气息炙热逼人,霸道地将她裹挟住。乔乐谭一时不敢动弹,在他的怀里忘记了呼吸。

时间就这样定格了。

直到季星渠缓缓地松开托着她双颊的手,才眼里噙着笑地调侃道:"乔乐谭,你游泳呢?"

乔乐谭知道季星渠是在笑她忘记换气,当即恼羞成怒,抬起脚要去踩他的鞋,但被他轻易避开了。

季星渠眼神深沉,含着漫不经心的笑意,意味深长地看着她。他带着点儿引诱的意味,声音低沉、语速缓慢地问:"这个和偷情哪个刺激？"

霎时间，绯红色爬上了乔乐谭的脸颊。她避而不答，骂了一句"臭流氓"，然后迅速转过身，继续朝前走去。

乔乐谭往前迈了几步，无意间一瞥，恰好发现自己正踩着季星渠的影子，于是又转过身，唤了一声"季星渠"，然后当着季星渠的面挑衅般地踩了踩季星渠影子的头部。

看着乔乐谭的举动，季星渠微不可察地勾了勾唇角，才不紧不慢地回击她刚刚骂的那句"臭流氓"："幼稚鬼。"

乔乐谭哼了一声，又往季星渠的影子上踩了两脚才满意了，继续往前走。这次仍是没走几步，她又停了下来，抬起头看月亮。

季星渠很悠闲地跟在乔乐谭身后——她停下脚步，他也跟着停下；她抬头看天，他也抬起眼皮，看了一眼那高悬的明月。

月光皎洁，给夜幕镀上了一层温柔的光，让这人间漾起水波，人们跳动的心脏就是波纹，温热而清纯。

这月亮亘古不变，见证了李白吟诵《静夜思》，也见证了季星渠和乔乐谭从相知到相熟，再到相爱。

"季星渠。"回忆涌上乔乐谭的心头，她又一次喊了季星渠的名字。

季星渠"嗯"了一声，看见自己的女朋友一脸严肃地看着自己。

乔乐谭盯着他，一字一顿地说道："我记得很清楚……"

季星渠一头雾水。

乔乐谭："我们第一次见面的时候，你就给我甩脸色……"

季星渠扬了扬眉，看戏一般地看着乔乐谭，好奇她还能扯出些什么话来。

乔乐谭一副理直气壮的模样，继续说："而且我向边加凌要你的微信，你还拒绝了。后来，我第一次找你聊天，你还聊到一半不回我。"

乔乐谭的双眸里带着故意责怪的神色和难以掩饰的笑意，有一种恃宠而骄的意味，她好像笃定季星渠会纵容她这般耍赖。

乔乐谭翻旧账时，季星渠的脸上始终挂着微不可察的浅笑。最终，他点点头，不甚在意地认下了这些错。

"没办法，"他拖长腔调，悠悠地解释道，"毕竟那时候我不知道你会是我未来的女朋友。"

最后三个字他咬得稍重,说话时,眼睛颇具暗示意味地看着乔乐谭,里面的笑意都要溢出来了。

乔乐谭本来就是在没事找事,见季星渠认了错,她立即就开心得翘了翘嘴角:"算你识相。"

两个人打打闹闹地回了家,硬是把十分钟的路程拖到二十分钟才走完。

乔乐谭回到家后做的第一件事就是开窗。她走到窗边问季星渠:"你没回来过吗?"

季星渠把她的行李箱搁好,说:"来过。"

乔乐谭:"来干吗?"

她迟迟未听见季星渠的回答,合上纱窗,转过身,才看见季星渠坐到了那个乐高小镇旁。

乔乐谭这才注意到,乐高小镇被他盖上了防尘套。

季星渠坐在那里,手上攥着控制乐高小镇的灯光的开关,却没伸手去掀防尘套。乔乐谭蓦地想到什么,有所预料般地走了过去,揭开了防尘套。

就在她揭开防尘套的瞬间,季星渠摁亮了灯光。

遍布积木世界的小灯霎时间被点亮,星星点点的灯光照亮了小镇,暖黄色的光源像碎落的星河,映入乔乐谭的眼中。

这个假期内,乐高小镇显然被季星渠扩张过,外侧多了一圈建筑,和之前新加的电影院挤在一起。其中一个建筑乔乐谭能轻易地认出来是什么,因为上面有一个招牌,招牌上写着"警察局",门前还放了一个女警官的积木角色。

乔乐谭指着另外两个建筑,问季星渠那是什么。

可季星渠只是坐在地上,用双臂在身后撑着地,懒洋洋地看着她,没正形地说道:"你猜。"

乔乐谭耍赖:"不猜。"

闻言,季星渠轻笑一声,保持着现有的动作缓了几秒,终于有些认命地直起身子,帮乔乐谭识物。

他先指了指一座色调柔和的建筑,建筑里有很多幼儿状态的乐高小人儿。

季星渠问:"这前面是什么?"

乔乐谭:"一群小孩。"

"所以这是什么?"他循循善诱,倒是耐心得很,像一位在教小学生识字的老师。

乔乐谭的脑子里有了个答案,她不太确定地说出口:"幼儿园?"

话音刚落,季星渠就要酷一般地打了个响指,意思是她猜对了。

"啊——"乔乐谭恍然大悟,举一反三,指着另一座建筑说,"那我知道了,这个是医院。"

因为那个建筑里的几个人都穿着白大褂。

季星渠睨了乔乐谭一眼,似笑非笑地说道:"你还挺聪明。"

乔乐谭嘚瑟地昂了昂下巴:"当然。"

下一秒,季星渠缓缓地说道:"这是研究所。"

尴尬了一瞬后,乔乐谭给自己找理由:"这哪儿像研究所?"

季星渠微微颔首,认错:"怪我。"

不过季星渠也没办法——警察局是乐高官方出的建筑,但是幼儿园、科学研究所这些需要他自己在脑子里设计好,然后画出图纸,再去采购会用到的乐高零件,才能被拼成。而且零件并不是完全符合的,有些只能用相似的来替代,他自然没有办法把这些建筑做得那么像。

可就是这几个不太像的建筑也耗了他很多时间。

知道这些建筑是什么之后,乔乐谭又对着乐高小镇盯了一会儿,问季星渠:"你怎么拼这些了?"

季星渠之前拼的乐高小镇,虽然里面的建筑物五花八门,有高楼、火箭发射基地、车站、便利店等,但是看起来很和谐。新增的这几个建筑虽然不算违和,却很明显地破坏了整体的美感。

乔乐谭觉得季星渠应该看得出来,所以好奇他为什么要多此一举地加入这些建筑。

语毕,她看向了季星渠。季星渠一言不发,只是目光深沉地凝视着她。

乔乐谭眨了眨眼,表示不解:"你干吗这样看着我?"

半晌,季星渠目光柔和了下来,眼皮微微垂下了一些,看起来竟有些委屈。

乔乐谭的脑子混乱了一瞬,她正要反思自己是不是说错了什么,就听见季星渠闷闷地说:"你不是说你之前想当幼儿园园长吗?"

他点到为止。

也就是这个关键词,让乔乐谭终于串起了她的记忆。

在法国耶拿桥的那晚,她和季星渠说过,自己虽然很热爱电影并愿意为它付出一生,但是也偶尔会遗憾不能去体验其他的人生,譬如她还想过当幼儿园园长、科学家、警察。

于是,他为她拼建了一个梦想小镇,把她所有不能实现的梦想送到她眼前,去弥补她的遗憾。

乔乐谭蹲在地上,垂眸将那几个建筑仔细地看了一遍又一遍。眼眶渐渐温热起来,她仰起头,把眼泪憋了回去。

乔乐谭在心里说自己矫情,毕竟这件事没有那么惊天动地,更没有他为她赴汤蹈火的澎湃的激情。

更何况,在乐高里实现的梦想和在现实世界里实现的梦想怎么可能一样?

可乔乐谭所需要的一直不是什么惊天动地、赴汤蹈火的感情。她只是希望自己能够被认真地倾听、被坚定地选择、被小心地呵护。

倘若回到过去,小时候那个被父母踢皮球一样送来送去的她一定不敢相信,未来真的会出现一个人,愿意听她说话,记住她一切没头没脑的愿望。

按下心底起伏的情绪,乔乐谭侧过头,故意不提这个乐高小镇,以此来掩饰自己心中的无限感动。

她嗔怪,可语气是柔软的:"季星渠,你才是幼稚鬼。"

虽然乔乐谭没让眼泪落下,但眼珠还是被泪水润湿了,在小灯的映衬下,她的眼珠亮晶晶的。

季星渠一眼就捕捉到她要哭的迹象,知道自己的女朋友说的话是在欲盖弥彰,于是只轻笑了一下,纵容地道:"嗯,我是。"

二人就这样静默地对视,相望许久,谁也没说话。

半响,乔乐谭终于笑出了声,佯装嗫嚅道:"季星渠,你好喜欢我呀。"

季星渠闻言,扬了扬眉。

他语气散漫地说:"你现在说这话是不是挺没良心的?"

乔乐谭翘着嘴角,没说话,只是朝季星渠眨了眨眼。

季星渠轻笑了一声,下一秒,他的肩上落下了女孩手臂的重量,鼻尖萦绕的是乔乐谭的气息。

乔乐谭压在他的身上,亲了一下他的脸颊。她凝视着季星渠,一字一顿地说道:"我也很喜欢你。"

那张美丽动人的脸庞距离他只有几寸的距离,他的女孩正全心全意地看着他。

季星渠的喉结微动,然后他伸出手,稍一用力就把乔乐谭带到了自己的怀里。

他们的胸膛相贴,乔乐谭觉得自己所感知到的心跳都不是自己的了,那是季星渠的心脏跳动的频率。

几秒之后,她的发上落下一个轻柔的吻。

季星渠要走的时候,乔乐谭看了一眼墙上的时钟,再过十几分钟就是零点了。

霖大的门禁时间早就到了,季星渠现在出去也只能住在校外。

心中纠结一番,乔乐谭还是在季星渠即将出门的那一刻将他叫住了:"季星渠,要不你留下来吧。"

季星渠动作一顿,看向乔乐谭,眼里带了些意味深长的笑。

乔乐谭脸一热:"你别乱想,我是说你留下来的话,我们还可以一起看纪录片。然后你睡沙发,像上次一样。"

几秒后,季星渠缓缓地开口:"我没乱想。"

行,是她乱想。

布置好投影仪,二人就和之前那次一样,季星渠坐在沙发上,乔乐谭拿了个坐垫,盘腿坐在地上——她一直喜欢这样看电影。

很久之前,乔乐谭并不相信爱情。那时,她脑子里为数不多的对爱情的幻想便是她和她未来的男朋友以这样的姿势坐在一起,安安静静地看一部又一部电影。

零点一到,有人就把上线的纪录片的链接甩到了群里。

乔乐谭点开链接,然后把手机连上投影仪,墙壁上立刻出现了纪录

片的片头。

过往时光中的点点滴滴被放映了出来,有凌晨三点半的实验室,有设备高端的超算中心,有在颁奖典礼上振臂欢呼的 Re 战队……

江平沉稳的声音随着渐入的画面缓缓地响了起来:"他们生在了最好的时代里。

"我比他们早一点儿加入霖大的超算队伍,知道前几年的光景很难。

"但也因此,我很庆幸,从我的学生时代到我的教学生涯,身边都一直有一群这样的年轻人,他们愿意为科学事业燃烧自己,愿意永不放弃地去追求可能不会有答案的算力的极致。

"网上老有人抱怨,说什么当代的年轻人都胸无大志。对于这种说法,我只想说,你没看见不代表不存在。

"我永远庆幸走上超级计算机这条路,也永远庆幸加入了 Re 战队。

"感谢我的学生,感谢霖大,也感谢祖国。

"我会和他们一起,战斗到底。"

纪录片的片尾先是一张 Re 战队的成员在领奖台上的合照。

他们在法国获得的 SC 冠军是属于这届 Re 战队的开门红。他们正值最好的年华,每一张脸上都是年轻而自信的笑。

在片尾的最后,字幕黑底白字地打着每一位工作人员的名字。

  Re 战队指导老师:江平。
  Re 战队成员:章子寒、何云飞、曹钰、季星渠、侯奕、路晨。
  感谢你们的故事。
  纪录片制作团队:俞微言、陈蕴藻、尤甜、乔乐谭……

这是他们共同的梦想。

…………

放映结束,四周再度陷入黑暗之中。

乔乐谭的眼眶已经湿润了,她下意识地抬起头,看见季星渠垂着眸,正眸色深沉地望着她。

视线相撞的那一刻,季星渠对着自己的女朋友勾了勾唇角,满脸笑意,此时他的脸和纪录片里恣意张扬的面孔重叠到了一起。

恍惚间，乔乐谭突然想起来，有一次在天文学导论课上季星渠迟到了。

染着嚣张的银灰色头发的大少爷全然没有迟到的自觉，从后门进入教室，朝着座位慢慢地走来。

讲台上，老师手握话筒，满眼笑意地看着下方的学生，说道："同学们，你们相信吗？在夜晚时分，无论你朝哪个方向望，你的视线都必然会抵达一颗星星。"

闻言，坐在教室里的同学纷纷将目光投向窗外，试图透过玻璃找寻到夜幕中的那一颗星。

乔乐谭也是。

她回过头，目光刚好对上了季星渠的眼睛。

—正文完—

番外一
少年游

俞微言从小就是大人们口中的"别人家的孩子"。

他成绩优秀、品行端正、相貌白净,白衬衫永远都被熨烫得没有一丝褶子,而他也永远能保持住衣服干净的状态。

他上小学的时候,个子还不算高,常年坐在教室的前排。因为他清秀的面庞、优秀的成绩以及一些与生俱来的圆滑的为人处世能力,班上的许多同学都喜欢和他相处。

在一节语文课上,老师讲到了"微言大义"这个词,说它的意思是精微的语言和深刻的含义,一位座位离讲台很近的女生当即便兴奋地喊了起来:"俞微言!"

半秒后,全班都哄闹起来。

语文老师兼班主任看了一眼害羞得低下了头的俞微言,又看了一眼班里偷笑的同学们,心下了然。

四年级时,被分到新班级后,俞微言认识了他的新同桌——江平。

江平的平,平的是他的头,不平的是他的生活。

小时候的江平是个活脱脱的刺头。他的"刺"体现在,周围的同学还只会乖乖地听老师的话,他却已经开始在课上提各种各样稀奇古怪的问题来"刁难"老师了。

江平是跳级上来的，这在班里是个公开的"秘密"。

"跳级"两个字不仅仅意味着他聪明，还意味着他比班里的孩子都要小两岁。在极度追求同龄人的认可的年纪，大家在无形中形成了一个圈子，被这个圈子排挤在外的唯一一个人便是江平。

因为他年纪小……因为他太聪明……因为他上课老是顶嘴，让老师陷入尴尬的境地……

小孩子的恶意是最不加掩饰的。

他们开始给江平取外号，叫他"豆芽菜"，阴阳怪气地称他为"爱因斯坦"。课代表会在早晨收作业的时候高高地举起江平的作业本，大声叫着："神童的作业！谁要抄？"。体育课上，大家会以江平个子矮为由，拒绝和他组队。

除了俞微言。

那时候，作为标准的乖学生的他对这个个子矮他一截的古怪的"豆芽菜"怀有强烈的好奇心，以及他自己也没意识到的崇拜感。

他觉得江平很厉害。

在他们刚学一次函数的时候，江平就已经开始研究三次函数了；在他们还在用电脑玩游戏的时候，江平就已经学会去外网学习软件的制作方法了，并做出了人生的第一个小游戏。

但是俞微言知道班里有个不成文的社交法则——不要靠近江平。

作为班内人缘好的社交中心，俞微言当然不敢打破这个规则去向江平示好。

直到有一天，俞微言因为去少先队彩排，放学很久后才回到教室里拿书包。在靠近教室的时候，他意外地发现教室里的灯居然还亮着。

他蹑手蹑脚地推开门，却还是惊动了屋内的人。

坐在第一排的江平听到声响，很警觉地回过头。两个人的视线对上的刹那，俞微言蓦地感到一丝尴尬与紧张，但还是保持着社交礼仪，和江平打了声招呼，然后礼貌地问了一句："江平同学，你怎么还没回家？"

江平说，他的爸爸妈妈今天都要加班，还没来接他，他一个人不敢回家。

江平的回答让俞微言反应过来，按年龄来算，他还只是一个二年级

的孩子。

俞微言正思考着要怎么回答江平比较合适，就听见这位神童不按常规出牌，向俞微言提出了诉求："班长，你可以送我去我妈的单位吗？"

后来，就连俞微言自己也说不清楚，他和江平怎么就莫名其妙地成为朋友了。

但是他喜欢和江平当朋友，越和江平相处越发现江平这个人确实是古怪有趣。江平会告诉俞微言很多书上没有的事情，告诉他宇宙的奥秘，告诉他自然界的法则，告诉他科技的发展，也乐意帮他解答奥数难题——当然，作为回报，俞微言也帮江平做了很多语文抄写作业。

发现俞微言和江平经常待在一起后，班里的同学很震惊。有女生偷偷地问俞微言为什么要和那位怪咖说话，俞微言其实想说，江平并不怪，他只是太聪明了。但是，那时候还只是孩子的俞微言在心中隐隐地担忧，倘若自己为江平辩解，那自己也会成为被排挤的对象。于是，最后他只微笑着和气地说道："大家都是同学。"

闻言，那位女生恍然大悟，说："班长，你人真好。"

但无论过程怎么样，结果阴错阳差地仍是好的。有班长起带头作用，加上江平开始在各类理科竞赛中得奖，三天两头地被学校点名表扬，也学会了收敛锋芒，不再在课上轻易插嘴，问老师一些漫无边际的问题——俞微言知道，这应该是因为江平再也不听课了——大家便逐渐改变了对江平的看法，也不再排斥和江平交往了。

可是大家也发现，除了俞微言，江平不会主动找任何人讲话。

江平对俞微言说过，那些人都不是真心想和他当朋友的，他才懒得和他们玩。

最开始，俞微言会因为江平对自己的优待而为自己和女同学说的那些话感到心虚，后来却在潜意识里把江平对他格外友好的态度看成是一份自己的社交荣誉。

俞微言与生俱来就是一个有点儿圆滑、很懂人情世故，也很看重面子的人。

小升初的那个暑假，江平邀请俞微言来自己家里看电影，看的是《黑客帝国》。

这是江平第一次邀请同学来自己家里玩，江平的妈妈欣喜若狂，在客厅的桌上给两位小朋友摆满了远远超过他们的食量的零食和饮料。

那一天,俞微言喝了四杯可乐——关于那天的记忆,就连这些细枝末节都深深地刻在他的脑海里。

那个下午,江平为了《黑客帝国》里的剧情而"哇哇"大叫,告诉俞微言,自己以后也要当个黑客。

坐在江平身边第一次看科幻片的俞微言,却为这部电影的特效深深地折服了。

好厉害,好神奇,他想。

"不过也不一定是黑客,反正我觉得搞计算机就很牛。我以后要改变世界!"江平兴冲冲地说完自己的宏图大志后,才终于回过神,看了一眼俞微言,"俞微言,你呢?你有什么梦想吗?"

梦想。

这两个字猝不及防地敲击了俞微言的心头。

他……有什么梦想吗?

从小到大,他一直都在努力地把事情做到最好,在学校里是品学兼优的学生,在家里是让家长脸上有光的孩子。似乎,他的梦想就是成为别人口中的好学生、好孩子,他循规蹈矩地长到十几岁,居然没有一刻是真正为自己而活的。

沉默了几秒,俞微言有些倔强地别过头,看了一眼屏幕上尽情展示着各种酷炫特效的《黑客帝国》,眸光微闪。

他告诉江平,他要做导演。

江平闻言,眼睛亮了亮,说:"酷!没想到你平时看起来乖乖的,心里居然这么有艺术感。"

俞微言笑着,没说话。

初中的时候,两个人去了不同的地方读书。

在社交媒体并没有普及的年代,他们在不同的地方读书,就几乎等于断了联系。

就在高一的某天晚上,俞微言正坐在房间里背单词,他的妈妈突然走进来,和他说有人给他打电话。

俞微言一头雾水地接起电话,然后听见了一道不怎么熟悉的声音从电话那头传来——经过变声期，男生的声音都有了翻天覆地的变化。

电话那头的人也没有暴露身份，上来就直接说了一句："俞微言，我要去读大学了。中科大的少年班找到了我，我想去。"

俞微言就是通过这句话直接猜出了电话那头的人是谁。

他没有和江平说自己没有听出江平的声音的事情，而是语气自然地恭喜江平。

其实，他的心中有点儿震惊——他们都已经三年多没见了，江平居然还会在这个时候给他打电话。

同时，他的心里也有些酸涩。高一这一年，他过得很煎熬，发现自己跟不上理科老师讲课的思路，但是又不愿意承认自己听不懂。毕竟从小到大，他都是那个什么都能完美应对的别人家的孩子。

俞微言很害怕，不知道要是让别人知道他听不懂理科，可能要去学文科了，大家会怎么评价他。

偏偏就在这个时候，江平打电话来对他说，自己不用上高中了，可以直接去读大学。

俞微言当然知道，江平不是在炫耀。

可是俞微言怎么能不忌妒？

"哦，忘了和你说，我要去读计算机——哥们儿要去创造黑客帝国了！"

电话里，江平的声音响亮轻快，包含着对未来无限的期盼。

挂掉电话前，江平说道："我还记得你要当导演呢！我相信三年后能听到你的好消息！"

后来，有人问起俞微言怎么学文而不是学理时，俞微言当然没有说自己学不懂理科，而是说自己以后想走艺考的路，学文科会方便、轻松一点儿。他从来没有对任何人说过，真正让自己下定决心去学编导的并不是所谓的梦想，而是为了给自己找一个证明自己并不是因为学不懂理科才来学文科的借口。

俞微言的父母向来开明，支持他的一切决定。老师们知道编导生也可以上985、211，并且俞微言的决定不会影响学校的名校生名额后，也同意让他去学编导。

去培训机构报名的那天，俞微言第一次感受到，人生的船舵真正地掌握在自己的手上了。

幸运的是,虽然自己做出决定的理由并不真诚,但俞微言越学越发现,自己确实热爱电影,也更加渴望自己能成为做出好电影的导演。

他给艺考交出了一份满意的答卷,不过在择校的时候还是选择了国内顶尖的高校——霖江大学。

毕竟,他是个好面子的人,大家一听到霖大的名号,肯定都会觉得他很厉害。

在填高考志愿前,俞微言也短暂地犹豫过,究竟要不要放弃北电、央戏这些专业院校的平台和人脉。最终,虚荣心战胜了他对实际的考量。俞微言告诉自己,那些专业院校的资源,他靠自己的努力也能拿到。

直到入学后,俞微言才知道自己当初的想法是多么不自量力和可笑。

升入大三的那个十月,韩枫桥教授将他叫到办公室里,跟他说自己有一个朋友的剧组最近刚开机,问他愿不愿意过去跟组历练。

若要用一个词来形容俞微言当时的心情,那就是久旱逢甘雨。

他走出韩枫桥的办公室的时候,金色的阳光透过桂花树的缝隙,洒落在走廊上,鼻尖是金桂的香气,眼前是金灿灿的太阳。阳光好的日子,他会觉得还可以活很久。

韩枫桥是知名导演出身的教授,给俞微言搭的关系自然也是位大导演。知道剧组的信息后,俞微言在心中得意许久,觉得自己快三年灰暗的大学生活美妙了起来。

直到他来到了剧组,发现和他同组的还有一位就读于央戏的大二的女生。

大二。

听到这位女生这样介绍自己的时候,俞微言微微愣住了,还是没忍住问出了口:"你们大二就可以出学校实习吗?"

"很正常啊,哪个剧组缺人,老师就会在班级群里发消息。我们如果能力够了就来呗,反正就是打打下手。"那位女生一副理所当然的语气。

虽然早就意识到了综合性院校和专业院校的差距,可当现实残忍

地暴露在他的面前的时候，他才愿意承认这其中的差距不是沟壑，而是天堑。

俞微言用两年的时间拼命努力，因被韩枫桥记住了才换来的机会，原来是他人轻易就可以拥有的。

研一的时候，俞微言在霖大的校园里和江平第一次碰面了，依旧是在桂花盛开的秋天。

没有"哎，你怎么也在这里？"的问候，两个人像是都猜到，对方可能会在这个校园内出现一般。

二人明明许久未见，却像不曾分别一样，立即熟络地一起去酒馆喝酒——或者说，是江平单方面太热情。

老友相见，自然要说一说现状，再不可避免地提起从前。

"我现在当的那个助教，你别说，"江平喝酒喝得脸通红，"那些学生都叫我助教老师……其实按年纪算，他们可能比我还大。"

俞微言淡淡地笑着说道："不过你应该习惯了这样的处境。"

闻言，江平"哈哈"大笑，说："俞微言，我从小就觉得你特别像人精，好像可以看清别人在想什么一样，现在小人精长大变成大人精了。"

俞微言平静地笑着，没反驳。

像小时候一样，江平自顾自地说了一大堆，才想起来问俞微言："你呢？现在怎么样？"

"挺好的。"

"拍上电影了吧？"

俞微言拿着酒杯的手微微攥紧，半晌，指节缓缓松开，他的脸上依旧挂着得体的笑："我还不够格呢。"

"没事，"江平揽住他的肩膀说，"大家都一样，熬出头就好了。"

俞微言发现自己这位朋友变化蛮大的，更开朗、洒脱了，这是好的变化。

但他也有没变的地方，比如虽然他嘴上吐槽着实验室里的事情，但语调一直是轻快的。他始终热爱着他的计算机世界，并不知疲惫地为之努力。

当晚回去的时候，刚加上俞微言的微信的江平在睡前给俞微言发来一条消息。

　　江平：你知不知道刘过的那首诗？
　　俞微言：欲买桂花同载酒？
　　江平：就是这首。
　　江平：我们今晚又有桂花又有酒，挺像的，哈哈。

　　也就是过了那晚，俞微言开始出去跑投资。
　　他迫切地想要开始一个影视项目，以此来让自己安心：自己走的每一步并没有偏离轨迹，并不是毫无意义的，他仍在朝着成为电影人的梦想前进。
　　某天，他拿着签好名的合同从传媒公司的大楼里出来。
　　坐在公交站旁等车时，在难得闲下来的间隙里，俞微言抬头看了看蔚蓝的天、洁白的云，心想：这是个好天气。
　　阳光在他的眼睫上流转，他的心成了一片田野，上面开满了鲜花。他又一次觉得，人生挺好的。
　　俞微言蓦地想到：在人生重大的关头，他好像都受到了江平的影响。
　　可就在项目要开始的前几天，投资商突然和他说，要加人，要加戏，要换个题材。
　　在会议室里，俞微言先是愣了几秒，然后将合同狠狠地摔到桌面上，拍桌子走人了。
　　按理说，他哪怕再生气，好的教养也不会允许他做出这种行为。可就是从那一秒开始，他觉得这个行业烂透了。
　　他不想干了。
　　他在寝室里浑浑噩噩地躺了三天，直到一个上午，被一通电话唤醒了。
　　"小言啊，你能不能回来一趟？"电话那头是他妈慌乱无措的哭声，"你爸生病了……"
　　从家里回来后，俞微言把自己关在寝室里，连着熬了三个星期的夜，赶完了一个剧本。那些台词和剧情他自己都懒得再看第二眼，用word自带的校对功能修改了错别字之后，就把剧本交给了助理编剧。
　　助理编剧接收了文档，发来了一句"俞编辛苦了"。

看着这行字,俞微言苦笑了一下——助理编剧说的是俞编,不是俞导。

他没再跟进后续的项目,至于这个可想而知的烂片具体有多烂,还是在尤甜孜孜不倦的吐槽中知道的。

可是这关他什么事呢?他拿到钱就好。

从银行出来后,俞微言给家里打了电话,确认钱差不多补上了,父亲的病情也稳定了,才算松了一口气。

挂断电话后,他一个人在银行前站了很久。

他的面前是连接银行和霖大的岔路口,路的两旁是挤挤挨挨的桂花树。深橘色的桂花落了一地,被来往的人踩成了泥,幽香不复。

俞微言突然想到了那个夜晚,他和江平举杯相撞,相谈甚欢。

江平问他:"你知不知道刘过的那首诗?"

俞微言问:"欲买桂花同载酒?"

江平说:"就是这首。"

俞微言凝望了许久,终于迈开步子,踩过满地的桂花。

欲买桂花同载酒。

终不似,少年游。

番外二
唯 一

大四这年的四月份,校园里提前有了毕业的氛围,已有不少穿着学士服的大四学子开始穿梭在校园里拍摄毕业照了。

乔乐谭和季星渠也加入其列。

春天,校内的花开得正好,二人最先在开满郁金香的草坪上取景。

季星渠问过乔乐谭,她的头像为什么是小熊抱着郁金香。

乔乐谭问他记不记得 My Cookie Can 这首歌,说这个歌手还唱过一首歌,叫《一格格》,歌词里写到了郁金香。所以她不管什么时候听到这首歌都很开心,好像立刻回到了春天。

花了一个下午,二人终于在玉兰花下的台阶上拍了最后一轮合照。乔乐谭坐在高一些的台阶上,将自己的手搭在非常季星渠的肩膀上,对着镜头甜甜地微笑。

当摄影师说"可以了"的那个瞬间,乔乐谭明显感到被自己的胳膊肘抵着的那个肩膀放松了下来,当即睨了季星渠一眼,佯装生气:"干吗?和我拍照就这么累?"

"哪儿能呢?"季星渠的声音懒懒的,他说得不太走心,显然就是拍照拍累了。

他说着,抬手把自己刚才闲得无聊随手做的狗尾巴草戒指递到乔乐

谭眼前，微微挑了挑眉，神情有些嘚瑟。

乔乐谭接过狗尾巴草戒指，直接戴在了自己的无名指上，然后口中配着"噔噔"的音效，把戴着戒指的手展示在季星渠面前。

两个人谈恋爱快两年了，别说礼物了，就连季星渠经常心血来潮做的这些奇奇怪怪的手工艺品都堆满了乔乐谭的收纳盒。

晚上，二人在火锅店里吃饭，正吃到一半，乔乐谭的手机就响了起来。

乔乐谭原以为几分钟就可以结束通话，却没想到那边的工作人员硬是说了快二十分钟。她不好意思打断对方。打到后来，她举着电话，心虚地看了一眼被自己忽视了的季星渠。

乔乐谭在接电话，没法吃，季星渠便也没吃，只低着头帮她涮她爱吃的毛肚，长长的睫毛在头顶暖黄色的灯光的照耀下落下浅浅的阴影。

注意到对面投来的目光，季星渠轻轻地抬眼，对上乔乐谭的视线，半响，缓慢地挑了一下眉，有点儿似笑非笑的意味。

终于，电话那头终于把事情交代完了，乔乐谭放下手机，弱弱地说道："我没想到会打这么久。"

季星渠只轻轻地"嗯"了一声，再没有其他的表示。

乔乐谭偷偷地瞄了季星渠几眼，最后起身挤到他那边的座位上，揽住他的胳膊，摇了摇："我要吃毛肚。"

季星渠懒懒地睇了她一眼："看看你的碟子里堆着的是什么。"

在乔乐谭打电话的二十几分钟里，季星渠就靠给她涮毛肚来消磨时光了，她的小碟子里的毛肚都堆成山了。

乔乐谭捏着嗓子，很刻意地"哎呀"一声，然后说："我想让你喂我吃。"

闻言，季星渠微不可察地扬了扬眉，意味深长地看了乔乐谭一眼，就见自家女朋友睁着那双明澈的大眼睛，一脸单纯无辜地盯着他。

几秒后，季星渠认命地起身，去给乔乐谭拿毛肚。

吃着毛肚，乔乐谭得意扬扬，心想：我的男朋友也太好哄了，甚至根本就不用哄，我转移一下他的注意力就可以了。

直到晚上，乔乐谭才反应过来自己这个想法大错特错了。

············

乔乐谭累得连眼睛都睁不开,在迷迷糊糊中被季星渠打横抱起,条件反射地伸出手环住他的脖子,头发凌乱的脑袋靠着他的胸膛,整个人软趴趴地窝在他的怀里。

试好水温后,季星渠动作轻柔地把乔乐谭放进浴缸里,帮她冲洗。

从浴缸里被捞出来的时候,乔乐谭忽然想到什么,终于打起精神睁开眼,看了一眼镜子里的自己,看见布满脖子和前胸的红色痕迹后,抬起头,自以为很凶狠地瞪了季星渠一眼:"都怪你。"

但因为乔乐谭没力气,这话听起来有些软绵绵的,猫爪似的挠着季星渠的心。

季星渠的喉结微动,他微微垂着眼皮看向乔乐谭,眼里的笑意懒洋洋的,有点儿吊儿郎当的意思。

他本来就是故意的。

被推免到中传后,乔乐谭在导师的引荐下即将去一个名导演的片场里工作,可问题出在这个剧组要去西北。

乔乐谭知道这件事后,和季星渠商量了一下——或者说是通知。季星渠知道,不管自己给出什么样的反应,乔乐谭都不会放弃这个机会。他正是喜欢这样的乔乐谭。

对心中的梦想始终饱含热忱,他的女孩永远发光。

因此,纵使心中有再多不舍,季星渠都没有对乔乐谭表现出来,只是一如既往地支持她所有的正确决定。

于是,明天一过,乔乐谭便要拎着行李去大西北了。等她从剧组回来,过不了多久,季星渠就要飞到地球的另一端准备入学麻省理工学院了。

无论是乔乐谭去西北剧组工作,还是季星渠去麻省理工读书,他们都是替对方感到开心的,但是心中的遗憾与不舍都是不可避免的。

所以季星渠今天有些私心,希望那些痕迹能在乔乐谭身上多待一天算一天。

重新被放回了床上,乔乐谭掖好被子,闭上眼准备睡了,忽然耳边响起了季星渠那带着点儿缱绻意味的声音:"明天要去哪儿玩吗?"

声音里的暗示意味昭然若揭,可乔乐谭有些困,脑子昏沉沉的,没反应过来其中的深意,在半睡半醒中嗫嚅着回答:"我太累了,休息一天。"

下一秒,她刚盖上的被子又被掀开了。

....

屋内的窗帘被拉得严丝合缝的,哪怕此时日上三竿,光线也分毫都透不进来。

乔乐谭终于睁开了眼,却不知道现在是什么时候。她转了个身,想伸手去拿被放在床头柜上的手机,可是那只手拍到的不是手机,而是另一个人的脸。

季星渠噙着笑的声音悠悠地传来,仍有些沙哑:"一起来就家暴呢。"

乔乐谭微微愣住,眨了眨眼,清醒了些。她翻了一下身,滚到季星渠的胸膛前,往他的怀里挤:"你今天怎么还没起?"

以往,每每二人睡前折腾久了,她都会睡到很迟才起,但季星渠的生物钟则让他的作息雷打不动,他便会早点儿起来给她做早饭。

话音刚落,乔乐谭就感到自己的脑袋被什么东西抬了抬。

随即,季星渠散漫地回道:"你这样让我怎么起?"

乔乐谭抬起脑袋,往自己刚刚睡过的地方看了一眼,发现自己居然压着季星渠的胳膊睡了一整晚。

她"嘿嘿"笑了一声,却全然没有悔过的意思,又再度压了上去,嘴上还嫌弃着:"怪不得,我说昨晚的枕头怎么变硬了。"

"嗯,"季星渠淡淡地说道,"有本事你别睡。"

乔乐谭笑嘻嘻的,又往他的怀里蹭了蹭,要赖皮地说:"我就要睡。"

就这样又在床上躺了一会儿,乔乐谭才终于愿意爬起来。

季星渠收回手臂的那一瞬,没忍住倒抽了一口凉气——胳膊被她垫着睡了一晚,真够酸的。

他坐起来,然后用余光瞥了一眼,发现自己的女朋友坐在床上,正呆呆地目视前方,放空大脑。季星渠在心中轻笑一声,揉了揉乔乐谭的脑袋,然后先下了床,随便套了一条裤子,赤着上身就进卫生间洗漱了。

等乔乐谭不情不愿地从床上爬起来,有些磨蹭地进卫生间洗漱的时候,季星渠把床单都换好了。

乔乐谭举着牙膏,看了一眼,开玩笑地说道:"季星渠,等以后我的电影票房大卖,我一定花大钱请你给我做保姆。"

季星渠微微挑了挑眉,对上她的视线,悠闲地说道:"乔导不如直接养我。"

闻言,乔乐谭哼了一声:"那得看你到时候还能不能保持着这副皮囊了。"

说罢,她挤好牙膏,开始对着镜子刷牙。

片刻后,镜子里闯进来另一道人影,她的腰被紧紧地抱住,耳侧落下男人炙热又霸道的鼻息。

季星渠紧紧地贴着她的头发,唇瓣轻轻地擦过她的耳后。

两个人的目光都落在了面前的镜子上,但他们不是在照镜子,而是在透过镜子看对方的模样。

半晌,季星渠的声音响起,像一块石子投入到只有呼吸与心跳的静谧的湖中,泛起涟漪。

他声音很轻,缓慢又郑重地说:"乔乐谭,这样说来蛮矫情的,但是我真的很爱你。"

…………

人间四月天是最好的季节。

番外三

少爷成长史

一

在正式认识季星渠之前,侯奕早就听过这个名字了。倘若让侯奕用一个词来形容"季星渠"这个名字的知名度,那就是如雷贯耳。

每次周考出成绩,他挤在办公室里翻试卷的时候,总能听见老师之间议论,季星渠的物理又考了满分,只是语文答得一言难尽;路过的女生窃窃私语时,他听到她们在议论"级草"是谁,有个女生十分害羞地提了季星渠。

侯奕将自己的脑袋凑了过去,嬉皮笑脸地说:"算我一个。"

"你滚开啊。"一个和侯奕关系比较好的女生毫不客气地推开他的脑袋。

侯奕装出一副受挫的模样,假装受伤地捂住了胸口。

但其实他还是自信得要死。客观地评价,除了皮肤黑了点儿——那是健康的小麦色——侯奕觉得自己简直就是完美男孩,怎么说在年级里的综合排名也得遥遥领先吧?

那个季星渠再怎么牛,应该和他差不了多少,毕竟他也挺牛的。

侯奕如是想着,直到真正看见了季星渠。

二

侯奕和季星渠的第一次见面有点儿尴尬。

那天是周五,语文老师们约好,把整个年级里在这次周考中语文默写被扣了两分以上的同学留下来背书。

侯奕被扣了三分,"光荣"地留下来背书了。

他坐在教室里,表面上举着书,实则偷偷地在桌子底下折纸飞机。

忽然,他的书被抽开了,他慌忙地抬起眼,恰好对上语文老师那藏在镜片后似笑非笑的眼睛。

愣了一秒,侯奕机械般地开口,假装自己刚刚在复习《观沧海》:"东临碣石,以观沧海。水何澹澹,山岛竦峙……"

"别跟我装,侯奕。"语文老师不买账,直接戳穿他的谎言,最后淡淡地扔下一句,"你来我的办公室里背。"

老师走后,坐在前排的男生转过头嘲笑侯奕。侯奕把他的纸飞机委托给了这个男生,然后拎着语文书,迈着壮士一去不复返的步子来到了语文办公室里。

结果一进门他就乐了。

办公室里的学生还挺多的,有站着的,有坐着的,有蹲着的,背书的姿态千奇百怪。看样子,他们都是被老师拎过来的重点观察对象。

侯奕不想站着,环顾一圈,将视线落在了一个空位上。

他走了过去,象征性地拍了拍这个位子旁边的人:"哥们儿,这里……"

他说到一半,话就被卡在了喉咙里,因为被他拍了肩膀的男生懒洋洋地抬起了眼皮,那双眼睛不带任何感情地看了过来。

这是侯奕第一次见到季星渠。

下午的阳光不炙热,透过玻璃照进办公室里,洒在洁白的试卷上,勾勒出男生还未完全长开、尚且柔和的下颌线的轮廓。他是男女生都会认可的帅哥,三庭五眼的比例很好,眉峰凌厉,那双眼被衬得多情又冷淡,带着点儿和整个人的气质不太符合的痞气。他的校服外套没拉拉链,里面是雪白而柔软的衬衫,一看质感就极好。

侯奕心里的第一个念头是:这哥们儿好帅!

他莫名其妙地觉得眼前的这个人应该就是传说中那个特别帅的季星渠。

三

侯奕没有一直盯着好看的同性的习惯,在季星渠旁边坐下后,两个人就再没有其他的交流了。

其间,倒是有一位男生路过。他看见了季星渠,吹了个口哨,说道:"哟,少爷,你也在这里?"

少爷。

侯奕在心里默念这两个字,没忍住笑出了声。

好幼稚的称呼。

虽然眼睛是对着课本的,但是侯奕没把一丁点儿的心思放在那些古诗文上。他用余光乱瞄,发现坐在自己右手边的季星渠居然一直垂着头,专心致志地看着语文书。

联想到之前在办公室里听到的传闻,侯奕在心里"啧啧"两声。他原本以为这哥们儿的语文不好是因为和他一样没学,没想到季星渠已经这么努力了,水平还是和他的一样。

侯奕的双眼观察着老师们的动向,等他的语文老师走出办公室后,他低声呼喊了一句"耶",然后立即开小差。他左看看右看看,这才发现季星渠一直低着头认真看的不是语文书,而是压在语文书和试卷之下的篮球杂志。

侯奕在心里惊叹一声:牛啊!他在语文老师的眼皮子底下还敢这么干?

作为一个同样热爱篮球的初一男生,侯奕没忍住,探过脑袋偷偷地瞄了一眼,下一刻轻呼起来:"你也喜欢湖人?!"

听到身边的人很突然地开口说话,季星渠先是转过头打量了对方一眼,然后平静地说道:"湖人挺牛的……"

"詹姆斯投篮的样子美如画啊!"侯奕兴奋地说道。

随后,他才听见季星渠气定神闲地补完了下半句话:"不过我最喜欢的还是勇士。"

四

侯奕自从见过季星渠后,发现自己就老是能在学校里见到他。或许是因为他太耀眼了,大家但凡见过他一次就很难不再注意到他。

再后来,他们共同认识的朋友约球,把他们俩叫到了一起。

侯奕这才确认了他确实就是季星渠——瞧，侯奕的直觉还挺准。

但侯奕和季星渠真正熟起来还是在初二升初三的那个假期里，那时候学校组织了一个培优班，把数学好的学生聚集起来，在周末给他们补课。

第一次上课那天，侯奕来迟了。因为这个培优班的教室是临时借用的，桌椅的数量本就不够，老师便让他委屈一下，先站着上一次课。

他在教室后面站了大概十分钟后，后门被人推开了。

侯奕这才知道，原来有人比他更迟。

在培优班里的第一节课，侯奕和季星渠是一起站在教室后面上的。

趁着老师写板书的间隙，侯奕问季星渠："你怎么迟到的？"

季星渠懒懒地说道："我爸起迟了。"

"那你把他叫醒就可以了呗。"

"我也起迟了。"

等新的桌椅被搬到教室里，侯奕和季星渠这两个迟到的人就自然而然地被拼成了同桌。

五

有句话怎么说来着？有的人是金玉在外，败絮其中；有的人是斯人若彩虹，遇上方知有。

侯奕觉得季星渠便是后者。

季星渠会在上完体育课回来后，听到有人点评女生的身材和相貌，貌似漫不经心地扔过去一个篮球，打断别人的话，从不为了当老好人而掩饰自己心里的嘲讽之意，直接说"嘴怎么这么碎呢？"；会不客气地接受别人对他的赞美，但从来不主动提起这些；会很有耐心地帮班里的同学解答疑问，没有所谓的"危机感"……

那年，侯奕喜欢上一个女生，迫不及待地加了人家的QQ，和女生相谈甚欢。

在他觉得他和这个女生要成了的时候，这个只把他当作好朋友的女生像跟好闺密分享秘密一样，害羞地告诉他，她喜欢季星渠。

于是，侯奕单方面地展开了对季星渠的冷战。

被冷落的季少爷一头雾水，但也有属于青春期的男生的骄傲，没主动找侯奕讲过话。

冷战的第三天，侯奕憋不住了。

他想和自己这位同桌说说话……但当初莫名其妙地开始冷战的人是他，要是现在突然开口也太丢脸了。

当天晚自习下课的时候，他被季星渠拦住了。

"侯奕，"季星渠连人带椅子往后挪，用长腿撑着地，轻易地阻挡了侯奕出去的路，蹙着眉头看侯奕，语气冷淡地说，"你和我冷战什么呢？"

那时候季星渠的面部表情比现在的要丰富许多。

侯奕瞅着季星渠，最后憋出了一句话："我心情不好。"

季星渠："怎么了？"

侯奕："冯露露喜欢的是别人，那个人啥都比我好，我自卑了。"

季星渠闻言，松开眉头，有些戏谑地扬了扬眉毛："你自卑什么？"

侯奕看着季星渠那张帅脸和那副仿佛看戏的局外人的样子，幽怨地说道："那个人比我帅，比我成绩好。"

季星渠："就这样？"

侯奕："嗯？"

"如果我没理解错，自卑应该是因为人发现了自己的缺点。"

那天，窗外是高悬不落的月亮，窗内的教室里只有他们二人。季星渠将一只手懒洋洋地搭在椅子上，整个人的坐姿放松又肆意。他缓慢地说道："别人比你帅，比你成绩好，不等于你就丑，就成绩差。要我说，你挺好的。"

听到这话，侯奕心里雀跃了一下。被这么优秀的同性认可，他还是第一次体验到。

季星渠语气散漫地接着说："你也别老想着用什么标杆来衡量自身，没必要，这样活得多不快乐。再说了，审美这么主观的事，谁说得准？"季星渠笑了一下，"冯露露只是不喜欢你这一款，这并不能说明那个人比你帅。"

侯奕看了季星渠几秒，没憋住，说："她喜欢的就是你。"

结果，季星渠一副"我怕你难过才没说"的模样，勾了勾唇，来了一句："我知道啊。"

静默片刻，两个人在安静无比的教室里大笑起来。

六

在众星捧月的环境中长大,要说季星渠没有清楚地意识到自己身上的诸多优点,那真是太虚伪了。但季星渠从来不会炫耀自己的优越感——他所展示出来的是少年人坦坦荡荡的骄傲。

在那个大家还在用 QQ 空间的年纪,侯奕点开季星渠的 QQ 空间,发现季星渠只发过两条说说,第一条是《了不起的盖茨比》的读书笔记——"在我年纪尚轻、阅历尚浅的那些年里,父亲曾给过我一句忠告:每当你想批评别人的时候,要记住,这世上并非所有人,都有你拥有的那些优势",另一条则分享了一个他自己做的小程序。

那是一个用随机色彩画图的小程序,使用者输入形状、颜色和尺寸,这个程序会返给使用者一张图。

后来大家都用微信的时候,侯奕一眼就看出来了,那个蓝、白、红三色混合的头像就是季星渠用自己人生中的第一个小程序跑出来的第一张图。

其实从某种意义上来说,季星渠是个有点儿恋旧的人。或者说,他对待自己的每个第一次都很郑重。

但这不妨碍他一直向前走。

七

初三那年,季星渠迷上了 Coldplay(酷玩乐队,英国摇滚乐队),最直接的后果就是他开始自己组乐队。在某个上培优课的晚上,季星渠叩了叩侯奕的桌子,问他会不会敲架子鼓,说自己的乐队还差个敲架子鼓的人。

侯奕表示很震惊:大家都在为高中的保送名额全力冲刺的时候,这哥们儿居然想玩乐队。

但他面上不显,只摇摇头,说自己不会。

季星渠抿了抿唇,沉吟片刻,最后说:"那我自己学好了,懒得再问别人了。"

侯奕没问季星渠怎么不冲刺招生考,因为知道季星渠是个分得清主次的人,季星渠肯定是在学有余力的情况下才来搞这个乐队的。

于是,在初三的毕业典礼上,季星渠和他的乐队一起献上了一首 *Viva La Vida*,送给即将分离也即将各自远行的同学们。

Viva La Vida 是西班牙语的"生命万岁"的意思。

激昂的前奏响起,这支成立不到七个月的乐队的乐手们都随着音乐开始摆动身体。

简陋的校园舞台上,紫色和红色的灯光洒下,落在季星渠的头发上。他和他的鼓一起在舞台的后排,他戴着耳麦,轻点着头,手里握着鼓槌,敲打着鼓面,力道十足、干脆利落。

季星渠在明暗的交界处,却自成一道光。

台下的观众疯狂地尖叫着,侯奕听见自己身边的两个女生在兴奋地说鼓手好帅。

侯奕坐在座位上,仰头看着台上流着汗、发着光的季星渠,心想:在自己的毕业典礼上送了一首歌给自己,这位少爷还真挺帅的。

八

从高一起,侯奕就和季星渠开始了漫长的同寝生活。也是这样的机缘让他知道,这位少爷不是无坚不摧的。

那天晚上,侯奕偷偷地带了手机,躲在被子里通宵看世界杯。凌晨三点多,他起来尿尿,从厕所出来的时候,看见阳台上站着个人。

那一瞬间,他差点儿被吓死过去。

他蹑手蹑脚地打开阳台门,发现站在外面的人居然是季星渠。

他轻轻地喊了一声季星渠的名字,对上季星渠视线的那一刻,天色漆黑,所以季星渠眼里残留的泪光非常明显。

季星渠看了侯奕一眼,绷直嘴角,一言不发地进了房间,直接躺回自己的床上,避免和侯奕交流。

侯奕愣了一下,脑子里蹦出来一个很不合时宜的想法:这个人居然还会哭。

很久之后,侯奕才知道,那天季星渠的奶奶去世了。

那晚之后,在他们认识近十年的时光里,侯奕都没再见过季星渠掉眼泪。哪怕是高二竞赛失利,遭受巨大的滑铁卢的时候,季星渠也只是一声不吭,没有流过一滴泪。

他赢得起,也输得起。眼泪解决不了问题,他从不指望上天,只相信自己。

他们出国前的某一天晚上，乔乐谭还在西北。单身汉侯奕和"望妻石"季星渠相约着吃夜宵，最后两个人都喝多了。

侯奕醉着看了一眼瘫在椅背上的季星渠，他的唇边明明挂着漫不经心的笑，但他合着眼，眼角泛着一点儿湿意。

半晌，季星渠缓慢地睁开眼，眼里的情绪就像陈年的酒，晕不开，太浓烈。

他说："侯奕，我舍不得乔乐谭，但是不敢和乔乐谭说，怕她会难过。"

九

他们高二那年，来自五湖四海的高中生被叫到同一个地方参加竞赛集训。侯奕和季星渠还是住一间房，他睡下铺，季星渠睡上铺。

某天，他们房间里的一位哥们儿问季星渠："你没有女朋友吗？"

于是当晚的夜聊话题就莫名其妙地染上了色彩。

那晚，大家在聊自己喜欢的女生是什么样的，只有季星渠默不作声。侯奕使坏，抬脚踹了一下季星渠的床板："季少爷，你喜欢哪样的？"

高中两年，托他给季星渠送礼物的女生没有一百个也有五十个了，其中还有他们那个贼漂亮的"级花"，可季星渠都一副毫无兴趣的模样，所以他着实好奇季星渠会喜欢什么样的女生。

不知过了多久，侯奕才听到从上铺悠悠地传来三个字："不知道。"

那位爱和女朋友打电话的室友"嘁"了一声，说季星渠不厚道："总得有个概念吧？比如你喜欢清纯的还是性感的，高的还是矮的……"

季星渠想了很久才缓缓地开口："话不要太多的。"

那男生一副了然的模样："哦，那你是喜欢文静的。"

侯奕也在心里懂了：哦，原来少爷喜欢文静的。

所以，当季星渠告诉侯奕自己喜欢乔乐谭的时候，侯奕的脑子里冒出的第一个想法是：乔乐谭文静吗？

十

大四毕业后，季星渠去了美国的麻省理工学院，侯奕去了英国的剑桥大学。

他们都没有问对方，读完书后回不回国——回来啊，他们怎么会不

回来?他们当初走超算这条路,为的就是建造大国重器。

他们都知道对方的想法,便无须多问。

这是他们多年来的默契。

季星渠对未来的规划总是清晰而独树一帜的,且总是比别人先走一步。别人在初三的时候为了进重点高中而挤破脑袋,他就想好了自己要选择竞赛这条路;别人在填高考志愿的时候用几天来决定自己的命运,他用三年描绘了自己的宏图。

他上大学后,每一步都是在计划之中的。只有在感情上,他比别人慢了一步,也只有乔乐谭是他计划中唯一的变数。

季星渠向乔乐谭求婚的那天,侯奕远在国外,因为在跟导师做一个重要的研究,所以回不来。

从实验室出来,一拿到手机,侯奕就赶紧点开他们的大学寝室群,果然看见了齐洛铠发到群里的少爷求婚的视频。

季星渠是在海边求的婚。大海搭配着玫瑰、郁金香、红气球,季星渠不知道从哪里搞了一个大屏幕,四周绕了很多星星灯,放在那里灯光闪烁的,屏幕上滚动着图案和字。

齐洛铠在群里吐槽:"我和豫铭吹了两个小时的海风才把少爷和小乔等来,也不知道季星渠这么早通知我们过去做什么。"

侯奕点开了视频。

一片璀璨之中,季星渠抱着一只小熊公仔,手里拿着麦克风,给乔乐谭唱了一首侯奕没听过的歌。最后,他单膝跪地,打开了挂在小熊公仔的脖子上的戒指盒。

这个视频也不知道齐洛铠录了个什么,背景的海风声音录得一清二楚,盖过了现场的人声。侯奕把声音放到最大,才听到在一片嘈杂之中,季星渠说道:"乔乐谭,你愿意嫁给我吗?"

他的声音小心翼翼的,带了点儿罕见的紧张的意思。

侯奕笑了笑,在心中吐槽:你紧张个什么劲?人家铁定愿意啊。

但其实他的心也随着季星渠一起紧张了一瞬。

视频画面里,乔乐谭哭着点头,还没等季星渠把戒指套到她的手上,就俯身抱住了还单膝跪着的季星渠。

齐洛铠很配合地开始起哄、鼓掌。此时,屏幕上恰好滚动出一行小字:"缠住吻住春风吹住我吧。"

延迟看求婚的侯奕激动得一拍大腿,他的室友看了他一眼,问:"What happened?(发生什么事了?)"

侯奕赶紧说了一句"抱歉",然后用英语说:"我的哥们儿刚才求婚成功了。"

"Wow!(哇!)"他的室友吹了个口哨,然后举起两个拇指,"Congratulations to your bro!(恭喜你的哥们儿!)"

十一

在美国的最后一个学期,季星渠提前修完了学分,飞回中国把和乔乐谭的婚礼提上了日程,婚礼被定在了四月二十号谷雨这一天。

侯奕的课程还没有结业,但他也提前两周飞了回来,陪季星渠熟悉流程——废话,季星渠可是他到八十岁还要在一起的兄弟,这辈子就结这么一次婚。

毕竟错过了少爷求婚,侯奕已经很遗憾了。

季星渠和乔乐谭的婚礼是在户外办的。

婚礼开始前,几个伴郎、伴娘站在后台猜待会儿谁先哭,边加凌信誓旦旦地说先哭的人是乔乐谭:"如果不是乔乐谭,我明天就重新剃回寸头!"

蔡萱奇也说先哭的人是乔乐谭。

侯奕"啧啧"两声,一副讳莫如深的模样:"你们就看着吧。"

Coldplay 的 *Yellow*(《青涩》)的音乐响起,躁动的嘉宾们都逐渐安静了下来,司仪开始主持婚礼。

侯奕坐在台下静静地看着。

婚礼的开场是新郎自己弹的钢琴曲。季星渠穿着西装,坐在白色的钢琴前,弹唱了一首 *Shape Of My Heart*(《我心之形》)。这首歌侯奕知道,是电影《这个杀手不太冷》的片尾曲。

侯奕虽然不知道少爷为什么要在自己的婚礼上弹这首歌,但是管他呢,少爷做事自有他的道理。

几个伴郎、伴娘在后台无聊的赌约立即有了答案。

当乔乐谭穿着婚纱出现在红毯的另一头时,侯奕便看见季星渠有些紧张地抿了抿唇。在乔乐谭的爸爸挽着她缓缓地走来的那段路里,季星渠站在原地,手拿着花,左右换了又换。

两位新人在大家的见证下交换了对戒,司仪刚想进行下一个环节,底下的观众就看见这位高大帅气的新郎眸光闪烁,紧接着背过了身子。从他抬手的动作来看,众人猜到他应该是转身去抹眼泪了。

"季星渠,你行不行啊?"侯奕把手拢成喇叭的形状,在台下看热闹不嫌事大地喊道。

大家开始哄笑。

边加凌和侯奕一唱一和,摇着手里那个不知道从哪里搞来的花环,怂恿道:"亲一个!"

边加凌那嚣张的模样好像俨然不在意自己明天又要变成寸头了。

乔乐谭也是又哭又笑的。她不自觉地上前一步,伸出手,想给季星渠抹眼泪。就在她的手触碰到季星渠的眼泪的那一刻,她的脸就被他轻轻地捧起了。随着在唇上落下的那个轻柔又郑重的吻,她将伸出的那只手落在了季星渠的肩上,环住了他。

新郎和新娘吻上的瞬间,布置在地面上的小礼炮开始发射,喷出无数花瓣,洁白的、淡粉的。

台下开始起哄。侯奕像从原始森林里跑出来的猴子一样,"哇哇"地吼叫着,同时拼命地鼓着掌。

阳光透过云层落到草坪上,普照着大地,暖洋洋的。今天是个好天气。

穿过金灿灿的光线,透过缤纷飞扬的花瓣,侯奕的目光落在了台上的季星渠身上。

一瞬间,时光仿佛倒流回那个下午,侯奕在语文办公室里第一次看见季星渠,季星渠把篮球杂志压在书下,在老师的眼皮子底下"犯法"。

阳光被办公室的窗户切割,细碎地照在少年柔和的侧脸上。

谁也捉不住时光,可幸好这阳光一直明媚灿烂。

台上,季星渠仍旧捧着乔乐谭的脸,动情地吻着。他的脚下,是坚实辽阔的土地;他的怀里,是他深爱的姑娘。

侯奕的掌声不曾停歇。

我的兄弟,新婚快乐,侯奕在心里说。

出版番外
情人节快乐

2023 年的情人节是工作日。

南圳市超算中心举办了一个青年论坛,季星渠作为超算中心最年轻的队长以及颜值"扛把子",被主任点名上台发言。

发完言又不能提前离场,季星渠在会场里找了个后排的位子坐下,点开手机,查收了置顶聊天框半小时前发过来的新消息。

乔乐谭发过来一张她在南圳市飞机场里的照片。

Cookie:落地了。

Cookie:开始最后一天的上班生活!

照片里,乔乐谭戴着口罩,只露出那双水灵灵的眼睛,对着镜头比了个"V"字,那个"V"字中间恰好是登机口的路标指示牌。

季星渠把那张自拍放大,看了几遍,嘴角不自觉地漾出一抹笑,然后点了保存——他的手机里有一个专属于乔乐谭的相册,里面是她的各种各样的自拍或者他拍。

[星星]:乔导辛苦了。

[星星]:是不是可以开始见面倒计时了?

去年夏天,第一部由乔乐谭独立执导的电影作品在国外电影节上映了。乔乐谭也凭借这部影片在影片的单元展览中斩获了人生第一座国际奖杯,获得了那届电影节的"最佳新人导演奖"。

今年二月,该影片在内陆院线上映。乔乐谭和她的电影团队从二月上旬便开始路演,路演的城市从北到南——南圳市是他们路演的最后一站。

工作性质的原因,乔乐谭一年四季满世界到处跑。她一个南方人,一年中待在北方地区的时间多得数不清;季星渠作为纯正的北方人,因为超算中心设立在南圳市,反而留在南方工作了。

因为相识的地点在霖江大学,而霖江市又在中部地区,所以他们把婚房买在了霖江市,只是不常回去罢了。

今年过年时,得知乔乐谭在中部的某座城市里取景,季星渠趁着年假飞去了片场探班。

乔乐谭窝在他的怀里笑嘻嘻地开玩笑:"感觉我像四海为家,到处漂泊一样。"

季星渠无奈又认命地"嗯"了一声,亲了亲乔乐谭的发顶:"我陪你一起去流浪。"

乔乐谭没有立即回微信,应该是在准备路演的事情。

盯着那沉寂的聊天框许久,季星渠只觉得见不到乔乐谭的每分每秒都被拉长了,最后终是抵不过心里的想法,指尖叩着屏幕,打了酸到让他难为情的三个字发过去,后面还跟了一个委屈的小狗表情包,希望在老婆那里得到一点儿同情分。

[星星]:想你了。

恰好此时论坛的主持人宣布论坛闭幕,坐得骨头都软了的季星渠起身,长腿一迈,没有停留片刻便往外走。

超算团队里的几个人看着那道匆匆离开的颀长的身影,年纪最小的成员小声打听:"少爷走得那么急做什么?"

知情人士回答:"他老婆来了,不急着走还留在这里和电脑过日子呢?"

同时,超算团队的微信群里弹出了一条消息,大家点开手机一看,议论起来。

"哟,少爷大气,包场了啥电影请我们看呢?"

"让我看看,导演乔乐谭,主演……"

"乔乐谭？"队里的小幺盯着那个名字喃喃道，眼睛忽地亮了起来，"是不是嫂子？"

"你咋知道？你见过？"

"不是啊，"他说，"你们看他们的名字，'乔'字和'季'字都是上下结构的，后面两个字的结构也差不多，有一种天生就是一对的感觉。"

这边，天生一对的两个人终于见上了面。

乔乐谭确实在忙路演的事情，没时间看手机，但季星渠知道她路演的地点，直接去现场找她了。

季星渠才进影院大门，他的视线就像吸铁石的N极遇上S极，遥远却准确地落在了与他相隔整个电影大厅的乔乐谭身上。

或许这就是爱情的力量吧，隔着人群，他仍旧能一眼就看见她。

此时，电影刚播放结束，主创团队站在台上和观众互动。灯光从天花板上洒落，轻柔地披在乔乐谭身上。

空调开着暖气的影厅里，乔乐谭穿了一件束腰连衣裙，露出笔直漂亮的腿。她刚上台的时候，没有人把她和这部影片的导演联系在一起，还当她是电影里的某个演员。在她回答了几个问题后，大家对这位漂亮的女导演的印象完全改观了。

她的回答言之有物，她叙述自己的创作历程的时候，像在将一个故事娓娓道来。

季星渠就站在影厅的入口处，听见身边有两个小女生议论这位导演不仅拍摄的镜头很美，讲故事的能力也很强。

别人夸他的老婆等于夸他。

站在一旁偷听的季少爷与有荣焉。

路演结束后，主创团队先离开了。季星渠想着给乔乐谭发个微信，就在拿出手机的那一秒收到了乔乐谭心有灵犀的消息：你就站在那里等我。

从季星渠走进这个影院里的第一秒，乔乐谭就看见他了。毕竟少爷这脸蛋儿、这身材，放在哪里都是鹤立鸡群，哪怕被打上一百层马赛克，放在人群里都是最显眼的那个。

和刚刚在台上只穿了裙子的乔乐谭不同，下场后的她立刻套上了一件长款羽绒服。可哪怕羽绒服已经把人裹得大了一圈，她还是不由分说地往季星渠怀里钻。

季星渠早就把羽绒服的拉链拉开准备好了，立即把乔乐谭裹进了自己的怀里。

等他们到了车上，在暖气的簇拥下，两件羽绒服都被甩到了车后座上。

驾驶座上的人的身子已经完全倾向了副驾驶座。两个人近半个月未见，季星渠不知餍足地撕咬着乔乐谭的唇瓣，唇舌深入，呼吸声渐重，但心里还绷着一根弦，记着自己还订了餐厅，所以那双手还算安分，撑在副驾驶的车座上。

可不安分的另有其人。

季星渠脱了羽绒服，里面是黑色的西装。乔乐谭被季星渠吻得身子发软，那双手不自觉地攀上他的身子，朝他坚实的腰腹摸去，抚过西装布料，解开扣子，隔着衬衫摸他的腹肌。

季星渠被摸得浑身燥热，喉结滚动着。他扣住了乔乐谭那双不安分的手，声音喑哑地说道："乔导，做什么坏事呢？"

"什么坏事？"乔乐谭被亲得大脑缺氧，声音也软绵绵的，手指抚过季星渠腹肌上的沟壑，"我就是检查你最近锻炼了没……"

季星渠流连地一路吻到乔乐谭的耳垂，含着她的耳垂，故意朝那里喷热气。感受到乔乐谭的身子发颤，他变本加厉地咬了一下，语气里带着笑意说道："需要锻炼的人是谁？"

季星渠的思绪已经被乔乐谭勾走了，罪魁祸首偏偏还似不自知般继续用手作乱。乔乐谭被吻得意乱情迷，扯住他早就已经松垮的领结，断断续续地喘息着，指尖不经意地抚过他突出的喉结："季星渠，你知不知道你穿西装的样子……很迷人。"

两个人的唇瓣分离了几秒。

太阳穴上的青筋"突突"地跳着，季星渠的手终于松开了车座，往上移："待会儿别喊累。"

密闭昏暗的车内，车窗因内外温差起了一层水雾，上面依稀可以辨认出一个掌印。

等季星渠收拾完，他的娇气老婆果然已经瘫在了副驾驶座上，一副要睡过去的模样。

季星渠失笑："还吃不吃饭了？"

隔了很久，乔乐谭像是睡醒了，"噌"地睁开眼，一副体力完全恢复的模样，精力十足地说道："吃！"

季星渠订的餐厅在一座塔楼的高层，正对着CBD，顾客可将整座城市的繁华夜景尽收眼底。一落座，乔乐谭就看见了被放在自己座位旁的花束，那是九十九朵蓝色的永生花。

花束和一只小熊公仔摆在一起，小熊公仔的脖子上挂着一个项链首饰盒。

"俗俗的。"乔乐谭嘴上这样说着，但是忍不住笑了起来。

季星渠顺着她的话，语气懒散地说："是啊，比较俗，只能靠乔大导演的艺术气息拯救一下这个家了。"

这些年，他们什么节日都没落下。但是一年三百六十五天，有那么多节日可以过，乔乐谭觉得浪漫是会被频次消耗的，便和季星渠约定，除了专属于他们俩的纪念日，类似情人节这种大家都过的节日，两个人就不要送礼物了。

可少爷一边应下，一边还是雷打不动地送礼物。

为了配合乔乐谭的仪式感，季星渠还把礼物分了层次，在他们二人的纪念日上花招百出，而在所有情侣都可以过的节日里，就按着大众礼物的最高标准给乔乐谭准备一份不那么特殊的礼物。但不管怎么样，季星渠每次送的礼物里都会有一只小熊公仔，小熊公仔的脖子上会挂各种各样的礼物，可能是一封信，也可能是一件首饰。

每只小熊公仔都被乔乐谭放在了家里，和季星渠的那些乐高被安置在同一个房间里。

晚上回到家，乔乐谭数了数，发现这些年的小熊公仔都能凑齐两支足球队了。

从玩具房里出来，她对季星渠说："下次不要再买小熊公仔了，家里快放不下了。"

"遵命，老婆大人。"季星渠答得很不走心，尾音听起来很懒散。

乔乐谭刚想骂他敷衍,身子就被扯了过去,一只大手沿着她的尾椎骨一路向上摸,最后愈加不安分了。感受到乔乐谭站不稳了,季星渠就把她抱起来了。

突然被抱起,乔乐谭下意识地用腿夹住了季星渠的腰。季星渠毫不费力地托着她的身子,两个人从客厅一路亲到卧室里。

整个人陷入柔软的大床,乔乐谭使不上力气,想环住季星渠的脖子,可她的手早已被季星渠扣到了床头。他的吻和他的动作一样密而发狠,他像是有用不完的力气,直到半夜才停下,然后抱她去洗澡。

乔乐谭已经累得在昏睡的边缘了,任季星渠帮她处理。她不知现在是梦境还是现实,在失去意识的前一秒,听见他的声音在她的耳边落下:"真的很想你,老婆。你都不说想我。"

"我也想你。"

本能地回答,又本能地亲了亲季星渠,乔乐谭就不动了,昏睡在浴缸里等着被服务。

他服了啊。

季星渠没脾气了。

第二天,乔乐谭醒来时已经日上三竿了。床边已经空了,她算是暂时放假了,可季星渠现阶段的任务还没有收尾——他去超算中心工作了。

她爬下床,大腿一酸,差点儿跌倒。

拖着酸痛的腿走到客厅,乔乐谭捡起昨天掉在沙发上的手机。

昨天,虽然她嘴上那样说着,但还是给那群小熊公仔拍了一张全家福。她拿这张全家福发了一条朋友圈,配文是"Happy Valentine's Day",意思是情人节快乐。

今早七点,季星渠在她的那条朋友圈下评论:"Happy wife, happy life.(老婆开心,生活舒心。)"

—全文完—